KB232233

실크로드의 나그네

1

유인순 교수의 여행일기

실크로드의 나그네 1 – 동양편

초판인쇄	2016년 3월 25일
초판발행	2016년 3월 30일
지은이	유인순
펴낸이	공홍
펴낸곳	케포이북스
출판등록	제22-3210호
주소	서울시 서초구 반포대로14길 71, 302호
	(서초동, LG에클라트)
전화	02-521-7840
팩스	02-6442-7840
전자우편	kephoibooks@naver.com

ISBN 978-89-94519-42-5 04800
　　　 978-89-94519-41-8 (세트)

값 29,000원
ⓒ 유인순, 2016

유인순 교수의
여행일기

동양편

실크로드의 나그네

1

케포이북스
KEPHOI BOOKS

먼 길 떠날 무렵

유인순

먼 길 떠날 무렵
설레는 가슴

미지로 나서는 문고리에
손 대는 순간
아득한 어지러움에
비틀거리는 이 마음

문을 열어젖히는 찰나
펼쳐질
구백생멸의 세상을
생각하여
이리도 설레는가

두 다리에 힘을 주고
잊지 말아야 할 것들
이 몸은 누구이고
어디에 있었던가
지금 어디에 있으며
어디를 향하고 있는 것인가

여행이란 어휘와 함께, 그리고 여행의 일정과 장소가 결정되는 순간부터 나는 여행 멀미를 앓는다. 그것은 기분 좋은 멀미다. 여행이란 어휘는 내 핏줄 속에 잠자고 있던 역마살의 유전자들을 일시에 뒤흔들어 놓는다.

그러나 정작 출발의 시간이 가까워지면 떠나고 싶지 않다는, 피할 수 있다면 피하고 싶다는 묘한 두려움에 사로잡히고는 한다. 여행은 즐거운 것이지만 동시에 지금까지 내가 알고 있었던 것들, 내게 익숙했었던 것들을 내려놓고 처음부터 다시 시작해야 한다는 것을 알고 있기 때문이다. 낯선 것과의 만남, 그것을 내 속에 받아들이기까지 겪어야 하는 충격과 갈등, 회의와 방황, 탐색과 확인으로 이어지는 일련의 과정들은 결코 쉽지 않았다.

자주 멀리 다니지는 못했어도 일 년에 한두 번씩은 여로에 올랐다. 가능한 뚜렷한 주제를 가지고 거기에 부응한 여행을 하려고 했다. 2007년 페르시아 여행 이후, 실크로드 답사팀과 동행하며, 동서 문명의 교류가 어디에서 어떻게 이루어지고 있는지에 주목했다. 주지하는바 실크로드란 어휘는 비단을 대표로 하는 문물 교류를 상징한다. 실크로드란 용어는 독일 출신의 동양학자 헤르만이 중국 서안으로부터 중앙아시아와 인도 서북부 고대 유적지에서 실크가 발견되자 실크가 발견된 지점들을 연결하여 '실크로드'라 명명하면서부터 쓰이기 시작했다. 이때 헤르만은 실크로드를 통한 동서 문물 교류에 주목했다. 이후 실크로드에는 오아시스 육로, 초원로, 해양로 등이 포함되면서 문명 교류의 흔적은 동서와 남북으로, 선線에서 망상網狀구조로 확장되었다.

지금 우리는 디지털 공간을 통해 실크로드가 지구촌을 에워싸고 있음을 보게 된다. 우리는 마치 망사주머니 속의 양파처럼 조밀한 실크로드의 그물에 둘러싸인 지구촌의 고금古今 문물과 동시에 교류하고 있는 것이다. 실크로드는 과거 문물의 교류 흔적을 추적하는 것만이 아니라 미래 세계에 그려질 새로운 문명과 문화를 예상하게 해준다.

처음 실크로드 답사 팀과 동행하면서 그리스 로마의 문명이 어떻게 동양으로 들어오게 되었고, 반대로 동양의 문명이 서양에 끼친 영향, 기독교와 이슬람, 불교가 어떻게 상호 교류하고 있는지를 눈으로 확인하는 것은 신나는 일이었다.

그러나 실크로드 답사가 계속되면서 눈으로 볼 수 없지만 마음으로 헤아려 볼 수 있는 어떤 것들을 추적해 본다는 것은 더욱 고맙고 신나는 일이었다. 혜초 스님의 발자취를 따라가며 혜초 스님과 나를 동일시해 1,200년 전의 하늘과 땅, 산과 강물, 그때 혜초 스님이 헤아렸을 세상과 지금 내가 보고 있는 세상을 대비시켜 본다는 것, 혹은 책 속에서 혹은 옛이야기 속에서 만났던 사람들의 고향을 찾아가 지금까지 전해오고 있는 그들의 이야기를 듣고, 전해오는 신화와 전설을 채록하고, 그것이 우리 생활과 문학에 어떻게 스며들었는가를 찾아보는 것 등등은 늘 경이롭고 고마웠다.

나는 때로 책 속에서 만났던 사람들이 살았던 장소를 찾아가서 그 사람들에 관련된 이야기를 들으면서 시간을 초월해 그들을 직접 만나고 있는 듯한 감동을 받고는 했다. 돌아보면 나는 학문적 지식이나 실질적 이익을 위해서가 아니라 새로운 것을 보고 듣고 만나고, 옛사람들의 흔적과 거기에 관련된 이야기를 듣는 것이 좋아서 여로에 오르고는 했다.

이런 이유들로, 나는 나의 여행일기에 '실크로드의 나그네'라는 제목을 주었다. 이것은 실크로드로 찾아 나선 나그네라는 의미도 있지만, 내가 보고 들은 이야기를 한 필의 조촐한 비단으로 짜보고 싶다는 욕망, 내가 짠 이야기의 비단을 조심스레 풀어내 보여주고 들려주고 싶다는 희망도 곁들여 있는 것이다.

제1권 동양편은 한국과 중국편으로 구성되어 있다. 한국편에서는 강원대 교수 문화유적답사 팀, 강원대 사대교수 세미나 팀, 강원대 국어교육과 문화답사 팀, 문화기획 '금토' 팀과 함께 했다. 중국편에서는 한중인문학회의 해외 학술연구 발표대회에 참석, 학술대회 이후 회원들과 함께 여행했었던 여정들을 기록하였다.

제2권 동남아시아편에서 카라코룸 하이웨이와 해양 실크로드 여행은 한국문명교류연구소 팀과, 캄보디아 여행은 강원대 과학교육과 교수세미나 팀과 동행했다. 한국문명교류연구소 팀과의 탐방 때에는 정수일 교수께서 인솔해주셨다. 정수일 교수께서는 문명 교류의 현장에서, 또는 달리는 버스 안에서 우리가 찾아간 지점의 문명 교류 배경과 과정, 특징들에 대해 강의해주셨다.

제3권 유럽 및 중동편에서 러시아 여행은 강원대 사대 교수 세미나 팀과, 북아프리카 여행은 한국문명교류연구소 팀과, 레반트 지역 여행은 인터넷신문『프레시안』의 인문학습원 답사 팀과 동행했다. 모스크바의 톨스토이 집 박물관에서 톨스토이가 직접 만든 가구와 옷들을 보았고, 무엇보다도 톨스토이 생전의 음성을 녹음한, 톨스토이의 육성을 들을 수 있었던 것은 경이로움 그 자체였다.

2011년 1월, 레반트 지역 여행지인 레바논, 시리아, 요르단, 이집트를 여행할 당시, 레반트에서 시리아로 국경을 넘어서자 레반트에서 장기집권 독재정치에 항거하는 시위가 일어났다. 시리아에서 요르단으로 들어서자 역시 시리아에서도 같은 이유로 격렬한 시위가 일어났다는 소식을, 요르단에서 이집트로 들어가던 때에 이집트의 카이로 거리에는 무장한 군인과 탱크가 요소요소를 지키고 검문검색이 일고 있었다. 카이로의 한 호텔에서 발이 묶였다가, 아수라가 되어 버린 카이로공항을 빠져나오던 때의 긴박한 순간을 잊을 수 없다. 이집트 탈출(탈애굽) 이후 이제 5년이 지났는데 아직도 레반트 지역의 정국은 혼미 상태에 있다. 특히 시리아에서는 정부군과 반정부군 사이의 격렬한 갈등이 지속되고 있고 이집트에서의 일도 심각하다. 레바논, 시리아, 요르단, 이집트, 그곳 순박한 사람들에게 불어 닥친 시련의 날들이 빨리 끝나기를 기도할 뿐이다.

여행지에서 대부분의 사진은 가급적 저자가 찍은 것을, 그러나 여의치 않을 경우 동행한 회원의 사진을 사진 주인들에게 허락도 받지 않고 그대로 실었다. 이점 그분들께 양해의 말씀을 구한다. 한국 홍도 여행에서는 강원대 김재구 교수, 러시아 여행에서는 저자의 카메라 고장으로 신관석, 황향희, 이경희 교수의 사진에 전적으로 의지했다. 레반트 여행에서는 한국외대의 유재원 교수, 이화여대의 김홍남 교수, 소설가 성낙주 선생의 사진을 게재했다. 사진 주인들께 깊은 감사의 말씀을 올린다. (사진을 이용할 경우 사진 주인의 성함을 함께 밝히도록 했다.)

아직도 내전이 지속되고 있는 레반트 지역, 일부 과격 단체와 시리아 난민 문제, 전쟁과 정쟁政爭 속에서 세상은 각박해지고, 위기 속으로 떠밀려 가는 듯한 느낌이다.

고향을 잃고 떠도는 난민들에게 편안한 거처가 마련되기를, 전쟁과 전쟁의 위기가 있는 곳에 평화가 이루어지기를 기도한다.

2016. 2. 20 솔바람마루에서

유인순

차례

남해 섬 이야기
홍도 · 흑산도 · 도초도 · 비금도

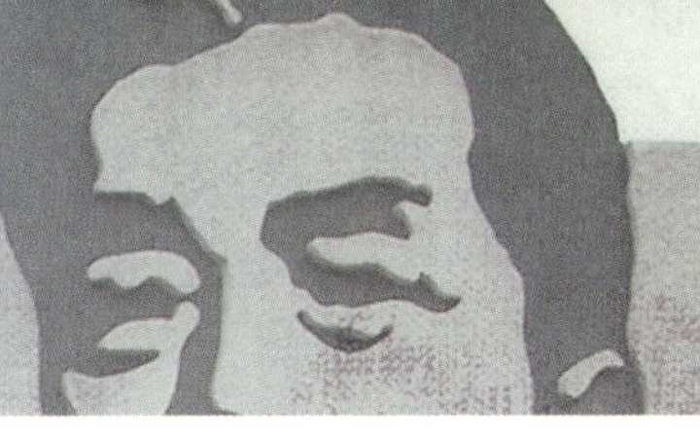

중국편

대륙의
고도를 찾다

한국편

옛날
이야기를
길어
올리다

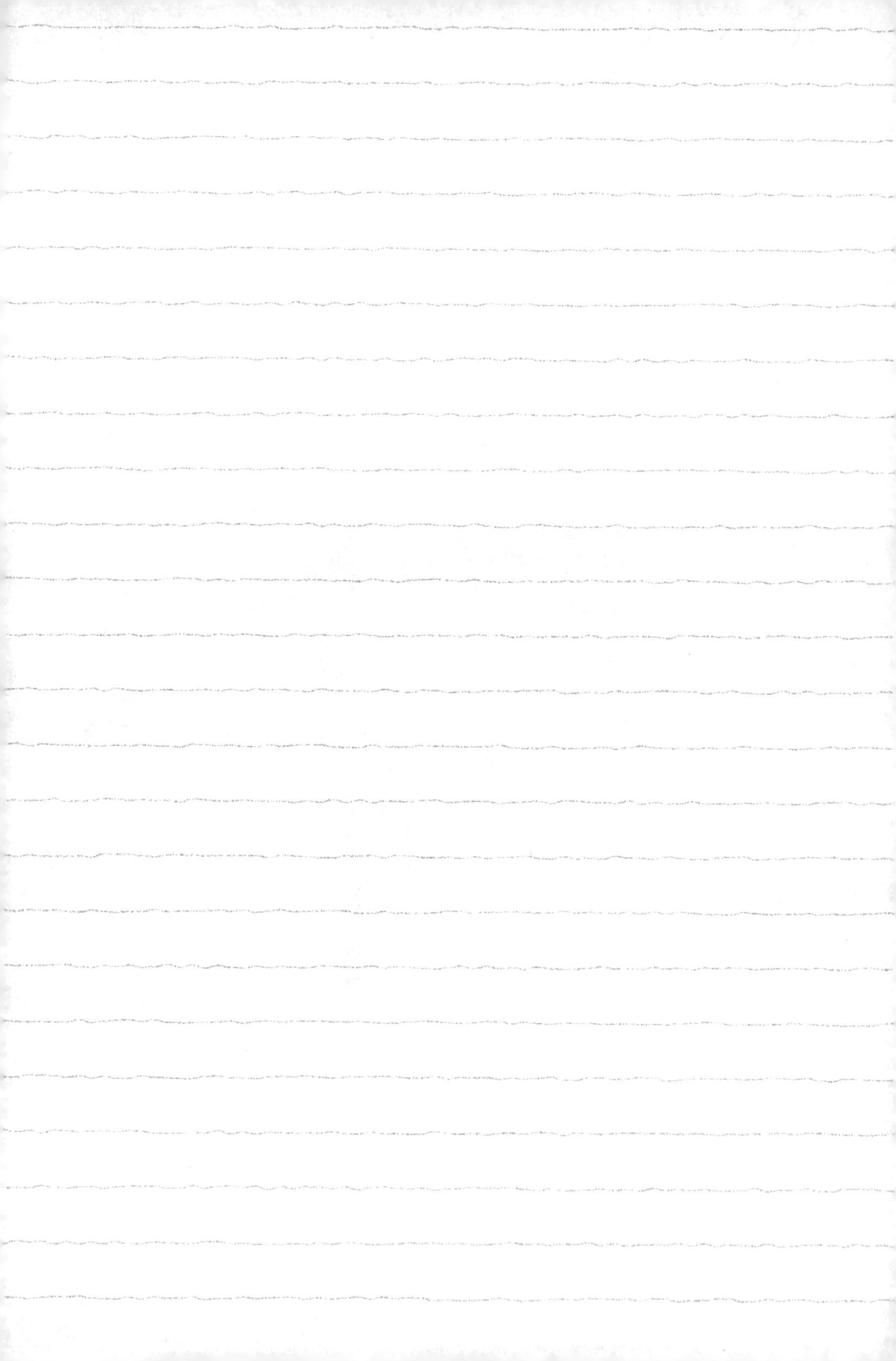

남해 섬 이야기

홍도 · 흑산도 · 도초도 · 비금도

 **01 춘천-목포-홍도**

가을 안개가 짙었다.

이른 아침 8명이 탑승한 두 대의 승용차가 학교를 빠져 나갔다. 정영준, 신철균 선생과 함께 김재구 교수의 차에 탔다. 목포까지는 중앙고속도로, 영동고속도로, 중부고속도로, 경부고속도로, 호남고속도로, 서해안고속도로, 모두 6개의 고속도로를 타야 한다고 했다.

문막휴게소에 들러 황태 해장국으로 조반을 들었다. 휴식 후 다시 출발 9시 30분에 여산휴게소에서 쉬었다. 따뜻한 커피와 만쥬빵을 샀다. 호두과자인 줄 알고 샀는데 입에 넣고 씹다 보니 씹히는 것이 없었다. 호두나 잣에 익숙해져 있던 입맛에 달큰한 크림은 별로였다.

고속도로는 쏜살같이 뻗어 있고, 남쪽지방으로 갈수록 아직은 푸름이 더 풍성했다. 여행이란 왜 사람 가슴을 설레게 하는 것일까……. 참가자 가운데 나 혼자 여자였다. 그럴 수가, 하다가 그럴 수도 있지 쪽으로 생각을 고치니 마음이 편했다. 고창 나들목에서 서해안 고속도로로 진입했다. 전세 낸 듯 길은 한가했다. 영동 고속도로는 관광인파로 차들이 그득하더니 서해안 고속도로 주변에는 억새풀만 한가롭게 바람에 날리고 있었다.

전라도 사람들의 억양이 부드럽듯이 훤한 들 멀리 보이는 산세도 부드러웠다. 한국에도 이렇게 널찍한 벌이 있구나 하는 감탄, 굳이 외국으로 구경을 나갈 필요가 있을까 하는 생각을 했다. 경기도와 강원도 지역에 숨막히게 들어서는 아파트 단지에서 살다가 벌과 나지막한 산으로 이어지는 함평, 고창 지대를 지나며 보니 눈이 시원했다.

대한민국 곳곳에서 지자체가 실시하는 내실없는 축제들에 대한 얘기를 하다가 정부에서 효과적인 조절을 해야 한다는 이야기, 특구화 특수화 지역들이 300개가 넘는다는 이야기를 했다. 왜 사람들은 그렇게 '특特'자에 집착하는지에 대한 이야기도 나왔다.

이제 특特에 중독된 사람들은 초超자를 덧붙이기 시작했다는 이야기, 문득 신철균 교수가 물었다. 인디언 추장 가운데 가장 강력한 추장이 누구였느냐는. 먹먹해 있는데 고추장이란다. 웃음이 터졌다. 고추장보다 더 강력한 추장은 초고추장, 그보다 더 윗길은 태양초 고추장이란다. 모두들 껄껄댔다.

좀 오래 전 이야기다. 춘천분지를 둘러싼 대룡산에 갔었던 때가 떠올랐다. 대룡산 어느 계곡에선가 내게 목욕을 하든가 발을 담그고 쉬라 하고 남성팀들은 모두 그 아래 어디쯤으로 간다고 했다. 한참 초가을 매미 소리 들어가며 계곡에 발 담그고 호젓하게 산중 휴식을 즐기었다. 아마 한 시간도 더 혼자 있어야 했다. 무료함을 느끼려던 판에 남성팀들이 데리러 왔다. 그들은 계곡에서 목욕재 개하고 바위 위에서 한숨 잘 잤다고 했다. 그때 누군가가 태양초를 참 잘 말렸지 했다. 어디 가까운 곳에서 태양초를 살 수 있나 싶어서 나도 몇 근 사고 싶다고 했다. 갑자기 폭소가 터졌다. 어리둥절해하는 내게 박 교수는 목욕하고 바위 위에서 거시기를 거풍시켰다고 했다. 이후 태양초 하면, 나는 그날 산속에서의 기억을 떠올린다.

서해고속도로, 억새가 바람에 날리는 고속도로를 달리다가 11시 50분에 목포 나들목으로 들어섰고 고속도로 통행료는 4,800원. 정오 무렵에 갯벌이 보이더니 마침내 목포 바다가 보이기 시작했다. 유달산이 시야에 들어왔다. 바다를 오른쪽에 끼고 달려서 12시 20분, 목포 여객선 터미널에 도착했다. 춘천에서 목포까지 471km를 6시간여 만에 달려온 것이다.

한반도의 북단에서 남단까지 많이도 달려왔다. 여객선 터미널 근처 식당에서 막걸리를 반주 삼아 점심을 먹었다. 항구도시라고 게찌개, 생선찌개, 게장, 밴댕이젓갈이 나왔고 고사리 도라지 부추나물들이 나왔다. 김치도 부추나물도 젓갈로 버무려서 뒷맛이 달았다.

여객선 터미널은 복합건물이었다. 1층에 주차장, 2층에는 터미널과 간단한 상점, 4~5층은 여행사 겸 사무실들이 입점해 있었다. 터미널 약국에서 멀미약을 사서 먹었다. 배 멀미에는 자신이 없었다. 2층 대합실은 넓고 깔끔했다. 대합실 유리창을 통해 여객선들과 화물선들, 연안지대의 건물들과 나지막한 산들이 보였다.

13시 20분에 출발하는 목포 - 홍도 사이를 달리는 '동양 골드호'에 올랐다. 선박료는 16,300원, 평균속도는 30노트로 시속 60km에 해당된다고 했다. 여객선 내는 관광객들로 그득했다. 신안군에는 104개의 섬이 있고 도민 수는 5만 5천 명 정도 된다는 선내 안내방송이 들려왔다.

신안군의 섬들은 풍부한 자원을 갖고 있고 연육연도連陸連島로 인한 교통의 수월함을 자랑했다. 신안군의 특산물로는 전국 소금의 70%를 생산하는 염전이 있고 섬에는 역사유물로 산성山城들이, 섬에 따라 당제堂祭가 유지되고 있다고 했다. 정약전, 최익현 같은 분들이 귀양 와서 사시던 흔적이 남아 있어서, 그분들이 유배지에서 이룩한 업적들을 소개했다.

임자도는 수화 김환기 선생의 고향이다. 그 생가가 보존되어 있는데 김 화백의 부친이 백두산에서 가져온 재목으로 집을 지었다는 일화를 소개했다. 내 기억 속에서 김환기 화백과 재혼한 여성은 변동림, 1930년대 시인이며 소설가였던 이상의 부인이었다. 이상이 사망한 후에 김환기 화백과 재혼했다. 임자도, 내 기억 속의 임자도는 라디오 드라마의 소재가 되었던 간첩단 사건 이야기, 김환기 화백의 고향이라는 이야기를 듣는 순간 임자도는 문득 환한 이미지의 그것으로 바뀐다.

8마리 새가 앉아 있는 모습이라고 해서 팔금도八禽島, 동학농민운동이 일어난 역사의 현장인 암태도에는 노두길이 잘 발달되어 있다고 한다. 노두길이란 바닷물이 빠지면서 나타나는 길이다. 자은도에는 수령 200년 이상 된 나무숲이 있고, 하의도는 김대중 전 대통령이 태어난 곳, 우이도에는 바람을 따라 모래성이 만들어진다는 이야기, 신의도에는 섬 면적의 80%가 염전이고, 장산도는 섬의 지형이 길고 성곽도 있고, 그런가 하면 비금도에는 유명사찰과 명사심리 해수욕장이, 홍도에는 33경의 수려한 장면이 연출되고 있다고……. 104개의 섬들마다 제각각의 사연이 다 있을 것이다.

홍도

오후 4시경 마침내 홍도에 도착했다. 섬으로 들어서는 사람들, 섬에서 나가는 사람들로 선착장은 활기를 띠고 있었다. 섬에서 나가는 사람들 가운데 대여섯 명의 수녀들도 보였다. 첫발을 홍도에 들여놓는 순간, 홍도는 상록식물과 사람 사는 가옥이 촘촘히 뿌리박고 있는 큼직한 수석(壽石)처럼 보였다. 식물도 사람도 깊이 뿌리내리지는 못하고, 원형의 긴 뿌리를 바위 표면에 흡착시키고 있는 풍란처럼도 보였다. 여행사 가이드를 따라 지정된 모텔로 향할 때, 좁고 경사가 심한 오르막길에 보이는 것은, 아니 홍도 전체가 식당, 횟집, 모텔만 들어서 있는 듯 보였다. 민가도 있으련만 적어도 선착장 부근은 관광객을 상대로 하는 사람들과 그들이 운영하는 사업체만 보였다. 두 사람이 간신히 다닐 수 있을 정도의 골목, 엔진을 장착한 리어카가 홍도의 택시이고 짐마차였다.

유성모텔 2층의 첫 번째 방. 나는 1인실에 짐을 풀었다. 우리 팀뿐만이 아니라 같은 여행사 예약자들 모두가 유성모텔 숙박자였다. 홍도는 풍란으로 유명한

곳. 각자 방에 짐을 두고 모텔 마당에 모여 모텔 주인인 중년 남자의 안내를 따라 난 전시장으로 이동했다.

난 전시장과 동백 자생림

모텔에서 100m도 떨어지지 않은 곳에 있는 자그마한 난 전시장이었다. 돌덩이에 긴 뿌리를 부착시키고 살아가는 자연 난들, 바위섬에 뿌리내리고 살아가는 섬사람들과 같은 강인함이라고 할까……. 곧이어 동백 자생림으로 올라갔다. 고목이 된 동백들이 있는 곳이었다. 동백숲 속에 근래에 복원한 듯 조금 어설픈 목제의 당산 두 채가 있었다. 50년쯤 전에 이곳 동백숲 속에 돌담으로 당산 구역을 설정, 할아버지 당산 신을 모신 당산 건물을 세웠었다고 한다. 그리고 20년쯤 전에 그 건물을 철거했다가 2003년에 다시 복원했다는 푯말이 있었다. 관광객의 눈요깃감으로 급조된 당산 건물이었다.

동백나무 숲에 전망대가 있었다. 전망대에서 우리가 들어왔던 선착장이 보였다. 하늘에 이어진 수평선 위의 섬, 나지막한 산, 그 산에 웅기중기 의지해서 살

| 1 | 2 | 3 | 4 |

1 홍도의 좁은 길
2 당산
3 난 박물관
4 동백숲 전망대에서 본 바다

아가고 있는 섬사람들이 바로 홍도의 풍란이고 맥문동이 아닌가.

　다시 좁은 골목길을 따라 선착장의 반대편에 있는 몽돌해수욕장 쪽으로 걸음을 옮기는데, 건물들은 대개 시멘트 1층 또는 2층들, 모텔 아니면 민박집들, 그 슬레이트 지붕 위나 옥상 위에는 예외 없이 커다란 청색 혹은 황색의 플라스틱 물통들, 빗물을 받아 보관하는 물 저장고라고 했다. 육지에서 먼 곳, 바다 한가운데 있으니 대기오염과는 거리가 멀고, 우기雨期에 빗물을 받아 그것을 생활용수로 사용한다는 것이다.

몽돌해수욕장

바다는 잔잔했고, 바람도 부드러웠다. 몽돌은 수천 년 동안 물결에 깎인 크고 작은 둥근 돌들이었다. 보길도 해변에서 보았던 것 같은 몽글몽글하고 동글납작한 돌의 해변, 지난 여름 성수기에 피서객들이 버리고 간 쓰레기가 보기 좋은 돌들 사이에서 보기 싫은 장면을 만들고 있었다. 바닷물 속의 몽돌은 그 색채가 선명하고 예뻤다. 몽돌에는 손톱만 한 고둥이 매달려 있었다. 신철균 교수는 화구

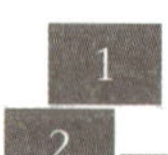

1 지붕과 옥상에 플라스틱 물통을 비치해두고 있다.
2 몽돌해수욕장의 몽돌과 우렁이
3 해변풍경을 스케치하는 신철균 교수

를 펼쳐놓고 병풍처럼 해수욕장을 감싸고 있는 산을 화폭에 옮기고 있고, 우리 일행들은 신 교수의 화폭에서 되살아나는 몽돌해수욕장의 풍경을, 나는 바닷물결에 닳아가는 몽돌을 바라보며 시상을 가다듬었다.

몽돌해수욕장에서

지난 여름의 추억
구름 따라 흘러가고
가을 물결 따라온 나그네
수평선은 아득하기만 하다.

석양은
돌출한 산마루에 걸리었고.
파도에 깎이고 치대인 몽돌들은
동그라미를 꿈꾼다

노여움도
슬픔도
둥글게, 둥글게
안으로 빚어온 몽돌

누가 이름 붙인 것일까

몽돌이라고

가슴 속에 몽돌 하나 품고

살아 보기로 한다.

모텔에서 몽돌해수욕장에 있는 횟집을 소개했다. 주인은 모텔 주인과 같은 사

몽돌해수욕장의 석양 무렵

람. 농어와, 또 일본사람들이 몹시 좋아한다는 부시리라는 이름의 생선회. 사범
대 이애희 교수가 보내준 21년산 양주 한 병, 그리고 잎새주를 더 보태서 저녁
식사를 하기로 했다.

좋은 경치와 좋은 음식과 좋은 술과 좋은 사람들이 함께 하는 시간……. 바다
의 낭만과 바다의 추억을 위해서 38선이 가까운 강원도 춘천에서 홍도까지 달
려온 풍류객들이었다. 들어 올리는 술잔마다에 낭만을 채웠다.

홍도에서의 첫날, 횟집에 이어 간 곳은 선착장에 있는 해녀가 직접 운영하는
집. 해녀가 자신이 따온 해삼과 전복, 문어, 소라를 직접 손질해서 담아 내왔다.
해녀는 30대 중반, 여리고 고운 모습의 여성이었다.

다음 날 이른 아침식사를 위해 일찍 자리에 들어야 했다.

2007. 10. 3. 수요일, 안개 · 흐림.

 **02 홍도-흑산도-도초도-비금도**

잠결에 깨어보니 새벽 3시, 다시 일어나 보니 4시, 홍도의 모텔에서 깨어난 아
침. 쿠션이 좋지 않은 스폰지 이불을 2개 겹쳐 자다가 깨어나서 등줄기가 편치
않았다. 생각보다는 바닷가의 새벽이 춥지 않았다. 이불도 반쯤만 걸치고 잤다.
창문을 조금 열어 놓은 상태인데도. 그렇게 보면 춘천은 얼마나 서늘한 곳인가.

5시 20분, 이곳 모텔의 손님들은 아직 잠들어 있다. 조용하다. 홍도에서의 1박

2일 팀은 조반이 6시 30분이라고 했겠다. 오늘은 홍도 유람선을 타고 홍도를 한 바퀴 돌아보는 관광, 곧이어 흑산도로 간다고 했다.

어제 새벽부터 자동차로 배로 온종일 걸려 찾아온 홍도. 많이 피곤하다. 지난 저녁 몽돌 해수욕장의 광경이 하나의 그림 되어 머릿속에 자리잡았다. 깨끗한 물살과 그 아래 선명한 빛깔로 빛나던 몽돌들, 그 몽돌에 빨판을 대고 있던 작은 고둥들, 철 지난 해수욕장 해변에서 사진 찍던 처녀애들의 모습, 해수욕철이 지난 해수욕장은 고즈넉하기만 했다.

모텔 1층 식당으로 내려갔다. 이미 다른 관광객들은 식사를 하고 있다. 우리 일행 8명 함께 모여 미역국에 생선찌개, 조기구이, 밴댕이젓국으로 담근 매운 배추김치, 부추김치로 조반을 든다. 미역이 부드럽고 국물이 달았다. 삶은 단호박이 달고도 시원하다.

7시 20분에 모여서 홍도 일주 유람선에 올라 유람한다기에 모텔 앞마당에서 모이는 줄 알고 방안에서 시간을 보내다가 나가보니 모텔은 텅 비어 있었다. 마당에서 청소하던 이가 나를 보고 눈이 휘둥그레지더니 배 뜰 시간이 되었다고 선착장으로 빨리 나가라고 했다. 재빨리 가방을 챙겨들고 달려 나가며 보니 선착장으로 들어서는 낯익은 모습들이 보였다. 우리 일행들이 자기들끼리 이야기하며 가느라고 나를 잊고 있었던 것이다.

"나를 좀 챙겨서 가요."

허남욱, 신철균 교수에게 부탁했다.

홍도유람선

홍도유람선에 올랐다. 해설사는 햇살에 그으른 깡마른 사내, 목소리는 힘차고 입담도 대단히 걸쭉했다. 그가 들려주는 홍도의 개요는 다음과 같다.

홍도는 목포에서 서남쪽으로 115km 떨어진 곳, 흑산도와는 21km 떨어져 있다. 홍도란 이름의 지명은 홍어가 많이 잡히는 곳이라 홍어도紅魚島, 일제시대에는 섬의 모양이 매화같이 예쁘게 보이는 곳이라 매가도梅佳島, 섬의 암벽이 붉은 빛이 도는 곳이라 홍도紅島라 불리게 되었다.

홍도에서 일몰이 가장 아름다운 때는 7월 25일경부터 8월 15일 무렵까지, 일몰이 아름다워서 홍도, 물고기 빛깔이 빨개서 홍도, 섬의 바위가 붉은색이어서 홍도라 불린다. 유람선이 홍도를 일주하는 데 걸리는 거리는 20.8km, 소요시간은 2시간 30분 정도. 홍도의 면적은 서울의 여의도보다 조금 크다. 홍도에 사람이 살기 시작한 것은 1679년 조선조 숙종 4년, 고씨 성을 가진 이가 최초로 홍도에 들어왔다.

홍도의 가구는 대략 170호, 상주하는 주민은 550명 정도, 1965년 4월 7일에 섬 전역이 천연기념물 147호로, 1981년에 다도해 해상국립공원으로 지정받았다. 홍도에서 가장 높은 곳은 깃대봉으로 해발 368m, 그러나 현재는 천연기념물(540개의 희귀식물군)을 보호하기 위해 입산금지 중, 내년부터는 문화해설사의 인솔 아래 홍도의 산을 오를 수 있게 된다.

유람선 해설사는 '눈구멍 크게 벌리고' 홍도의 아름다운 자연경관을 보라고 한다. 그가 해설을 하는 동안 수다 떠는 관광객에게 '중앙 방송이 나가는 시간에는 지방방송을 끄라'고 호통을 한다. 그가 정해준 홍도의 네 가지 특징은 첫째, 아름다운 홍갈색의 기암절벽, 둘째, 절벽 사이에서 자라는 소나무들이 보여주는 자연스러운 소나무 분재, 셋째, 홍도의 깨끗한 바닷물로 수심 20m까지 물고기가 헤엄치는 것을 볼 수 있을 정도, 넷째, 홍도의 크고 작은 150여 개의 동굴들로, 동굴이 많은 섬이라 홍도는 여자의 섬이라고 불린다고 소개한다.

홍도 연안의 바위들은 시선에 따라 달라 보이는데, 앞에서 보면 형제바위 뒤에서 보면 도승바위라 불리는 것이 바로 그것이다. 유방바위는 이등변 삼각형 형태로 거의 비슷한 크기의 두 개의 바위산은 초록 모자를 덮어 쓴 듯, 키 작은 식물군이 바위의 상단부를 덮고 있었다. 유방바위에서는 여성들이 목욕재계하고 풍어제를 지내오는 곳, 그 안에 동굴이 있지만 신성한 곳이라 사람들이 들어가지 않는다고 한다. 유방바위 뒤로 남문바위, 홍도의 관문이라고 했다. 홍도는 중국과도 가까운 곳, 만일 사람들이 홍도에 살고 있지 않으면 중국인들이 홍도를 중국 땅이라고 부를 만큼 가까운 곳이라 한다. 허긴 홍도의 생성이 1억 5천만 년 전, 중국 쪽으로부터 밀려온 빙하가 이곳에 머물면서 생겼다는 것. 빙하가 밀려올 때 암반들도 함께 밀려와 이곳에 정착하게 되었다고 한다.

남문바위를 중심한 수심은 5m 정도, 남문바위 뒤로 돌아가서 잠시 유람선이 멈추었다. 칼바위가 남문바위 뒤에서도 보였다. 이름 모를 크고 작은 바위에는 6종류의 조개류가 서식 중. 크고 작은, 색깔도 모양도 다양한 조개들이 바위에 붙어 있었다. 곧이어 물개 형상의 바위, 병풍바위, 삿갓바위를 보면서 홍도에서 두 번째로 높다는 해발 234m의 양산봉 아래로 배는 지났다. 해설사는 갑자기

목청을 돋구어 아마도 배멀미를 하는 아가씨인가 본데, 비싼 돈 내고 유람선 탔으면 눈꺼풀을 들어 올리고라도 좋은 경치를 감상해야 한다고, 갑판으로 나가서 시원한 바람 쏘이고 오라고 했다.

거꾸로 자라는 사철나무

섬의 산자락 벼랑 아래를 지날 무렵이었다. 60년 된 사철나무가 동굴에 거꾸로 매달려서 자라고 있는 광경을 보라고 했다. 제법 큼지막한 동굴 입구에 거꾸로 자라는 나무가 있었다. 수직상승이 나무의 역할인데 그것을 거부한 사철나무를 어떻게 설명해야 하나. 세상의 상식을 거부하고 거꾸로 자라는 나무가 신기했다. 해설사는 거꾸로 자라는 나무가 있는 곳을 '요술동굴'이라고 불렀고, 그 동굴 입구에는 정성 드리는 사람들이 다녀간

흔적인지 비닐봉지며 플라스틱 그릇들이 동굴을 쓰레기장으로 만들어놓고 있었다.

봉황동굴

영화 캐릭터 ET를 닮은 ET바위, 그리고 봉황새가 다녀갔다는 전설 서린 봉황동굴, 유람선은 봉황동굴 입구에 선두를 조금 들이밀었다. 동굴 입구 암벽에는 6종의 조개가 서식하고 있다고 했다. 선두로 나가 보았다. 동굴 천장에서 물방울이 투두둑 하고 떨어졌다.

"사모님 인제 구멍에서 뺄라요? 구멍에서 뺄 때는 사모님 허가를 받아야 합니다."

조금 외설스러운 어조로 능청을 떠는 해설사……. 유람선은 동굴에서 다시 뒷걸음질쳐 나왔다. 동굴로 들어간다고 했지만 20m 정도 들어갔을까……. 봉황동굴은 중형 유람선 한 척이 고개를 들이밀었다가 그대로 뒤로 멈칫거리며 물러나올 정도의 규모였다.

실금리 동굴은 그 입구가 여러 곳. 더운 낮에 고기 잡아 가지고 들어가서 고기 구워 먹고 낮잠 자다 보면 여러 개의 입구에서 불어 들어오는 바람이 거문고를 뜯는 듯한 소리를 내서 실금리 동굴, 그리고 절벽 위에 큼직한 직사각형 바위 하나가 간신히 붙어 있는 아차바위. 웬만한 대형 금고만 한 크기의 직사각형 바위가 매달려 있었다.

그 험한 폭풍우에도 아차바위가 그의 묘기를 자랑할 수 있는 것은 홍도의 바

위에 유난히 많이 함유된 철분이 강력한 접착력을 갖고 있는 때문이란다. 아차바위를 지나자 상투바위, 촛대바위, 사자바위, 곰바위, 철새들이 쉬어가는 바위와 동굴, 무너질 듯한 암벽 아래를 지났고, 원앙바위, 기둥바위가 나왔을 때는 그 위로 파랗게 자라고 있는 식물은 홍도 원추리라고 했다. 기둥바위는 전설 속에서 홍도를 받쳐 주고 있는 기둥, 그 기둥바위가 무너지면 홍도는 가라앉는다고 했다.

시루떡바위와 주전자바위, 거북바위

'시루떡바위'와 '주전자바위'가 나왔다. 옛날 어느 시어머니가 용왕제를 지내기 위해 며느리에게 떡을 찌라고 했는데 그만 떡이 설어서 시어머니께 꾸중을 듣게 되었다는 전설, 일면, 시어머니가 떡을 시루에 앉힐 때 떡가루에 물을 잘못 배합해서 떡이 설었다는 설도 있다고 한다. 모두 후대인이 만들어 붙인 이야기지만 보고 듣기에 그럴 듯했다. 시루떡바위는 정말 떡시루를 엎어서 꺼내놓은 시루떡의 옆모습을 하고 있었다.

'주전자바위'가 가까이 있었다. 주전자 물부리와 손잡이를 갖춘 모습이다. '주전자바위'는 낚시꾼들이 가장 좋아하는 곳이라는데 홍어가 많이 낚이는 곳일까. 홍도 홍어 가운데 특상품은 100만 원, 보통은 30만 원. 겨울철의 홍도 홍어가 가장 맛이 좋은데, 요즘 홍어는 40만 원 가량이라고 한다. 한 마리당 그렇다는 것인지 서너 명이 먹을 만한 양이 그렇다는 것인지는 물어보지 못했다.

거북바위 옆을 지났다. 커다란 거북 한 마리가 뭍을 향해 머리를 박고 있는 바위로 보였는데 방향을 틀어 다시 보면 커다란 거북바위의 몸통쯤에서 작은 새끼 거북 한 마리가 두 앞발을 세우고 막 일어서는 듯한 앙증맞은 모습을 연출하고 있었다. 일출봉의 무인등대 어름에서 유람선은 정지하고, 해상에서 펼쳐지는 먹거리 잔치, 자그마한 어선이 유람선 옆으로 왔다. 홍도 어부가 직접 잡아온 싱싱한 생선을 유람선의 관광객이 주문하면 그 자리에서 회를 떠 주는 해상 저잣거리가 만들어졌다. 우리 팀에서는 2만 5천 원 하는 횟감 한 접시와 소주 두 병을 주문해서 갑판에서 잔치가 벌어졌다. 배 위에서, 멀지 않은 홍도를 바라보며 초고추장에 찍은 횟감을 입속에 담으면, 부드러운 생선살의 감촉과 특유의 달큼한 맛에 마음은 한없이 흐뭇해졌다.

해설사 박상석 씨

해설사가 잠시 쉬는 틈을 이용해서 그에게 다가가 '여행일기를 쓰는 사람이다, 그대의 이름과 나이를 알고 싶다'고 했다. 자신에게 팬이 생겼다고 금시 기분이 좋아진 그는 마이크를 켜고 '지금 나를 좋아하는 글 쓴다는 이가 찾아와서 이름을 묻는디, 아이구 좋아라, 명함 한 장 줄텅게, 원하는 아줌씨들 모두 모이시오

홍도 해설사

잉’ 하고 방송을 한다. 그는 명함 뒷면에다가 63년생, 45세, 홍
도1구 이장이라고 휘갈겨 썼다. 명함에는 에어컨 완비된 방주
모텔, 그리고 홍도회집이라는 상호 아래 홍도유람선협업㈜
이사 박상석이라고 인쇄되어 있었다. 입심도 좋고, 또 사람들
을 즐겁게 해주는 해설사였다.

　일단 홍도에 다시 올랐다가 10시 37분 출발하는 동양 골드
호에 탑승했다. 홍도에서 흑산도에 들렀다가 가는 배였다. 선
임은 6,300원. 객실은 한산했다.

흑산도

11시 10분에 흑산도 예리항에 도착했다. 섬이라기보다는 뭍이라는 생각이 들
정도로 넓고 산은 숲이 무성한 육산肉山이었다. 여행사에서 지프차가 나왔다. 흑
산도 일주관광 지프차라고 했다. 우리 팀은 두 대의 지프차에 나누어 탔다. 우리
가 차에 오르자 운전기사 백선재 씨는 차분하게 인사를 했다.

　“감사하고라이. 전라남도 신안군 흑산면이고, 다녀오신 홍도는 흑산면 홍도리
그렇답니다. 면소재지랍니다.”

　흑산도의 산에는 소나무 동백나무 후박나무 같은 사철나무가 무성해서 멀리
서 보면 섬 전체가 검푸르게 보여서 흑산도라 불린다고 했다. 전기는 자가발전
으로 사용하고 있고, 흑산면은 주변에 유인도가 11개(홍도, 장도, 상패도, 중패도 ,하패
도, 대금도, 자물도, 가거도, 만자도, 용산도, 흑산도), 이곳 섬 주민은 5천 명 정도, 그 가운

데 대흑산도에는 2천 5백 명이 살고 있다고 했다. 지프차는 마을 사이로 난 포장된 길을 따라 천천히 달렸다. 청동기 시대 지석묘가 보였고, 학교는 초등학교 2개교 중학교 1개교, 고등학교는 육지로 가야 한다고. 45년 역사를 가진 흑산중학교 옆을 달렸다. 학생 수 35명, 인근 섬에서 온 학생들을 위해 기숙사가 있다고 했다. 흑산 성당이 있었다. 홍어축제를 앞두고 마을들에서는 잔치 준비를 하고 있었다. 홍어축제를 알리는 현수막들이 걸려 있었다. 75년 역사의 흑산초등학교도 길가에서 보였다. 3층 건물이 두어 동 있는 옆을 지나며 흑산도에서 제일 좋은 아파트라고 소개했다. 뭍에서는 자그마한 연립주택에 속할 건물이었다.

흑산도에서의 주업은 가두리 양식장, 전복과 우럭을 양식한다. 홍어, 전복, 미역 다시마가 흑산도 주요 생산물. 홍어배가 따로 있다고 했다. 홍어를 잡기 위해서는 특수한 어구가 필요한 때문이다. 요즈음 이 지역에서 오징어가 잡혀도 그것은 모두 동해에서 온 오징어잡이 배가 잡아가고 있다고 한다. 어류의 종류에 따라 어구가 서로 다른 까닭이다.

'당산' 옆을 지나게 되었다. 사진을 찍고 싶었으나 사진 찍는 곳이 따로 있다고 차를 세우지 않았다. 언제 당산제를 지내냐고 물었더니 정월 대보름에 지낸다고 했다. 저수지를 가리켰다. 현재 두 개의 저수지가 있다고, 그리고 또 하나의 저수지를 만들고 있다고 했다. 물은 날마다가 아니라 일주일의 반 정도 급수, 그래서 집집마다 물통을 구비해두고 그곳에 물을 저장해서 아껴 쓴다고 했다. 당제에 대해 물어보았다. 마을의 어른들이 지내신다고 했다. 지금도 발탁된 남성에게 금기사항(여성과의 교접금지)이 주어지냐고 물어보았다. 그러나 그의 대답은, 지금은 모두 자연스러워졌는데 그 이유는 대개 교회 다니는 이들이 많기 때문이라고 했다. 흑산도의 당제가 대단히 엄격했었던 것으로 알고 있다고 했더니, 현재 명목만으로도 당제가 지켜지고 있는 것 자체가 고마운 일이라고 했다.

흑산도에 사람이 살기 시작한 것은 828년, 신라 말부터다. 읍동 지역이 원조 흑산도 마을, 최초의 흑산도 입도민이 살던 곳이라고 했다. 길가에서 얼마 떨어지지 않은 계곡에 석탑과 석등이 보였다. 고려시대 무림사란 절터로 임란 때 절은 사라지고 그 당시의 팽나무가 지금까지 그 터를 지키고 있었다. 나지막한 산의 정상에서 허리까지 빙 돌아가고 있는 반월성(길이 2,300m, 높이 0.5~2m)이 보였다. 정확한 축성 연대는 알 수 없고 장보고가 왜구를 막기 위해 세운 성이라고 했다. 후박나무와 동백군락지가 펼쳐져 있었다.

운전기사 백선재 씨는 운전을 하면서 차분하게 흑산도를 소개하는 솜씨가 좋아서 특별히 관광객을 위한 교육을 받은 적이 있었느냐고 물었더니 그런 적은 없고 책자를 보면서 공부했노라며 쑥스러워했다. 흑산도가 조상 때부터의 고향이었느냐고 물어보았다.

"아니더라우이. 본래 해남 땅끝 마을인디져라잉, 거기서 제가 수영선수였는디, 수영하다가 물에 휩쓸려서라이 그만 여기 흑산도까지 오게 되었어지라이."

재치 있게 받아 넘기는 말솜씨에 다 함께 웃었다. 그는 그의 고향 해남이 조오련 선수의 고향이라는 말도 했다. 이어서 홍도의 동백은 11월 또는 12월부터 피기 시작한다고 했다. 동백꽃 핀 흑산도의 아름다움을 눈에 그리며 그러면 그때 관광객들이 많이 오냐고 했더니 예상 밖의 대답을 했다. 바람이 심해서 선박 운

행이 어렵다는 것이다. 관광객이 찾지 못하는 때에 동백꽃은 흑산도 주민들만
을 위해서 피어나는 것이다.

흑산도 아가씨 노래비

전망대 건물 2층으로 올라갔다. 난간에서 일단 눈앞에 펼쳐진 장면들을 보았다.
바다와 양식장들, 반월성이 내려다보이고, 가까운 곳에 '흑산도 아가씨 노래비'
가 있었다.

남몰래 서러운 세월은 가고
물결은 천번 만번 밀려오는데
못 견디게 그리운 아득한 저 육지를
바라보다 검게 타 버린 검게 타 버린
흑산도 아가씨

1 반월성의 흔적 ―산의 상단부 1/3 지점에서 가로로 그어진 금
2 흑산도 아가씨 노래비

어느 관광객이 흑산도 아가씨의 노래 버튼을 눌러 놓았던가, 이미자의 노래가 주변을 촉촉하게 적셨다. 노래비는 화강석으로 장식한 3단의 받침대 위에 큼직한 자연석을 세로로 길게 세워놓은 형상으로, 뭍을 향해 그리움을 토해내는 아가씨처럼 먼 바다를 바라보고 있었다.

흑산도 전망대에서 나와 지프차에 올랐다. 흑산도 일주도로는 절벽에 공중잡이로 만들어진 관광도로였다. 일행 중 누군가는 중국 황산의 관광도로를 떠올렸다. 그에 못지않게 강파른 산언덕에 잇대어 만들어놓은 하늘길이라고 할까……. 지금은 괜찮지만 세월이 지나면 어느 날 균열되고 부서져 내리지 않을까 염려가 되는 도로였다. 그렇다고 밑에 단단한 교각을 세운 것도 아니었다.

장도를 지나며 습지에 대한 이야기를 들었다. 3만 평에 이르는 장도습지는 창녕 우포늪처럼 보호지역으로 설정된 곳. 장도습지에 있는 물을 끌어서 생활용수로 사용하고 있다고 한다. 생활용수 사용으로 인한 습지의 유지를 걱정하자 습지 아래쪽에 파이프를 박아서 그곳에서 나오는 물을 사용하는 것인 만큼 걱정하지 않아도 되리라는 것이 백기사의 의견. 장도에는 초등학교가 하나 있는데 재학생은 3명뿐. 포장된 흑산도 일주도로의 끝에서 차는 다시 돌아섰다.

신들의 정원

처음의 출발지로 되돌아오는 길에 '신들의 정원'이라 단장된 당산에 들렀다. 흑산도 일주유람선 뱃시간 때문에 마음이 급했던 백기사가 우리에게 사진 찍을 시간을 주지 않았다가 약간의 여유시간을 확인하고 나서 '신들의 정원'에 들러

보라고 했다.

진리당과 용왕당의 아담한 기와 건물이 한 울타리 안에 상당과 하당으로 나뉘어져 있었다. 진리당은 마을의 번영을 기원하기 위한 당산이고 용왕당은 어선의 무사와 풍어를 기원하는 곳. 1955년 전광용 교수의 『조선일보』 신춘문예 당선작이 「흑산도」. 소설 「흑산도」는 용왕제를 지내기 전날 저녁부터 이야기가 전개된다.

정전 직후, 서울대 국문과의 전광용 교수가 구비문학자료 답사차 흑산도에 왔다가 좋은 소재를 잡고 그것을 작품화한 것이 바로 「흑산도」였다. 복술이였던 가. 섬처녀 복술이가, 섬총각 용바우를 폭풍우에 잃고 겪어야 했던 서러운 사연, 섬사람들이 겪어야 하는 서러운 운명 때문에 나는 또 얼마나 많이 가슴 아파했 었던가…….

당산의 전설

신들의 정원 한편에 당각시와 피리부는 청년에 대한 전설이 푯말에 기록되어 있었다.

옛날 어느 날, 이곳 진리마을에 유기그릇을 실은 배 한 척이 들어왔다. 그 배에는 유기장수들과 동행한 청년 한 사람이 있었다. 유기장수들이 유기그릇을 파느라고 며칠을 머무르는 동안, 청년은 틈만 나면 이곳 당산 언덕 위에 올라와 피리를 불었는데 그 소리가 자못 유장했다. 사철 파도소리와 바람소리만 들어오던 당각시의 귀에 청년의 피리소리는 새로운 세계의 시작이었다. 당각시는 청년의 피리소리에 반하고 청년에 반해버렸다.

유기그릇들을 다 판 유기장수들이 배를 타고 뭍으로 나가려고 하나 파도가 높았다. 청년을 사모하는 당각시의 한숨 때문에 바다가 꿈틀거렸고 파도가 사나워진 것이다. 그래서 배는 출발할 수가 없었다. 얼마간을 파도 때문에 뭍으로 나갈 수 없었던 사람들은 그 원인이 청년에게 있다는 사실을 알게 되었다. 유기장수들은 어느 날 청년 몰래 자기들만 배에 올라타고 섬을 떠나갔다. 혼자서 섬에 버려졌다는 사실을 늦게야 알게 된 청년은 울다가 지쳐 당산에 올랐다. 그는 몇 날 며칠을 피리만 불다가 마침내 절벽에서 투신, 죽고 말았다 한다.

인간 청년을 사모하는 당각시의 안타까움, 인간이 아닌 당각시의 사랑을 용납할 수 없는, 오직 일행에게 버림받았다는 배신감과 소외감 때문에 죽고 마는 청년의 슬픔. 당집 앞에는 청년이 떨어질 당시에 있었던 노송과 청년의 무덤이 있었다고 한다. 훗날 사람들이 청년의 무덤을 파보니 그곳에서 청년이 불던 피리가 발견되었다고 한다. 얼마나 피리를 잘 불었으면 당각시가 피리소리에 반했을까. 아니 얼마나 외로운 섬이었으면 당각시마저도 모처럼 찾아온 인간 청년에게 집착하게 되었을까…….

흑산도 처녀

흑산도를 처음 알게 된 건

소설 '흑산도'를 읽고 나서……

다시 흑산도를 만난 건

이미자의 '흑산도 아가씨'

그때부터 가슴에 담아두었다.

찾아가 보리라

외로운 섬 흑산도……

용왕제 지내던 날 저녁

당집 진리당

까막바위 앞에서
섬처녀 복술이 용바우를 만났지.
만선으로 돌아오면
복술이 신발 한 켤레 사 오겠노라
약속하던 용바우……

다시 돌아오지 않는 용바우
섬 사내의 팔자는 바다에서 죽는 것
한 배 타고 나가 폭풍에 지고나면
떼장사 나는 섬집들

오직 하나 의지처 할배도 가고
뭍으로 가그라.
모두들 뭍으로 떠나가는데
복술이 홀로 남아 용바우 기다리네.
진리당의 당산각시, 용왕당의 용왕님께
복술이 기도 드리네.

소설의 바깥세상,
시류 따라 흑산도의 주된 사업

어업에서 거두리 양식업으로 바뀌었단다.

당산에 오른 제사장들

풍어제 대신 양식업의 성공을 빌까

흑산도 복실이의 후예들은 영악해졌네.

관광객을 한 번 쳐다보면 주머니속이 보여

돈 잘 쓰는 관광객이 가장 반갑단다.

복실이 그대 여기 있다면

내 주머니 속 사정도 드려다보이는가

처음 지프차를 타던 곳으로 와서 골목길 따라 올라가자 모텔을 겸한 음식점, 갈치젓갈, 부추김치, 배추김치, 생선 매운탕의 맛이 대단하다.

흑산유람선

13시에 흑산도 예리항에서 유람 쾌속선에 승선했다. 유람선 운임은 1만 7천 원, 흑산도의 면모를 제대로 보여줄 곳까지는 6~7분을 달려야 했다. 예리항에서 보이는 마을이 진리마을, 흑산도 면사무소 소재지란다. 배에서 통로를 다닐 때에는 항상 난간을 붙잡고 다니라고, 그리고 배의 중심을 잡아달라고, 승객이 한쪽으로 치우치면 배가 기울게 되고 그렇게 되면

"뒤집어지겠지라우. 자빠지는게라우, 자빠지며는 어마어마한 대형사고가 발

예리항에서 본 흑산도

생이 되는지라우.”

　미리 관광객에게 조심하라고 강조하는 해설사 정해근씨의 당부가 희극적으로 들림은 무슨 까닭일까. 쾌속 유람선으로 관광하는 데 소요시간은 1시간 40분. 홍도 유람선보다 소요시간이 짧은 것은 오직 관광만 하지 사진을 찍으라고 하거나 생선회를 사먹으라는 시간이 없기 때문이며 홍도 유람선 식으로 하면 7시간은 걸리리라는 것이 흑산도 유람선 정해근씨의 주장이었다.

　바다는 잔잔했다. 선실에 있다가 갑판으로 올라갔다.

　흑산도 — 1,300년 전, 신라 경덕왕 2년 장보고가 전남 완도에 청해진을 설치했다. 전남 신안군 흑산면. 100개 이상의 섬으로 되어 있고, 유인도가 11개, 나머지가 무인도. 열목동굴을 지났다. 작은 마을이 있었다. 두목리 마을, 가리비조개를 생산한다. 흑산도 홍어 10kg 정도는 수협입찰 가격으로 35~48만 원. 다물

도리는 홍어가 처음 잡힌 곳이고, 수리마을은 전복, 해삼 멍게, 소라가 특산물이라 했다.

학바위

학바위를 지났다. 마을의 연장자께서 정월 초하루, 목욕재개하고 찾아와 학바위를 보실 때 잘 보이면 한 해 풍어가 들 것이고 마을도 풍요로워지리라고 한다. 그러나 그 반대면 걱정이 가득하고. 계곡 깊숙한 동굴 안쪽, 수면 1m 위쪽으로 하얀 학 한 마리가 보였다. 살아있는 듯한 학 모양의 바위였다. 마을의 길흉을 점쳐 보여주는 학바위, 일명 풍년 학으로 불린다고도 했다. 모두들 박수를 쳤다. 우리들의 박수는 풍년 학이 갖고 있는 운수를 얻어보려는 행사라 했다.

　학바위에 서린 전설……. 아주 오랜 옛날 학 한 쌍이 날아들었다. 아내 학이 알을 품고 있는 동안 남편 학이 먹이를 구하러 갔다가 돌풍을 만나 돌아오지 못했다. 남편 학을 기다리던 아내 학은 기다림에 지쳐 화석으로 굳어졌다. 그것이 오늘 우리가 본 학바위라 한다. 사람에게 뿐 아니라 학에게도 아니, 모든 존재에게 기다림의 사연은 서럽고, 서럽기에 아름답다.

칠성동굴

13시 30분에 배를 바위 턱에 대고 칠성동굴로 갔다. 커다란 동굴 안으로 들어가 보면 다시 일곱 개의 동굴이 뚫려 있어 칠성동굴로 불리는 곳이었다. 높이 20m, 한쪽 동굴의 길이는 100m에 이른다고 했다. 장보고 시절, 당나라와 교역할 때

칠성동굴

이 동굴에 칠성탑을 쌓아놓고 용왕제를 올린 곳. 때로는 풍랑을 피해 배를 정박시키고 풍랑이 지나기를 기다리던 곳. 칠성동굴에는 사람이 살지는 못하고, 하루에 두 번 물이 들고난다고 한다.

배에서 내려 바위산을 타고 칠성동굴로 들어갔다. 동굴은 날카로운 암석으로 이루어져 있고 터널 모양의 동굴 저편으로 푸른 산이 보였다. 장보고의 발걸음이 닿았던, 용왕제를 올리던 동굴, 사람은 가고, 전설 속에서, 역사 속에서 만나는 장보고, 해상 왕 장보고를 계속 생각했다.

다시 배에 올랐다. 최익현 선생이 유배되어 머물렀었다는 지역을 바라보다가, 촛대바위 곁을 지났다. 배가 지나는 방향에 따라서 촛대바위는 돛대바위로, 남근바위로, 또 바랑을 멘 스님바위로, 임신한 아낙이 남편을 기다리는 어머니바위로 바뀌었다. 문제는 시점이다. 어디에서 보느냐에 따라 동일한 대상에 대한 의미와 이름은 달라진다. 우리의 삶도 그럴 것이다. 부디 우리에게 주어진 시선이 어떤 대상을 향하든 따듯하고 부드러운 것이었으면.

다시 흑산도 선착장에 도착(14 : 40), 도초도와 비금도로 떠나는 배에 올랐다. 뱃

삯은 11,550원. 15시 5분에 흑산도를 출발, 16시 10분에 도초도에 도착했다. 지프차가 기다리고 있었다. 운전기사의 이름은 노시원, 키가 크고 선량한 인상이었다. 그의 입에서 도초도 소개하는 말들이 줄줄이 쏟아져 내린다.

도초도

도초면의 인구는 4천 명 정도, 마을은 35개, 면적은 1,700만 평, 이들 중 염전이 200만 평, 주요 특산품은 소금으로 400억 원의 수입을 올리고 있다. 학교는 초등학교가 3곳, 중 · 고등학교가 각각 1곳, 비금도와 도초도에 택시가 20대 돌고 있다.

2번 국도를 타고 가면서 좌우에 펼쳐진 넓디넓은 밭은 염전이었다. 감나무가 많은 길을 달려서 시목 해수욕장으로 갔다. 모래밭이 고왔다.

1 촛대바위
2 염전
3 명사십리 해수욕장의 모래구슬들

지난 여름에는 해수욕객으로 인산인해를 이루었었다고 한다.

명사십리

길이 937m의 남해대교를 건넜다. 섬과 섬을 연결하는 연육교였다. 비금도로 들어섰다. 명사십리明沙十里 해수욕장으로 갔다. 해변의 차진 모래밭 위로 지프가 달렸다. 타이어의 무늬가 모래면 위에 그림을 그렸다. 비금도 앞 바닷물은 푸르고 수평선은 멀었다.

모래 표면으로 녹두알 크기로 빚어진 모래구슬들……. 신기해서 들여다 보니 엽낭게가 먹이활동을 하면서 만들어 놓은 것이라 했다. 모래사장에는 게들이 만들어 놓은 무수한 전위 예술작품들이 펼쳐져 있었다. 작품의 자료는 콩알 크기에서 녹두알 크기까지의 모래구슬들. 인간이 만드는 예술품이란 실은 자연물을 모방하는 게 아닌가 하는 생각을 했다. 고운 모래 위에 둥글게 또는 여러 추상무늬를 만들면서 모여 있는 모래예술의 향연……. 휴가철이 끝난 명사십리 해수욕장에는 바다와 모래벌판을 보려는 사람들이 이따금 찾아들고 있었다.

빨간 모텔 508호실에 투숙했다. 아래층은 식당을 겸하고 있었다. 창문을 열자 가까운 곳에 있는 그림산의 수려한 모습이 들어와 안겼다.

2007. 10. 4, 목요일, 갬.

잠결에 시계를 보았다. 새벽 어슴푸레함 가운데 4시를 알리는 시계, 일어나 커튼을 걷고 내다보는 바깥은 어둠이었다. 다시 누웠다. 그리고 6시 무렵에 일어났다.

빨간 모텔 508호실, 창문을 열었다. 부드러운 안개 바람이 방안으로 스며들었다. '그림산'이라는 이름에 걸맞게 비범한 산세가 시선을 끌었다. 작은 돌기를 갖고 있는 능선, 수평으로 공중을 가로지르다가 울퉁불퉁 바윗덩어리가 모여 있는 산 아래로 조그만 마을들이 옹기종기 모여 있었다. 추수한 논과 밭이 새벽 안개 속에 조용히 깨어나고 있었다. 옆방에서 두런거리는 소리, 동행들의 목소리가 텔레비전 뉴스 소리에 섞여 들려왔다.

조반은 1층에 있는 빨간 가든식당에 차려져 있었다. 돼지고기를 숭숭 썰어 넣은 두부김치찌개, 조기 구이, 숙주나물, 김치, 콩장이 식탁을 차지하고 있었다.

비금도의 한 구석, 섬마을이라는 것과는 달리 농사를 짓는 내륙이기에 반찬도 육지의 식당에서 보는 것과 별반 다를 것이 없었다. 소주로 반주를 하면서 어제 저녁, 수치도에 전경으로 근무하는 아들을 가산 항구까지 불러내 부자상봉하고 온 백인학 교수의 이야기를 들었다. 모처럼 외딴 섬에 사는 아들을 만나 가산항의 식당을 찾았으나 식사를 하지 못하고 문어 한 마리에 소주 한 병 마시는 데 2만 원을 지불했다고 한다. 가산항 마을은 물건을 살 만한 가게도 없고, 아주 조용한 항구마을이라기보다는 작은 농촌마을과 같더라고 했다.

그림산

　어제 우리를 안내했던 지프차 운전수가 나타났다. 비금도 구경은 어제로 다 끝났고 오늘은 가산항으로 가서 철부선을 타고 목포로 나가는 일만 남았다고 했다. 비금도는 그렇게 조그만 섬, 염전과 두 개의 해수욕장, 그 외에는 관광지로 개발된 곳이 없다는 것이다. 빨간 모텔을 배경으로 한 산자락이 범상치 않기에 물어보았더니 아직 젊은 운전기사는 전설에 대해서는 잘 모르는 듯했다. 이름이 그림산이라 불릴 만치 아름다운 산이라면 무언가 이야깃거리가 있을 만한데, 아쉬웠다.

　가산을 향해 가던 중 밭 가운데 좀 넓은 수로가 있었다. 당산 마을로 군郡에서 연꽃을 심어 연꽃 조성단지로 만들고 있다는 곳, 수련이 여기 저기 띄엄띄엄 피어 있었다. 당산에서 좀 떨어진 용소마을에는 지난 8월에 연꽃이 만개했었노라고 했다. 2~3년쯤 뒤에는 당산의 수로에 연꽃이 가득 번식할 것이라고도 했다.

　당산 마을에 있는 바윗덩어리 산을 가리키더니 떡뫼산이라고 했다. 커다란 찰떡덩어리들이 한꺼번에 웅켜붙은 듯한 바위산 위를 가리키며 자라가 산으로 올라가는 모습으로 보이지 않느냐고 했다. 그가 지프차를 세운 지점에서 보니 정말 자라 한 마리가 머리를 산 정상 쪽을 향해 기어오르고 있는 듯했다.

떡뫼산이 어디에 있었는지는 모른다. 그 옛날, 아기를 낳은 지 얼마 안 되는 아낙이 냇가에 빨래를 하러 나왔다가 떠내려 온 떡뫼산에 깔려 죽었다는 이야기가 전해오고 있단다. 토막 전설을 듣고 나서 노시원 기사에게 아낙이 무슨 부정을 타게 해서 그리 되었느냐고 물었더니 그건 잘 모르겠다며 미안해했다. 좁은 도로를 달리다가 지프차가 섰다. 염전이 펼쳐져 있었다. 완성된 소금을 자루에 담아 운반하는 소형 협궤가 염전을 가로 세로 달리고 있었다.

가산항

가산항 여객선 매표소 건물은 신축된 지 얼마 되지 않아 산뜻했다. 선착장까지 바닷물이 출렁이고 있었다. 물이 들어서 그렇고, 물이 나가면 갯벌이 보이며 자동차가 달릴 수 있다고 했다. 한 마리 새가 날개를 펴고 비상하는 모습을 추상화한 표지판 앞에서 바다 건너편에 길게 수평으로 늘어선 섬이 보였다. 수치섬이라고 했다. 원수치를 중심으로 상수치 하수치로 나뉘어 있고 그 안으로 들어가면 넓고 숲도 무성하다고 젊은 기사는 설명했다. 기념으로 그의 사진을 찍으며 이름을 물었더니 수줍어하면서 '노시원'이라고 했다. 배는 붐비지 않을 것이라고 했다. 대개의 섬사람들은 쾌속정을 타지, 여기 저기 들리는 철부선을 타지 않는다. 섬사람들에게 모든 뱃삯은 5천 원씩, 우리의 도선료는 5,200원이었다. 노기사는 우리에게 철부선鐵浮船의 배표를 나누어주고 돌아갔다.

여객선 매표소 건물 안으로 들어갔다. 건물 내부는 양면이 유리로 마치 건물

56

이 바닷물에 떠있는 듯, 물결이 출렁이는 것을 보고 있으니 현기증이 일었다. 가산 지역민들 서너 명, 외지에서 온 사람들이 또 그만큼 있었다.

50대로 보이는 깔끔한 차림의 노신사와 외지 손님 사이에 비금도에서 생산하는 소금에 대한 얘기가 오가고 있었다. 지금 중국에서 싼값으로 소금이 들어오고 있지만, 알 만한 사람들은 비금도 소금이 얼마나 우량한 품질인지를 안다는 것. 노신사는 비금도 염전주로서 소금에 대한 자부심이 대단했다. 어떤 것이 좋은 소금이냐고 했더니 손으로 쥐어봐서 부서지는 느낌, 실제 잘 부서지는 것, 물에 용해되기 쉬운 것, 조금 촉촉한 기분이 드는 것이라고 했다. 그런 소금으로 장을 담가야 제맛이 난다는 것이었다. 소금 가마니를 그늘에 놓아 간수가 빠진 다음에 소금을 사용하던 생각을 하고 있는데, 마침 나와 같은 생각을 하던 방문자가 간수를 빼야 하지 않느냐고 물었다. 간수는 자연스럽게 빠져야 하는데, 소비자들이 건조한 깔깔한 느낌의 소금만을 양질의 것이라고 생각하는데 거기에도 문제가 있다는 것. 소비자 취향에 맞추어 일부 생산자들이 기계로 소금의 수분을 탈수해서 상품화하고 있다고 했다. 그런데 그렇게 하면, 소금에 배어 있던 무기질이 물과 함께 빠져 나갈 수 있다는 것이다. 음식을 위해서는 맛과 영양소가 고루 있어야 한다는 것이 노신사의 지론이었다.

소금을 만드는 과정에 대해 물어보았다. 바닷물을 염전의 원전에 괴게 하여 여러 단계의 염전으로(흙바닥 염전으로부터 타일바닥 또는 장판 바닥으로 된 염전에 이르기까지) 이동시키는데 볕이 좋은 여름이면 열흘, 또는 보름 정도 걸린다고 했다. 한 드럼 정도의 갯물(바닷물)에서 건질 수 있는 소금은 5되 정도, 염전은 보통 1배미, 2배미라고 불리고 또는 1정(3,000평), 2정, 3정으로도 불리는데 노신사는 1정보 정도의 염전을 부부가 운영하고 있다고 했다. 비금도 생산지에서 소금값은 30kg에 2만 원 정도, 뭍에서 커다란 소금공장 사람들이 이것을 사다가 다시 새로운 공정을 하여 시장에 내놓게 된다고. 노신사의 이름을 물었더니 황남승 씨라고 했다.

철부선이 가산항으로 들어왔다. 안좌, 팔금, 미금, 도초를 거쳐 가는 대흥 페리호 9호였다.

아래 칸에는 자동차들이 들어가고 선객들은 이층으로 올라갔다. 이층은 커다란 교실바닥 같았다. 탑승객은 20~30명 정도, 객실은 넓었다. 젊은 축들이 모여서 화투를 하고 몇 사람은 바닥에 누워 잠을 청하고 있었다.

10시 20분에 가산항을 출발했다. 가산항 식당에서 낙지와 소주를 준비한 우리 문화답사 팀이 한 판 술판을 벌였다. 뜨거운 물에 살짝 데친 낙지는 살이 부드러웠고 잎새주는 입에 달았다. 지난밤 늦도록 술을 마신 동행들, 술을 피하는 사람들이 있는데 신철균, 백인학, 정영준 교수들 사이에 입담 경쟁이 시작되었다.

"사람이 어떻게 자기 좋은 것만 먹고 사나?"

억지로 술잔을 돌리며 하는 말이다. 밤늦도록 술을 마셔 속이 아프다고 하니까

"그래도 그렇지."

옆에서 술을 강권하는 이에게 '당신도 술을 피한 일이 있지 않느냐'고 항의했다.

"그럴 수도 있지."

이 말들은 모두 신철균 교수 어록에서 계속 발전되고 있는 말이었다. 상대방을 공격할 때에는 '그래도 그렇지'이고 자기 합리화를 할 때에는 '그럴 수도 있지'가 신 교수의 공식화법이었다.

대흥 페리호는 잔잔한 남해바다를 시적시적 걷는 듯 달리고 있었다. 남해 바다는 호수 같았다. 크고 작은 섬들이 다가왔다가는 물러나고, 김 양식장의 말뚝들이 줄을 지어 서 있는 모습은 평화로웠다. 이제 다시 뭍으로 돌아간다는 마음, 멀리 작은 섬에 뿌리 내리고 살아가는 섬사람들, 우리들이 때로 섬을 동경하는 것처럼 그들도 뭍을 그리워하고 있으리라는 생각을 한다.

목포

목포 여객터미널에 도착했다(12 : 15). 유달산 정상 부근의 정자가 자그마하게 보였다. 점심은 터미널 부근 서귀포식당. 우리가 서귀포식당으로 향하자 호객을 하던 제주식당 남자주인인 듯한 이가 '그곳은 우리와 음식 맛이 다릅니다', 빈정대듯 말했다. 도청소재지와 그렇지 않은 곳에 대한 비교우월론인가.

홍어삼합 정식을 시켰다. 어디 산 홍어에요, 칠레산입니다. 음식점 주인은 당당하게 말했다. 흑산도 홍어가 마리당 70~80만 원이라고 했다. 그러나 그것은

부자들의 먹거리이고 우리에게는 수입산 홍어를 맛보는 것만도 대단한 도박이다. 약간 숙성시킨 홍어 살은 쫄깃하고 뒷맛에 암모니아 냄새가 배어 있었다. 묵은지에 얇게 저민 홍어 살 한 조각, 삶은 돼지고기 한 조각을 올려놓고 먹었다. 목포 막걸리를 마셔가며 먹는 홍어삼합, 막걸리까지 들어갔으니 홍탁삼합이었다. 처음 먹은 먹거리였지만, 계속 먹는다면 인이 박혀 좋아할 것이다. 점심값은 어제 가산항에서 수치도에 전경으로 근무하는 아들과 상봉한 백인학 교수가 지불했다. 나는 서귀포식당 옆의 젓갈집에서 성어 젓갈 한 통(7천 원)과 가르비조개 젓갈 한 통(1만 5천 원)을 구입했다. 흑산도에서 갈치젓이 참 맛있었는데, 이곳에서는 구입할 수가 없었다. 관광지에서는 눈에 보이는 대로 금방 사두어야지 도서지방이라고 해도 비금도 같은 곳은 농업지대라 생선 구경이 쉽지 않았다.

13시 35분에 목포 여객터미널을 출발, 춘천을 향했다. 도중에 함평휴게소에서 커피를 마셨고, 서남해 고속도로를 거쳐 호남고속도로 경부고속도로를 지나 17시에 중부고속도로로 들어갔다. 만종 분기점에서 교통사고 여파로 정체되어 천천히 달리다가 18시 15분에 문막휴게소에 도착, 이상헌 교수 차는 우리보다

1 대흥 페리 9호
2 김 양식장이 있는 남해
3 목포 페리호 선착장

아주 많이 떨어져서 오고 있었다. 일단 우리는 춘천까지 차를 몰았고 19시 36분에 미래관 주차장에 도착했다. 김재구 교수 승용차 트렁크에서 짐을 꺼내 내 차로 옮겼고, 김재구 교수 차로 애막골 쪽갈비집에 도착했다. 20분쯤 뒤에 이상헌 교수 승용차에 탑승했던 일행이 도착했고, 저녁 식사대는 내가 내었다. 지난 2박 3일간 편안히 지낼 수 있었던 것에 대한 감사의 의미였다.

2007. 10. 5. 금요일, 갬.

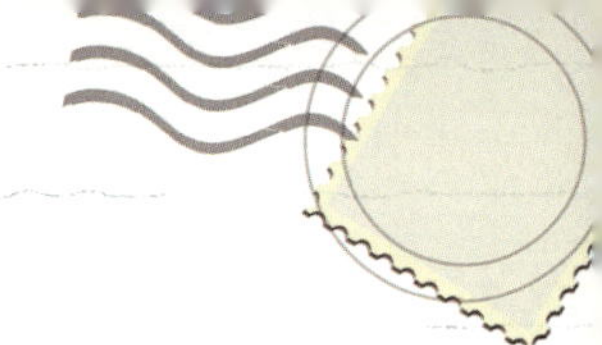

제주 올레길 이야기

서귀포 · 성산읍

01 춘천-인천공항-제주공항-서귀포

종합운동장 옆 태백가든 앞에서 문화 커뮤니티 '금토'의 집행부 포함 13명이 25인승 버스에 올랐다(04 : 00). 낯익은 얼굴은 유현옥 대표 한 사람뿐. 모두 처음 보는 사람들이었다. 2월 하순의 새벽은 어둑했다. 지난밤 숙면을 못했기로 비몽사몽, 버스 안에서 눈을 감고 있었다. 자지 않았다고 했지만 그래도 조금은 잤다.

인천공항에 도착했다(05 : 55). 115분 만에 춘천에서 인천공항까지 달려온 것이다. 같이 여행할 이들은 이원상 금토 이사장 부부, 키가 큰 최병옥 선생, 시의원 서상훈 씨 부부, 유현옥 씨 부부, 김나현 씨 모녀, 김남윤 씨 모녀(이들은 편의상 홍천 모녀와 주문진 모녀로 불렸다), 시립도서관 사서 김옥분 씨, 조임옥 씨 그리고 내가 있었다. 주문진 모녀팀은 항공기 탑승권 문제로 김포공항에서 대한항공편으로 출발, 제주공항에서 합류하기로 했다.

내게 주어진 비행기 탑승권은 OZ8595, 좌석번호 19C. 1970년대 초반, 진해-서울 간 국내선을 탄 이후 처음 타보는 국내선이었다. 국내선이라 검색에 별로 신경을 쓰지 않았는데, 열쇠고리에 달려 있던 작은 칼이 검색대원에게 걸렸다. 결국 작은 칼을 검색대원에게 넘기고 말았다. 2003년이던가 그 작은 칼 하나 때문에 오사카 간사이공항에서 귀찮은 일을 당했었는데, 그때는 그래도 그들이 보관했다가 인천공항에서 전해주어 오늘까지 갖고 있을 수 있었는데, 결국은 칼을 포기하게 되었으니……. 나와 그 칼과의 인연이 아마 20년이 훨씬 넘었을 것이다.

비행기에 탑승하기까지는 대기실에서 오래 기다려야 했다. 1971년 봄, 졸업여행으로 제주도를 찾았던 때가 떠올랐다. 밤새 야간열차를 타고 목포역에서 내렸던 기억, 이난영의 〈목포의 눈물〉이 구성지게 울려 퍼지고 있었다. 우리는 허름한 식당에 들어가 세수를 하고 조반을 들고는 유달산에 올라 목포 시내를 조망했다. 그리고 오후에 목포에서 제주로 가는 배에 올랐었다. 우리 모두 20대 초반의 대학생들이었다. 한대성 교수, 박부길 조교선생이 우리들의 인솔 교수셨다. 성산봉, 용두암, 지하 동굴, 비자림……. 기억이 잘 나지 않는다. 함께 갔었던 클래스메이트들, 이제는 모두 이순에 들어섰다. 그때는 왜 그렇게 예민했었던 지……. 뭍으로 돌아오던 페리호, 폭풍을 만나 흔들리던 배 안에서 뱃멀미로 정신을 놓아버렸었던 기억……, 그런 때가 있었다.

제주행 아시아나 OZ8595호는 활주로에서 비행순서를 오래 기다리다가 8시 18분에야 인천공항을 이륙했고 9시 6분에 제주국제공항에 착륙했다.

제주대 서귀포 연수원

서귀포

공항을 빠져나오니 다다고속관광에서 보내준 25인승 버스가 대기하고 있었다. 공항 가까운 신제주시에 있는 식당 청어림으로 들어갔다. 제주도에서의 첫 먹거리는 해장국 '몸국'이었다. 돼지 사골을 고아낸 국물에 해초 '몸'을 넣고 끓인 국이었다. 손가락 길이의 자리돔 조림이 나왔다. 처음엔 그것이 풋고추장아찌인 줄 알았다. 처음 먹어보는 몸국은 뒷맛이 개운했다.

제주대 서귀포 연수원까지는 50분 거리, 제주시에서 서귀포시로 향하는 여로였다. 바다가 가까워서인지 버덩치고는 나지막한 지대였다. 길가에는 처음 보는 상록수들, 빨간 동백꽃이 피어 있었다. 어디에선가 사거리를 지나는데 추사 김정희 선생의 유배지를 알리는 표시판이 보였다. 남자 어른의 주먹보다도 더 큰 하밀감이 주렁주렁 달린 가로수가 눈길을 끌었다. 대추야자나무가 높다랗게 줄지어 선 거리도 있었다.

11시 15분경에 제주대 서귀포 연수원(서귀포시 보목동 소재)에 도착했다. 연수원은 백색의 3층 건물, 서귀포 시내에서 떨어진 바닷가 마을에 있었다. 한 방에 네 명씩, 이원상 이사장 님의 부인 함은옥 씨, 이분은 남편과 함께 땅끝마을에서 춘천까지 도보여행을 한 여걸. 서상훈 춘천시의원의 부인 김영자 씨는 40대 초반의 건강미녀, 그리고 유현옥 씨와 나, 202호의 룸메이트가 되었다.

일단 짐을 풀어놓고 가벼운 배낭차림으로 본격적인 제주 올레 걷기에 나섰다. 올레란 우리네가 쓰는 고샅, 골목을 의미하는 제주도 방언이다.

제주 올레 걷기

11시 27분에 제주대 연수원을 출발 서귀포 해수 오물처리장을 통과, 천천히 걸으면서 즐기는 여행이 시작되었다. 제주 올레 걷기의 특징은, 제주 올레 재단에서 우리가 걸어가야 하는 노정을 벽이나 전봇대, 또는 바위나 아스팔트 바닥에 푸른색 페인트로 화살표시 해 준 것을 찾아 그 방향으로 가면 되는 것. 해수 오물처리장 앞바다는 서귀포의 한 모퉁이. 서귀포 앞바다는 맑고 잔잔했다. 바닷가로 내려가 손을 담가 보았다.

서귀포 바다

이십 대에 찾아왔었던 서귀포 바다
바닷물에 손 담그고 인사를 청하네
서귀포 바다여
그때는 몰랐었네, 젊음이 축복이었음을.

손끝으로 전해오는 바다의 온기
사람의 체온과 비슷하네

'검은여'를 거쳐 봄꽃이 피기 시작한 해변 길을 걸었다. 흰 꽃망울을 달고 있는 초록의 긴 잎새, 수선화들이 무리지어 피어 있었다. 바닷가에 피어난 수선화, 짭조름한 해풍을 맞으며 청초하게 웃고 있었다. 귓바퀴로 휘감아 도는 '일곱 송이 수선화'를 흥얼대며 걸었다.

해변 길을 지나 동백나무 촘촘한 골목을 걷다 보니 전망 좋은 지대에 들어선 칼 호텔 건물, 정원에 난대식물들을 조림해서 이국적인 풍취를 자아내고 있었다. 어깨 높이의 검은 돌담길 위로 서너 길은 됨직한 향나무들이 해풍에 흔들리고 있었다. 고흐의 그림에 나오는 향나무를 떠올렸다. 고흐의 그림들이 살아서 흔들리고 있었다. 고흐의 그림엔 선과 색채로 고정된 향나무와 공기의 진동, 고흐의 그림은 언제 어느 때나 한결같은 모습이다. 그러나 우리 앞의 향나무는 순간마다 변화무쌍한 그림, 우리 앞에 살아 있는 그림 속엔 바다의 짭조름한 비린내, 봄꽃 냄새, 풀냄새가 스며 있고, 눈으로 볼 수 없는 바람이 옷 속으로 파고들고 머리칼을 휘날렸다.

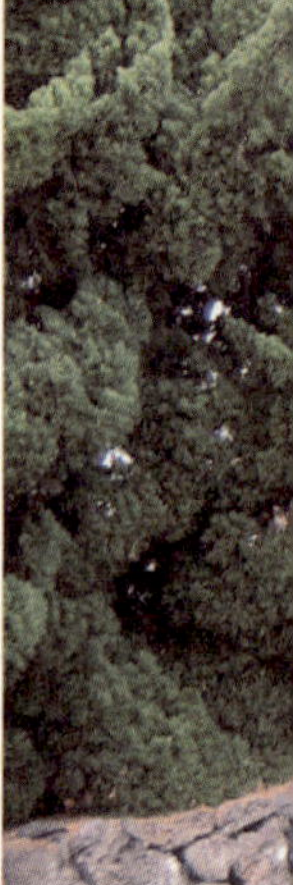

소정방폭포

파라다이스 호텔 쪽으로 내려섰다. 소정방폭포로 향하는 길이었다. 잡초 사이에 이름 모를 꽃들이 피어 있었다. 계단을 따라 내려가자 뭍에서 바다로 떨어져 내리는 계곡의 물, 육지와 바다의 낙차 지점에 있는 소정방폭포…… 소정방폭포를 가운데 두고 암벽과 바다가 보여주는 경치는 오밀조밀했다. 이름만 듣고 당나라 장수 소정방과 연관된 전설이 서린 곳으로 오해했다. 그러나 인근에 규모가 거대한 정방폭포가 있기에 그에 비해 작은 폭포라는 의미로 붙여진 이름이 소정방폭포였다. 소정방폭포는 규모는 작아도 수량이 풍부했고, 인근 바다는 연두에 가까운 초록색이었다.

소정방폭포의 좁고 강파른 계단을 오르자 아담한 찻집 겸 기념품 판매장이 있었다. 내쳐 푸른 화살표를 따라 바닷가 오솔길을 걷다 보니 보리밭이 있었고 길은 막혀 있었다. 뒤로 돌아나오다 보니 '소라의 성'이라는 상호를 가진, 잠시 전에 본 찻집 겸 음식점이었다. 소라의 성 주변에 무더기로 하얀 수선화가 피어

있었다. 열심히 푸른 화살표를 찾아가며 걸었다. 길은 다시 아스팔트 포장도로로 들어섰다. '정방폭포'는 유료 입장이라기에 직접 내려가 보지는 않고, 폭포가 내려다보이는 곳에서 카메라의 줌을 당겨서 사진을 찍었다. 해안가 언덕길에 커다란 기와지붕의 서복 전시관이 있었다. 바깥에서 구경만 했다.

서복 전시관 徐福展示館

서복 전시관은 진시황제 시절, 황제의 사자 서복에 관련된 전설을 소개하고 있었다. 불로초를 구해오라는 황제의 명에 따라 시황의 사자 서복(혹은 서불)이 500여 명의 동남동녀童男童女를 데리고 바다를 건너와 이곳 서귀포 정방폭포 해안에 배를 대고 삼신산의 하나인 영주산한라산에 올라 불로초를 구했다. 그 기념으로 서복또는 서불은 정방폭포 암벽에 '서불과지徐市過之'라는 글자를 새겨놓았다. 그리고 서쪽으로 떠났다. 서귀포의 지명 유래는 바로 이 서불과지에서 나왔다고 한다.

『파한록破閑錄』에 의하면 이와 같은 전설의 사실 여부를 확인하기 위해 제주목사 백낙연이 사람을 시켜, 밧줄을 타고 정방폭포 암반에 새겨진 글자를 그려오게 했다. 그려온 글자 수는 모두 12자, 그러나 모두 과두문자蝌蚪文字여서 해석할 수 없었다. 과두문자란 고대 중국의 서체. 고대에는 죽간댓조각을 엮어 만든 서책에 옻을 묻혀서 기록했는데 딱딱한 대나무에 옻으로 글씨를 쓰다 보면 옻이 뭉쳐서 글자의 획이 마치 올챙이처럼 머리는 크고 뒤는 가늘게 되어서 그리 불렀다고 한다.

서복은 역사적인 인물이면서도 이제는 전설적인 인물이 되어 버렸다. 그는 불로초를 가지고 진시황에게 돌아갔을까. 진시황이 죽은 것을 보면 서복은 진시황에게 돌아가지 않았다.

송산동 언덕에는 전망대가 있었다. 전망대에 올라 송산동 앞바다를 바라보다가 뒤돌아서 보니 그곳에는 관광객을 상대로 갈치요리 전문점들이 즐비하게 늘어서 있었다. 전망대 주차장에는 갈치요리 전문점보다 훨씬 더 많은 수효의 관광버스들이 들어서 있었다.

푸른 화살표를 따라 걸어가는 중에 '자구리 담수욕장'이란 푯말이 보였다. 담수욕장이 있는 곳은 서귀동 해안 34번지, 옛날 이 구역에서 소와 돼지 등의 가축을 잡는 도축장이 있었다는 것, 소를 잡는다는 제주도 방언이 '자구리', 도축장에는 물이 필요한데 이 구역이 도축장으로 안성맞춤이었다는 그런 내용이었다.

서귀포 초등학교를 찾아갔다. 자그마한 학교였다. 학교 담장 쪽으로 고목이 되다시피 한 동백나무들이 줄을 이어 서있었고 반짝이는 동백나무 잎새 사이로 빨간 동백꽃이 피어 있었다. 학교 운동장 가장이로는 놀이기구들이 한가롭게 늘어서 있었다. 학교 운동장 숲길을 걸어서 화가 이중섭 선생^{1916~1956}이 한국전쟁 때 서귀포 바닷가 마을에서 피난살이 하던 곳을 찾아갔다.

이중섭의 피난거처

이중섭의 피난거처는 주택가 안쪽, 돌담 울타리의 골목길로 들어서자 곧 나타났다. 유채꽃이 피어 있는 작은 밭을 지나자 돌담과 돌계단으로 괴인 마당으로 들어섰고 그곳에 굵은 새끼줄로 가로 세로 곱게 얽어 묶은 초가지붕의 집이 나타났다. 부엌으로 들어가는 문짝에는 청색 현판이 하나 — 흰색 글씨로 '이중섭 가족이 1951년 1월부터 12월까지 머물던 곳'이라고 기록되어 있었다.

이중섭, 평남 평원군 출신으로 오산고등보통학교를 거쳐 일본의 분카학원文化學院 미술과에서 수학, 재학중에는 독립전獨立展과 자유전自由展에 출품하여 인정을 받았고 졸업하던 해에는 미술창작가협회전에서 협회장상을, 1943년에는 미술창작가협회 태양상을 받았다. 1946년에는 일시 원산사범학교 미술교사로 근무, 같은 해 원산문학가 동맹의 동인지『응향凝香』지의 표지화를 그렸다. 이『응향』지를 본 당시 공산주의 정부당국은 이 잡지의 동인들을 퇴폐주의자로 몰았다. 이에 시인 구상具常은 곧 월남했고 이중섭은 한국전쟁이 발발하고 미군의 북진이 행해지자 가족과 함께 원산을 탈출, 서귀포에서 일 년 정도 머물게 된다.

이중섭이 오산고보 출신이라는 것에 주목할 필요가 있다. 오산고보는 남강 이승훈 선생이 설립한 학교로 한때 춘원 이광수 선생이 교사 생활을 했고, 조만식 선생이 교장으로 재임했으며, 염상섭, 김억이 교사 생활을 하던 곳이다. 김억은 소월이 지닌 시인으로서의 자질을 파악, 시창작을 집중 지도, 1920년 『창조』지에 「낭인의 봄」, 「그리워」 등의 작품이 발표될 수 있도록 했다. 나아가 소월이 중앙 문단에서 활동할 수 있도록 적극 지원했다.

1930년대 초, 이중섭은 오산학교 미술교사 임용련任用璉, 1901~?(일명 임파)으로부터 미술교육을 받았다. 임용련은 평남 진남포 출신으로 배재고보 재학중 3·1운동에 적극 가담했다가 중국으로 탈출, 난징南京의 금릉대학金陵大學에서 일시 수학했고, 1922년 '임파任波'라는 중국인 이름의 여권으로 도미, 시카고 미술학교와 예일대 미술대학을 졸업했다. 임용련은 1931년 오산학교 교사로 초빙되어 이곳에서 영어와 미술을 가르쳤다. 이 무렵의 제자가 이중섭이었다. 임용련은 한국전쟁 중에 납북되었다.

이중섭이 셋방살이하던 집은 아마도 근래에 복원한 듯, 초가지붕은 새로 이었고, 벽이며 마루는 잘 손질되어 있었다. 이중섭 가족이 살던 곳은 초가의 오른쪽 한 귀퉁이로 부엌이 1.9평, 방이 1.4평. 장정 두 사람이 누우면 꽉 차는 곳에 네 식구가 살았다 한다. 그곳에서 가족을 부양하면서 그림을 그렸다는……. 그래도 이중섭에게는 가장 행복한 시기가 아니었던가. 1.4평의 방, 닥종이로 도배된 벽에는 이중섭의 시 「소의 말」을 먹으로 쓴 닥종이(가장자리를 손으로 찢어 너덜거리게 만든)가 시선을 끌고 있었다.

1 이중섭의 제주 피난 거처
2 이중섭이 세들어 살던 방에 놓인 이중섭의 사진

높고 뚜렷하고 / 참된 눈에 //

나려나려 이제 여기에 / 고웁게 나려 //

두북두북 쌓이고 / 철철 넘치소서 //

삶은 외롭고 / 서글프고 그리운 것 //

아름답도다 여기에 / 맑게 두 눈 열고 //

가슴 환히 / 헤친다

소와 발가숭이 동자들과 게와 물고기를 많이 그렸던 화가, '삶은 외롭고 / 서글프고 그리운 것'이라고 한 것을 보니 가족과 헤어져 혼자 방황할 때 쓴 시인가······.

한국전쟁 중의 생활고를 견디다 못해 아내가 두 아들을 데리고 일본으로 떠나간 뒤, 외로움과 가난에 지친 이중섭은 마침내 정신이상을 일으키고 1956년 서울 적십자병원에서 무연고자로 죽은 뒤에야 그를 아끼는 친구들에게 발견되었다고 한다. 그때 나이 마흔하나.

민족정기 높기로 유명한 오산학교 출신의 이중섭, 결혼은 일본여성과 했지만 그 여성에게 한국이름을 지어주고, 족두리 낭자 씌워서 결혼식을 올렸다고 한다. 그는 가족이 있는 일본에 잠시 가 있다가 전쟁 중인 한국으로 다시 나왔다. 일본 유학시절에도 일본인 친구들 앞에서 〈사자수 흐르는 물에, 낙화암 낙화암 왜 말이 없는가〉를 불렀다고 한다(김병기 증언, '친구 이중섭 이야기 - 그 신화와 민족주의'). 어린 시절에 배운 교육의 영향이었을까……

이중섭이 일본 유학시절 즐겨 불렀다는 〈낙화암〉은 춘원 선생이 낙화암을 찾아보고 읊은 시를 노랫말로 작곡한 것이다. 이 시는 1932년 7월『삼천리』제8호에 수록되고, 1940년 2월『춘원시가집』에서는 〈사비수泗沘水〉로 개제되어 수록된다. 노래 전문은 다음과 같다.

사비수 나린 물에 / 석양이 빗긴 제 /

버들 꽃 날리는 데 / 낙화암 예란다. /

모르는 아이들은 / 피리만 불건만, /

맘 있는 나그네의 / 창자를 끊노라 /

낙화암(落花岩) / 낙화암(落花岩) / 왜 말이 없느냐 //

칠백 년 누려오던 / 부여성 옛 터에 /

봄 만난 푸른 풀이 / 옛 빛을 띠건만 /

구중(九重)의 빛난 궁궐(宮闕) / 있던 터 어대며 /

만승(萬乘)의 귀하신 몸, / 가신 곳 몰라라 /

낙화암(落花岩) / 낙화암(落花岩) / 왜 말이 없느냐 //

어떤 밤 불길 속에 / 곡(哭)소래 나더니 //

꽃 같은 궁녀(宮女)들이 / 어대로 갔느냐? /

임 주신 비단 치마 / 가슴에 안고서 /

사비수(泗泚水) 깊은 물에 / 던진단 말이냐?/

낙화암(落花岩) / 낙화암(落花岩) / 왜 말이 없느냐 //

　　겨우 1년 남짓 피난살이하던 인연으로 서귀포시에서는 이중섭이 세 들어 살던 집을 손질해서 관광상품화해놓고 있었다. 살아서는 고독과 영양실조와 정신 이상으로 무연고자 처리되어 사망했지만, 인생이란 다 그런 게 아니냐고 이중섭, 쓸쓸하게 웃고 있을 것이다. 이중섭 거주처에서 바로 쳐다보이는 곳에 이중섭 미술관이 있었다.

이중섭 미술관

미술관 전시실 안에는 낯익은 이중섭의 그림들이 있었다. 채색화도 있었고 담배 은박지에 그린 그림들도……. 발가숭이 아이들이 명랑하게 놀고 있는 그림, 게를 가지고 노는 아이들, 물고기를 가지고 노는 아이들……. 〈파도와 물고기〉란 그림은 선을 극히 자제해서 푸른 색연필로 선을 하나 꾸불텅 그리고는 그곳에 물고기 서너 마리를 그려 넣었다. 함은옥 여사 왈,

"이중섭 그림이라고 하니까 그런가보다 하지 어디 유치원생 그림 같아서……."

동감이었다. 그러나 이중섭이 아니면 그 누가 그렇게 간결한 선과 색으로 강렬한 상상의 도약대를 만들 수 있을까.

현대 한국인 화가 가운데 국내외의 화랑가에서 가장 주목받는 이들이 김환기와 이중섭, 박수근이라고 한다. 김환기 선생은 김향안 여사(본명은 변동림, 이분은 소설가 이상과 결혼했었던 분이다) 덕택에 그림들 정리가 잘 되어 있지만 이중섭과 박수근 선생은 힘들게 살다가 떠난 사람들, 그들 사후에 치솟은 그림값, 그래서 위작 시비가 끊이지 않는 화가들이다.

이중섭 미술관의 전시실을 둘러보다가 김환기의 〈산월〉, 〈추상〉과 같은 그림이 전시된 것을 보았다. 장욱진, 김흥수, 유영국, 이응노, 남관, 김상유 같은 이들의 그림도 전시되어 있었다. 서귀포시에서 이중섭 선생의 관광상품으로서의 가치를 높이 평가해서 발 빠르게 동시대를 살다 간 사람들의 작품을 기증 받았거나 사들였다는 이야기가 되는데, 춘천시에서도 이런 것은 배워야 하지 않겠는가.

이중섭 미술관 안의 기념품 진열장에는 이중섭의 화집은 물론, 그의 그림으로 디자인한 상품들 — 넥타이, 손수건, 열쇠고리, 벽걸이, 노트, 연필 들이 있었다. 작은 노트를 한 권 샀다. 일반 문방구에서 2~3천 원 정도면 살 수 있는 것을 표지에 이중섭의 물고기를 든 아이 그림이 한 장 들어가 있다고 하여 5천 원을 줬다. 연필에도 그림 하나 집어넣고 1천 원에 팔고 있었다. 그래도 그것들이 '이중섭 미술관에서만 살 수 있는 기념품들'이기에 사람들은 꾸준히 기념품을 고르고 값을 치르고 있었다.

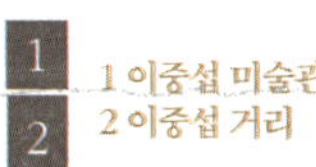

이중섭 거리

이중섭 거리는 미술관에서 빠져 나오는
골목 언덕길에서 시작되어 도심지까지
계속되고 있었다. '이중섭 거리'란 이정
표가 있는 외에도, 이중섭 거리의 곳곳
에 이중섭의 채색그림(대략 100×75cm)을
현판 삼아 '이중섭 문화거리'라는 표지
판이 눈에 잘 띄게 걸려 있었다. 길을 걷
다가 또는 잠시 멈추어 서서 고개를 쳐들
면 이중섭의 그림을 감상할 수 있도록 한
세심한 배려를 느낄 수 있었다.

점심은 제주 옥돔구이, 돔베고기, 달걀
찜을 비롯한 15종의 반찬이 나온다는 향
토 음식점 '안거리 밖거리 식당'에서 들
었다. 화가 고영우 씨 부인이 운영한다는
음식점이었다. 제주도 전통음식으로 해
물들이 나왔고 칼도마 위에 돼지고기 편
육을 얹어 내온 것이 돔베고기, 도마의 제
주도 방언이 돔베라고 한다고.

천지연폭포 생태공원

점심을 기분 좋게 먹고 나오자 이중섭 미술관의 문화해설사 강치균 선생이 우리들을 위해서 천지연폭포 생태공원까지 안내를 자처하고 나섰다. 퇴직공무원으로 이중섭 미술관에서 일을 하고 계신 듯, 서귀포 토박이라고 하셨다. 선비형의 신사분이라 말을 많이 아끼는 듯한 인상. 이중섭 미술관의 방문자를 묻자 한 해에 6만 명, 하루 평균 200명꼴로 관광차 왔던 이들이 찾아준다고 했다. 박수근 미술관은 접근 거리가 좀 떨어지지요 하고 묻기에, 그래도 그곳을 찾는 이들이 아주 많다고 허풍을 쳐보았다. 그러나 기분은 떨떠름했다.

강치균 선생은 천지연폭포 생태공원으로 가는 길에서 무성한 숲을 이룬 수종 樹種을 묻는 내게 녹나무, 벗나무, 민나무, 대추야자나무 같은 이름들을 대었다. 대추야자나무와 파인애플나무는 외국에서 들여온 외래 수종들이다. 외래 수종이 토종 수종보다 양적으로 더 우세해 보이는 것은 생각해볼 문제다.

천지연폭포가 내려다보이는 언덕 위에서 폭포를 감싸고 있는 무성한 상록수림을 보았다. 폭포는 수량이 적어서 빈약해 보였다. 폭포수가 떨어져 내리는 연못 앞으로 삼각지 같은 것이 조성되어 있었다. 작년 여름 장마 때 토사가 밀려와 쌓인 곳이라고 했다.

천지연폭포

천지연폭포. 높이 22m 폭 12m, 그리고 수심 20m에 달하는 못이 있고 둘레는 기암괴석과 난대림으로 가득한 곳. 아열대성 상록수인 담팔수(천연기념물163호)가

천지연폭포

있고, 못에는 무태장어(천연기념물27호)가 있으며 천지연폭포 생태공원은 난대림 보호지역으로 설정되어 있다고 한다.

20대 초반, 수학여행 와서 천지연폭포를 배경으로 사진을 찍었었다. 단체 사진을 찍은 뒤 개인사진을 찍을 때였다. 언제 왔는지 장난꾸러기 남학생이 달려와 나도 모르는 사이에 한쪽 팔을 옆으로 빙 둘렀던 것, 나중에 현상된 사진을 보니 마치 두 사람이 안고 찍은 듯한……. 카메라의 마술이었다. 그 사진, 그냥 두었어도 좋았으련만 무엇이 그리 불만이라고 가위로 잘라버렸었는지 참으로 아쉽다.

세계 계관시인지비

천지연 생태공원을 나와서 인근에 있는, 전에는 호텔이었지만 지금은 무슨 기관의 연수원이라는 곳을 찾아갔다. 그곳 전망대에서 보면 서귀포 내외항이 모

두 한눈에 보인다는 곳이었다. 4층 하얀 건물이었다. 건물 뒤로 돌아가자 선녀들이 춤추는 모습의 조각상이 있고 전망대도 마련되어 있었다. 뜰에는 소나무 아래 연자 맷돌을 다탁삼아 통나무 의자도 있었다. 섭섬과 문섬이 가까이 보였다. 섭섬은 숲이 있어서 숲섬으로 불리던 것이, 문섬은 민둥한 섬이라 민섬이었는데 이것들이 한자로 표기되면서 섭섬과 문섬으로 되었다고 한다.

　연수원 건물은 조용했다. 연수원의 측면으로 나갔을 때다. 그곳에 제법 커다란 세계 계관시인지비世界桂冠詩人之碑라는 제목의 조각물이 있었다. 네 사람의 계관시인이 소개되고 있었다. 세 사람은 흉상이 받침대 위에, 한 사람(일본인)은 시구만 새겨진 석판이 있었다. 시는 한글로 번역된 것이었다. 왼쪽으로부터 워즈 워드, 페트라르카, 이케다 다이사쿠池田大作, 타골……. 일본 시인의 이름은 생

연수원 전망대에서 본 서귀포 내외항 전경

소했다. 한국에도 유수한 시인들이 많은데, 국민시인 김소월과 한용운이 있는데……. 문학적 사대주의라고 웃고 넘겨야 할 것인가.

(이케다 다이사쿠를 인터넷에서 찾아보니 현존인물로 세계창가학회 3대회장, 종교인이며 정치인, '남묘호렌게쿄'를 외우는 종교집단의 회장이란다. 우리나라에도 이 종교가 들어와 현재 150만 명에 이르고 있다고……. 그렇다면 우리가 들어간 연수원이 바로 창가학회의 연수원이었던가.)

카페 솔빛바다

경치 좋은 곳에서 씁쓸한 기분으로 연수원을 빠져 나와 해변도로를 걸었다. 우리가 찾아간 곳은 카페 솔빛바다. 차와 군고구마를 파는 노천 카페였다. 바다를 보면서 커피를 마시면 기가 막히게 낭만적인 곳이라고 하던가. 카페 여주인은 주방 앞에 밀감 바구니를 놓고 공짜라며 맛보라고 권했다. 서귀포의 밀감은 당도가 높다고 선전했다. 그러나, 내가 먹은 밀감은 선전만큼 맛있지는 않았다. 과육은 물기가 없었다. 작은 아버지란 애칭의 최병옥 선생이 주문진 모녀 팀의 김남윤을 데리고 붕어빵을 사러 가신 동안 우리는 이원상 이사장께서 사주신 커피를 마셨다. 뒤늦게 최선생이 사오신 붕어빵을 커피와 함께 먹었다. 바닷가 솔밭 카페에서 커피와 함께 맛보는 바삭이는 붕어빵이라, 정말 기막히게 좋았다.

외돌개

소나무 아래 모래밭을 걸어서 외돌개로 향했다. 해변과 이어지는 비스듬한 언덕에 네모나게 각을 맞추어 쌓은 무릎 높이의 돌담, 돌담 안에 봉분 하나가 있었

다. 봉분을 돌보는 가족들은 먼 곳에서 돌아올 수 없는지 봉분은 뭉개지고 잡초가 그득했다. 비석이 있기에 보니 소화 25년에 만들어진 것, 서력으로 치면 1950년의 것이다. 무덤의 주인은 일본인이었을까. 해방되고 5년이 지난 시점에 비석에 소화 25년이라 새기다니……. 세계 계관 시인으로 등장한 이케다 다이사쿠의 시비가 있는 지역, 소화 25년(서기 1950)에 죽은 사람의 비석이 있는 곳…….

외돌개는 삼매봉 남쪽 기슭, 고석포孤石浦에 있는 높이 20m 둘레 10m 정도 되는 바위기둥. 일명 장군석, 할망바위. 안내판에 보니 고려말엽, 이 지역에 몽골족의 목자牧子들이 세력을 부리고 있었다고 한다. 이 무렵 고려에서 명나라에 제주도 말을 보내려고 하자 이들 목자들이 반기를 들어 목호牧胡의 난을 일으켰다. 고려의 최영 장군이 이들을 토벌하려고 하자 목호들은 범섬에 진을 치고 대항했다. 최영 장군은 외돌개를 장군의 형상으로 꾸몄는데 목호들이 이를 보고 거인 장수가 나타나 자신들을 공격하는 것으로 알고 그만 놀라서 자진했다고 한다.

외돌개

외돌개에 관련된 또 하나의 이야기는 바다에 나간 하르방이 풍랑으로 돌아오지 못하자 할망이 하르방을 기다리다가 망부석이 되었다. 그래서 외돌개의 다른 이름은 할망바위라 불린다. 고석포孤石浦는 외돌개가 있는 포구라는 이름을 한자로 표기하면서 생긴 이름일 것이다. 이 부근에 우두암牛頭岩을 비롯한 선녀바위가 있고 해안의 절벽이 절묘하여 남해 해금강으로도 불린다고 했다.

외돌개 인근에 텔레비전 드라마 〈대장금〉의 촬영장소가 있었다. 암벽 위에 대장금 이영애의 합판으로 만든 등신대를 세워놓았다. 머리 모양새며 복장은 의녀 장금의 모습대로 그려놓고, 얼굴 부분만 구멍을 만들어 누구라도 그 구멍에 얼굴을 끼우고 사진을 찍으면 장금이로 태어나는 것이다.

땅거미가 지고 날씨도 바람이 불고 구름이 끼고 있었다. 해안을 따라서 제주도산 목재를 반듯하게 잘라 엮어 만든 산책로를 걸었다. 목재의 산책로는 보기에 좋고 걷기에도 좋았지만, 그러나 흙을 밟고 걸을 수 있다면 더 좋지 않을까…….

미나리꽝

해안 산책로를 걷다 보니 계곡으로 계단을 타고 내려가야 하는 지점에 이르렀다. 눈앞에 계단식으로 정지된 미나리꽝이 있었다. 이따금 섬지역이나 해안지역에서 계곡을 계단으로 개간하여 농사짓는 것을 본 적은 있지만 미나리꽝을 계단식으로 개간한 곳은 처음 보았다. 초록색 미나리 잎들이 어스름 저물녘에도 그 빛을 선명하게 보여주고 있었다. 17시 20분 미나리꽝을 내려다보다가 우리들의 약속장소인 솔빛바다카페 쪽으로 다시 돌아섰다. 그리고 주차장에 우리 일행들이 모여 있는 것을 보았다. 25인승 버스에 올라 서귀포 연안에 있는 제주 할망 뚝배기집으로 갔다.

제주할망 뚝배기집

제주할망 뚝배기집의 주인은 70세 안팎의 건강한, 파마머리의 아주머니, 아들 내외와 젖먹이 손주까지 식당을 지키고 있었다. 대표 메뉴는 갈칫국과 오분작 뚝배기. 시립도서관의 김옥분 선생과 각각 다른 메뉴를 시켜서 이것을 함께 나누어 먹었다. 배추를 많이 넣은 갈칫국은 시원했고, 전복과 조개를 넣고 된장을 풀어 끓인 오분작뚝배기는 구수했다.

제주대 서귀포 연수원 202호실, 4명의 남성들은 201호, 모녀 팀은 203호, 그리고 젊은 축들은 204호로 나뉘어졌다.

2008. 2. 22. 금요일. 갬 · 흐림 · 약간 비.

 **02 서귀포–성산읍**

7시, 어제 일정이 고단했던지 룸메이트들은 코를 골며 일어나지를 못했다. 아침 7시가 된 것을 확인하고 거실 겸 침실의 불을 켰다. 바깥은 이미 훤하게 개어 있었다. 베란다 문을 열고 보니 바로 앞에 바다가 펼쳐 있었다. 10m 전방에 소나무, 소나무 사이로 바다가, 바다 한가운데 작은 섬이 있었다. 서쪽 하늘에 보름

을 갓 지낸 새벽달이 떠 있었다. 바깥은 바람이 거셌다. 나무들이 광풍에 휘둘리고 있었다. 기온도 어제보다 5℃ 낮다고 했다. 전에 유달내가 선물해준 밤색의 기능성 티셔츠를 입었다. 포근했다.

8시 27분에 연수원을 출발해서 지난 저녁 식사를 했던 제주할망 뚝배기집으로 갔다. 우리들의 메뉴는 갈치조림과 김치찌개. 나는 김옥분 선생과 갈치조림과 김치찌개를 각각 주문해서 나누어 먹기. 갈치조림이 기막히게 맛있었다. 무와 감자를 곁들인 갈치조림 국물이 더 맛이 좋았다. 김치찌개는 돼지고기를 숭숭 썰어 넣은 것으로 그도 좋았다. 오랜만에 포식.

시흥초등학교

9시 25분 식당 출발, 성산 쪽으로 가는데 간밤에 눈이 왔던지 한라산 정상에 흰눈이 살풋 내려앉아 있었다. 10시 10분경에 시흥초등학교 앞에서 하차, 바람이 거칠었다. 흙모래가 뺨을 갈기고 입안으로 파고들었다. 모두들 방풍 재킷에 모자를 쓰고 마스크를 착용했다. 이원상 이사장께서 내 방풍복에 모자를 달아서 등산모 위에 덮어씌워 주셨고 그 부인 함은옥 씨는 방풍복의 모자를 앞에서 졸라매어 벗겨지지 않도록 단도리를 해주셨다. 장갑을 꺼내서 꼈다.

우리 일행 15명이 운동장에서 바람 앞에 등을 구부리고 있을 때, 경기도 광명시의 YMCA 젊은 지도자들 20여 명이 들어섰다. 오늘 우리와 함께 올레 1코스를 걷게 되었다고 했다. 제주 올레의 젊은 안내자가 오기를 기다리는 동안 나는 광명팀에게 김유정 100주년 기념행사와 김유정 문학기행열차를 홍보했다. 그런데 내가 경기도 광주시와 광명시를 순간적으로 착각해서 김유정이 광명시에서 사망했다고 말했다. 나중에야 내가 착각했다는 사실을 깨달았지만 어떻게 수정해줄 기회를 갖지 못했다.

말미오름

제주 올레의 젊은 안내자와 함께 올레 1코스를 걷기 시작했다. 말미오름이 눈앞에 있었다. 이름이 그래서인지 말의 등줄기처럼 오르막길은 완만해 보였다. 돌담으로 구획된 밭 안에는 당근과 케일, 순무, 무 들이 자라고 있었다. 말미오름 기슭에서는 말을 방목하고 있다고 한다. 방목 중인 말들이 행여나 당근 밭이나 케일 밭을 망가뜨리지 않을까 하여 돌담장을 만들었다고. 그런 이유도 있겠지만 밭 소유자들의 소유권과, 또 돌밭에서 돌을 솎아내 경지 면적을 고르게 하는 데에도 이유가 있을 것이다. 돌담은 우리들 허리 높이 정도, 구멍이 숭숭 뚫린 제각각으로 생긴 돌들을 가지런하게 귀를 맞추어서 쌓아올렸다. 이런 돌담장들은 대개 전문 돌담장 장인들이 쌓아올린다고 한다.

말미오름의 1/3 지점부터는 목제 계단, 그리고 좀 더 올라가서 완만한 지대에서는 폐타이어와 굵은 합성섬유의 밧줄을 이용한 산책로가 정비되어 있었다. 이들은 모두 시흥리에서 만든 시설물이라 한다. 등산로로서의 효용가치뿐만 아니라 미학적인 측면도 고려한 시설물이었다.

말미오름 아래로 시흥리의 밭들은 진초록색, 연초록색, 노란색이 검정 테두리(돌담)로 나뉘어진, 선과 색이 간결한 한 폭의 현대화를 연출하고 있었다. 사람과

1 돌담장 길과 말미오름
2 말미오름 정상에서 보는 시흥리의 밭과 일출봉
3 말미오름의 분묘들

자연이 함께 어우러져 만든 아름다움이 그곳에 있었다. 말미오름의 서북쪽에 알오름이 있었다.

내리막길, 혹시 가다가 소나 말이 나와도 건드리지 말고 놀라지 말고 예사로이 걸으라고 했다. 제주 올레에서 표시한 푸른색 화살표를 따라서 걷기 시작했다. 양지쪽 완만한 경사에는 키 작은 보라색 야생화가 피어 있었다. 꽃송이만 보면 수레국화를 닮은 듯했다. 건너편 알오름 기슭에 네모반듯하게 돌담장으로 구획된 봉분들, 한 담장 안에 5기의 동그란 봉분이, 어떤 담장 안에는 2기의 봉분이 정답게 있었다. 그리고 바둑판처럼 구획이 된 담장 안에 한 기씩의 봉분……. 길가에 정성스레 쌓아올린 돌담장 안에 잘 손질된 큼직한 무덤이 있었다. 1893년에 조성된 무덤, 관광객의 이해를 돕기 위해서 서력기원으로 비석을 만들어 세웠음을 짐작할

수 있었다.

　분명히 알오름이 오른쪽에 있는데 우리들의 행렬은 이상한 곳으로 나아가고 있었다. 그제야 방향을 잘못 잡았다는 사실을 깨닫고 되돌아섰다. 우리보다 늦게 출발한 광명시 YMCA팀과 산비탈 골목길에서 마주쳤다. 철망을 친 곳에 출입문이 하나 있었고 그 문의 안쪽으로 손을 넣어 고리를 열자 알오름 오르막길에 들어설 수 있었다.

알오름

알오름 오르막길에는 봄풀들이 무성했다. 방목장이라 여기저기에 말똥 소똥이 있고 그 사이에 꽃들이 피어 있었다. 마른 풀과 막 자라 올라오기 시작한 풀들이 함께 있었다. 바람이 아래에서 위로 마구 불어와 우리들의 오르막 행군을 도와주었다.

　알오름 정상에서, 그냥 주저앉고 말았다. 바람이 세차서 꼿꼿이 서 있기가 힘들었다. 주저 앉아서 산 아래 마을과 바다와 밭들을 보았다. 그리고 바람에 떠밀려 하산하기 시작했다. 종달리로 가는 길이었다. 개나리꽃빛 방풍복을 입은 김옥분 선생은 벤조 모양을 닮

방목장의 조랑말들

은 쎅을 어깨에 사선으로 둘러메고 구름에 달 가듯이 종달리 길을 걷고 있었다. 김나현 선생은 사진작가, 눈앞에 펼쳐진 절경들 앞에서 감탄하며 연신 디지털 카메라의 셔터를 눌러댔다. 김나현 선생의 어머니 최인자씨는 가벼운 걸음으로 언제나 선두주자였다. 비교적 넓게 정비된 돌담장 안에 무, 당근, 케일 등이 자라고 있었다. 뒤늦게 싹이 튼 감자들을 돌담장 가에 내다 버린 모습, 돌과 동그란 감자들이 보기 좋은 정물화가 되어 주었다. 상품 가치가 떨어져 밭가장이에 내다버린 당근을 김남윤이 집어들었다. 이번 우리 팀에서 최연소자, 대학생이라고 했다. 내가 칼을 내밀자 그녀는 조심스레 당근 껍질을 벗겼고, 그것을 작게 도막 내서 일행에게 나누어 주었다. 당근은 물이 많고 당도도 높고 무엇보다도 신선했다.

송덕비와 소금밭

종달리 마을이 끝나는 곳에 줄기만 휑뎅그레한 커다란 나목 한 그루. 그 뒤로 5기의 송덕비들이 서 있었다. 15대 제주도시사 구자춘 송덕비, 북제주 군수 김인화 공덕비, 좀 오래된 것으로는 여사 고장여 송덕비女史 高長汝頌德碑 들이 늘어서 있었다. 구자춘 씨는 1932년생, 군 출신으로 국회의원, 서울시장도 지냈다고 하니 군부시절에 세운 송덕비였다.

　송덕비 뒤로 갈대밭이 우거져 있는데 예전 소금밭이었다고 한다. 종달리는 원래 소금밭으로 유명한 곳. 선조 때 제주 목사 강여姜侶가 사람들을 뭍으로 보내 염전 경영법을 배워오게 해서 이곳 종달리에 소금밭을 만들게 했다. 1900년대

초만 해도 160여 명이 염전을 경영했고, 한 해 89,052근의 소금을 생산했다고.
이후 교통의 발달로 육지에서 저렴한 소금이 들어오면서 염전 경영은 시들해졌
고 1960년대에 방조제를 쌓아 간척지로 만들어 농지로 개간했으나 쌀이 흔해지
면서 이후 농사를 짓지 않게 되었다고 한다. 옛날의 소금밭에는 이제 갈대들이
그득 들어서서 바람이 불 때면 빗살 아래 빗겨지는 처녀의 긴 머리채처럼 가지
런하고도 깊숙하게 흔들리고 있었다.

시흥리 해안도로와 해녀의 집

종달리 소금밭에서 시흥 해녀의 집까지는 해변도로였다. 시흥리 앞바다는 연초
록색이었다. 뭍에서 바다 쪽을 향해 떠다밀 듯 바람이 거칠었고 초록색 바다는
금시에 초록색 비늘이 되고 초록색 구슬이 되어 반짝이고 대그락대었다. 타박
타박 걸어가는 길에 허벅을 짊어진 젊은 해녀의 조각상이 바다를 등지고 도로
를 향해 서있었다.

13시 15분, 마침내 해녀의 집에 도착했다. 해녀들이 손수 따온 해산물을 요리

1　2　3
1 송덕비와 소금밭과 나목
2 시흥리 해안도로변의 초록색 바다
3 오소포 연대

해서 내놓는 곳이라 했다. 바다를 향한 커다란 유리창 너머로 초록색 바다가 반짝이고 있었다. 점심 메뉴는 조개죽(6천 원)과 전복죽(1만 원), 김옥분 선생과 각각 시켜서 같이 나누어 먹기. 작은 게튀김이 있었고, 배와 무, 당근, 자주색 해초 성묵을 새콤달콤한 소스에 버무린 냉채가 산뜻했다. 조개죽은 얕은 맛, 전복죽은 깊숙한 맛이었다. 소주 한잔 마시고 싶었지만 남자대원들 간에 농담이 오가면서 낮술은 안 된다고 얼레발을 치고, 함은옥 여사가 남편 이원상 이사장 팔을 꼬집으면서 낮술을 드시면 다음부터는 결코 당신과 동행하지 않을 것이라고 엄포, 결국 한잔 소주를 맛볼 기회는 사라졌다.

14시 10분에 해녀의 집을 출발, 바람이 세찼다. 가만히 서 있으면 찬바람이 옷 속으로 스며들어 움직여야 했다. 성산포 갑문 방향으로 가는 길가 오른쪽에, 사람 키 한 길 정도 되는 언덕 위로 대략 가로 세로 5m, 높이 7m 정도 되는 직육면체, 화강암으로 쌓은 건축물이 보였다. 세월의 흔적이 그곳에 머물고 있었다. 잡초 더미를 헤치고 뛰어 올라갔다. '오소포 연대'라는 안내판이 서 있었다. 제주자치도 기념물로, 예전에 적의 침입과 긴급사항을 알리기 위한 통신 수단이라 했다. 낮에는 연기로, 밤에는 불길로 위급상황을 알렸다는, 육지로 치면 봉화대와 같은 역할을 하던 것이었다.

성산포 갑문 다리

바다에서, 거리에서, 바람이 마구 헤집고 있었다. 몇 번이나 바람에 떼밀려 비틀거려야 했다. 성산포 갑문 다리를 건널 때가 가장 심했다. 가만히 있어도 바람에 떼밀려서 몸이 다리 난간을 벗어나 차도 쪽으로 흘러갔다. 그럴 때마다 가로등을 붙들고 몸의 균형을 잡아야 했다. 간신히 다리를 건너 성산 내수면을 오른쪽에 끼고 돌담길을 걸어 일출봉 기슭으로 나아갔다. 동암사란 큼직한 절의 표지석이 있었다. 힘들어도 일출봉에 오르고 싶었는데 우리들의 계획에 들어 있지 않았다. 집행부는 수마포와 광치기를 거쳐 섭지코지로 우리들을 이끌고 있었다.

섭지코지 가는 길

일출봉을 뒤로 바닷가 해안도로의 인도 블록 위를 걸었다. 길을 가운데 두고 한쪽은 바다, 한 쪽은 내수면이 펼쳐지고 유채꽃밭이 있었다. 푸른 하늘과 푸른 바다, 노란 유채꽃을 보며 감탄하고 있는데, 유채꽃밭에서 사진을 찍는 데 일인당 1천 원이란 표지판이 걸려 있었다. 또 어떤 유채꽃밭에서는 말 두 마리를 세워놓고 말에 올라 사진 찍는 데 1천 원. 거친 바람 속에서 말들은 또 얼마나 추울 것인가.

　길가 무밭에 무청이 푸르렀다. 흙덩이를 밀치고 솟구쳐 오른 팔뚝만 한 무들,

내 고향 강원도 춘천에는 눈얼음이 여기저기 쌓였는데, 광치기 마을에는 봄이 그득했다. 바람에 일렁이는 무밭을 보며 바다를 연상했다.

섭지코지 가는 길 1

섭지코지 가는 길
관광도로 정비 작업으로 바쁜 차량들
흙먼지로 볼에 분을 바르네.

길가 무밭 무청 퍼렇게 자라고
땅속에서 불끈 솟은 팔뚝만 한
서귀포 무 빙긋 웃고 있네.

햇빛 쬔 무의 이마 초록으로 물들었네.
두 손으로 움켜잡고 용쓰면
쑤욱 뽑힐 듯 허벅지만 한 서귀포의 무

이빨로 껍질 벗겨내고 어적어적 씹으면
속이 시원하겠네.
무트림, 방귀보다 구리다고 하지만

어적 어적 씹으면 삼 년 묵은 체증 떨어지겠네.

섭지코지 가는 길 2

땅위에 바다가 출렁이네

바다 가운데 무밭이 출렁이네

바람 불면 무청 일렁이는 파도가 되고

바람 잠시 쉬면

무밭과 서귀포 바다에는

등 푸른 생선의 비늘 번득이네.

땅위의 바다는 돌담의 보호를 받고

바다 위의 무밭은 바람 앞에 키들대네.

땅위의 바다는 농부의 손길을 타고

바다 가운데 무밭은 바람과 희롱하네.

섭지코지를 1.5km 앞두고 갑작스러운 작전 변경. 섭지코지에서 우리를 데려
갈 미니버스가 지나던 길에 우리를 보고 잠시 정차했다. 이를 본 일행들이 냉큼

섭지코지 앞 바다

버스에 올라타 버렸다. 어쩔거나, 나도 차에 오르지 않을 수 없었다.

섭지코지

주차장 가득 관광버스들과 승용차들이 들어서 있었다. 섭지코지는 드라마 〈올인〉을 촬영한 곳. 관광수입 확대를 위해서 영화 장면처럼 여기저기 꾸며놓은 시설물들……. 인공의 냄새가 가득한 곳이었다. 전에 이곳을 다녀가 본 적이 있는 이들은 좋은 곳을 다 망쳐 놓았다고 한탄했다. 〈올인〉의 세트장을 미끼로 관광객을 불러들이는 상술 앞에 조용하고 아름답던 섭지코지는 문명의 쓰레기장, 인간 쓰레기장으로 변해버리고 말았다.

섭지코지 건너편 봉우리에 있는 등대로 올랐다. 바람이 마구 떠다밀었다. 그래도 올라갔다. 바람에 떠밀려 곤두박질할 것 같았다. 마침내 등대로 올랐을 때 손잡이를 꼭 붙잡고 있어야 했다. 이곳에서 나는 사람이 아니라 다만 바람 앞에 비틀거리는 물체였다. 등대 건물의 하얀 벽에 등을 대이고 눈앞에 펼쳐진 광활한 바다를 보았다. 바다가 분노해서 덤벼들고 있었다.

등대와 바람

섭지코지 등대로 오르려면
바람과 싸워야 한다.
한사코 밀어내는 바람과
등대 하얀 벽에 등대고 기대서서
하늘 닿은 바다 바라보고픈 마음

바람과 한바탕 씨름하며 오르는
벼랑길의 계단은 처절한 씨름판이다.
밤새 신과 드잡이한 야곱을 떠올린다.
등대의 하얀 벽에 등을 대자마자
이제 그만 내려가라고
세차게 등 떠미는 바람

섭지코지 등대

세속은 저 아래

신성한 곳에서 잠시 머물고 싶은데

속물의 욕심과 호기심에 소금 뿌리며

제발 정신 차리고 살아가라고

바람은 하얗게 눈을 흘기며 발톱 세운다.

바람은 청옥색 바닷물 위로

흰 이빨 앙물고

흰 발톱 세우며 달려든다.

바람은 저 혼자 등대를 차지하려 한다.

보이는 자와 보이지 않는 자의 대결

섭지코지 등대는

바다 사람들을 지키는 수호신

바람 속에서, 바람과 싸우며

하늘 닿은 바다 그림 하나 품어가려는데

지금 본 것 잊으라 한다.

세상으로 돌아가

세상 속에서 살라 한다.

사람답게 살아보라고 한다.

서귀포로 돌아오는 차 안에서 한라산을 바라보았다. 눈 쌓인 정상은 두개의 큼직한 유방처럼 보였다. 드러누운 여자의 풍성한 유방, 한라산은 탐라인을 먹여 살리는 젖줄, 뭍에서 온 관광객들은 한라산의 거대한 유방에 얼굴을 묻고 위로 받고 있다는 느낌이었다.

한라산

성산에서 서귀포로 가는 길

지난밤 내린 눈

한라산 정상에 쌓여 있다.

달리는 버스에서 올려다보니

한라산은 드러누운 여자의 젖가슴 같다.

풍성하고 둥근 두 개의 곡선을 따라

레이스처럼

흰구름이 걸치어 있다.

한라산은 다산의 여신

춥고 배고프고 외로운 이들을 위하여

푸근한 젖가슴을 열어준다.

　저녁은 서귀포 연안, 흑돼지 전문점 '새섬갈비'에서 들었다. 결혼식 피로연이 들어 식당 안은 복잡했다. 석쇠에 흑돼지 오겹생고기가 올려지고, 제주도 푸성귀에 마늘에 된장을 찍어서 흑돼지와 함께 먹었다. 소주와 흑돼지 오겹구이……. 혼자 소주 한 병을 마셨다. 제주도의 성산포와 말미오름, 알오름 종달리 해안, 시흥 해안, 그리고 섭지코지의 등대에 오르기까지, 걸어서 찾아가는 여행, 맛 좋은 음식, 천당이 바로 여기 있음을 이제 알겠다.

2008. 2. 23. 토요일, 갬 · 강풍.

03 서귀포-제주시-원주공항-횡성-춘천

일찍 깨어났지만 7시까지는 그냥 누워서 자는 척하고 있어야 했다. 객실 베란다 쪽으로 이미 아침 볕이 스며들고 있었지만 코를 골며 잠에 떨어진 이들을 방해할 수가 없었다. 7시에 일어나서 화장실로 가서 세수하고, 그제야 룸메이트들이 천천히 일어났다.

8시 23분에 짐을 꾸려서 25인승 버스에 올랐다. 이틀 동안 따뜻하고 편하게 잘 보낸 연수원이었다. 조반은 어제도 그제도 갔었던 제주할망 뚝배기집. 나는 오분작뚝배기에서 작은 전복과 조갯살을 꺼내 먹었다. 자리돔젓을 양배추쌈에 얹어 먹었다. 맛이 기가 막히었다. 값싸고 맛있는 집. 어제 아침에 먹은 갈치조림도 참 맛있었다. 뚝배기 같은 인상의 주인 할머니 팔뚝을 잡고, 고향으로 가서 갈치조림 생각나면 어떻게 하냐고 했더니 싫지 않은 표정이셨다.

쇠소깍

9시 37분에 차에 올라 이번 제주 여행에서의 마지막 관광지 '쇠소깍'으로 갔다. 쇠소깍으로 가는 길가에서 멀리 바라보니 한라산 상봉은 3개의 유방을 갖고 있었다. 어제는 2개의 풍성한 유방이라고 생각했는데, 아프로디테 여신은 유방이 30~40개에 이르는 풍요의 여신. 3개의 유방을 가진 한라산 또한 풍요의 여신이다. 거리의 가로수는 주먹만 한 열매가 주렁주렁 달린 하밀감 나무였다.

'쇠소깍' — 멀리 한라산으로부터 내려온 지하수가 계곡으로 스며들었다가 바다와 만나는 곳이라 한다. 안내판에는 사전식 소개 — 서귀포시 하효돈과 남원읍 하례리 사이로 흐르는 효돈천孝敦川 하류에 있는 포구. 이곳은 '신소'라고 한다. '신소'는 민물과 바닷물이 만나 부닥뜨리면서 깊은 물웅덩이를 이루고 있다 — 가 되어 있었다. 왜 쇠소깍이라 부르게 되었는지, 지명이 효돈천이면 효자 효녀 설화 하나쯤은 있음직한데 그런 얘기는 전혀 없었다. 자료를 찾아보니 지명 '효돈'이 '쇠돈'으로, '소'는 연못을 의미하고, '깍'은 끝을 나타내는 접미사, 그러니까 효돈천의 끄트머리에 있는 못이라는 말이 된다. 얼마나 효심이 깊었으면 '효돈'이라고 기록되었을까. 쇠소깍의 수심은 밀물과 썰물에 따라 달라진다는데 평균 4m 정도를 유지한다. 그렇다면 더욱 그럴 듯한 전설 하나쯤은 있을 것이다.

쇠소깍의 솔숲도, 바위도 절경이었다. 쇠소깍의 소를 채운 물빛은 짙은 초록색이었다. 바위는 검고, 물은 솔빛을 닮고 있었다. 아침 무렵의 쇠소깍 앞바다는 바람 한 점 없이 고요했다. 어제 우리가 온종일 겪었던 바람과의 투쟁은 다만 꿈이었던가? 사람을 날릴 것 같이 거칠던 바람이 오늘은 잠잠했다. 어제 제주도에만 바람이 심했던 것이 아니라 한다. 남한 지역 전체가 바람에 흔들렸다고 한다. 제주시에서 서귀포로 향하던 어느 곳에서 정월 대보름 놀이를 준비하고 있었는데 그것도 강풍으로 인해 행사 자체가 취소되어 버렸다고 한다.

쇠소깍의 거친 바위를 타고 넘어, 민물과 해수가 만나는 지점에서 몇 장의 사진을 찍고, 바닷가 모래밭으로 가서 검은 현무암 돌덩이 두 개를 주웠다. 쇠소깍 해변의 모래는 검정색이었다.

쇠소깍에서

한라의 풍성한 유방 그 젖줄

쇠소깍 계곡 만나

민물이 되었다가

쇠소깍 앞바다 만나자

짠물이 되고 구름이 된다.

민물과 짠물이 합류하는 곳

소나무와 난대림의 뿌리는

바위를 안고 뒹굴고

바다 닮은 솔빛과,

솔빛 닮은 물빛 앞에

개벽의 날을 기억하는 검댕 바위

봄날 아침 밀려오는 파도와

바람에 흔들리는 쇠소깍의 솔가지는

바다에서 공중에서

초록 물고기 되어 푸드덕거린다.

떠나야 할 시간은 다가오고

세월을 삼킨 바위

바다 닮은 솔빛

솔빛 닮은 물빛

가슴 속에 담아간다.

    한라산을 원경으로 몇 장의 사진을 찍었다. 그리고 단체사진을 찍는데 금토커뮤니티의 이우진 선생, 마음이 급했던지 "설악산을 배경으로 사진 찍어주세요" 한다. 바다 건너 멀리 한반도의 허리쯤에 있는 설악산이 깜짝 등장했다……. 갑자기 설악산이 그리워지기 시작했다.

5·16 횡단도로

10시 10분경, 서귀포에서 제주시로 가는 5·16 횡단도로 부근에서 나비박사 석주명 선생의 아주 작은 흉상이 로터리 공원에 서 있는 것을 보았다. 석주명은 평양 출신이지만 30대 무렵, 제주에서 나비 채집하면서 제주 방언을 연구했다고 한다. 그는 나비 채집에 빠져 가정에 소홀한 탓에 아내에게 이혼당했다. 그래서 사람들은 석주명은 나비는 알되 꽃은 모르는 사람이라고 말하곤 했다고. 한국 전쟁 중인 1950년 피난가지 못하고 곤충 박물관을 지키려다가 인민군의 총에 사살되었다고 한다. 당시 42세였다. 『제주도 방언집』(1947). 전체 6권으로 출간했다고 하는데, 그 공로만으로도 좀 더 크게 동상을 제작해서 사람들에게 널리 알려도 좋으련만…….

한라산 중턱을 지그재그로 달리던 차는 마침내 제주시로 접어들었다. 그리고 11시에 제주공항에 도착했다. 탑승 시간을 기다리는 동안 감물을 들인 천연섬유의 챙이 큰 모자를 샀다. 전부터 제주 감물을 들인 모자를 갖고 싶었다. 1만 8천 원이었다. 주문진 모녀팀의 엄마는 어느 틈에 깔끔한 평상복으로 갈아입었다. 하이힐로 바꾸어 신은 엄마는 대학생 딸의 엄마라기보다는 패션모델 같았고 언니 같았다. 주문진 모녀팀은 김포행 비행기를 타야 한다고 작별 인사를 했다.

12시 5분에 탑승, KE1852호, 좌석은 33F, 창가였다. 비행기는 오래 기다리다가 12시 38분에 제주국제공항을 이륙했다. 제주에서 강원도 횡성지역으로 들어서기까지 내려다본 한반도의 산천은 봄 가뭄에 시달리고 있었다. 모두가 파삭해 보였다.

13시 26분 원주공항에 착륙했다. 횡성군 비행장으로 1975년 개항했으나 민항 개항이 본격적으로 추진된 것은 1997년부터라고 한다. 원주-제주 간 항로는 하루 한 번씩 있다. 비행기에서 내리니 공항버스가 대기하고 있었다. 공항버스에 오르자 버스는 군부대 내를 돌고 돌아서 통과, 좌우에 경비병과 군부대 위장 그물이며 막사들이 있었다. 한동안 군부대 안을 돌아서 가니 원주공항이라는 작은 1층 건물이 나왔다.

점심은 공항 가까운 길목식당에서 한정식으로 먹었다. 시골음식치고는 맛이 있었다. 오징어김치, 무말랭이, 호박오가리무침, 더덕무침……. 식당 주인 아저씨가 횡성터미널까지 봉고차로 데려다 주었고 15시 2분에 횡성역 출발, 홍천 터미널을 거쳐 춘천 버스터미널에는 16시 30분에 도착했다.

눈앞에 성산의 거센 바람과, 바닷가에 무리지어 피어있던 수선화 군락지, 푸른 바다와 노란 유채화, 반짝이는 쇠소깍의 초록색 물빛이 아른거렸다.

2008. 2. 24, 일요일, 갬.

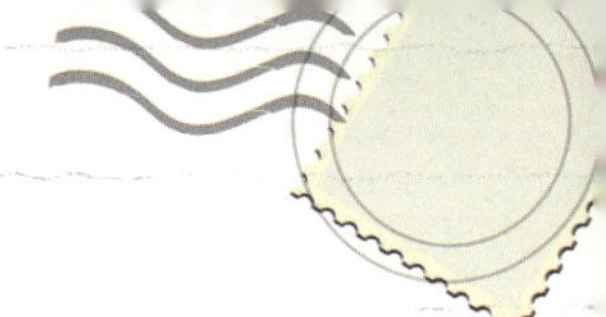

교수세미나 남도답사 이야기

안동 · 거제도 · 통영

01 춘천-안동-거제도

관광버스가 교육4호관 앞에서 출발했다(09 : 20). 사대 교직원 25명, 매일관광의 고정화 차장이 동행했다. 고 차장은 일반 관광에서 차장이 탑승하는 일은 거의 없지만 이번에 동행하게 된 것은 럭셔리하고도 편안한 관광이 되도록 돕고자 자신이 직접 안내를 맡았노라고 인사말을 했다. 사흘간 우리의 안전운행을 책임질 사람은 50대 초반으로 보이는 수남 기사, 머릿속에 대한민국 전체의 주요 관광지 및 도로의 네비게이션이 들어가 있는 분이라고 소개했다.

오늘 춘천의 최저기온은 -8℃, 최고기온도 -5℃ 정도에 그칠 것이라고 했다. 버스 안은 훈훈했다. 그러나 안팎의 온도 차이로 차창에는 두터운 성에가 서려 바깥이 보이지 않았다. 버스 출입구 쪽 오른편에는 냉온수를 마실 수 있는 물통과 종이컵이 준비되어 있고, 고 차장은 자칭 달리는 다실의 주방장이 되었다. 언제라도 커피 생각이 있으면 손만 들면 뜨거운 커피가 배달되었다.

오늘 일정은 춘천에서 거제도의 장승포까지 560km, 안동, 대구, 마산, 진주, 거제도로의 코스를 따라간다고 했다. 안동에서는 하회마을에도 들른다고 했다.

우리 일행 25명 가운데 여성으로는 한문과의 임명화, 영어과의 이경남, 과학과의 윤희숙 그리고 나까지 4명이었다. 홍민식 학장과 이의한 부학장, 강승호·백인학 전 학장들이 참여하셨고, 국어과에서는 서준섭 교수가 동행했다. 가정과는 아무도 참석하지 않았다. 오늘 아침에 들은 소식이다. 가정과의 김복란 교수의 딸이 집에서 넘어지는 순간 연필깎이 칼이 팔목에 박히는 사고, 그로 인해 인대가 끊어지고 신경이 끊어지며 과다출혈, 중상으로 병원에 입원 중이라고 했다. 김복란 교수는 서울에서 딸의 병실을 지키고 있다는 것이다.

임명화 교수는 노환 중이신 어머니를 동생에게 맡기고 처음으로 교수 세미나에 따라 나섰다. 그런데 갑자기 어머니의 병세가 심각해지셨다는 연락을 받고 당황해했다. 그녀는 달리는 버스 안에서 휴대폰으로 동생에게 어머니에 대한 간병을 지시하고 있었다. 어머니에게는 휴대폰으로 위로의 말씀을, 또 어머니 담당 의사에게는 전화를 걸어 지시를 받아 동생에게 알려주고는 했다. 임명화 교수를 보면서 우리 어머니 돌아가시기 전 몇 년 동안 내가 가슴 졸이며 살아야 했던 기억이 났다. 여행은 좋았지만 여행 내내 가슴을 졸이던 기억이……. 그러나 그때가 좋았다. 그래도 집으로 돌아오면 나를 기다려주시던 어머니가 계셨다.

조용히 생각에 잠겨서 또는 MP3로 음악을 감상하면서 여행을 즐기고 싶었으나……, 운전기사님은 고객에 대한 최고의 배려는 고객이 심심해서는 안 된다고 생각하고 있었다. 버스 안에 장착된 TV의 볼륨은 자다가도 놀라서 깰 만큼 높았다. 그래서 소리를 좀 줄여달라고 해도, 그분 나름으로는 소리를 줄였지만 귀에 꽂은 MP3의 이어폰이 무용지물일 정도였다. 고 차장에게 여러 번 소리를 줄여달라고 부탁했으나 잘 되지 않았다.

김수미가 나오는 한국영화는 그런대로 남북대결의 현실을 우화적으로 처리하여 볼 만했다. 그러나 서양의 폭력영화, 더 끔찍한 것은 일본의 폭력영화였다. 자동차가 충돌하면서 내는 유리창 부서지는 소리에는 실제로 교통사고가 난 줄 알고 깜짝 놀라야 했다. 사람을 치고 박고 칼로 찔렀을 때 시뻘건 피가 수돗물 흐르는 소리를 내며 흘렀다. 폭력을 더 강한 폭력으로 만들어 놓은 과장되고 왜곡된 영화였다.

눈을 감고 있어도 끔찍한 신음소리와 총격소리는 더 요란하게 귓속을 파고들었다. 지금까지 버스 여행 가운데 이번처럼 소음공해로 머리를 앓은 적이 없었다. 운전기사는 우리들의 생명줄이니 몇 번의 요청 끝에 더는 무어라고 말을 하기도 어려웠다. 물론 긴 여행에서 장시간 운전에서 오는 졸음을 물리치기 위해서는 어쩔 수 없다고는 해도, 소음공해의 폭력영화를 계속 돌려대는 것은 운전사의 폭력이다. 그런데 이상한 것은 영화를 보는 다른 사람들의 얼굴 표정이 즐거워 보인다는 것이었다. 그렇다면 나만 병적으로 폭력영화와 소음에 예민한 것이었을까…….

10시 10분에 치악휴게소에서 10분간 휴식했다. 여전히 바깥은 바람이 세차게 불고 추웠다. 차 안에서는 폭력영화가 만드는 거대한 소음공해, 차 바깥에서는 치악산의 거칠고 차가운 바람이 사람을 비틀거리게 했다. 누군가 휴게소에서 찹쌀호떡을 사주었다고 이경남 교수가 호떡을 들고 들어와 나누어 주었다. 아기 손바닥만 한 호떡이었다. 호떡을 먹다가 차창 밖을 보니 어느새 하회마을로 들어서고 있었다. 반듯한 기와집들, 장항아리가 마당에 그득한 집을 지나고, 11시 45분에 하회마을 주차장으로 들어섰다. 버스는 옥류정玉溜亭이란 간판의 음식점으로 들어섰다.

허제사밥과 안동 간고등어

하회마을에서는 제법 알려진 식당이라고 했다. 점심 메뉴는 허제사밥과 안동 간고등어라고 했다. 내게는 하회마을이 초행길이었다. 허제사밥도 이름만 들었고, 안동의 간고등어는 한입 물고는 500리를 도망갈 정도로 짜다는 이야기를 들어왔다. 그동안 이 음식들에 대해서 많이 궁금했었다.

　허제사밥은 무나물과 고사리, 시금치 같은 나물들이 색깔을 맞추어서 조촐하게 대접에 담겼고, 밥주발이 따로 나왔다. 대접에 있는 나물에 밥을 넣어서 양념간장으로 비벼 먹는 것이 허제사밥이라고 했다. 그냥 비빔밥인데 간장을 넣고 비빈다는 것. 나는 간장은 조금 넣고 된장찌개를 넣고 비볐다. 안동 간고등어는 이제는 현대인의 입맛에 맞추어서 간은 슴슴했다. 기대가 컸던 때문인지 실망 쪽으로 기운 허제사밥이었다.

엿 앞에서 동심으로 돌아간 이종각 교수

하회마을

다시 버스에 올라 하회마을
입구까지 갔다(12 : 30). 하회
마을, 집주인들이 실제로
거주하고 있는 민속마을, 5

대째 살고 있는 주민들도 있다고 했다. 마을 입구에서 셔틀버스에 올랐다. 이종
각 교수가 엿을 사다가 나누어 주었다. 엿 먹는 모습들이 재미있었다.

왜 사람들은 사람들을 골탕 먹이면서 '엿이나 먹어라' 또는 '물 먹였다'고 표
현하는 것일까…….

하회마을은 우리말로는 물도리동, 낙동강 물구비가 태극모양으로 마을을 한
바퀴 휘돌고 나가는 모습이었다. 중요 민속자료 제122호. 풍산 류씨 가문이 600
여 년간 살아온 씨족마을이라고 한다. 마을 중심에는 수령 600여 년 된 삼신당
의 느티나무가 있고 이 집을 중심으로 마을 사람들이 모여 살고 있는 곳. 물도리
동 마을에는 중심부에 기와집들이 주변부에 초가집들이 배치되어 있는데 이 집
들은 모두 강을 바라보고 있는 형상이라고 한다.

10여 년 전, 대한민국연극제에 출품되었던 〈물도리동〉이란 연극이 생각난다.
마을에 괴질이 돌자 마을 어르신들이 모여서 그 대책을 강구한다. 악귀를 쫓기
위해 선남善男을 선발해서 탈을 만들기로 하는데 홀어머니의 외아들인 허도령이
선정된다. 어르신들은 허도령으로 하여금 오로지 탈 제작에 전념하도록 명령한

다. 탈을 만드는 동안 허도령은 그 누구도 만나서는 안 되었다. 부정을 막기 위해 청년이 탈을 만드는 집 마당에는 금줄이 쳐진다. 마침내 열 번째의 이매탈을 만들던 날 밤, 청년을 사모하던 처녀가 몰래 집안으로 스며들어와 금줄을 넘어서 청년이 있는 방의 방문 창호지에 손가락으로 구멍을 내고 방안을 들여다본다. 순간, 청년은 피를 토하며 쓰러지고 미완성의 이매탈은 방바닥에 굴러 떨어지고 만다. 이매탈이 턱이 없는 것은 허도령이 부정을 타서 죽는 바람에 미완성품이 되고 말았다는 내용의 연극이었다.

서틀버스에서 내리자마자 찾아간 곳은 엘리자베스 영국여왕의 하회마을 방문 기념 전시관이었다. 여왕이 하회마을을 돌아보는 사진들, 특히 김치, 고추장 담그는 현장을 구경하는 모습을 사진으로 찍어 크게 인화해서 벽면에 걸어 놓았다.

하회마을(물도리동)은 그 전체가 단아한 마을이었다. 나지막한 흙돌담 위로 기와를 얹어 눈비로부터 담을 보호하고 있었다. 나지막한 담장은 담장 밖에서 집

1 하회마을 골목
2 충효당, 짚으로 싸인 기둥
3 만지송

안을 들여다볼 수 있는 곳, 보여주되 함부로 틈입하는 것을 불허하는 것이 물도리동의 담장이었다. 하동고택을 거쳐 삼신당 골목 쪽으로 가면서 사진을 찍었다. 감나무에는 까치밥이 서너 개씩 달려 있었다. 유성룡 선생 사후에 후손들이 세웠다는 충효당으로 들어섰다. 화강석 계단 위로 대청마루가 있는데 대청마루로 오르려면 4개의 기둥으로 엮은 ㅁ자형의 문을 통과해야 했다. ㅁ자형의 기둥들은 짚으로 둘러싸여 있었다. 무슨 의미, 무슨 역할을 하는 문일까.

충효당에서 나와 골목을 걷자 가까운 곳에 영모정이 있었다. 영모정 앞에는 나무 높이가 3m 정도 되는 소나무 — 만지송萬枝松이 있었다. 서애 선생의 13대 종부 무안 박씨가 식목일에 화산花山에서 옮겨다 심은 것으로 나무줄기는 분수처럼 위로 퍼져 나가는 형상, 자손들의 번영을 기원하는 정성이 깃든 소나무라 했다.

영모정 안에는 서애 선생의 유품들이 전시되어 있었다. 서애 선생의 글씨, 입

으셨던 옷, 그런데 눈길을 끄는 것은 갖신이었다. 폭은 좁고 길이는 45~50cm에 이르는, 서애 선생이 이곳에 계실 때 직접 신으셨던 실내화라고 했다. 안내문에는 발 크기로 보아 서애 선생의 체수도 상당히 크셨으리라고 추정하고 있는데, 어떻게 발 폭이 그렇게 좁을 수 있을까…….

양진당과 작천고택은 울타리 너머로 들여다보고 아직 보아야 할 곳이 많음에도 불구하고 동행들은 갑자기 들이닥친 한파에 발을 구르더니 그예 돌아가고 있었다. 그들과 함께 보조를 맞추어야 했다. 돌아 나오는 골목길 어귀 감나무 밑에는 농익어 떨어지면서 터진 감이 있었다. 손가락으로 터진 감의 과육을 찍어서 단맛을 보다가 감나무 우듬지에 앉아 내려다보던 까치란 놈과 눈이 마주쳤다. 까치란 놈, 내가 하는 짓이 우습다는 듯 연신 머리를 끄덕대고 있었다.

서둘러서 앞서간 동행들의 뒤를 따르며 툴툴댔다. 이런 곳이라면 천천히 걸으면서 구경도 하고 이야기도 나누고 지난 세월을 눈앞에 그려 보며 여유 있게 즐겨야 할 것인데 무엇이 그리들 바쁘시냐고……. 골목에서 벗어나 논둑을 거쳐

강 건너 산의 오른쪽 아래에 옥연정사 건물이 희미하게 보인다.

114

나루터 가까이 갔다. 그리고 강 건너 부용대와 옥연정사를 사진에 담았다. 옥연정사는 서애 선생께서 징비록을 구상하고 집필하던 곳이라고 한다.

다시 셔틀버스에 올라 마을 입구까지 나와서 안내소로 가 관광안내 리플릿을 얻었다. 삼신당 신목을 꼭 보고 왔어야 하는데 그것을 보지 못해 아쉬웠다.

병산서원

하회마을에서 병산서원까지는 대략 10분 정도가 걸리는 곳이었다. 버스는 한쪽이 강변으로 연이어진 산 고갯길을 천천히 달렸다. 강물의 수량은 많지 않되 맑았고 모래사장이 펼쳐져 있었다. 병산서원은 안동의 풍천면 병산리에 있고 사적 제260호로 지정된 곳이다.

병산서원의 안내판에 있는 글을 그대로 옮긴다.

이 서원의 전신은 고려 말기부터 학문의 전당이었던 풍산현의 풍악서당이었으나 서애 유성룡이 조선 선조 5년 지금의 병산으로 옮겼다. 그후 선조 40년 서애가 타계하자 우복 정경세 등이 선생의 학덕을 기리어 광해군 6년(1614) 존덕사를 세워 위패를 모시고 병산서원으로 개칭하였다. 철종때 사액서원이 되었다. 고종 5년 대원군의 서원철폐령에도 훼철되지 않고 존속한 전국 45개소 중의 하나이다. 매년 3월과 9월에 향사를 지내고 있다.

건물의 배치는 남북을 중심으로 하여 외삼문-누각-강당-사당을 배치하는 일반적인 방식과는 달리 도산서원처럼 사당이 중심축을 벗어나 별도의 공간을 이루고 있다.

복례문復禮門을 지나자 만대루晩大樓가 나타났다. 목조 2층의 만대루는 서원의
앞면을 좌우로 깊숙하게 채워주고 있었다. 만대루 아래를 통과해 들어가자 병
산서원이 나타났다. 서원의 넓은 마루는 서원의 원장과 유생들이 함께 공부하

1 복례문
2 병산서원

116

던 곳, 입교당이란 액자가 안쪽에 있었다. 입교당 마루에 앉자 눈앞에 만대루의 기둥과 지붕, 그 아래로 복례문이 펼쳐지고 병풍처럼 서 있는 강건너의 병산屛山이 바투 다가와 안겼다. 이런 곳에서 스승과 제자가 책을 읽고 토론하는 모습은 얼마나 아름다운가……. 병산서원에서 20분쯤 머물다가 다시 버스에 올랐다. 언제고 다시 한 번 찾아와 주변을 천천히 돌아보고 가리라고 다짐했다.

15시 21분 대구광역시 읍내터미널을 통과했다. 동명휴게소에서 휴식을 취하고 차에 오르자 호떡, 튀김감자, 호두과자 들이 손에 손을 거쳐 전달되었다.

오늘이 교원임용시험 1차 합격자 발표일이라 학과 사무실로 전화를 넣었으나 받는 이가 없었다. 조교 선생의 휴대폰으로 전화해도 받지 않아서 답답했는데 서준섭 교수가 김풍기 교수로부터 연락받았다며 국어과 합격자는 21명이라고 했다. 올해부터는 세 번에 걸쳐서 시험을 보고 발표하는 것이기는 하지만, 조금 체면을 세워주었다고 할까. 많이 붙어주어야 하는데……. 조은성 선생이 캔맥주와 안줏감을 나누어주기로 기분 좋게 맥주를 마셨다.

17시 24분에 통영 톨게이트를 통과했고 18시 11분에 장승포에 도착했다. 춘천에서 거제도의 장승포까지 여덟 시간 이상을 달려서 왔다. 이경남 교수는 한국이 결코 작은 나라가 아님을 알겠노라고 했다. 장승포 비치호텔 501호에 짐을 풀었다. 룸메이트는 이경남 교수.

2008. 12. 5, 금요일, 맑음.

02 거제도-장승포

장승포의 아침

커튼 열자

품안으로 뛰어드는

포구의 아침

철썩이는

잔물결, 장승포 바다

섬과 섬 사이에서

꿈틀대네.

황금빛 아침 하늘

겹겹의 잔주름 접어보는

장승포 바다는

황금 비늘 번득이는

세상에서 가장 큰 물고기.

5시에 기상했다. 더 일찍 일어났지만 객실의 한가운데 걸린 실내등을 켤 수는 없었다. 일어나서 커튼 자락 젖히고 아침 바다를 내다보았다. 객실이 바다를 향하고 있어서 바다와 산이 함께 보였다. 아니 바다와 산이 함께 뛰어와 안겼다.

호텔 바깥으로 나가보니(07 : 40) 손끝이 싸늘해지는 바닷바람, 우리는 시간에 맞추어 버스에 올랐지만 숙취에서 깨어나지 못한 이들, 몸살이 난 이들이 있어서 그들을 버스 안에서 기다렸다. 20분 늦게 출발하여 옥포정 회식당으로 갔다. 조반은 대구탕. 그러나 대구살은 뻣뻣하고 국물도 묽었다. 건조시킨 대구로 끓인 이름만의 대구탕이었다. 열갱이(열기) 구이가 나왔지만 역시 뻣뻣했다.

8시 30분에 해금강으로 가는 유람선 참피언호에 탑승했다. 바다 위에 불끈 솟은 산봉우리며 바위가 금강산을 닮았다 하여 해금강으로 불린다고 했다. 날씨가 싸늘해서 선실에만 있어야 했다. 선실 유리창에는 성에가 두텁게 끼어 있었다.

참피언호의 선장은 40대 전반의 중년 사내, 한 손에 키를 잡고 한 손에 마이크를 잡고 거제도 전반에 대한 소개를 했다. 요약하면 다음과 같다.

거제도의 인구는 21만 명, 한국에서 제주도 다음으로 큰 섬으로 경상남도 거제시에 속하며 10개의 유인도와 52개의 무인도로 구성되었다. 면적은 378.795km², 해안선 길이 386.6km, 최고봉은 계룡산으로 정상까지의 높이는 585m이다. 삼한시대에는 독로국으로, 신라 경덕왕 때부터 거제군으로 불리게 되었다. 거제도의 해안은 리아스식 해안이고 내륙 쪽에 가라산, 계룡산, 노자산 등이 있고 열대성 식물들과 난대림이 있다.

지심도와 십자성 바위굴

처음 뱃전을 스쳐 지나간 섬은 지심도地心島, 공중에서 보면 섬의 생김새가 마음 심心자와 비슷하게 생겼다고 해서 붙여진 이름. 곧이어 십자성에 대한 설명, 암벽의 바위 틈새가 십+자형으로 생겨서 그렇게 불리고 파도가 심한 날에는 들어가지 못하는 곳이라고 했다. 그러나 오늘은 비교적 바다가 잔잔해서 십자형 바위 틈새로 들어갈 수 있다고 했다. 선장은 뱃머리만 십자의 틈에 들이밀고는 위를 올려다보라고 했다. 깎아지른 듯한 바위 틈새로 보이는 하늘이 한반도를 닮았다고 했다. 얼른 고개를 위로 돌려 보니 과연 그랬다. 카메라를 꺼냈지만 이미 그때는 배가 뒷걸음질치고 있어서 온전한 모양새의 한반도 모양을 잡아낼 수가 없었다. 멀리 수평선 너머로 흐릿한 윤곽으로 나타나는 산을 가리키며 대마도라고 했다. 옥포 유람선 선착장에서 출발하고 1시간 정도 되었을 때 배는 외도外島로 들어간다고 했다.

외도

외도는 오래 전 서울에서 고등학교 교사 출신의 이창호라는 이가 바다낚시를 왔다가 그 절경에 반하면서 이야기가 시작된다. 이창호 씨는 외도에 땅을 구입,

1 지심도의 십자성바위
2 외도

개발하면서 오늘날의 이국적인 외도를 탄생시켰다. 이창호 씨는 처음에는 외도에 감귤 농사를 시도했으나 한파로 실패하고 말았다. 그래서 이번에는 돼지 농장을 차렸으나 돼지값 파동으로 다시 실패했다. 마지막으로 도전한 것이 외도에 열대수림들을 심고 가꾸어서 이국적인 분위기의 유람지로 개발하는 것이었다. 그러나 이창호 씨는 외도를 개발하다가 절벽에서 추락, 4년을 앓다가 사망하고 지금은 그 부인과 아들이 이창호 씨의 유지를 받들어 외도를 가꾸어 나가고 있다. 외도가 이창호 씨 가족의 발목을 붙들어 맨 것이다.

외도에서 우리에게 주어진 시간은 90분이었다.

외도의 선착장으로 들어서면서부터 선착장 주변 강파른 산에 심어진 열대수림들, 사람의 손끝으로 다듬어진 숲이 기다리고 있었다. 모든 나무들은 대형 분재였다. 건물들, 조각들은 모두 그리스 아테네의 신전에서 옮겨온 듯했다. 다만 그 규모가 작았을 뿐이었다.

외국 여행을 해보지 않은 한국인 입장에서라면 외도의 풍광이 보여주는 이국적인 취향이 남다르게 느껴졌을 것이다. 그러나 나에게 보여진 인공의 손길은 지나치다는 느낌, 내국인에게는 모르겠지만 외국인을 유치하기는 힘들겠다는 느낌, 단순히 90분 동안 외도를 한 바퀴 돌아보기 위해 내는 입도비가 8천 원, 한 번은 와 보겠지만 두 번은 오고 싶은 마음이 들지 않을 것이라는 느낌이 들었다. 바다와 열대수림을 즐기면서 하루를 묵는다면 모를까, 그러나 외도에서 나오는 수량 부족으로 숙박업소를 지어서 관광객을 유치할 수는 없다고 한다. 손님이 많을 때에는 하루에 1,800명까지 입장했었다고 한다지만, 누가 한 시간 이상 배를 타고 와서 90분 구경을 하고 갈 것인가…….

외도에서 커피 한 잔 마시고, 사진들을 찍고 나왔다. 이경남 선생은 1983년에 신혼 여행길에 이곳에 들렀었다고 감개무량해 했다. 외도를 돌면서 안타깝다는 생각이 들었다. 비록 열대수림으로 조림해서 이국적인 풍치를 준다고 해도 그곳에 남해안 어민의 독특한 주거지라든가 그 지역민만의 독특한 문화적 환경을 조성해 놓는다면 오래오래 내외국인들을 불러들일 수 있으련만…….

외도에서 11시에 출발하여 40분 만에 장승포 선착장에 도착했다. 선착장에서 바라본 거제 문화예술회관의 건물 외벽, 밤이면 그 색채가 변화하는, 색채의 마술을 보여주는 건물을 보며 또 사진을 찍었다. 거대한 탄피를 가로로 늘어놓은 듯한 모습, 색깔이 변할 때는 마치 그림붓으로 물감을 바르듯 천천히 색채가 번져가며 변하고 있었다.

1 효충사
2 효충사에서 내려다본 옥포 바다

　점심은 어제 저녁을 먹었던 갯여울 해물탕 집에서 멍게비빔밥 정식, 식대가 1만 원이었다. 멍게살과 다양한 채소들을 넣고 초고추장과 비벼 먹는 것, 별미라고는 하지만, 맛은 알 수 없었다.

옥포대첩 기념관

이순신 장군이 왜군을 물리쳤었던 옥포, 옥포대첩 기념관 가는 길, 해안도로를 따라서 버스는 달리고 대우조선소가 버스를 따라오는 것 같았다. 대우조선소는 그렇게 규모가 어마어마했다. 옥포대첩 기념관에 들어가서 당시의 유품들, 무기류들을 보고 옆에 있는 효충사에 들러서 참배했다. 옥포대첩이 있었던 날은 1592년 5월 7일의 오시의 일, 이순신 장군이 옥포에 숨어 있던 왜선 50척 중 30척을 격침시켰다고 한다.

김영삼 전 대통령 생가

옥포에서 김영삼 전 대통령 생가로 가는 길에는 덕포, 외포가 나타나고 대우조선의 거대한 시설물들이 눈에 들어왔다. 13시 47분, 생가 앞에 도착했다. 돌 축대를 높다랗게 쌓아올린, 단아한 규모의 기와집이었다. 전면에 방 세 칸, 왼쪽에 김영삼 전 대통령의 흉상이 있었고 오른쪽에는 별채가 있었다. 본채와 별채 사이에는 우물과 장독대가 있었다. 거제도 대 선주의 집이라고 하기보다는 아기자기하고 아담한 규모의 여염집이었다. 안내판을 보니 본래의 생가는 100년도 더 된 집이라 건물 전체가 노후되어 2001년 거제시가 현재의 건물로 중건했다고 한다. 아무리 중건을 했다고 해도 우물의 경우는 너무 눈에 거슬리게 만들어 놓았다. 현재의 중건된 건물의 상량문은 김영삼 전 대통령 친필이라고 한다. 생가 앞 골목길에는 마을 주민들이 모여서 멸치와 고구마를 팔고 있었다. 다시멸치 500g을 5천 원 주고 샀다.

1 김영삼 전 대통령 생가
2 포로수용소
3 복원해 놓은 야전병원 콘셉

거제도 포로수용소

50분쯤 버스를 타고 시내 쪽으로
들어와 포로수용소 기념공원으
로 갔다. 이제는 도시정비 사업으
로 그 흔적은 일부만 남겨놓고 있
었다. 거제도 포로수용소……. 국
민학교 시절 〈철조망〉이라는 영
화 속에서 그려졌던 포로수용소에
서는 이념이 다르다는 이유만으로
사람을 죽이고 시신을 훼손하여
여기 저기 던져 버렸던 장면, 땅 속
에서 손 하나만 땅 위로 솟아올라
와 있던 장면들, 두 손으로 눈을 가
리고, 벌린 손가락 사이로 끔찍한
장면들을 보면서 울던 기억이 난
다. 그 끔찍한 비극의 현장이 지금
은 관광객을 부르는 관광지로 변
해 있었다.

  당시 포로들의 생활과 폭동의 현장을 실감나게 볼 수 있도록 만들어 놓은 장
치 ― 평면의 벽 위에 어떻게 그렇게 입체감을 살려놓을 수 있었을까……. 그런

재주를 갖고 있는 한국인이 서로가 서로를 짐승처럼 죽일 수가 있었을까…….
여자 포로수용소 콘셋 건물 앞에 만들어놓은 등신대의 젊은 여성 포로 인형,
쭈그리고 앉아서 무엇을 누구를 생각하고 있는가. 만일 그 모델이 살아 있다면
팔순이 넘었을 것이다.

　당시 수용소에는 인민군 15만, 중공군 2만, 모두 17만을 웃도는 포로들이 수
용되어 있었다고 한다. 시군 통합 전의 춘천시 인구가 20만 안팎임을 감안한다
면 한정된 울타리 속에서 모여 살았던 17만의 포로, 어마어마한 인원이었다. 커
다란 가마솥 같은 변기통 위에 올라가서 쭈그리고 앉아 용변을 보는 포로의 모
습을 등신대로 만들어 놓고 있었다. 인간은 어디에서나 먹어야 하고 배설해야
하고, 명백한 이유 있는 증오 때문이 아니라 분위기에 휩쓸려 적을 만들고 그 적
을 죽인다. 포로와 그 포로를 만나기 위해 찾아와서 수용소 주변을 맴돌았을 가
족들의 모습이 머릿속에 그려졌다. 50년대에 만들어 놓았던 막사의 콘크리트
벽에는 아직도 선연한 총알 자국들이 당시를 증언하고 있었다.

청마 유치환 선생 생가

청마 유치환 선생의 생가가 있는 곳은 거제군 둔덕면 방하리 505-5번지. 둔덕
면의 산방산 자락을 향해 버스가 달리기 50분 만에 청마 기념관에 도착했다. 겨
울이라 혹시나 문학관 담당자들이 퇴근이라도 하면 어쩔까 싶어서 여러 번 전
화를 넣었지만 받지 않았다. 5시 30분에야 청마문학관에 도착했다. 2층 건물의
문학관은 규모가 크고 돈이 많이 든 건물이었다. 청마의 무덤은 문학관으로부

<table>
<tr><td>1</td><td>2</td></tr>
</table>

1 청마선생 시비
2 복원된 청마 생가

터 도보로 20분 거리에 있다고 했다.

문학관 입구에 청마 선생의 흉상이 있었다. 그리고 전시실에는 이어폰들이 벽에 걸려 있어서 이어폰을 쓰고 스위치를 누르면 성우들이 읽어주는 청마 선생의 시를 들을 수 있었다. 청마 선생과 그 가족들, 제자들과 함께 찍은 사진들이 전시되어 있었고 2층에는 청마 선생의 시집들, 육필 원고들이 전시되고 있었다.

문학관 앞에 청마선생 시비가 대단했다. T자를 지면에 눕혀놓은 듯한 형상의 검은 대리석 시비였다. T자에서 세로 선에 해당되는 부분은 지면에 눕혀 있고 가로선 모양 부분은 병풍처럼 세워서 펼쳐 놓고 그곳에 청마 선생의 시를 새겨 놓았다. 가로선 부분의 오른쪽 끝부분에 교탁과 교탁에 기대어 선 청마 선생의 입상은 황금빛으로 도금해 놓았다. 청마 선생은 선 채로 다리를 꼬고 오른손으로 턱을 받치고 있는 모습, 시비에 비해 선생의 입상은 왜소해 보였다.

그 뒤편으로 청마 선생의 생가가 복원되어 있었다. 생가는 두 채의 초가가 ㄱ자 형태로 배치되고 그 사이에 텃밭이 있고 텃밭 뒤로 돌담장이 있었다. 본래 있던 집을 2000년 5월에 1908년대의 모습으로 복원했다고 하는데 누가 보더라도 복원했음을 알 수 있도록 그 색깔들이 너무도 선명하게 도색된 초가집……. 그냥 돈이 많아서 그 돈을 주체할 수 없어서 여기저기에 물량공세를 한 듯한 모습……. 같은 집에서 그의 형 동랑 유치진 선생도 태어났을 터인데……. 동랑 · 청마 문학관으로 세웠어도 좋았을 일을, 쓸쓸한 느낌뿐이었다.

어둠이 짙어오는 18시 40분에 청마문학관을 떠났다. 이 깊은 산골에 누가 찾아온다고 그렇게 거대한 문학관을 세웠을까. 거제 시청에서 파견된 여직원이 자리를 지키고 있었다.

저녁은 물소리횟집으로 가서 먹고, 여자들 4명, 남자들 8명이 함께 움직여서 노래방으로 갔다. 포로수용소에서 느꼈던 분단국가 국민으로서의 아픔, 청마문학관에서 본 지방자치제의 잘못된 지방세 운용, 그런 것들이 가슴 속을 답답하게 했었던 것, 노래하고 춤추면서 스트레스를 풀었다.

노래판의 주역은 임명화 선생이었다. 미처 곡목을 정하지 못하고 또 점잔을 피우고 있을 때 임명화 교수가 중국노래를 중국어로 불러서 분위기를 띄워놓았다. 임 교수는 그 후에도 가요를 또 신명에 잡혀서 불렀다. 이경남, 윤희숙 교수는 점잖은 노래들을 점잖게 불렀다. 이종각, 강승호, 박세현, 허남욱 교수가 노래를 참 잘 부르셨다. 박세현 교수는 마이크를 잡으면 갑자기 그 눈빛이 달라지는 듯, 목소리도 좋았고 노래에 감정을 담는 것도 프로 가수 같았다. 백인학 교수도 노래 솜씨로는 남에게 양보하지 못하는 양반, 홍민식 학장의 노래하는 모습은 모범생의 것이었다.

2008. 12. 6. 토요일. 갬.

03 거제도-통영-춘천

4시에 기상, 꾸물대다가 5시에 불을 켜고 일어나 앉아 있었고, 6시 30분에 목욕 준비해 가지고 바깥으로 나갔다. 10명 안팎의 회원들과 버스에 올라 사우나장으로 갔다.

더운 물속에 들어가 보니 온몸의 피곤이 가시는 느낌. 황토 사우나방과 냉탕을 오가며 즐겼다. 거제시 유일의 사우나장이라는데 생각보다는 사람이 적어서 좋았다. 주어진 시간은 1시간 20분, 서둘러서 목욕을 마치고 화장까지 하고 차에 오르니 약속된 7시 40분 정각에 댈 수 있었다. 남성들은 이미 차에 올라 있었고 누가 과연 시간을 제대로 맞출 것인가 내기를 하려던 참이었다고 했다.

조반은 갯내음해물탕 집에서 황태미역해장국으로 먹었다. 식당에서 통영으로 가는데 피곤해서 차 안에서 졸다 보니 어느새 통영 변두리, 예전에는 갯벌이었다는 곳을 메워서 신시가지로 만든 곳이라 했다. 거리의 뒷골목에는 일정시대 때 일본인들이 살던 집들이 그대로 남아 있었다. 이른바 적산가옥敵産家屋이라고 불리던 바로 그 집들이었다. 1960년대 초반까지만 해도 춘천에도 적산가옥이 제법 남아 있었다. 기와지붕에 벽은 검은 타르 칠을 한 송판으로 지어진 집이었다. 국민학교 시절의 친구 방옥현의 집도 적산가옥이었다. 춘천에서 살고 있던 한국은행 직원들의 관사는 대개 적산가옥이었던 것으로 기억한다. 이른바 판자벽에 천막을 덮었던 집에 살던 내가 방옥현의 집으로 갔을 때 그네의 집은 천당과 같았었다. 넓은 문화주택, 영화 속의 집으로 들어간 듯한 기분이었다. 옥현이는 어떻게 되었을까, 입주 가정교사에게 공부를 하던 옥현이……. 내 나이가 있으니 옥현이는 아마 손주 몇을 둔 할머니로 변해 있을 것이다.

해저터널 — 용문달양

10시에 해저터널 입구에 닿았다. '용문달양龍門達陽'이란 현판이 붙어 있었다. 시멘트 건축물로 된 터널 안으로 들어가자 전등이 켜 있었고 입구쯤에 해저터널에 대한 다음과 같은 안내판이 설치되어 있었다.

> 1931년 7월에 착공, 1년 4개월 만에 완공된 동양 최초의 해저터널, 길이 483m, 넓이 5m, 높이 3.5m이다.

용문달양은 '섬과 육지를 잇는 문'이라는 뜻이라 한다. 터널 시공시에 양쪽에 제방을 쌓아 해수를 막고 해저를 직접 터파기하여 터널을 축조하였다.

해저도로 개요서에 의하면 해저도로를 이용한 연간 교통량은 사람 9만 인, 우마차 1,000대, 자전거 100대, 자동차 1,000대, 가마 100거擧인 것으로 추정하여 기록하고 있다. 1967년, 착량거 자리에 철근 콘크리트 교량인 충무교운하교가 개통되면서 해저도로를 통한 차량운행은 금지되고 있다.

해저터널을 걸었다. 다시 지상으로 올라갔을 때에 '통영해저터널 시설현황'을 알리는 큼직한 동판이 있었다.

1 용문달양, 해저터널 출입구.
2 해저터널 내부 진입로.

위치 : 통영시 당동~미수동

착공년도 : 1931, 준공년도 : 1932

터널 연장 : 483m 터널 폭 5m

터널 높이 : 3.5m

터널 깊이 : 평균 해수면 기준 (-)10m

시공법 : 터널 양측 제방 축조 후 해저 직접 터파기

구조형식 : 철근 콘크리트 라아멘조(Box타입)

보수 : 1차 보수 1996

통영 해저터널의 시설현황을 알리는 동판 뒤쪽으로는 다시 다음과 같은 안내
판이 서 있었다.

판데목

이곳은 물이 들면 미륵도가 섬으로 떨어지고 물이 나면 육지로 이어지던 목으로 옛날부터 '착량' '굴량' '판데' 혹은 '폰데'라 불리었는데, 통제영시대 이 목을 띄워 작은 배가 다니게 하기도 하고, 이 목을 막아 육지로 잇기도 하고, 혹은 위에서 다리를 걸쳐 물길을 띄우기도 했었다.

이 목은 풍수학상 통영의 목구멍에 해당되는 곳이라 틔우면 길하고 막히면 흉하다고 하여 제 208대 홍남주 통제사 때 막혔던 목을 틔우고 그 위에 다리를 놓았다. 10여 년 후 이 다리가 풍우로 허물어지자 당시 통영의 독지가 김삼주 씨가 사비로 다시 나무다리를 놓았다. 1915년경 이 다리마저 태풍으로 허물어지자 다시 김삼주 씨가 사재를 털어 이곳에 석교(착량교)를 건설했었다. 그 후 1927년 일제는 이 다리를 허물고 판데목 아래 터널을 팠는데(1931~1932) 지금의 해저터널이 그것이다.

세월이 흘러 터널도 노후화됨에 따라 그 위에 다리를 다시 가설한 것이 지금의 충무교이다.

판데목에 해저터널이 만들어지고 지금은 충무교가 놓이게 된 사연을 비교적 소상하게 밝혀놓은 것이 충무의 역사를 보는 듯하다. 통영의 목구멍에 해당되던 곳, 목구멍을 틔워주기 위해 다리를 놓았다가 해저터널로 진일보했고, 지금은 충무교가 통로 역할을 하는 판데목 이야기, 그런데 통영 사람들은 해저터널 설치의 이유를 또 다른 것으로 들고 있다고 한다. 즉 이 판데목에서 일본군들이 몰살을 당해 그들의 시신이 이 지역에 그대로 방치되었다고 한다. 일본인들은 자신들의 조상의 뼈가 여기 저기 묻혀 있는 곳을 어떻게 감히 밟고 다닐 수 있느냐고, 조상의 뼈를 밟는 것을 방지하기 위해 지상의 길을 없애고 해저로 터널을 파게 되었다는 것이다. 같은 일을 가지고도 어느 시점에서 보느냐에 따라 해석은 이렇게 판이하게 달라진다.

판데목 부근에 먼저 와서 대기하고 있던 버스에 올랐으나 버스는 앞으로 나아갈 수가 없었다. 이순신배 쟁탈 마라톤 대회가 열리고 있어서 우리가 가는 방향의 도로가 통제되어 버린 것이다. 이순신배 쟁탈이라……. 이순신배라면 거북선인데 거북선 쟁탈? …… 거북선 쟁탈이 아니라 이순신 장군배 쟁탈 마라톤 대회이지……. '거북선 = 이순신배'로 입력된 나의 고정관념이 만든 착각 때문에 혼자 웃었다.

마라톤 출전자들이 모두 지나가기를 기다려 버스 안에서 바깥 풍경을 구경했다. 처음에는 마라톤 풀코스 선수들이 달려 나가고, 이후 10km, 5km 선수들이, 후미에서는 임신한 여성이 아이들의 손을 잡고 걷는 모습도, 유모차를 밀고 있는 젊은 엄마들의 모습, 경중대며 뛰는 유치원 아이들도 마라토너였다. 보기에 좋았다.

한려수도 조망 케이블카

10시 45분에 도남관광지에 도착했다. 케이블카는 8인승 캐빈 47대가 연속으로 순환하며 한려수도를 조망할 수 있는데 케이블카 선로는 1,975m에 이른다고 한다. 케이블카의 상부 정류장은 미륵산 8부 능선에 자리하고 있었다. 전망대에

1 미륵산 정상에서 본 한려수도. 오른편으로 늘어선 섬이 한산도. 보이지 않지만 바로 오른쪽에 용초도가 있다.
2 사진의 아래쪽 산림 사이 능선에 박경리 선생 묘택이 있다.

서 눈 아래 펼쳐진 한려수도를 보았다. 바다가 있고 산이 있고, 바다라기보다는 호수라고 하는 것이 나을까……. 소양호나 춘천호의 경치를 몇 배 확대시켜 놓은 듯한 광경이었다.

미륵산으로 오르는 길은 목재계단과 돌계단이 잘 정비되어 있었다. 가는 도중에 미래사로 빠지는 길이 있었지만 주어진 시간에 맞추기 위해서는 미륵산 정상으로의 길을 재촉해야 했다. 마침내 해발 462m 미륵산 정상에 올랐다. 사방으로 탁 트인 조망, 자그마한 산들이 올망졸망 펼쳐진 사이사이로 스며든 바다, 가깝게 혹은 멀리 크고 작은 섬들이 펼쳐져 있었다.

어제 거제도에서는 유람선 위에서 대마도를 보았는데 오늘은 미륵산 정상에서 다시 대마도를 보았다. 미륵산에서 대마도까지는 직선거리로 90km라고 한다. 가까이로는 한산도와 용초도가 있었다.

문학작품의 제목으로 등장했던 용초도가 바로 눈앞에 있었다. 「용초도 근해」는 박영준의 작품, 한국전쟁 중에 인민군의 포로가 되어 3년간 북한에 억류되었던 주인공이 포로수용소에서 풀려 남한으로 귀환하던 중, 북한에 두고 온 애인과, 포로수용소에서 인민재판에 회부된 친구에게 어쩔 수 없이 영장 처벌을 해야 했던 사실에 괴로워하다가 용초도가 보이는 곳에서 투신자살하고 만다는 이야기……. 용초도가 한려수도에 자리잡고 있다는 사실을 이번 여행을 통해 처음 알았다.

미륵산 산기슭에는 농원이 보였다. 그곳에 지난봄에 돌아가신 박경리 선생 묘택이 있다고 했다. 통영에서 출생하여 서울과 원주에서 창작활동을 했었던 박경리 선생, 그의 영원한 안식처는 다시 고향으로 돌아왔다.

산 정상을 꼭짓점 삼아 몸을 회전시킴에 따라 눈앞의 광경이 다양하게 펼쳐졌다. 통영시의 현대식 고층 건물들이 한쪽에 자리잡고 있었고 다시 몸을 돌리면 산과 바다가 어우러져 있었다.

향토음식점 멸치마을

정오가 조금 지나서 모두 버스에 올랐다. 버스는 멸치정식 집을 찾아 나섰다. 정량동의 뒷골목에 있는 자그마한 식당 '멸치마을'로 갔다. 다양한 멸치(건조된 것, 생것, 큰 것, 작은 것 등등)를 다양한 요리로 개발해서 내놓은 멸치음식 전람회라고 할까……. 멸치회, 생멸치 야채무침, 멸치볶음, 멸치튀김, 멸치구이, 멸치된장찌개, 멸치전, 멸치젓김치, 멸치시래깃국, 멸치젓, 멸칫밥……. 모두들 멸치마을 음식 앞에서 만족해했다. 저렴한 가격에 이 지역만의 독특한 음식을 맛볼 수 있다는 것에 대해서 즐거워했다. 일인당 1만 원이니 사실 아주 저렴한 가격은 아니었다.

13시 30분에 버스는 귀향길에 올랐다. 돌아가는 차 안에서는 코믹영화 비디오를 틀어주었다. 모두들 지쳐서 눈을 감고들 있었다. 17시에 안동휴게소에서 잠시 휴식을 취했고 18시 30분에 원주휴게소에서 우거지곰탕으로 저녁 식사를 했다.

내 휴대폰 벨이 울렸다. 예전 여고교사 시절의 담임반 학생이었던 황효순이었다. 청국장 된장찌개를 만들었다고, 내게 어디 있느냐고 물었다. 밤 9시 이후에나 집에 들어갈 것이라고 했더니 그때쯤 시간 맞추어서 된장찌개를 아파트로 갖고 올 것이라고 했다. 19시 10분 춘천을 향해서 출발, 눈발이 날리기 시작했다. 춘천 톨게이트로 들어섰을 때는 제법 눈발이 굵었다. 2박 3일간의 여행, 우리들의 여행이 끝나는 시간대에 축복인 양 눈발이 날렸다. 20시에 학교에 도착했다. 외국여행이 아니었어도 충분히 즐거운 여행이었다.

2008. 12. 7, 일요일, 흐림 · 눈.

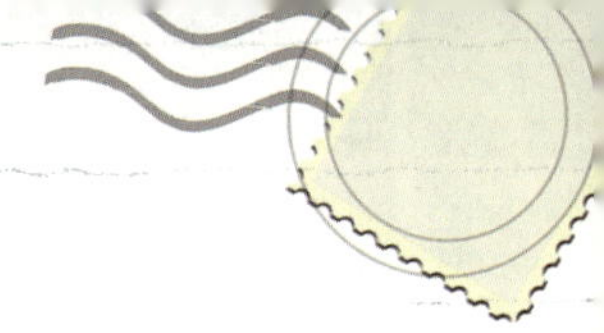

봄내 수레너미길 이야기

01 춘천-덕두원-방동리-우양리

아침에 일찍 일어났다. 미리 준비들을 해두기는 했지만 그래도 가슴이 설레었다. 검은 등산복 셔츠에 모직 빨간 등산복을 입었고, 걷기 여행인데 가방이 너무 크지 않은가 하는 생각. 비상식용으로 냉동 상태의 송편 몇 개, 간식으로 귤 10개, 사탕 한 봉지를 넣었다. 등산양말을 새것으로 신었다. 아껴두기만 하다가 언제 쓸 것인가 하는 생각이 들었던 것이다.

집에서 8시 30분에 출발했다. 걸어서 가기에는 조금 멀고, 차라리 갈아타더라도 버스를 이용하자는 생각, 그래도 운 좋게 가자마자 대룡산행 버스를 탔고 버스는 중앙시장, 춘중, 남부시장으로 돌아가고 있었다. 남부시장 앞에서 내려 문화예술회관 주차장으로 가보니 두세 사람이 먼저 나와 있었다. 한동안 기다리자 그제야 낯익은 사람들이 보였다.

봄내 걷기 여행 신청자가 40여 명, 버스 한 대에 모두 올라탔다. 성공적인 문화사업이었다. 걷기여행 진행자 신용자 선생을 찾아가 인사를 나누었고 유현옥 씨, 함종득 씨와도 인사, 전 금토재단 이사장 부부와도, 또 춘천시립도서관의 김옥분, 임미남 씨와도 인사했다.

9시 40분에 출발, 김유정 문인비를 지나 신연강 다리를 건너 덕두원 2리까지 가는데, 여중 여고 시절 소풍가던 덕두원 길가 개울이 많이 변해 있었다. 1980년대 중반 명덕수련원인가에 국어과 교수와 학생들이 가서 세미나 하던 기억이 났다. 그때는 이쪽 길을 밤에 버스를 타고 들어갔던 것 같다. 덕두원 1리부터 전원주택들이 들어와 있었다. 경치 좋은 곳은 모두 도회지 부자들의 별장풍의 주택들이 들어서 있었다. 시골의 계곡은 인위적 조성, 시멘트로 개천 둑을 반듯반듯하게 정리해 놓았다.

덕두원 깊숙이에 인삼밭들이 조성되어 있었다. 황금색 논이 아니라 시커먼 휘장이 쳐진 인삼밭을 보면서 환경의 변화, 경제생활의 변화를 생각했다. 거대한 까마귀들이 들판을 통째로 덮고 있는 듯한 인상이었다.

춘천 효자동의 문화회관에서 출발한 이후 20분 만에 덕두원 2리에 도착. 왼쪽에는 벼를 벤 논이, 오른쪽에는 이름 모를 조림지역, 그러나 잎들은 모두 기습

봄내 수레너미길 초입

140

한파로 얼어서 쪼그라진 모습이었다.

10시부터 봄내길 - 수레너미길 초입으로 들어섰다. 출발에 앞서 오늘의 일정에 대한 개략적인 설명을 들었다. 석파령에 연결된 고개는 ①덕두원의 원터 - 새수고개 - 신영강 나루, ②강길 - 배터, ③덕두원 2리 - 성골고개 - 감아리 - 배터, ④덕두원 2리 - 수레너미 - 방동리, 이렇게 4개 코스로 볼 수 있다는 이야기였다.

한편 춘천으로 가기 위해서는 ①새수고개 - 신연강, ②덕두원 2리 - 수레너미, 이렇게 2개 코스를 이용했을 것이라고 한다.

'수레너미 고개'란 명칭은 1890년대 당시 춘천유수로 부임하던 민두호(장항리 민씨묘의 주인인 민영휘의 부친)가 수레를 타고 고개를 넘어 방동리를 지나 오미나루에서 배를 타고 춘천으로 가게 되면서 얻게 되었을 것으로 추정한다.

예전에 우리 어머니 말씀으로는 어머니의 육촌 오라버니인 병식 아저씨가 덕두원에 사실 때, 춘천보통학교까지 날마다 걸어서 통학을 하셨다고 했다. 병식 아저씨는 덕두원에서 신연강 뱃터까지 와 배로 강을 건너시고, 그곳에서부터 중앙로까지 걸어서 통학을 하셨다는 것이다. 그때 어린이었던 병식 아저씨가 배를 타던 곳이 신연강 나루였다. 병식 아저씨는 2~3년 전에 아주머니를 먼저 떠나보내고 지금은 어디에 살고 계신지 궁금하다. 큰아들 이선영 교장 선생댁으로 가 계신가…….

수레너미로 향하는 길은 3~4인이 함께 갈 수 있는 길로 시작해서 1~2인이 다닐 수 있는 길로 좁아들었다가 다시 넓어지고는 했다. 수레너미 고개로 가는 길은 사람들의 이용이 적은지 나뭇가지들이 옷을, 머리카락을 끌어당겼다. 앞에 가던 남자 회원이 나무 지팡이로 길게 늘어진 나뭇가지들을 쳐주며 길을 만들어 주었다. 오른쪽으로 작은 시냇물이 흘러내리고 있었다.

하늘이 맑았다. 그러나 좌우에 빼곡히 조림된 낙엽송이 치솟아 있어서 시선은 상하로 수직 이동시켜야 했다. 가까운 오솔길 옆의 활엽수들은 지난 기습 한파에 잎들이 모두 얼어서 가지에 위태롭게 매달려 있거나 아예 나무 아래 낙엽 되어 두텁게 쌓여 있었다. 단풍도 들지 못한 채 떨어진 초록색 낙엽들이었다.

20분쯤 위로 오르자 조금 넓은 구비길이 나왔다. 그곳에서 40명이 넘는 회원들이 빙 둘러선 채 차례로 서로 자기소개를 하는 시간을 가졌다. 대부분 부부동반들, 어쩌다 혼자 온 이들은 부부 중 한 사람에게 갑작스러운 일이 생긴 경우이고, 대부분 중, 장년층들이었다. 한림대생 세 명이 가장 젊은 측이었다. 15분 휴식 후 다시 출발했다.

수레너미 고개 — 차유령車踰嶺 혹은 차현車峴

수레너미 고개에 도착한 시간은 10시 50분, 걷기 시작해서 휴식시간 15분을 제외하면 겨우 35분을 걸은 것이다. 신용자 선생이 이재頤齋 황윤석黃胤錫, 1729~1791에 대한 소개를 했다. 황윤석의 『이재난고頤齋亂藁』에 의하면 그가 1766년 2월 22일 석파령을 지나 덕두원으로 다시 '차유령車踰嶺'을 지나 방동의 계산촌에 이르게 되었다는 기록을 남겼다고 한다. 수레너미의 또 다른 한자 이름은 '차현車峴'으로 표기되는데 이는 아마 일제시대 행정구역상 지명을 정리하면서 나온 이름일 것이다.

이재 황윤석은 전라도 거창 출신이지만 그의 조상이 방동리에 살았던 듯, 춘천에 다녀간 일을 그의 『이재난고』에 남겼다고 한다. 그의 일기는 10세부터 63세까지, 세상을 뜨기 이틀 전까지 기록했다고 하니 대단한 사람이다.

브리태니커 사전에서 황윤석을 검색해보았다.

1729(영조 5)~1791(정조 15). 조선 후기의 음운학자(音韻學者).

본관은 평해(平海), 자는 영수(永叟). 호는 이재(頤齋). 김원행(金元行)의 문인이다. 1759년(영조 35) 진사시에 합격, 1766년 은일(隱逸)로서 천거되어 벼슬이 익찬(翊贊)에 이르렀다. 특히 국어학에 대한 공로가 큰데, 그의 문집 『이재유고(頤齋遺稿)』에 있는 「화음방언자의해(華音方言字義解)」·「자모변(字母辨)」은 국어 연구의 좋은 자료가 된다. 「자모변」은 초(初)·중(中)·종(終) 3성(三聲)에 대한 논술로 『이재유고』 권26의 1~5장까지 실려 있으며, 여러 나라의 문자를 비교·설명했다. 「화음방언자의해」는 『이재유고』 권25의 잡저(雜著) 중의 한 항목으로, 약 150항목의 우리말의 어원을 중국어·범어(梵語)와 비교하여 고찰했다. 저서로 『이재유고(頤齋遺稿)』·『이재속고(頤齋續稿)』·『이수신편(理藪新編)』·『자지록(恣知錄)』이 있다. (「頤齋亂藁」 또한 『이재유고』 중의 한 항목인 듯 ― 저자)

(위의 내용은 한국브리태니커 온라인의 황윤석 항목 내용을 인용하였으며 저작권은 한국브리태니커회사에 있습니다. 인용시점 이후의 개정내용은 브리태니커 온라인 서비스를 통해 확인하실 수 있습니다.)

황윤석이 음운학자였던 만큼 그의 지명에 대한 관심은 컸을 것이다. 1766년 2월 20일 날짜에 이 고개를 넘으면서 차유령이란 이름을 기록한 것을 보면, '수레너미'란 이름은 민두호 유수의 부임 훨씬 이전부터 있었던 이름이다. 민두호의 춘천유수 부임이 1890년대라고 본다면 말이다. 차현車峴이란 이름도 있었다는 것을 보면 이 고갯길은 이미 오래 전부터 수레가 넘어 다니던 잘 정비된 고갯길이었을 것이다.

민두호閔斗鎬, 1850~1902는 누구인가. 그는 조선말기 문신으로 탐관오리, 여흥 민씨 세도가의 한 사람으로 역시 탐관오리였던 민영휘의 부친이라 한다. 민두호에 대한 더 자세한 기록을 보니 1880년 황주목사黃州牧使에, 1882년 여주목사驪州牧使에, 1886년 동지돈녕부사同知敦寧府事에 임명되고 1887년 춘천부사가 되는데 행정구역 개편으로 춘천부에 유수留守를 두게 되자 춘천부 유수가 되어 1892년까지 재임했다. 그는 왕명으로 춘천부의 관아官衙인 문소각聞韶閣을 확장, 개축하여 국왕의 이궁離宮으로 삼았다. 민두호는 1894년 독판내무부사督辦內務府事에 임명되었고, 다시 춘천부유수로 임명되었지만 같은 해 동학농민운동이 일어나자 자리에서 물러났다고 한다.

한편 민두호의 아들, 민영휘閔泳徽, 1852~1935는 갑신정변을 진압, 동학농민운동이 일어났을 때 청군의 지원을 요청했다. 한일병합 이후 그는 일본 정부의 자작이 되고 휘문학교를 설립했다. 이태준의 장편소설 『사상의 월야』에서 횡포가 심했던 휘문고보의 교주校主와 그 가족들, 그들의 우두머리가 바로 민영휘였다.

춘천지역의 초·중·고생들의 소풍지로 이용되던 민씨 묘의 주인이 민영휘였다니……. 그가 휘문의숙의 설립자였고 탐관오리였다니…….

어떻든 수레너미 고개는 적어도 250여 년 전부터 수레가 넘어 다니던 길이었다. 그 길을 걸으면서 감회가 깊었다.

10분쯤 휴식을 취하고 이번부터는 고개 아래로 걷기 시작했다. 햇살이 따스하고 하늘은 높고도 그윽했다. 햇살 아래 양지녘은 황금색으로 숲이 타오르고 있었다.

한백록韓百祿 묘역 및 정문旌門

자그마한 마을이 나타났다. 계곡 오른쪽으로 무슨 사당 같은 건물이 보였다. 한백록 묘역 및 정문은 사당 같은 건물의 맞은 편 산기슭에 있었다.

충장공忠壯公 한백록韓百祿, 1555~1592은 춘천 당산골 출신, 임진왜란 때에 원균의 휘하에 있었고, 전쟁 현장인 옥포해전에서 적의 예봉을 꺾어 전쟁의 향방을 조선에게 유리하게 이끈 선봉장이었다고 한다. 미조항 전투에서 총을 맞고도 전쟁을 지휘, 승리를 확인한 이후에 전사하니 38세였다. 한백록 장군은『여지도서輿地圖書』의 '강원도 춘천현 인물조'에 유일한 충신으로 정표旌表된 춘천의 인물로 나타난다고 한다.

관련 연구논문들을 찾아보니 처음 전사했을 때에는 세운 공에도 불구하고 제대로 대접을 받지 못하다가 2차 3차 그들 후손과 춘천지역 사람들이 상소를 올려서 마침내 충장공이란 시호를 받게 되었음을 알 수 있었다.

한백록 정문에서 나와 5분도 채 되지 않는 거리에 장절공 신승겸 묘역이 있었다.

장절공 신숭겸 묘역

장절공 신숭겸申崇謙은 전라도 곡성 또는 춘천 출신으로 전한다. 신숭겸의 초명은 능산能山으로 처음에는 궁예를 도와 공을 많이 세웠다. 그러나 태봉국을 건국한 이후 궁예가 백성의 신망을 잃게 되자 궁예를 폐위시키고 왕건을 추대하여 고려국을 건국하게 했다.

능산은 당시 평민들이 모두 그렇듯이 성씨가 없었다. 어느 날 왕건과 더불어 평산지역으로 사냥을 나가서 하늘에 날아가는 새 세 마리를 연달아 쏘아 떨어뜨리자 왕건은 능산에게 평산을 본으로 평산 신씨라는 성씨를 내렸다. 평산은 왕건 외조모의 고향이기도 하다.

이후 왕건은 대구 공산에서 후백제의 견훤과 대전을 치르다가 견훤군에 포위된다. 신숭겸은 왕건과 비슷한 체격을 갖고 있었기로 왕건과 옷을 바꾸어 입고 싸움을 지휘하자 견훤군은 신숭겸을 왕건으로 오인하여 집중 공격하고 목을 벤다.

전쟁이 끝나고 왕건은 신숭겸의 시신을 찾아(신숭겸의 몸에 칠성이 있었던 것을 근거로) 장례를 치르게 되는데, 본래 왕릉 자리로 보아두었던 지금의 춘성군 방동리에 장례지내 준다. 왕건은 전쟁 중에 없어진 신숭겸의 목에 금으로 만든 머리를 만들어 장례를 치르게 하는데 도굴당할 것을 염려하여 봉분 3기를 만들었다. 지금 방동리에 있는 신숭겸의 봉분은 3기이다.

한편 신숭겸의 묏자리에 대해서 다음과 같은 전설이 전해온다. 도선이 장절공의 묏자리를 잡기 위해 북한강을 타고 오르다가 경치 좋은 곳에 이르러 종이에 비둘기를 그려 이를 날려보냈다. 비둘기가 날아가다가 한 곳에 멈추었다. 그곳의 지명이 비득재이다. 비득재에 묫자리를 쓰려고 하자 다시 비둘기가 날아가 방동리 다래덩굴 위에 앉았다. 도선은 그곳이 천하 명당자리임을 알고 장절공을 모시게 되었다. 지금 장절공의 묫자리는 도선이 잡은 곳이다.

신숭겸 묘역으로 가는 길은 아스팔트 포장이 된 넓은 자동차 도로로 정비가 잘 되어 있었다. 얼마만인가. 거의 10년 전쯤, 학생들 인솔해서 스쿨버스에 태우고 찾아왔을 때, 버스 하나로 차도는 그득할 정도로 좁았었는데……. 오랜 세월이 지났다.

아스팔트 포장길에서 오르막으로 가는 조금 좁은 길 양편으로 대추나무가 서 있고 그 아래 대추들이 떨어져 있었다. 남성 회원들이 대추나무 밑둥을 발로 차자 대추들이 후드득하고 떨어졌다. 대추들을 주워서 주머니에 넣었다. 대추는 달콤하고 배리착지근했다. 경내를 돌아보고 봉분이 있는 곳까지 올라갔다. 멀리 봉의산의 좌우로 고층 아파트들이 산기슭에 서 있었다. 보기에 좋지 않았다. 춘천 지역 여기저기에 재앙처럼 불끈 불끈 숫아오른 아파트들, 그 아파트들 덕택에 신씨묘에서 강원대 교육 4호관 건물이 잘 보이지 않고, 교육 4호관에서 멀리 서면의 신씨묘가 보이지 않게 된 지 오래되었다.

신숭겸 묘역에 서린 전설을 같이 있던 주변의 몇 사람들에게 들려주었다. 한일병합 후 일본군 순사가 말을 타고 장절공 묘역을 지나다가 말의 발이 땅에 붙어 앞으로 가지 못하자 할 수 없이 말에서 내려서 갔다는 것, 해방 직후 장절공의 황금두상을 노린 도굴범이 도굴을 하는데 장절공이 후손 꿈에 현신하여 후손이 현장에 달려가 보니 도굴꾼들이 달아났다는 것 등등.

그것 말고도 대국의 천자가 장절공 묘지가 명당이라는 소문을 듣고 이를 빼앗으려고 사신을 보내자 이 지역 사람들이 지혜롭게 대처했었던 이야기도 했다. 방동리 사람들은 중국 사신에게 명당자리를 찾아가려면 강을 건너는 데 십 년(십년강, 신연강), 다시 삼천 리(산천리)를 걸어, 샘밭(천전리)을 건너야 한다고 말해주었다. 이에 중국 사신은 그냥 돌아가고 말았다는 이야기였다.

솔밭 마실길

신숭겸 묘역 솔밭 아래로 뚫린 길로 들어섰다. 완만한 경사를 보이는 오솔길은 어둑했다. 좌우의 높다란 소나무 군락지가 하늘을 가리고 있었다. 발아래로는 소나무 낙엽들이 오랜 세월을 두고 쌓여서 푹신거렸다. 소나무 밑둥 아래로 여기저기에 수없이 찍혀있는 흔적들을 보며 멧돼지들의 발자국이라고들 했지만, 멧돼지들이 그렇게 얌전하게 흙 위에 발자국만 남겼을까. 한창 발정기에 달한 멧돼지들은 굵은 나무줄기를 날카로운 이빨로 씹어 벗기고 거기에 자신의 몸을 짓뭉개면서 성욕을 발산한다고 하던데. 마실길이라고 해도 낮에 혼자 다니기에는 오싹할 정도로 숲의 그늘이 깊었다. 사람들이 줄을 서듯 오솔길에 길게 늘어서서 산굽이를 돌았다. 마침내 작은 마을이 나타났다. 방동 2리였다.

마을은 아늑한 곳에 자리잡고 있었고 산쪽으로부터 계곡이 흐르고 있었고 계곡을 가로지르는 시멘트 다리 — '청솔교'가 이쪽과 저쪽을 이어주고 있었다. 교각의 길이 14.5m, 폭은 4.8m, 2004년 4월에 시공, 같은 해 9월에 완공된 다리였다. 비록 별 모양 없는 시멘트 다리였지만 이름이 아름답지 않은가.

양짓말 솔밭 정원

청솔교 건너편에 6대째 그곳에 자리잡고 살고 있다는, 퇴직 교육공무원 이규묵 씨 댁의 개인 정원으로 들어섰다. 굽어지고 휘어진 멋진 소나무들은 수령 180년 이 되었다는 것이고 소나무 아래, 힘들여 이동시켜 놓은 것으로 보이는 집채만 한 바위들이 솔밭에 뚝뚝 떨어져 자리잡고 있었다. 서너 마리의 소들이 여기저 기에 앉아서 쉬고 있는 듯한 형상이었다. 정원 주인의 집은 예전 왜정시대 때의 가옥 형태를 본뜬 것. 아주 오래된 모습이었다. 정원과 가옥 사이에 직육면체의 거대한 바위가 옆으로 비스듬히 누운 곳 앞에 라이브 무대가 준비되어 있었다. '블루 코드' 그룹의 리더라는 춘천 출신의 가수 박현식 씨가 그의 친구 작곡가인 최명호 씨와 우리를 기다리고 있었다. 이미 오후 1시가 가까운 시간이라 출출했 지만 우리를 기다려준 음악가들을 위해서 그들의 노래 듣기 ―.

박현식 씨 ― 짙은 선글라스를 써서 그의 얼굴을 알 수는 없으나 멀찍이 떨어

져 앉아서 보니 30대 후반에서 40대 초반 사이로 보였다. 노래 하나로 생활을 해야 하는 가수라……. 그는 기타 줄을 고르면서 옆에 장고를 세워 놓은 듯한 악기를 다루는 친구를 소개했다. 아프리카 전통음악에 사용하는 '젬베'라는 것.

마이크 없이 그냥 목소리만으로 야외에서 노래를 부른다는 것이 쉽지 않을 것이다. 그가 부른 노래는 〈목화밭〉. 〈행복한 사람〉은 제목은 같으나 곡조가 각기 다른 곡을 두 곡, 장현의 〈미련〉도 불렀다. 그리고 그가 2004년에 녹음한 〈첫사랑〉도 소개했다. '우연히 길을 걷다가 네가 생각 난 거지…… 떠오르는 해처럼 생각나는 첫사랑 첫사랑, 밤 하늘 별처럼 멀리 빛나는 첫사랑 첫사랑, 향기론 추억이 …… 아아아아 — 헤쳐가네.'

가까운 곳에서 육성으로 가수의 노래를 들을 수 있었다는 것은 분명 인상 깊은 일이었다. 노래를 잘하는 사람이 가까운 곳에 있다는 것은 행운이다.

13시 5분에 점심 도시락이 배분되었다. 신용자, 엄혜숙, 김옥분, 임미남 선생과 한 팀이 되어서 같이 둘러앉아 도시락을 먹었다. 쌀밥에, 쇠고기볶음, 김치, 전 같은 것들이 들어있는 고급스러운 도시락이었다. 많이 걸었기로 밥맛이 좋았다. 옆 팀에서는 술들을 준비했는지, 앞으로는 나도 술을 준비해야겠다는 생각을 했다.

점심까지 잘 먹고, 행사는 그것으로 끝이라고 했다. 너무 어정쩡한 시간에 행사가

<table>
<tr><td>1</td><td>2</td></tr>
</table>

1 라이브 가수 박현식 씨
2 서면에서 본 봉의산, 인삼밭 뒤의 산이 봉의산이다.

끝난다고 하니 어이가 없었다. 별로 걷지도 않았는데. 내가 불평처럼 너무 일찍 끝나 버린 걷기에 대해서 미진하다고 했더니 김옥분 선생도 동감했다. 우리는 신용자 선생에게 좀 더 걷다가 가자고 제안, 같이 점심을 먹었던 다섯 사람만 그대로 남고, 다른 이들은 버스를 타고 이른 귀갓길에 올랐다.

　5인의 여성들, 양동마을을 천천히 걸어 나왔다. 논에는 벼를 턴 짚단들이 사람 인人자 모습으로 서 있었다. 축산폐기물을 비료로 쓰는지, 그 옆을 지날 때에는 냄새가 진동했다. 여기 저기 둘러보니 아늑한 마을이었다. 모과가 주렁주렁 달린 울타리를 지나서, 은행열매가 달린 은행나무 밑을 지나서 나가다보니 멀리 봉의산이 보였다. 서면에서 바라보는 봉의산은 주름치마처럼 주름이 깊어보였다. 퇴계동에서 보면 봉의산은 봉황이 비상하는 모습이고, 동춘천에서 보면 코끼리 모양이었다. 아직 북쪽에서는 자세히 보지 못했지만 서쪽에서 본 봉의산은 아주 아늑해 보였다. 마을을 벗어나자 애니메이션 박물관 건물이 왼쪽으로 보였다.

우양리와 성재봉

우양리로 들어섰다. 평소에 차를 타고 지나치기만 하던 것을, 호수 쪽으로 난 방죽을 따라 나섰다. 예전 서로 반목하던 우씨와 양씨 씨족 마을이 있던 곳, 사사건건 트집 잡고 불목하던 사람들 사이에 살던 노인 한 사람, 두 씨족 사이를 중재하지 못하고 얼마나 불편했을 것인가. 우씨 측에선가 고산 앞에서 커다란 잉어를 한 마리 잡아 올렸고 이것을 보고 또 샘내고 불평하다가 급기야 언쟁을 일으키는 우씨와 양씨, 그들을 지켜보던 잉어가 "우가야 양가야" 하고 소리를 질렀다고 한다. 착한 노인이 그 잉어를 도로 놓아주자고 하나 듣지 않던 우씨. 마침내 노인의 꿈에 마을에 재앙이 오고 있으니 빨리 피하라고 했겠다. 노인은 우씨와 양씨들에게 함께 피하자고 했으나 그들은 듣지 않았고 노인은 가족들과 함께 살림살이들을 건너편 옥산포로 옮겨놓고 함께 떠나자 그제야 갑자기 뇌성벽력과 폭우가 쏟아지면서 우씨와 양씨가 살던 곳은 물에 잠기고 웅덩이가 되었다고 한다.

처음 듣는, 아니면 예전에 들었지만 까마득하게 잊어버렸던 전설이었던가. 우양리라……. 전설 속에는 민중의 소망과 슬픔이 배어들어 있으니 이것이 상징하는 것은 무엇일까. 눈늪 나루가 있던 곳을 지나 둑길을 따라 걷자 자그마한 야산이 나타났다. 성재 정의주가 자주 찾아가던 얕은 봉우리 ─ 성재봉이라고 했다. 정의주는 와빈 정씨라……. 정의주는 누구였던가? 자료를 찾지 못했다.

성재봉에서 삼악산 쪽을 향해서 앉았다. 의암호수가 한눈에 들어오고 왼쪽으로 춘천시내와 대룡산이, 오른쪽으로 서면과 바로 앞으로는 삼악산이 보였다. 의암호면은 잔잔하고 하늘은 깊고 푸르고 흰구름이 피어오르고 있었다. 춘천

성재봉에서 본 의암호수

팔경의 하나라고 한다나. 춘천지역에는 세 개의 금강이 있으니 토금강(성재봉) 석금강(등선폭포) 수금강(곡운구곡)이 그것이다.

성재봉에서 물길을 따라 숲길을 헤쳐 나갔다. 예전에는 길이 있었겠지만 지금은 무성한 덤불 속을 헤치면서 나가다 보니 경사가 급한 외줄기 길에서 아차 한 발 잘못 디디면 그대로 미끄러져 물속에 거꾸로 박힐 것 같은 길을 비비적대며 앉아서 내려갔다. 등산화를 신었기에 망정이지 바닥이 닳은 운동화였다면 어떻게 되었을까.

한참 걷다 보니 아늑한 계곡 속에 주인이 자리를 비운 농가 한 채가 있었다. 그 앞에는 텃밭이 있었고 마루에는 고구마와 뚱딴지가 널려 있었다. 숨어서 핀 꽃처럼, 사람들 눈을 피해 숲속에 박혀 살고 있는 것인가. 아니면 풍월을 읊는 신선의 삶인가. 숲속 덤불 속을 헤집고 예전 학생들의 통학길이라고 하던 곳으로 해서 산길을 벗어나자 넓은 밭들이 펼쳐진 마을로 나왔다. 물가 쪽 경치가 좋은 곳에는 으레 잘 지은 전원별장 같은 것들이 보였다.

미쓰타페오와 느티나무 그리고 오미나루터

오미나루터 쪽으로 향했다. 여전히 덤불을 헤치며 물가를 따라 걷는 길이었다. 우양리 전설도 모른다고 신용자 선생에게 타박을 받았다. 내가 커피를 사기로 하고 미쓰타페오로 들어갔다. 미쓰타페오는 인디언어로 '나의 친구, 위대한 사랑'을 의미한다나……. 처음 들어본 카페 이름이라고 말해두었는데 가서 보니 언젠가 한 번 갔었던 카페였다. 전국 사대 학장회의가 춘천에서 열렸을 때 내가 춘천지방 문화해설사로 차출되어 스쿨버스를 타고 왔었던 곳, 이승만 전 대통령이 이곳을 방문한 것을 기념하여 심었다는 나무를 보니 그 생각이 났다. 그때는 카페 이름도 모르고 왔었다. 카페 여주인이 동화작가라고 소개를 받았던 기억도 났다. 이 박사의 기념식수 나무 아래 앉아 쉬다가 정원의 테이블에 앉아서 이야기들을 나누었다. 그러나 저물면서 추워서 카페 안으로 들어가 사람들은 커피를, 나와 신용자 선생은 맥주를 마셨다.

1 배추밭의 비료포대로 세운 허수아비
2 이승만 전 대통령의 춘천 방문 기념식수

카페 앞에 옛날 오미나루터가 있었다. 6세기경부터 사람들이 이용하던 나루터. 1968년 의암댐이 들어서면서 동력선 선착장으로 사용되었지만, 신매대교가 개통되면서부터는 아예 그 기능을 잃게 되었다는 나루터다. 옛날 서면 사람들이 오미나루터를 이용해서 농산물을 춘천 읍내에 내다 팔던, 우마차도 배에 싣고 건널 수 있을 정도로 커다란 나루터였다고 한다.

미쓰타페오에서 나와 걸어서 신매대교를 건넜다. 고슴도치섬은 땅임자가 바뀌면서 그곳에 무슨 건물이 들어설 것인지 지금은 그냥 황폐한 모습이었다. 아이들을 돌보아야 하는 김옥분·임미남 선생은 먼저 귀가했고 우리들은 평양냉면집으로 갔다.

오랜만에 찾아들어간 사농동의 평양냉면집, 이제는 할아버지가 된 2대 냉면집 사장님, 요선동 평양냉면집 시절, 여름이면 낚시로 겨울이면 사냥으로 춘천 지역 손님들을 냉면집으로 몰아오던 조영진 사장님은 이제는 아들 며느리와 함께 주방을 지키고 계셨다. 그 옛날 그렇게도 건강하던 모습은 사라지고 지금은 마음 착한 할아버지 사장이 되어 빈대떡을 부치고 계시다가 반갑다고 웃으셨다. 1대 냉면집 사장님이셨던 할머니는 오래 전에 돌아가셨고 2대 사장님의 부인이셨던 그 인심 좋던 아주머니도 돌아가시고 지금 3대째인 조성수 사장, 언제 보아도 착하기만 한 사람이다.

춘천 근교의 봄내 수레너미 길을 걷고 평양냉면 한 그릇, 사장님의 서비스로 나온 빈대떡 한 접시로 시월의 하루를 멋지게 마무리했다.

2010. 10. 30, 토요일, 맑음.

사릉 춘원 고택 탐방 이야기

01 서울-송추-사릉-봉선사

어제(2011.9.23)는 종일 춘원연구학회 연구발표대회에 참석하느라고 고단했다.

오늘은 해방 전후 춘원 선생이 일시 사시던 사릉고택을 탐방하는 날이다. 싱가포르 출국을 하루 앞둔 유별내에게 한국인이라면 춘원 선생의 작품을 반드시 읽어야 한다는 것, 춘원 선생의 사릉고택 탐방이 좋은 추억이 될 것이라는 이야기를 했더니 함께 동행하고 싶다는 의견을 알려 왔다.

유별내가 몸단장을 마치기까지 기다려야 했다. 10여 년 전, 유별내를 돈황 여행에 동행시켰을 때에도 아침마다 꼬물대서 내 속을 타게 하더니 오늘도 8시 30분 출발이라고 염불을 했는데도, 여전히 꼬물댔다.

지하철 2호선으로 성수까지, 성수에서 신설동으로 다시 1호선으로 갈아타고 종각역에서 내려 종로 2가에 있는 YMCA 건물을 찾아나섰다. 고층빌딩이 즐비해서 턱을 바짝 위로 치켜들고 걸어야 했다.

다행히 가까운 곳에 YMCA 건물이 있었다. 1층 다방으로 가보니 김용직 교수와 일행들 몇 분이 먼저 나와 계셨다. 커피를 주문해서 마시다 보니 탐방객들이 나타나기 시작했다. 김용직 교수 부부, 윤홍로 교수 부부, 신용철 교수 부부, 송현호 교수 부부, 또 어린아이들을 데리고 나온 젊은 여교수, 어제 인사를 나누었던 인순환 기자는 조카를 데리고 왔다. 초등학교 6학년이라는데 처녀 같았다. 오히려 직장 여성인 유별내는 중학생 정도로 보였다.

10시 15분에 YMCA 출구 앞에 세워놓은 전세버스에 올랐다. 30명 가까운 인원이었다. 춘원 선생의 따님 이정화 선생은 어제는 흰색 투피스 차림이었는데 오늘은 바지 차림에 산책을 위한 가벼운 블라우스 차림이었다. 황금색 니트 챙 모자까지 쓰시니 젊은 모델 같았다. 누가 그녀를 70대의 여성이라고 부를 수 있을까. 날씬하고 예쁘고 애교 있고 다감하고 게다가 겸손하고…….

오늘의 일정은 송추 – 사릉 – 사릉 춘원고택 – 봉선사까지의 여로였다. 전세버스는 세종로를 거쳐 불광동, 연신내, 박석고개, 그리고 북한산로로 가는 코스였다. 이태주 교수가 『삶과 꿈』이라는 책자를 가져와 거기에 게재된 글 ― 춘원 선생이 허영숙 여사에게 보낸 서간문을 소개해 주었다.

춘원 선생의 친일 여부에 대해 신경질적 반응을 보이는 사람이 있는가 하면, 그분의 정치적 이력과 관계 없이 그분의 문학 자체가 우리에게 준 감동 때문에 문학가로서의 춘원을 좋아하는 사람들이 여전히 많다는 사실에 대해서 어떻게 생각해야 할까. 나 역시 문학가 춘원을 존경하고 좋아하는 사람 가운데 한 사람이다.

이정화 선생이 버스 탑승자 전부에게 선물을 준비해 왔다고 했다. 권세영 선생이 쇼핑백에 담긴 선물들을 남녀별로 나누어 배부했다. 유별내에게는 가을용의 간단한 머플러, 내게는 푸른빛이 고운 머플러가 나왔다. 전체 디자인은 ㄱ자형으로 목에 감고 한쪽 끝을 다른 한쪽 구멍에 넣어 당기면 그 자체로 리본이 되는 멋내기용 머플러였다.

박석고개를 지날 무렵 언덕에 고층 아파트들, 힐스테이트^{Hill State} 아파트가 있었다. 지난 1월 레반트 여행 중에 만났던 손혜원 선생이 작명한 아파트 이름, 그 아파트가 박석고개 부근에 있었다. 현대 아파트의 H, 그리고 상류층을 의미하는 H, 언덕을 의미하는 H를 넣어 아파트의 고급화 이미지를 구축하는 데 성공했다는 힐스테이트 아파트, 그 작명 하나에 억대를 수고료로 받았다고 하던가.

북한산로로 들어서면서, 서울의 한쪽에 이렇게 무성한 삼림보호 단지가 있을까 싶게 산은 웅장하고 숲은 두터웠다. 버스가 출발해서 1시간이 미처 되지 못했는데 '사기막'이란 지명을 보았다. 아마도 옛날에 옹기 굽던 가마가 있던 마을인 듯했다.

수도방위부대란 입간판을 내세운 군부대가 여기저기 있었다. 서울의 지리를 몰라서 북한산이 어디쯤에 있는 것인지는 알 수 없으되 수도방위부대를 비롯해서 올림픽부대도 나타났다. 예전 강원도의 전방부대와는 달리 북한산 갈피에 들어선 군부대들은 모두 말끔하게 잘 지어진 고층 건물들이었다.

송추초교를 지나고 얼핏 눈에 띈 것은 양주군청 운운의 글, 그렇다면 송추^{松楸}는 소나무가 무성한 지역에 늪이 있었더란 말인가.

임화공 여사 도자기 공방

11시 20분 서울시내버스 송추 종점에 도착했다. 오늘 송추의 멋진 곳에서 기가
막힌 점심을 먹게 되리라는 이야기는 어제부터 들었다. 주변에 식당들이 보였
다. 버스에서 내려 앞사람들을 따라서 골목으로 들어섰고 얼마 가지 않아 조금
은 퇴락한 듯한 가옥으로 들어섰다.

사람이 살기에는 조금 허술한 살림집을 지나 안으로 들어가자 넓은 잔디밭, 한
쪽은 산에 면해 있고 그쪽에 도자기 굽는 가마가 자리잡고 있었다. 버스에서 얼핏
송추의 도자기 가마 구경도 하고, 하는 소리를 들었었다. 그러나 도자기 가마의 아
궁이에는 두터운 비닐이 쳐져 있었다. 요즘은 작업을 하지 않는다는 표시였다.

잔디밭으로 들어가자 개울로 향한 나무 그늘 아래에는 젊은 부인들 너댓 명
이 한참 빈대떡을 부치고 불고기를 굽고 있었다. 한복을 곱게 입은 노부인이 인
사를 했다. 모두들 그쪽으로 가서 반갑다고 인사를 나누었다. 또 남편들을 동행
한 여인들은 대부분 경기여고 출신들, 마치 경기여고의 작은 동창회와 같은 풍
경이 벌어졌다. 김용직 교수 사모님은 경기여고 교사 출신이고 신용철 교수 부
인은 그분에게 배웠고 등등에 대한 족보를 캐고 있었다. 경기여고 이야기로 한
참 신들이 난 그분들 옆에 비켜서서 세상에는 이렇게 선택받은 사람들도 있구
나 하는 생각을 했다.

짙은 청회색 치마에 흰 저고리를 입은 노부인이 누구냐고 송현호 교수께 물
었더니 꽃꽂이 연구가 임화공 여사라고 했다. 사람들 이야기를 들어보니 임 여
사는 경기여고 출신, 영어와 일어에 능통한 분이라고 했다.

　오늘 춘원연구학회 회원들을 초대하여 점심을 대접하는 이가 임화공 여사였다. 그리고, 우리가 찾아간 곳은 임 여사의 도자기 가마가 있는 곳이었다. 임 여사는 꽃꽂이뿐만 아니라 도자기에도 일가견을 갖고 계시다고 했다. 이정화 선생의 손님들을 위해 특별히 전통 한국음식 식탁을 정원에 차리고 손님을 접대하는 데에는, 임 여사의 춘원 선생에 대한 존경과 감동의 마음이 들어 있을 터였다.

　뷔페식으로 음식은 각자 날라다 먹기, 한우불고기, 고추장무침 돼지불고기, 고사리, 도라지 등의 산나물, 맑은장국이 준비되어 있었다. 쌈된장이며 고추장은 모두 집에서 직접 담근 것들, 호박도래적인가 했더니 속에 고기를 다져 넣은 빈대떡, 보쌈김치, 햇김치, 열무김치, 버섯볶음, 상은 푸짐했다. 막걸리를 마시며 불고기를 상추, 깻잎, 배추 잎에 싸서 먹었다. 후식으로 포도와 배가 나왔고 은박지에 구운 군고구마와 숭늉까지 나왔다.

　잡지에서, 매스컴에서 보고 들었던 '임화공'이란 이름, 우리 같은 일반인에게 그분의 이름은 다른 별나라에서 온 존재와 같았다. 육영수 여사 시절, 청와대 전담 꽃꽂이 명인, 육영수 여사는 물론 주한 외교사절 부인들, 대한민국 거부들의 안사람에게 특별 꽃꽂이 강사……. 춘원 선생 덕택에 임화공 여사가 손수 진두지휘한

맛깔스러운 점심, 배부르게 맛있게 먹었다. 유별내도 심히 만족한 표정을 보였다.

올해 89세의 임화공 여사, 평생을 꽃을 다루며 꽃같이 아름다운 삶을 살아왔다. 그녀 나름의 고통이 왜 없었겠는가마는, 우리 보통사람에게 그녀는 신선의 삶을 살았다.

우리들이 음식을 먹는 동안 이정화 선생은 동영상 카메라를 들고 다니며 그 장면들을 카메라에 담았다. 맛있는 음식을 먹고, 이야기들을 나누고, 경기여고 출신들(임화공 선생을 비롯해 경기여고 출신이 네 명이었던가)은 여고시절 이야기를, 그들의 남편들로 경상도 안동 출신의 남성들은 그들 집안의 족보와 가문에 대한 이야기들을 나누고 있었다.

나는 내가 전혀 모르는 이상한 별에 떨어져 있는 것이 아닌가 하는 생각을 하고. 옆 좌석에 앉은 일본인 니가타대학의 하타노 선생은 남성들의 질문에 한국어로 넙죽넙죽 사교적인 대답을 하고 있었다. 하타노 선생은 이번 10월 초에 텐리대학에서 열리는 조선학회에 참석한다고 했다. 조선학과 교수 소식을 물었더니 오카야마 교수는 고전문학 전공, 마쓰오 선생은 학부장을 하고 있다고 했다.

오후 1시 10분에 송추를 출발했다. 모두 맛난 음식을 먹고, 스스로 상류 사회 상류 인사가 된 듯 흐뭇해하고 있었다. 물론 나도 그중의 한 사람이긴 하지만, 세상 살다가 우연히 춘원 선생 덕에 임화공 선생이 진두지휘한 품격 있는 한국

162

음식을 얻어먹었다는 것에 횡재한 기분마저 들었다.

남양주로 향하면서 계속 북한산 능선을 바라보았다. 완만하고도 매끄럽게 흐르다가 불끈, 그리고 다시 불끈 솟아오르는 괴이한 모양새. 기자석祈子石이라고 고상한 이름으로 불러주어야 할지 남근바위라고 직설적으로 불러야 할지 신기한 모양새의 수직으로 서 있는 큼직한 바위를 보았다.

30분쯤 더 달리자 경춘 전철 사릉역이 나왔다. 사릉역 철교 아래를 통과, 3분쯤 더 가자 사릉思陵이 나왔다. 모두 사릉 입구로 갔다. 평소에는 개방하지 않지만 학술연구 목적으로 오는 팀들이 미리 예약하면 출입을 허락한다고 했다.

사릉

'전통수목양묘장'이란 큼직한 안내 입간판이 세워져 있었다. 이곳에서는 전국의 궁, 능, 원의 전통조경에 필요한 나무들을 키우는 곳이라 한다. 강원도 지역의 200년 이상 된 춘양목의 종자를 받아 키우고 있고, 노거수종인 느티나무, 회화나무, 화목류, 앵도나무, 매화나무 등 100여 종, 천연기념식수인 미선나무, 백송 등을 키우고 있다는 내용이었다.

사릉 경내로 들어섰다. 키 큰 소나무들이 촘촘하게 들어서 있었다. 소나무들의 가지가 어느 쪽으로 향해 있는가를 먼저 살펴보았다. 모든 나뭇가지들은 자연스럽게 남쪽으로 향해 가지를 뻗는다. 그러나 전설 속에서 이곳 소나무들은 단종임금이 가 계신 영월 쪽, 곧 동쪽을 향해서 뻗어 있어 단종비의 일편단심을 보여준다고 했다. 햇살이 비추는 쪽으로 나뭇가지들은 뻗쳐있었다. 그곳에서 나는 동쪽과 남쪽을 구별할 수가 없었다.

능 관리소에서 안내서를 한 장씩 나누어 주었다. 안내서의 내용을 정리하면 다음과 같다.

단종비 정순왕후(定順王后, 1440~1521)는 판돈녕부사 여량부원군 송현수의 딸로 14세 때(1452) 단종(1440~1457)의 왕비로 책봉되었다. 그러나 단종은 3년 뒤에 양위하고 다시 1년 뒤 노산군으로 강봉 되어 유배지 영월로 떠나게 되었다.

단종이 유배지로 떠나던 날 젊은 두 부부는 청계천 영도교(永渡橋)에서 이별했다. 역시 강봉된 정순왕후는 출궁되어 동대문 밖 동묘 부근 연미정동(燕尾亭洞)에 초가를 짓고 살았다. 왕후의 서러운 사연을 알고 있는 백성들은 왕후에게 때로 음식을 바치며 보살폈다.

이곳에서 정순왕후는 단종이 유배지에서 죽임을 당했다는 소식을 들었다. 정순왕후는 억울하고 외롭게 죽어간 남편을 위해 매일 같이 절 뒤에 있는 산봉우리의 거북바위(지금의 청룡사인 정업원)에 올라 영월 쪽을 바라보며 애도하였다.

단종이 17세에 사망한 것에 비하면 왕비는 82세까지 죽은 남편을 그리워하며 살았다. 그녀의 묫자리는 친정인 송현수 가문의 산에 자리잡았다. 지금의 사릉이 바로 그 자리다. 살아생전 남편을 그리워하며 살았다 하여 그녀의 묘는 思陵으로 불리게 되었다. 정순왕후 사후 177년 뒤인 숙종 21년(1698), 마침내 단종이 복위되었다. 왕후도 복위되었다.

인터넷 및 문헌자료들에서 정순왕후 관련 몇 가지 전설을 볼 수 있었다. 이들을 정리하면 다음과 같다.

첫 번째는 일국의 왕비였다가 강등되어 민가로 추방된 정순왕후는 시녀들이 동냥한 음식과 백성들이 바치는 음식으로 연명할 수 있었다. 백성들은 정순왕후를 돕기 위해 초막 부근에 큰 채소시장(동묘 서남쪽에 위치)을 개설했다. 그러나 이들이 정순왕후를 돕고 있다는 사실이 궁에 알려지는 것을 두려워해서 이 채소시장에는 남성들이 들어올 수 없게 금남지역으로 만들었다고 한다.

두 번째는 왕후가 산봉우리로 올라가 영월 쪽을 바라보며 애도할 때 백성들이 함께 슬퍼하였다고 한다. 이후 왕비가 올라가 애도하던 곳은 '동망봉'이라 불리게 되었다. 또 다른 지명 전설은 세조가 말년에 정순왕후의 생활을 돕기 위해 집과 식량을 주려고 했다. 그러나 왕후는 이것을 거부하고 골짜기 마을에서 자줏물을 들이는 염색업으로 생계를 꾸려나갔다. 이후 자줏물을 염색하던 곳이라 하여 후세인들은 이 골짜기를 '자줏골'이라고 부르게 되었다고 한다.

세 번째는 청룡사 관련 이야기에 나온다. 청룡사는 종로구 숭인동 낙산(駱山)에 있는 사찰로 고려 태조 5년(922) 왕건(王建)의 명으로 창건되었다.

단종 사후 정순왕후(定順王后)가 이 절에 머무르며 날마다 동망봉(東望峰)에 올라 단종을 애도했다. 훗날 이와 같은 사연을 알게 된 영조임금이 1771년 절 안에 친필비문으로 정업원구기(淨業院舊基)라는 비석과 '동망봉'이라는 표석을 세워 젊은 부부의 비극을 위로했다. 이후 이 절 이름은 '정업원'이라 불리게 되었다. 그러나 1813년 화재로 소실되었다가 중수되고 순조 23년(1823), 당시 부원군 김조순(金祖淳)이 순원왕후의 병세가 깊어지자 이 절에서 기도하여 완치된 이후 절 이름을 '정업원'에서 '청룡사'로 바꾸었다고 한다.

강원도 영월에는 단종임금 관련 전설이 많지만 사릉을 중심으로 정순왕후 관련 전설들은 권력이 떨어지면 누구나 불행해질 수밖에 없다는 극명한 사실을 보여준다.

홍살문 안으로 들어갔다. 정자각까지 층이 다른 돌길이 있었다. 왼쪽은 신도 神道, 오른쪽은 인도人道, 일반 참배객은 인도를 걸어야 한다. 신도와 인도의 차이는 높이의 차이, 신도가 5cm쯤 더 높았다. 정자각으로 올라갔다. 정자각의 자줏빛 기둥과 녹둣빛이 더 많은 단청은 차분했다. 정자각의 뒷문은 활짝 열려 있어 그로부터 멀리 봉분이 올려다보였다. 열여덟에 청상이 되어 외롭고 고통스러운 삶을 살아야 했던 한 여성의 영원한 휴식처였다.

능침 가까이를 조심스레 올라갔다. 일반적인 능과 달리 친정 사유지 산에 모셔진 봉분, 사후 177년 뒤에야 복위되면서 사릉이란 이름이 붙여진, 지극히 조촐하고 간소한 능이었다.

분묘를 중심으로 앞에 상석, 그 바로 앞에 석등, 양 옆으로 문인석, 석마, 망주석이 있었다. 그리고 분묘를 둘러싼 곡장曲墻 뒤로 수백 년을 지켜온 적송, 적송 위로 푸른 하늘과 흰 구름이 흐르고 있었다. 불행했던 왕비, 불행했던 한 여자의 생애는 그렇게 흙으로 돌아가고, 서러운 전설만 남아돌았다.

사릉

한 시간쯤 능침을 돌아보고, 허리 높이만큼이나 잘 자란 보라색 쑥부쟁이꽃을 보다가 사릉을 출발했다. 오후 2시 35분이었다. 기념 사업회 총무님의 사모님이 종이컵을 먼저 배부하더니 주스를 따라주시었다. 검은 외투를 입은 그분을 처음 보았을 때 소설가 박완서 씨와 많이 닮았다는 인상을 받았다.

사릉 춘원고택

사릉에서 7분쯤 더 달려서 사릉 춘원고택에 도착했다. 20년쯤 전에 내가 차를 운전해서 찾아왔었는데 그동안 마을 전체가 거센 개발의 과정을 겪은 듯, 기억 속의 고택과 현재의 고택은 너무 달라져 있었다.

그때 춘원고택은 주변에 많은 주택들이 있는 골목으로 들어가 안쪽에 있는 제법 큰 규모의 기와집이었다. 마치 시골 초등학교 건물처럼 번듯한 기와 건물로 기억하고 있었는데 앞이 툭 터진 잔디밭 뒤로 엷은 하늘색 함석지붕의 납작한 인상을 주는 자그마한 주택이 나타났다. 함석지붕의 용마루와 추녀마루는 밝은 주황색으로 페인트칠을 하여 전체적으로 환한 인상을 주는 건물이었다. 건물 오른쪽으로 검은 커버로 덮인 하우스건물(온실)이 있었다.

텃밭에는 푸성귀가 자라고 있었고 바로 그 앞쪽으로 1997년도 문인협회에서 세운 동판 — '춘원 이광수 선생의 문학산실'이란 동판이 서 있고 그 옆쪽으로 가운데 대리석 원형공과 좌우에 역시 대리석 정육면체에 가까운 기념비석이 횡렬로 늘어서 있었다.

이 두 개의 정육면체에 가까운 대리석과 대리석 공 아래는 화강석 직육면체의 받침대가 있었다. 가운데 대리석 공에는 다음과 같은 비문이 있었다.

1992년 3월 4일(음력 2월 1일) 탄생

탄생 100주년의 날

춘원 이광수 선생 기념사업회

대리석 공을 중심으로 오른쪽 정육면체에 가까운 대리석 비에는 수필집『돌벼게』의 서문 일부가, 왼쪽 정사각형에는 이광수 선생의 약력이 간결하게 소개되어 있었다.

잔디밭에 코스모스가 피어 있었다. 이광수 선생의 막내따님 이정화 여사에게는 사랑과 추억이 서린 곳, 감회가 깊은 모습을 보이셨다.

1 2
1 사릉 춘원 고택자리에 있는 현재의 건물
2 춘원 선생 기념비석

지금 함석지붕의 집에 살고 있는 이는 이광수 선생이 사릉에 거주할 때 도우미 부인이었던 이의 장남이라고 했다. 현재의 거주자가 편의에 따라 집을 개조해서 살고 있다고 했다. 규모가 많이 축소된 정도가 아니라 내게는 전혀 다른 건물 모습으로 보였다.

기와를 걷어내고 함석을 올렸다면, 20년 전에 내가 찾아왔을 때 기와들을 아래로 내려놓은 상태였었다. 나는 그때 나와 비슷한 연배의 여성을 만났고 그녀는 자신을 도우미 부인의 따님이라고 했었다. 집 구경을 원하는 내게 그녀는 거절했다. 그녀는 이광수 선생의 이름으로 찾아오는 사람들에게 강한 거부반응을 보여주는 듯했다. 학과 학생들의 탐방여행 전 미리 사전 탐방을 왔다는 사실을 전했을 때, 그녀는 집 안에 들어서는 것조차 거부했다.

이해는 할 수 있었다. 해방 이후 춘원고택과 전답을 물려받아 살아오다가 춘원 탄생 100주년을 앞두고 낯선 사람들이 찾아오는 것에 얼마나 신경이 쓰였을까. 그녀는 이광수 할아버지가 자신의 어머니께 이곳 집과 전답을 주겠노라는 말씀을 하셨으므로, 이제는 이곳 터전이 자신들의 것이라고 말했다. 그도 이해할 수 있었다. 그러나 찾아간 탐방객으로서는 여간 섭섭한 것이 아니었다.

마침 지붕 수리를 위해서 일부 기와들은 뜯어 마당에 보관 중이었다. 집안으로

의 출입을 거부당하고, 어쩔 수 없이 돌아서야 했을 때, 수키와 한 장을 얻어왔다.

춘원고택의 기와는 일반집 기와와 달리 정교한 빗살무늬가 들어 있었다. 얻어온 기와를 연구실 책장에 올려놓았다. 그리고 어느 날 춘원 선생 관련 서적을 읽다가, 춘원 선생이 사릉에 집을 지을 때 양주까지 나가서 기와전에 직접 기와를 주문 제작해 왔다는 기록을 보았다. 그 얼마 뒤 경주 황룡사 근처를 어슬렁대다가 주워온 기와 조각에서 춘원고택에서 가져온 기와와 흡사한 빗살무늬를 보았다.

춘원 선생이 직접 집을 지으시고 칩거, 농사를 지으시며 『돌베게』를 집필하시던 곳, 이정화 선생의 어린 시절 추억이 서려 있는 곳에서, 이정화 선생을 가운데 두고 전날 내가 토론을 맡았던 신용철 교수와 함께 사진을 찍었다.

15시 10분, 사릉 춘원 선생 고택을 떠났다. 토요일 오후라 모두 바쁘다고 했지만 광릉 봉선사로 떠났다. 너무도 가보고 싶은 곳이었다. 이학수 스님이 주지로 계시던 곳, 이학수 스님은 춘원 선생의 육촌으로, 춘원 선생의 초기작 「소년의 비애」에 나오는 문호와 문해, 그중 논리적이고 이지적이어서 사람들에게 존경을 받는 문해가 바로 이학수 스님을 모델로 한 것이라 했다.

1 당시 사릉 춘원고택에서 가져온 수키와
2 봉선사 일주문 앞에 맨드라미가 흐드러지게 피었다.

봉선사

봉선사 주차장에 도착한 것은 그로부터 30분 뒤, 운악산 봉선사란 금색 글씨의 현판이 높이 달린 일주문의 단청이 화려했다.

봉선사를 알리는 안내문 내용을 그대로 전재한다.

봉선사(奉先寺)

경기도 남양주시 진접읍 부평리

봉선사는 고려 광종 20년(969)에 법인국사(法印國師) 탄문(坦文)이 운악산기슭에 창건하고 운악사(雲岳寺)라 칭하였다고 한다. 운악사는 조선 세종 때 7개 종파를 선종 교종 양종으로 통합됨에 따라 혁파되었다가 예종 1년(1469)에 정희왕후 윤씨가 선왕인 세조의 능침을 보호하기 위해 89칸으로 중창하고 봉선사라 개칭하였다.

봉선사는 명종 6년(1551)에 교종을 대표하는 사찰로서 전국의 승려 및 신도에 대한 교학진흥에 중추적 역할을 하였으며 고종 광무 6년(1902)에는 경기도 내 전사찰을 관장하기도 하였다. 1962년 전국의 사찰 중 제25교구 본사로서의 역할을 하게 되어 지금에 이른다.

이 절은 임진왜란과 병자호란을 거치면서 훼손되어 수차례 중수하였으나, 한국전쟁 때 법당 등 14동 150칸의 사우(寺宇)가 또다시 완전 소실되었고 지금의 건물은 모두 근대에 건립된 것이다.

경내에는 조선초기 범종 연구에 귀중한 자료가 되는 봉선사 대종(1469, 보물 제397호)이 있으며, 짜임새 있는 구성과 사실적 묘사수법을 보여주는 봉선사 괘불(1735)이 있다.

봉선사와 이학수 스님과 이광수 선생, 내가 관심을 갖고 있는 것은 사찰 봉선사가 아니라 한국의 근대문학을 이끌어간 이광수 선생과 독립운동가 이학수 스님에 관한 이야기였다.

일주문을 들어서 조금 더 걷자 산기슭을 잘 정비한 곳에 봉선사에 기여한 옛 스님들의 비석들이 도열해 있는 곳에서 '운허당 대종사 추모비耘虛堂大宗師追慕碑'가 나타났다. 이학수 스님의 법명이 운허당이셨다. 맨 안쪽으로 검은 오석에 '춘원 이광수 기념비'란 글자가

1 운허당 대종사 추모비
2 춘원 선생 기념비 옆에서

새겨져 있었다.

　신용철 교수의 설명에 의하면 운허당 스님이 1946년 이곳에 광동중학교를 설립하고 같은 해 9월에 춘원 선생을 광동중학 교사로 초청했다. 춘원 선생은 운허 스님이 방 하나를 수리하여 내준 '다경향실茶經香室'에 서 머물며 1학기 동안 교사로 근무하셨다고 한다. 춘 원 선생은 광동중학교 교가를 작사(보성중학교 교가도 춘 원 선생의 작)했다. 그런 인연으로 1975년 7월 봉선사 경 내에 춘원기념비가 들어서게 되었다는 것이다.

　'춘원 이광수 기념비'는 2단의 짙은 회색 받침대 위 에 세운 검은 오석비烏石碑였다. 비석에 갓이 없는 것은 기념비 건립 당시 춘원 선생의 생사가 불명했기 때문이라고 했다.

　대웅전으로 가는 길가에 거대한 느티나무가 서 있었다. 500여 년 전 정희왕후 가 남편 세조의 명복을 빌기 위해 이곳에 사찰을 지었을 때 함께 심은 나무라고 했다. 수령 500년 이상이 되는, 정희왕후의 눈길이 간 나무였다. 임진왜란과 병 자호란, 6·25를 모두 겪은 이 나무는 여전히 잎이 무성했다.

　춘원 선생이 반 년 정도 묵었었다는 '다경향' 건물은 헐리고 그 자리에 '茶經 香'이라 새긴 바윗돌 하나가 있었다. 「산중일기」와 「죽은 새」가 모두 이곳에 머 물 때 지어진 글들이다. 특히 「산중일기」는 내가 중학교 1학년에 입학했을 때

국어책에 나온 작품이었다. 누구에겐가 차 한 봉지를 얻어 달여 마셨더니 정신이 '쇄락하다'던 구절, '쇄락'이란 어휘가 지금까지도 머릿속에 강하게 새기어져 있다. 1946년이라면 해방되고 나서 춘원 선생이 가장 고통스러웠던, 곤혹스러웠던 시기였을 것이다. '다경향'에서 그는 수도자의 자세로 아니 그보다 더 엄격하게 자신을 다스리는 생활을 했을 것이다.

봉선사를 출발했다. 오후 4시 52분이었다. 토요일 오후, 서울시로의 진입은 쉽지 않았다. 거리는 움직이는 주차장 같았다. 유별내의 출국을 하루 앞두고 가족들이 자양동 아파트에 모여 기다리고들 있었다. 오후 6시 40분에 종로2가 YMCA 건물 앞에 도착했다. 동행들에게 바쁘게 작별인사를 하고 지하철 종각역에서 시청역으로 다시 2호선으로 갈아타고 집으로 향했다.

2011. 9. 24. 토요일, 맑음.

다경향 건물이 있던 자리 표지석

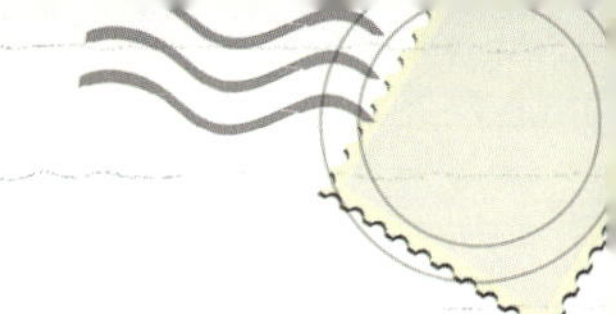

학생들과 함께 한
남도문화 답사 이야기

안동 · 경주 · 영주

01 춘천-안동-경주

교육1호관 건물, 학생들은 모두 버스 앞에 모여 있었다. 1호차에 탑승했다. 그 전에 오현아 교수에게 휴대폰으로 두 번 전화했으나 받지 않았다. 김승헌 선생이 동보 아파트 건너편 길에서 오 교수를 탑승시키기로 전화연락을 주고 받았다고 전했다.

행사표에서 예정된 시간보다 10분 일찍 출발했다(06 : 20). 약속 시간에서 5~10분씩 지각생을 기다려 출발하던 때에 비하면 올해 집행부원들의 준비가 얼마나 철저했었던가를 알 수 있었다. 교정을 빠져나가는 스쿨버스, 캠퍼스 곳곳에 영산홍이 피어 있었다. 다홍의 영산홍, 분홍의 영산홍, 또 백색의 영산홍, 현기증 나는 색채의 대비, 봄은 아름답지만 원색에 가까운 꽃잎, 인위적 조경은 때로 현기증을 불러온다. 영산홍이 피는 계절에는 더욱 그렇다.

교문을 빠져나가서 좌회전, 곧이어 오현아 교수 탑승, 이번 여행을 오래 전부터 기대해온 오 교수였다. 여행 가방까지도 새로 준비했다고 한다. 설렘 때문에 너무 일찍 일어났다가 잠깐 덧잠을 잔다는 것이 오늘 아침 지각의 원인, 조교 선생의 전화를 받고 소스라쳐 놀라 깼다며 겸연쩍어 했다.

야전훈련 나가는 군용 트럭 위의 젊은 병사들, 얼굴에 검정색과 초록색 분장 크림을 발랐다. 그들의 이른 새벽 군사 작전 나가는 모습, 트럭 위에서 턱없이 심각한 표정을 짓고 있는 모습이 귀여웠다.

치악휴게소에서 잠시 휴식, 생수와 커피, 껌이 나누어졌다. 치악휴게소 이남 지역으로 이동하면서 고속도로 주변 언덕길에는 조팝꽃이 흐드러지게 피어 있었다. 얼마 전 서울대 우한용 교수가 보내온 이메일에서 '조팝꽃이 조닥조닥 피었다'는 글귀를 보면서 시각적이고 촉각적인 이미지가 동시에 튀어나와 시 한 구절 읽고 있다고 생각했었다.

너무 이른 기상의 뒤라 잠이 오기 시작했다. 요즘 누적된 피곤으로 휘청이는 때, 아무리 바깥 풍경이 아름답다고 해도 우선은 부족한 잠부터 보충해야 했다. 잠시 눈 감았다고 했는데 깨어나 보니 안동지역으로 들어서고 있다.

안동

'서의문西義門'이란 현판을 단 커다란 일주문이 보였다. '한국정신문화의 수도 안동'이란 주제문을 내건 서의문으로 들어서자 곧이어 안동 버스터미널이 보였다. 잠시 뒤에 안동 MBC, KBS를 알리는 안내판을 보았고 와룡고개, 퇴계로를 지났다. 나지막한 산을 좌우에 끼고 굽이굽이 열린 길을 따라 버스는 달리고, 배나무 과수원엔 하얀 배꽃이, 언덕길에는 유난히도 애기똥풀 노란 꽃이 활짝 피어 있었다.

안동군자安東君子 마을을 지나고, 얼마 가지 않아 저수지가 나타났다. 안동댐 상류의 어느 지점인 듯, 도로 공사 중이라 길이 막혀 노선 변경하여 산림자원개발원을 왼쪽에 끼고 달리는데 숲에는 초록이 펼쳐 있었다. 초록은 초록이되 연두에서 검정에 가까운 초록에 이르기까지 초록은 동색이라고 하지만 꼭 동색인 것은 아니었다. 이렇게도 다양한 초록의 프리즘을 갖고 있었더란 말인가.

도산서원

마침내 도산서원 주차장에 도착했다(09 : 50). 내게는 이곳까지 온 것이 두 번째, 몇 년 전 교수산악회가 인근 청량산 산행을 왔었다. 산행을 마치고 내가 주장해서 안동서원 주차장까지는 왔는데 갑자기 가슴이 터질 듯한 통증과 현기증. 동행했던 동료 교수들이 급체인 줄 알고 바늘로 엄지손가락 끝을 따주기까지 했는데 회복이 되지 않았다. 다른 동료 교수들 모두 서원 안으로 구경 가게 하고 나는 버스 의자에 그대로 퍼들어져 있었다. 과격한 운동으로 인한 심장발작임을 그때에는 알지 못했다. 그냥 죽을 것만 같았었다. 도산서원은 내게 그렇게 방문을 허락하지 않았던 곳이다. 그래서 더욱 와보고 싶었던 도산서원이었다.

모두 서원으로 들어가는데 안내판에 '도산십이곡'이란 장소 표시가 있기에

이민희 오현아 교수와 함께 그곳을 찾아갔다. 주차장에서 150m쯤 되는 언덕길 한 옆에 커다란 바위 두 덩어리가 있었다. 도산 12곡 — 두 개의 바위에 도산 12곡을 새겨놓은 것이었다. 황재국 교수의 글씨였다. 일단은 반가웠다. 다음엔 실망했다. 도산 12곡의 아름다운 경치가 12개처에 널려 있는 줄로 알고 찾아갔던 것이다. 강원도 사북면 사창리의 곡운 구곡에는 실제로 아름다운 경치 9개처가 있고, 그중 몇 개처를 직접 찾아갔었던 내게는 더욱 그랬다. 발걸음을 돌려 서원 쪽으로 향했다. 오른쪽에 규모가 작은 강이 흐르고 있었다.

안내판에 도산서원에 대한 간단한 소개가 있었다. 정리하면 다음과 같다.

도산서원(陶山書院)은 영지산(靈芝山)을 배산으로, 양옆에 동취병(東翠屛) 서취병(西翠屛)이 감싸 안아 주는 곳, 앞으로는 안동호가 바라보이는 곳에 자리를 잡았다. 도산서원은 조선조 선조 7년 1574년에 건립되었다. 서원의 이름은 선조임금이, 현판 글씨는 1575년 한석봉 선생이 썼다. 이 서원은 대원군 시절 서원철폐령이 내려졌던 때에도 보전되어 영남유림파의 정신적 구심점이 되었다.

| 1 | 2 | 3 |
1 도산십이곡 가사가 새겨진 바위
2 도산서원 들어가는 길
3 도산서원

178

서원으로 가는 길, 왼쪽에는 자연석으로 높다랗게 쌓아올린 축대가, 오른쪽에는 회양목을 길 따라 잘 전지해서 심어놓았다.

천광운영대天光雲影臺란 안내판이 설치되어 있는 곳, 좋은 전망대였다. 게서 보니 낙동강 지류인 안동천이 도산서원 경내 앞을 흐르고 있고 강 건너에 넓은 벌, 멀리 벌을 에워싼 산이 도산서원을 멀리서 지켜보고 있는 듯했다.

도산서원 앞 광장에는 오래된 향나무 한 그루, 버팀목에 의지한 채 날개를 펼치듯 고목의 가지가 양 옆으로 활짝 펼쳐져 있었다. 한쪽에는 도산서원의 식수로 사용했다던 우물 — 열정冽井은 화강암 석재로 다듬어져 있었다. 퇴계 선생이 도산잡영陶山雜詠에서 이 열정에 대해 '서당의 남쪽 달고도 차가운 돌샘書堂之南 石井甘冽'이라고 소개했던 그 우물이다.

서원으로 들어가는 대문 양편에 매화나무, 모란이 피어 있었고 그 아래 보라색 매발톱 세 포기가 꽃을 피우고 있었다.

먼저 퇴계 선생이 거처하시던 도산서당陶山書堂으로 들어갔다. 허리를 굽혀야 들어갈 만한 작은 온돌방, 벽과 천장이 맞닿은 곳에 완락재玩樂齋란 현판이, 방과

이어진 마루에는 암서헌巖棲軒이란 현판이 붙어 있었다. 검은 바탕에 흰색 글씨 '陶山書堂' 청색 테를 두른 현판에서 뫼산山자가 인상적이었다. 서당에서 조금 비켜난 곳에 작은 연못 — 정우당淨友塘이 있는데 퇴계 선생 시절 이 연못에 연을 키웠다고 한다. 지금은 사각형 연못 안쪽으로 자연석 돌을 돌아가며 둘렀는데 아무리 보아도 부자연스러웠다. 그러나 전체적으로 보아 도산서당은 참으로 소박한 건물이었다.

도산서원에서 나와 진도문進道門으로 들어서자 한가운데 도산서원 건물이 있었다. 한석봉 선생이 쓴 도산서원陶山書院 현판이 한가운데 걸린 건물, 누마루 뒤쪽 벽에는 전교당典敎堂이란 현판이 붙어 있었다. 이곳에서 유생들과 그들의 자손들이 모여 공부하던 곳, 일종의 강당이라고 한다. 전교당 마루에 앉아서 보니 왼쪽에 박약재博約齋, 오른쪽에 홍의재弘毅齋가 있는데 유생들이 기거하며 공부하던 곳, 일종의 기숙사와 같은 곳이라고 했다.

도산서원 내의 또 다른 건물들, 역락서재, 광명실, 또 서원 내의 유림들에게 식사를 제공하던 주방과 같은 곳들을 돌아보고, 기념관으로 들어가서 퇴계 선생 친필 글씨들, 그분이 사용하던 먹과 벼루, 붓, 소반, 지팡이, 도자기로 된 매화

| 1 | 2 | 3 |

1 도산서당
2 도산서원
3 도산서원의 전교당 마루에서

무늬의 의자들을 보았다. 옛 어르신들은 어떻게 그렇게 명필이신가.

한 시간에 걸친 도산서원 돌아보기, 단체로 몰려온 관광객들이 북새통을 떨기 시작했다. 버스에 올라 안동시내로 나가는 길에 '여중군자 장계향 선양회'에서 무슨 행사를 한다는 현수막이 걸려 있었다. 유림들의 고장인 안동에서 여성을 위한 선양회라니……. 학생들에게 스마트폰으로 검색해보라고 했다. 잠시 뒤에 장계향에 대한 정보가 나왔다. '전통 안동음식을 전하는 세 종류의 요리책 중 하나인 『음식디미방』을 저술한 안동 장씨 장계향張桂香. 최초의 한글 요리서책으로 1670년경 집필, 술과 고풍스러운 음식에 대한 조리법이 구체적으로 소개되어 있음'이라고 했다. 또 다른 정보가 전달되었다. 석계고택石溪古宅은 정부인 안동 장씨가 그 남편 이시명과 함께 살던 집으로 1990년 8월 7일 경상북도 민속자료 제91호로 지정되었으며 안동 장씨의 자제들은 모두 퇴계학파에 속한 학자들이었다고 했다.

여행을 하게 되니 처음 접하는 정보들이 참으로 많다. 무엇보다도 퇴계 선생의 육필 글씨를 볼 수 있었고, 그분이 짚었던 마디가 촘촘한 대나무 지팡이를 보았다는 것, 또 장계향이라는 여성이 우리나라 최초의 한글 요리책을 썼다는 것,

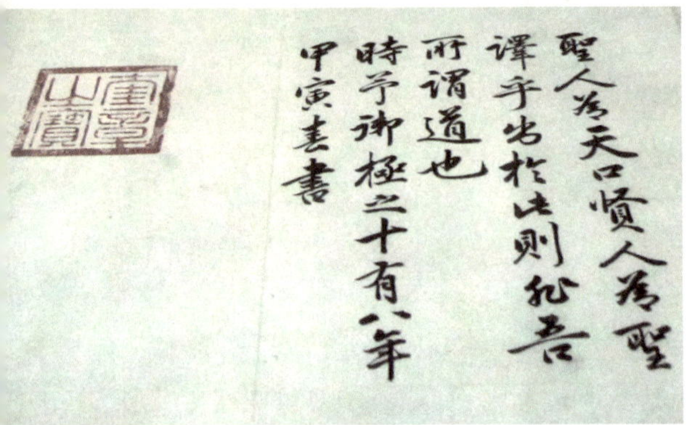

그리고 이런 정보를, 달리는 버스 안에서 학생들이 손바닥만 한 스마트폰 안에서 찾아냈다는 것이 신기했다.

점심은 학생 가운데 안동 출신인 강연구의 소개로 그의 친구 어머니가 운영하는 '명성오리 안동본점'에서 먹게 되었다. 양념 오리고기구이와 12종의 곡물이 들어간 영양죽을 먹었다. 아들의 친구가 몰고 온 손님이라고 식당 사장님의 대접이 지극했다. 처음 행사진행표에서 오리구이집이라고 하기에 학생이 무슨 돈으로 오리고기구이인가 했더니, 아주 저렴한 가격에 특별 서비스까지 받아가며 맛나게 잘 먹었다.

식당 출발(12 : 46), 하회마을로 향했다. 가는 길에 예안 이씨 충효당을 지나고 찔레꽃이 핀 길을 달려서 하회마을에 도착했다(13 : 20).

하회별신굿 탈놀이 상설공연장

몇 년 전 안동 하회마을을 찾았을 때에는 없었던, 하회별신굿 탈놀이 상설공연장이 들어서 있었다. 서양의 원형극장이 그대로 노천극장이라면, 하회마을의 원형극장은 4단의 관람석을 갖고 있고, 우천시에 관객을 보호해줄 수 있는, 천장

1 퇴계 선생 육필 글씨
2 탈춤 상설공연장
3 하회탈춤의 한 장면. 노승이 여자를 유혹하고 있다.

의 중심부만 구멍이 뚫린 모양, 똬리를 닮은 원형극장이었다.

안동 하회마을의 하회별신굿 탈춤은 무형문화재로 지정을 받았다고 안내자가 소개했다. 이매, 부네, 파계승, 초라니, 백정, 할미 등이 나와서 하회탈굿의 주요부분만 조금씩 보여주었다. 한 시간 정도에 끝났는데 백정역을 맡은 탈꾼이 오줌 싸는 소 시늉을 하며 물총에 물을 담아서는 관객들에게 쏘아대며 웃음을 유발했다. 나도 물벼락을 받고 안경에 서린 물기를 닦아내야 했다.

하회마을의 유래

해설사 이준용 선생이 우리를 맞아주었다. 깔끔한 인상의 신사분이셨다. 그분에게 들은 하회마을의 유래를 정리하면 다음과 같다.

하회마을은 650년 전고려 중기에 김해 허씨가 들어와 살면서 마을을 형성하기 시작, 이후 광주 안씨가 들어왔고 이어서 풍산 유씨가 들어왔으며 지금은 풍산 유씨 씨족마을로 알려져 있다.

한편 하회마을의 지형은 태극형 또는 연화부수형蓮花浮水形, 또는 행주형行舟形

이라 하는데, 그 이유는 낙동강 줄기가 이 마을을 싸고돌면서 'ㄹ'자형을 이루고 있는 때문이다. 그런데 특이한 사항은 이 마을에 돌담이 없고 우물이 없다는 것이다. 그 이유는 이 마을이 배舟처럼 생겨서 돌담을 쌓을 경우 마을이 가라앉거나 우물을 팔 경우 배 밑으로 물이 스며들어와 난파할 위험이 있다는 풍수설이 있기 때문이다. 물론 일제강점기에는 이 마을에도 세 개의 우물이 있었다. 그러나 해방이 되자 이 우물은 곧 메꾸었다고 한다.

하회마을은 1984년 1월 10일 중요민속자료 제122호로 지정되었고 2010년 8월에는 유네스코 세계문화유산으로 등재되었다.

양반들의 가옥이 들어서 있는 골목 담장 아래에 화초로는 맨드라미와 접시꽃이 피어 있었다. 맨드라미는 후손의 번성을 상징하는 꽃이고 접시꽃은 어사화를 상징하는, 자손의 출세를 바라는 부모의 마음을 담은 꽃이라고 했다.

유홍우柳鴻佑 씨댁 앞에서 해설사가 설명을 하는 동안 나는 골목 사진을 찍느라고 제대로 듣지를 못했다. 근대近代에 어머니 되시는 분이 자손을 위해 지은 한옥, 그래서 '어머니가 지은 한옥'이라고 불리는 집이라 한다.

'북촌댁' 대문에는 유세호柳世浩 씨의 명패가 붙어 있었다. 대문 옆에 화경당和敬堂이라는 택호가 동판에 새겨져 있었다. 동판에는 정조 21년 1797년 유시춘이 사랑채, 날개채, 대문채를 짓고 철종 13년1862에 경상도 도사 출신의 증손자 유도성柳道性, 1823~1906이 안채, 큰사랑채 사당을 지어 전형적인 사대부 가옥을 형성하게 되었다는 안내문이 새겨져 있었다. 큰사랑채 누마루에 오르면 아름다운 풍광을 한눈에 볼 수 있을 정도. 적선지가積善之家로 소문난 집이라고 한다. '서낭

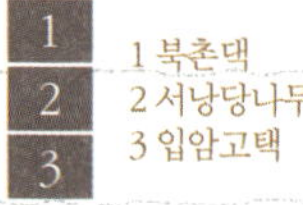

1 북촌댁
2 서낭당나무
3 입암고택

당나무'를 찾아갔다. 한 뿌리에 다섯 줄기가 높이 하늘을 찌르는 서낭당이 거기 있었다. 관광객을 위해 천하대장군 얼굴에 양반탈 얼굴을 새긴 나무조각이 있었다. 거대한 서낭당 둘레로 몇 개의 줄이 돌아가며 쳐 있고 이 줄에는 행운을 비는 쪽지들이 촘촘하게 매달려 있었다. 마치 일본의 신사에서 보았던 것처럼 행운을 비는 쪽지들의 빼곡한 매달림이라니……. 서애 유성룡 선생은 임란을 현명하게 이끌어갔던 분이고 유도성 선생은 구한말 의병활동을 하셨는데, 이런 분들이 이끌어온 하회마을에 웬 왜색풍조란 말인가.

'입암고택立巖古宅' — 풍산 류씨 입향시조 전서공典書公 류종혜柳從惠가 처음 자리잡은 곳으로 풍산 류씨가의 큰 종택이라고 한다. 류운룡의 아버지 입암立巖 류중영柳仲郢,

1515~1573의 고택이란 뜻으로 '입암고택'이란 현판을 걸었다고 한다. 입암고택은 한국 최고의 목조건물 9채 가운데 하나로 알려져 있다. 입암고택은 '양진당'이라는 당호를 갖고 있는데 이는 류운룡의 6대손인 류영柳泳, 1687~1761의 아호雅號에서 유래한 것이다.

'충효당'은 서애西厓 류성룡柳成龍, 1542~1607의 종택. 후손과 문하생들이 류성룡의 유덕을 기리기 위하여 지었다고 한다. 충효당 누마루의 현판 '충효당' 글씨는 아무리 보아도 알아보기 어려운 전서체? 허미수 선생의 글씨라고 한다. 조선조 500년간 가장 청렴한 5명의 영의정 가운데 한 분이 류성룡 선생으로 전해온다. 충효당 대청마루 섬돌쯤에 천장에서 내려온 밧줄이 하나 있었다. 마루를 올라가고 내려갈 때 그 밧줄을 잡으며 몸의 균형을 잡는다고 했다. 줄의 이름은 괘승 또는 안부사, 회영으로도 불린다고 했다.

시간에 쫓기어 마지막 찾은 집은 '작천고택', 건물의 건축 연대는 미상. 처음에 두 채로 지었으나 1934년 대홍수에 문간채가 쓸려나가 지금은 一자형의 안채만 남았는데 유도관柳道貫, 1823~1394의 택호에서 나온 것이라 한다. 집안에는 들어가지 못하고 대문 바깥 담장 바깥으로 나온 독특한 구조물 앞에서 설명을 들었다. 이른바 가난한 사람들을 위해서 식량이나 돈 같은 것을 담장 안에서 통 안에 넣으면 가난한 이들이 손을 넣어 꺼내가도록 되어 있는 구조물이었다. 담장은 돌과 흙으로 이겨 붙인 것인데 여기에 사각형 화강암 한가운데 어른 주먹 하나가 들어갈 만한 구멍을 만들어 담장의 일부로 만들어놓았다. 얻어가는 이들의 자존심을 살려주면서도 그들을 돕는 옛날의 구세군 가마와 같다고 할까.

<table>
<tr><td>1</td><td>2</td></tr>
</table>

1 허미수 선생의 글씨, 충효당
2 작천고택 담장

하회마을을 출발했다(16 : 52). 한 시간 정도 달리자 대구고속도로에 들어섰고 차창 밖으로 이슬비가 내리고 있었다. 하회마을 숲길 걸으며 전통마을에서 며칠 살아보았으면 하는 생각, 화천花川 건너 절벽 위의 부용대, 언제 가볼 수 있을 꺼나 하는 생각을 했다.

경주

마침내 경주에 진입(18 : 45), 동성유스텔에 도착했다. 학생들은 유스텔에서 묵고 학과 교수들은 근처에 있는 밸리모텔, 나는 205호로 들어갔다. 불국사 관광지, 단지 전체가 모텔과 호텔 지역이었다. 비수기라서일까 거리 전체가 컴컴하고 유령의 도시 같았다. 수학여행 온 학생들을 위해서 숙박업소에서 마이크와 성능 좋은 스피커를 주었는지 와랑거리는 소음들, 불 켜진 식당들을 찾아다니다가 전주식당에 들어가서 산채불고기백반과 국순당 생막걸리를 마셨다.

학생들의 세미나는 21시부터 동성유스텔 식당에서 진행되었다. 자료들은 이미 자료집에 수록되었고 발표자들은 대개 1학년생들, 재미있게 하려고 괘도를 준비해오고, 학생들이 전지 크기의 괘도를 양옆에서 들고 있고 그룹별로 1학년생들이 나와 긴장해서 벌벌 떨리는 음성으로 발표하고……. 신입생들, 선배들과 교수들 앞에서 발표하느라고 얼마나 긴장했을까. 그들의 긴장해서 떨고 있는 모습들이 귀여웠다. 그리고 속으로 말했다. 우리도 그랬던 때가 있었다. 선배들이 자기들은 뒤로 빠지고 후배들에게 모든 귀찮은 일들을 맡겼었단다. 당해야 하는 후배로서는 가슴이 터질 듯한 긴장이지만 지나고 나면 그럽고 그리운 추억이란다.

세미나는 23시 50분경에야 끝났다. 다른 교수들은 학생들과 더 이야기를 나누기 위해 남고 나는 피곤해서 그대로 모텔로 돌아오고 말았다. 집행부 남학생 두 명이 모텔 앞까지 데려다 주었다.

2012. 5. 2. 수요일, 갬 · 흐림 · 비.

02 경주

모텔에서 깨어나 불을 켜고 보니 천장이며 벽이며 모두 거울이다. 이상한 나라에 들어와 있는 듯한 느낌, 특히 침대에 누워서 천장을 쳐다보니 누워 있는 내가 괴이하게 보였다. 창문을 열고 보니 건너편 산이 푸르렀다. 노트를 정리하다가 TV 뉴스, 기상예보를 보았다. 오늘 종일 비가 오리라는 예보였다.

조반은 학생들과 함께 먹기 위해 유스텔로 갔다. 지난밤 호스텔에 남았던 교수들도 곧바로 돌아왔고 학생들은 밤을 새웠다고 한다. 밤을 새우고도 싱싱한 모습 보면서 나도 그런 적이 있었던가 싶었다. 불국사는 걸어서 갈 수 있는 거리에 있었다. 내가 모텔 방에서 꾸물거리고 있을 때 다른 남교수들은 이미 새벽 불국사를 한 바퀴 돌고 왔다고 했다.

1980년대 말, 어머니 모시고 불국사에 왔었던 기억, 대학시절 제주도 수학여행 갔다가 돌아오는 길에 불국사에 갔었고, 그러니까 이번이 세 번째 불국사행이다.

불국사로 가는 길에는 이미 관광객들이 줄지어 오르고 있었다. 정원에는 벚꽃나무들, 꽃나무 아래로 떨어져 내린 벚꽃이 두툼한 분홍색 켜를 이루고 있었다.

불국사

불국사 일주문에는 '불기 2556년 부처님 오신날'을 봉축하는 현수막이 걸려 있었다. 올 초파일은 5월 28일. 20여 일을 앞두고 불국사에서는 사월초파일 분위기를 띄우고 있었다. 잘 정돈된 정원과 연못이 보기 좋았다. 산 계곡에서 흘러내리는 물은 폭포수처럼 보였다.

자하문紫霞門 앞에 섰다. 청운교靑雲橋 백운교白雲橋로 이어진 곳에 자하문이 서 있었다. 대웅전으로 들어가기 위해서는 청운교와 백운교를 지나야 한다. 그러나 지금은 이들을 보호하기 위해 계단 앞에는 철책이 세워져 있었다. 청운교는 17계단높이 3.82m, 넓이 5.14m, 그 위에 연결된 백운교는 16계단높이 3.15m, 넓이 5.09m, 청운교는 젊음을, 백운교는 노년을 의미하며 33계단은 부처 경지에 오르기 위한 전 단계를 의미한다고 한다. 계단의 경사면은 45도, 청운교 아래는 예전에 소규모의 해자가 있었던가. 무지개다리 같은 아치가 있었다.

이태준의 단편소설「석양」에 보면 경주를 찾은 소설가 매헌은 타옥과 불국사의 청운교 백운교를 오르내리며 문학과 인생, 옛날과 현실의 이야기를 나눈다. 옛날은 신화와 전설의 시대요 현실은 보이지 않게 죄어오는 식민지 말기였다. 이태준은「석양」을 통해 독자들에게 일제시대가 곧 끝나게 될 것임을 암시했다.

박목월은「불국사」에서 '흰 달빛 / 紫霞門 // 달안개 / 물소리 // 大雄殿 / 큰보살 // 바람소리 / 솔소리 // 泛影樓 / 뜬그림자 // 흐는히 / 젖는데 // 흰 달빛 / 紫霞門 // 바람소리 / 물소리'라고 노래한다. 불국사에 오기 전 박목월의 시를 통해서 자하문과 범영루를 미리 익혔다. 달안개 속의 물소리 바람소리를 벗삼아 자하문과 대웅전과 범영루가 흑백영화 속의 한 장면으로 내게 꽂혔었다.

자하문을 대상으로 각도를 달리하며 몇 장 사진을 찍고, 또 자하문을 배경으로 인증사진도 찍었다. 범영루도 찍었으나 날이 흐려서인지 잘 나오지 않았다. 동쪽 산기슭 쪽으로 난 길을 따라서 불국사 경내로 들어갔다.

다보탑과 석가탑을 오가며 오랜만에 만나는 친구를 바라보듯 바라보았다. 다보탑과 석가탑 그리고 대웅전이 한 화면 안에 들어가도록 카메라를 작동시키는데, 찍고 나서 보면 마음에 들지 않았다.

극락전을 찾아 나섰다. 언젠가 극락전에서 황금돼지가 발견되었다는 기사를 읽었던 기억, 황금돼지는 어디에서 발견되었을까 하고 궁금해 했었다. 극락전은 대웅전에서 서쪽으로 아래쪽에 뚝 떨어져 있었다. 극락전에 모신 아미타불은 극락정토의 주불. 중생의 고난과 고통을 구원해주시는 부처라고 한다. 극락

<table>
<tr><td>1</td><td>1 자하문을 배경으로</td></tr>
<tr><td>2</td><td>2 무영탑과 대웅전</td></tr>
<tr><td>3</td><td>3 극락전 현판 뒤에 숨은 황금돼지</td></tr>
</table>

전은 751년에 건립, 그러나 임
진왜란 때 불국사의 모든 사찰
들이 전소되고 1604년^{선조 37}경
부터 복구와 중건이 계속되다
가 1750년에야 지금의 모습으
로 중건되었다고 한다.

극락전의 황금돼지는 '極樂
殿'이란 현판의 뒤편 서까래 틈
에 숨겨져 있었다. 짙은 밤색의
돼지목각이었다. 황금 돼지해
에 발견된 목각돼지를 왜 나는
순금돼지로 기억하고 있었을
까. 극락전 옆 안내판에는 부귀
를 상징하는 '복돼지'로 소개하
고 있었다. 돼지의 두상이 길고
주둥이가 삐죽한 것으로 보아
멧돼지를 닮은 조각이었다.

관음전, 무설전, 나한전, 비로
전들을 돌아보았다. 이들은 주
춧돌만 남아있던 곳에 복원한

것^{1970~1973}이라는데, 40년 세월이 지나고 나니 그대로 고색창연함에 가까워져 있었다.

불국사 사리탑의 조각은 참으로 정교했다. 석재도 무척 단단해 보이는데 연꽃받침에 구름기둥 그 위에 다시 연꽃대를 얹고 그 위에 구름 속에 부처가 앉아있는 듯한 조각이 섬세하게 되어 있었다.

불국사 주차장에 대기하고 있던 버스에 올라 출발(10 : 35), 안개비가 오고 있었다. 토함산 굽이굽이 고갯길을 버스는 조심스레 오르고 안개가 피어올라 바깥은 잘 보이지 않았다.

석굴암 가는 길

토함산 굽이마다
안개비 내리는데
눈으로 가늠할 수 없네
마음만 가지고 오라시네.

오르막 삼거리에서 좌회전

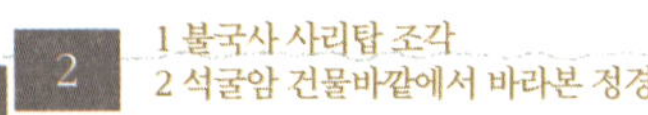

1 불국사 사리탑 조각
2 석굴암 건물바깥에서 바라본 정경

오르다가 또 삼거리에서 좌회전

안개로 목축인 푸른 너울

산 벚꽃 흐드러진 토함산길

석굴암 가는 길에

마음만 모시고 가야 하네.

소담스러운 왕 벚꽃 안에

부처님 마음 담겨 있네.

2012.5.3, 10 : 48

토함산 중턱 석굴암 주차장에 내리자 빗발이 굵어졌다. 물보라 쏟아지는 가운데 석굴암 통일대종 종각이 높다랗게 솟아 있었다. 아침 일찍 석굴암을 찾아보고 돌아가던 사람들이 종각 아래에서 비를 긋고 있었다. 토함산 석굴암이란 현판이 걸린 일주문에서부터는 걸어서 가야 하는 길이었다. 우산을 썼어도 비가 들이쳤다. 안갯속에서 나타났다가 사라지곤 하는 녹음, 언덕 아래로 무성한 숲이 보였다. 비닐 비옷을 입은 사람도 있었지만 오월 초순의 비를 그대로 맞으며 하산하는 관광객들이 상당수였다.

얼마 지나지 않아 멀리 석굴암 건물이 보이기 시작했다. 석굴암의 축대 아래로 오색 연등이 달려 있었다. 사람들이 줄을 서서 석굴암 입장을 기다리고 있었다. 수학여행 온 중·고생들이 비를 맞으며 올라가고 또 내려오고 있었다. 우리도 우산을 쓴 채 줄이 줄어들기를 기다렸다가 기와지붕의 건물 안으로 들어갔다. 줄을 서서 지나치듯이 석굴암 입구 안쪽을 들여다보았다. 본존불 모습만 보였다. 그렇게도 많은 사람들이 말하던 십이면관음보살을 보기는 힘들었다. 줄에 밀려서 입구에서 출구로 나갔다가 바깥에서 좀 기다렸다. 빗발이 거세지자 석굴암으로 올라오는 대열은 잠시 중단된 상태, 그때 다시 들어가서 보았다. 궁릉식 천장이며 본존불 뒤의 관음보살상을 보았던가? 잘 보이지 않았다. 신라 경덕왕 10년751에 당나라의 김대성이 창건을 시작하여 혜공왕 10년774에 완성되었다는, 당시에는 석불사라고 불리었다는 석굴암. 기와건물 안이 어둠침침했고 석굴암 입구에서 본존불 뒤쪽으로 있을 불상들은 제대로 보이지 않고. 사진 촬영은 금지되어 있고……. 이태준의 소설 「석양」에서 매헌과 타옥은 관음상의 새끼손가락을 잡고 부처의 체온을 함께 나누어 받기도 했는데…….

기와건물 앞 작은 마당에서 바람이 불 때마다 잠깐씩 열리는 빗줄기 사이로 먼 산과 구름을 보았다. 멀찍이 동해 바다가 있을 곳에 안개와 구름이 두터웠다. 석굴암 뒷면 토함산 자락에는 철늦은 철쭉이 피어 있고, 작은 마당이며 그 아래 계곡 쪽에도 오색 연등이 달려 있었다.

아쉬움을 품고 하산했다. 석굴암 주차장에서 버스에 오르자 버스는 전조등과 비상등까지 켜고 천천히 운행하기 시작했다. 그렇게나 안개가 짙었다. 10여 분쯤 조심스럽게 내려오자 푯말이 보였다.

동리 · 목월 문학관

불국사와 석굴암을 통행 하는 아스팔트 좁은 길에 버스를 대고 모두 내려서 동리 · 목월 문학관으로

갔다. '東里 · 木月文學記念館'이란 현판이 붙어 있는 정면에서 보면 ⊓형으로 지어진 지하층을 포함한 이층 기와건물, 벽이며 서까래 있는 곳이 이른바 육영수 여사 건축양식이었다. 육여사가 베이지색을 좋아해서 모든 한옥건축물을 지을 때 한옥건물의 벽이며 기둥들을 모두 베이지색으로 도색했기 때문에 육여사 건축양식이라고 불렀다는데, 2000년대에 지어진 건물임에도 그런 분위기가 물씬 풍겼다.

지하층에 문학관 관장실과 행정실이 있었다. 문학관장 평론가 장윤익 씨가 나

와서 교수들을 맞았다. 차 한 잔씩 마시고, 문학관에서 만든 책자들을 한 보따리씩 선물해주었다. 역시 지하층에 강의실 겸용의 강당이 있었다. 장윤익 씨가 김동리·박목월 선생의 참고 영상자료를 보기 전에 자신에 대한 소개를 하는데, 영상자료 보는 시간만큼이나 길었다.

김동리 선생의 「을화」가 1982년 노벨문학상 후보 다섯 작품 가운데 하나로까지 올라간 적이 있었다는 소개를 이곳에 와서 처음 알았다. 김동리 선생 탄생 100주년이 2013년이라는 것, 「황토기」와 「무녀도」가 애니메이션으로 제작 발표되었고 「목공 요셉」이 뮤지컬로 만들어졌다는 이야기도 들었다.

김동리·박목월 선생의 기념관은 2층에 있었다. 동리 문학관 안에는 동리 선생의 청동 흉상과, 평소 동리 선생이 거처하시던 서재를 복원해 놓고 있었다. 동리 선생이 사용했을 양수서랍장의 투박한 목제 테이블이 눈을 끌었다. 회전의자에는 동리 선생이 사용했을 모직 머플러가 걸쳐 있었다. 벽에는 그분이 평소 사용하시던 붓들이 걸려 있고 문갑 위에는 벼루와 연적, 장식장에는 도자기들이 진열되어 있었다.

문학관 강당에서 시간을 많

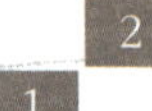

1 동리 선생의 테이블
2 국립 경주박물관

이 소비한 관계로 서둘러야 했다. 목
월기념관은 그냥 훑어보는 것으로 만
족하고 물러나야 했다. 예약한 식당의
점심식사 시간대에 맞추어 가야 했다.

국립 경주박물관

경주시 인왕동에 있는 현재의 박물관은 1975년 2월 신축, 이전 개관한 것. 당시
본관현재의 고고관과 별관현재의 특별전시관, 성덕대왕신종을 위한 종각이 신축되었고
본관의 누각 모양 건축물은 경복궁의 경회루의 영향을 받았다고 한다. 내 눈에
는 대표적인 육영수 여사 건축양식, 기와지붕에 베이지색 건축물이었다.

관람객들이 많이 찾아왔다. 박물관 경내에 사람들이 그득했다. 성덕대왕신종
종각 앞에서 단체 사진을 찍었다. 이른바 에밀레종에 서린 비원, 종에 새겨진 조
각상 같은 것들에 대해서는 생각해볼 여지도 없이 사진 한 장 찍고, 기다리는 다
른 관람 팀에게 자리를 내주고 물러나야 했다.

먼저 고고관부터 들어갔다. 4세기의 부장품으로 월성리 고분군에서 나온 곡
옥曲玉 금목걸이와 귀걸이, 3세기의 것으로 덕천리 고분에서 나온 오리 모양의
토기들, 전시실에 그득한 금제품들, 5~6세기의 것으로 천마총에서 나온 유리그
릇과 유리잔들. 건성건성 보면서 지나는데도 보아야 할 것들이 너무도 많았다.
8세기의 것으로 망자의 영혼을 위로하기 위해 짐승의 뼈로 만든 기와집의 미니
어처, 대단히 공교했다.

　안압지관에서는 오래된 목선의 파편들을 모아 복원한 거대한 선박을 보여주고 있었고, 시선을 끈 것은 기와의 용와면, 귀면, 수막새에는 연꽃무늬, 얼굴무늬, 인동무늬, 봉황무늬, 가르빈가 무늬 등등……. 그들 다양한 수막새는 어느 계층의 어느 종류의 가옥 건축에서 쓰였던 것일까. 사람 몸통보다도 커다란 치미鴟尾 — 용마루 한 끝자락에 얹혀 있었을 그 대단한 규모의 치미를 보며 그 치미가 얹혀 있었을 건축물의 규모를 상상해보았다.

　큼직한 규모의 전시물만 보다가 안압지에서 건져 올린 나무빗을 보았다.

빗 — 안압지에서 발굴된 빗의 노래

긴 머리

검은 머리

빗질하던

천 년의 고독

빗살 사이로 흐르네.

달 안개 속에서

달연못(月池) 바라보며

빗질하던

그 사람은……

2012.5.3, 15 : 20. 월지(月池)는 안압지의 본래 이름임

석굴암 십이면 관음보살상의 복제품

미술관으로 들어갔다. 로비에 석굴암의 11면 관음보살을 복제한 복제품이 있었다. 석굴암까지 가서도 보지 못하고, 이름만 들어오던 관음보살상이었다. 박물관 실내에서는 어디에서나 사진 촬영 금지, 그러나 관음보살의 얼굴을 담고 싶었다. 관리직원을 찾아가 사진을 찍을 수 있도록 허락해달라고 부탁했다. 진품도 아닌 복제품이라고는 해도, 말로만 들어오던 관음보살상이 아닌가. 플래시를 터뜨리지 않아야 한다는 조건으로 관리직원은 가볍게 고개를 끄덕였다. 얼른 사진을 찍었다. 결과는 별로 좋지 않았지만, 그래도 관음보살의 상호는 지극히 아름다웠다. 석굴암 내의 다른 부처들이 모두 강한 남성성을 풍기는 데 반해서 관음보살상은 지극히 관능적이면서 성스러운 여성성을 보여주고 있었다.

특별전시실에서는 한중수교 20주년을 기념해서 '섬서 역사박물관 소장 당대唐代 명품전'2012.4.17~6.17이 열리고 있었다. 한 바퀴 돌다 보니 '섬서성 건현 장회태자 묘도 동벽陝西省乾縣章懷太子墓道東壁'에 있는 객사도客使圖 묘사본描寫本 — 신라사신도新羅使臣圖를 보았다. 당唐나라 신룡神龍 2년706에 제작된 그림이다. 장회태자 이현李賢, 654~684은 당나라 고종과 측천무후 사이의 아들인데 무고로 사망했다. 객사도에는 당나라 관리들이 두 명의 외국 사신을 접견하고 있는데 그 가운데 한 사람이 두 개의 깃털을 꽂은 모자를 쓰고 있었다. 이 사람이 한국에서 간 사신으로 신라 고구려 또는 백제 가운데 한 나라의 사신으로 추정된다고 한다. 객사도에 대한 이야기도 예전부터 들어왔다. (돈황의 막고굴에서도 한국에서 간 사람이 머리에 깃털을 꽂은 그림을 본 듯하다.) 관리인에게 사진을 찍어도 되느냐고 물었더니 잠시 기다리라고 했다. 내가 다른 전시실로 가서 전시품들을 구경하고 있는데 그 관리원이 나를 데리러 왔다. 사진을 찍어도 되니 마음대로 찍으라고 했다. 그러나 역시 플래시를 터뜨려서는 안 된다는 조건이었다.

잠시 소강 상태를 지키던 하늘에서 다시 비를 내리기 시작했다. 분황사를 찾아갔다.

분황사

분황사에서 주어진 시간은 30분이었다. 분황사 3층 전탑을 돌아보고, 경내에 있는 보광전普光殿 건물 외벽의 벽화를 돌아보았다. 1680년에 중건된 보광전의 단청은 퇴색되었고 창살이 아름다운 목제 문들은 틈이 벌어져 뒤틀어져 가고 있었다. 전 안에 모시고 있는 약사여래상은 1609년 동銅으로 조성되었다고 하는데 지금은 금물을 입힌 상태. 약사여래가 왼손에 들고 있는 약함 뚜껑에는 건륭 39년乾隆三十九年 을미 4월 25일 조성야乙未四月二十五日造成也란 기록이 있어 이는 1774년에 만들어졌음을 알려주고 있었다.

보광전 앞에 분황사 석정石井이 있었다. 분황사가 선덕여왕 3년634에 세워졌다니 이 석정도 그 무렵에 만들어졌을 것이다. 석정의 내부는 원형으로 외부는 8각으로 모양을 이루고 있는데 달리 '호국룡 변어정護國龍 變漁井'으로도 불린다고 한다.

전설에 의하면 분황사의 석정, 금학산기슭 동천사東泉寺의 동지東池와 서지西池

보광전

에 각각 1마리씩 호국용이
살고 있었다. 그런데 원성왕
때 당나라 사신이 신라에 왔
다가 이들 용 3마리를 모두
물고기로 변신시켜 중국으
로 가져가려고 했다. 사신이
길을 떠난 뒤 하루 만에 두
사람의 여인이 왕의 꿈에 나
타나 당나라 사신의 흉계를
알리고 자신들을 구조해달

라고 부탁했다. 놀란 왕은 잠에서 깨어나 날랜 장수를 시켜 당나라 사신을 추격,
사신들이 납치해가고 있던 물고기 3마리를 되찾아 우물 속에 넣어주게 했다는
것이다.

대능원과 천마총

가까운 곳에 대능원이 있었다. 대능원 주차장에 하차, 대능원 경내로 들어섰다.
둥글둥글한 동산들, 그것이 모두 신라시대 임금의 능이었다. 대능원을 가로질러
천마총 앞에서 일단 단체 기념사진을 찍었다.

천마총

대능원 들어서자

예서 불끈

제서 불끈

솟았다가 잦아드는

선(線)의 율동

잠보다 긴 꿈이어라

오래전 그이와 함께 찾았던

그 날의 이야기는 추억이 되고

망각의 벽에서 뛰쳐나온 천마

비상하여

미래로 향하누나

천마총에 서려 있는 이야기와,

당신들과 나 사이의 이야기는

어디서 어긋나고 있는 것일까.

그 시절 그이는 떠나고

청춘이여

2012.5.3, 17 : 25

다시 천마총 주차장으로 모였다. 오현아 교수는 서울로 직행해야 하는 관계로 우리와 작별인사를 나누었다. 오 교수가 경주보리빵 한 박스씩을 학과 교수들에게 돌렸다. 버스에 오르면서 학생들은 허기진 모양. 이민희 교수가 학생 머릿수와 경주보리빵 수효를 검색하고 있었다. 당연히 인원수에 부족한 경주보리빵, 나도 합세했다. 학생들은 경주보리빵 하나씩 받아들고 환호했다.

저녁은 맷돌순두부집에서 먹었고 안압지 야경을 구경하러 간다고 했다. 서둘러야 했다.

복학생들이 언제 준비했는지 붉은색 야간 지휘봉을 들고 대열의 앞 중간 뒤 부분에 서서 학생들을 정렬시킨 다음 구보에 가까운 속도로 걷게 했다. 여학생들이 훨씬 많은 대열이었지만 불평 없이, 소풍가는 유치원생처럼 잘 따라 주었다. 교수들도 옆에서 보조를 맞추어 주어야 했다. 학생들을 안전 지도하는 복학생들은 헌병 출신, 훈련조교 출신들이라고 했다. 학교에서 보았을 때는 얌전하기만 하던 학생이었는데 밤에 학생들의 대열을 지휘하는 것을 보니 여간 믿음직스럽지 않았다.

안압지雁鴨池 야경

안압지 부근에는 이미 야경을 즐기러 나온 관광버스가 주차장은 물론 길가에 까지 늘어서 있었다. 사람과 사람 사이를 뚫고 다녀야 했다.

안압지의 본 이름은 월지月池, 통일신라시대 별궁 안에 있었던 것으로 여기에 임해전臨海殿을 비롯한 많은 건물들이 있었다고 한다. 문무왕 14년674 이곳에 못을 파고 산을 만들어 아름다운 정원을 만들었다고 한다. 안내판 기록에 의하면 931년 경순왕은 임해전에서 고려 태조 왕건을 위해 잔치를 베풀어 주었다. 그러나 오랜 세월이 지나 이곳이 폐허가 되자 기러기들이 모여들기 시작해 조선조에 들어와 월지는 안압지雁鴨池로 불리게 되었다고 한다.

2000년대 초, 잠시 경주로 출장 와서 이곳을 찾았을 때 복원한 건물 한 채만 보았는데 이번에 와보니 신라시대 당시의 모습으로 임해전 건물들을 곳곳에 복원, 조명시설을 해놓아 밤에 보는 임해전은 환상의 왕궁으로 변해 있었다.

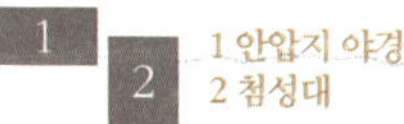

첨성대

안압지에서 큰길 하나 건
너 잠시 좁은 길을 따라 걷
다보니 첨성대가 나타났다.
어둠 속에서 노란 조명등의
집중 조명을 받고 서 있는
첨성대, 눈에 익은 모습이되
밤에 보는 첨성대는 새로운
존재감을 갖고 있었다. 첨성
대가 별을 관측하던 곳인지
또는 제사를 모시던 곳이었
는지는 알 수 없으되 밤에
보는 첨성대는 하늘에서 잠
시 다니러 온 또 하나의 별
이었다.

아니, 젊은이들의 추억을
위한 소중한 제단이었다.

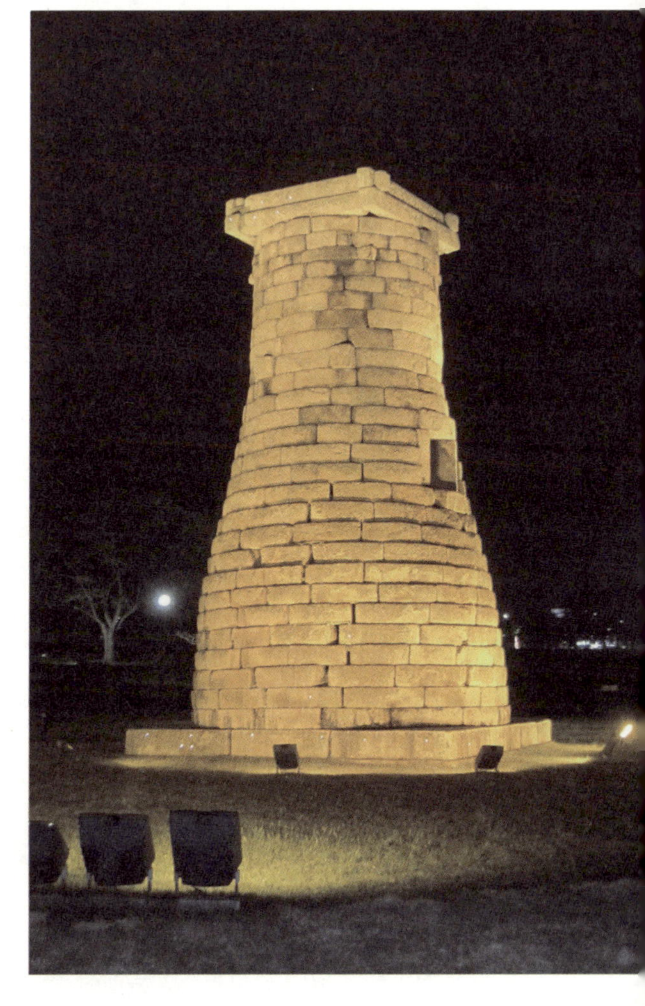

03 경주-영주-춘천

움칫 놀라 깨어난 아침, 창문 열어보니 아직 어둠이었다. 시간 확인해보니 새벽 4시 반. 경주불국사 신택지 지구의 아침은 고요했다. 냉수부터 마셨다. 어제 있었던 일을 돌아보니 아침부터 밤까지 빠듯하게 짜여진 일정이었다. 지난밤 안압지며 첨성대의 야경을 보고 나서 다음 일정 포기하고 객실로 돌아와 더운 물에 몸을 담그고 휴식을 취했다. 다음 일정을 위해서는 어쩔 수 없는 선택이었다. 억지로 하면 못할 것도 없겠지만, 무리하지 않기. 그것이 이번 탐방여행에서 나를 지키는 일이었다.

커피 한 잔 마시고 새벽을 여는 새들의 노래를 들으며 경주에서의 추억을 더듬었다. 70년대 초 대학시절 제주도를 거쳐 수학 여행차 들렀던 불국사와 석굴암, 1980년대 말에는 어머니 모시고 와서 여관에서 하룻밤, 화생병원 원장댁에서 하룻밤을 보냈다. 세 번째는 강원대 교수문화연구팀과 함께 와서 반월성 부근을 돌아보았고 경주남산 탐방을 했었다. 10년 전에는 전국대학 학생생활연구소장 회의가 있어서 왔던 길에 짬을 내어 혼자 경주 시내를 돌아다녔었다. 그리고 이번에 학생들과 함께 왔으니 다섯 번째 경주 여행이었다. 늘 좋은 추억을 만들어 간다. 고마울 따름이다.

학생들이 묵고 있던 동성유스텔 앞에서 출발했다(09 : 18). 출발 직전, 같은 골목에 있는 우체국에 들어가 기념우표집을 한 권 샀다. '경주세계문화유산'이라는 제목의 우표집 속에선 경주 전역에 흩어져 있는 문화유산을 담은 12종의 우표와 일반우표 12종 모두 24종이 들어 있었다.

경주시내를 빠져나오며 보니 모든 주유소는 기와지붕, 관광지 도로변의 일반 주택도 기와지붕이었다.

고속도로 경산 인근 절개지에는 등꽃이 피어서 보라색 띠를 두른 듯했다. 군위 휴게소에 들러 커피점에서 커피 한 잔, 풍기 나들목에 도착한 것이 정오 무렵이었다. 오늘의 행선지는 소수서원과 부석사였다. 소수서원으로 가는 길가, 사과 직판장에는 아직 사과철이 아니라 사과 모양의 플라스틱 사과를 진열해 놓고 있었고 영주 선비문화 축제를 알리는 현수막, 풍기인견과 인삼 광고판들이 서 있었다.

소수서원 紹修書院

늘 지나만 다녔지 들르지는 못했던 소수서원을 찾을 수 있어서 좋았다. 소수서원의 또 다른 이름은 백운동서원白雲洞書院, 우리나라 서원의 효시라 한다.

소수서원은 1541년 풍기군수 주세붕周世鵬이 풍기 출신 유학자 안향安珦의 사묘祠廟를 설립했다가 이듬해 유생들을 교육하기 위해 백운동서원白雲洞書院으로 발전시켰고, 1548년 역시 풍기군수로 부임한 이황李滉이 백운동서원에 대한 사액賜額과 국가의 지원을 명종 임금에게 요청하여 마침내 사액 서원으로 승급되었다.

소수서원의 자리는 우리나라 최초의 주자학자 안향 선생이 유배 시절 머물렀던 자리로 백운동이라는 지명을 갖고 있었다고 한다. 그러나 1548년 사액사원이 되면서 소수서원이라는 이름을 갖게 되었다.

소수서원 주차장 부근 잔디밭에서 김밥으로 점심식사를 했다. 유치원생들, 초

등학교 학생들이 많이 와 있었다. 마침 점심시간이라 어린이들도 잔디밭에서 식사를 했는데 그 뒤처리가 엉망이었다. 먹고 난 김밥 그릇들, 음료수 병들, 휴지들을 함부로 잔디밭에 버리고 간 뒤였다. 어린 시절부터의 교육이 중요한데, 공중도덕에 대한 교육을 시키지 않고 있는 것일까. 식사를 마치고 비닐봉지를 들고 다니면서 쓰레기를 주워서 쓰레기통에 넣었다.

서원으로 들어가는 길목에 숙수사지 당간지주宿水寺址 幢竿支柱가 있었다. 서원이 세워진 것은 조선조였지만, 통일신라시대 커다란 규모의 숙수사라는 절이 있었다는 것이다. 유물과 유적으로 미루어 부석사만큼 대규모의 사찰이었을 것으로 추정하고 있다고 한다.

서원으로 들어가는 담장 부근에 오래된 은행나무가 서 있었다. 수령 천 년은 가까울 듯한 나무였다.

서원 경내로 들어서자 눈앞에 막아선 건물, 백운동白雲洞이란 현판이 붙어 있는 우람한 건물, 1500년대에 지어졌고 1990년대 초반에 중수를 했다는 건물이

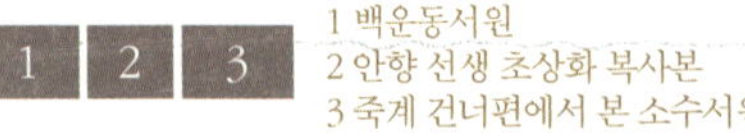

1 백운동서원
2 안향 선생 초상화 복사본
3 죽계 건너편에서 본 소수서원

었다. 건물의 정면으로 돌아가자 '소수서원紹修書院'이라는 명묘어필明廟御筆, 즉 명종의 친필의 현판이 나왔다. 명묘어필이 걸린 건물은 강학당이고 그 뒤편에 일신재, 직방재, 지락재 학구재, 장서각 건물들이 있었다. 모두 단아하고 소박한 건물들이었다.

회헌 안향晦軒安珦 선생의 초상화가 국보라고 하기에 영정각으로 가서 초상화를 보았다. 안향 선생 외에도 소수서원에는 주자朱子, 안축安軸, 안보安輔, 주세붕周世鵬, 이원익李元翼, 이덕형李德馨, 허목許穆 선생들의 초상화를 모시고 있었다. 그러나 뒤에 알고 보니 안향 선생의 원본 초상화는 소수박물관에 보관하고 있다고 했다.

박물관 경내를 벗어나자 맑은 물이 흐르는 계곡이 있었다. 죽계竹溪를 건너자 근래에 지은 작은 정자 — 광풍정光風亭이 나왔다. 마을 어르신들 몇 분이 정자 위에서 경치를 즐기고 계셨다. 광풍정이 있는 안쪽으로 소수박물관이 있었지만 시간이 없어 들르지 못했다.

경자암 전설

죽계 건너편 바위에 '敬' 자가 새겨진 바위, 경자암敬字岩이 있다는데 서두르다 보니 보지 못했다. 버스 안에서 경자암 전설을 들었다.

풍기군수 주세붕이 안향 선생을 배향하기 위해 백운동서원을 건립하던 전후의 일이다. 주세붕은 통일신라 시절의 폐사인 숙수사 건물을 헐고, 불상들을 들어내 죽계 깊은 곳에 던져 버리게 했다. 백운동서원이 건립되고 유생들이 모여들어 공부를 하기 시작했다.

그런데 밤마다 이상한 일들이 일어나기 시작했다. 죽계천에서 괴성들이 들리기 시작했다. 소름끼치는 소리였다. 유생들은 공포에 사로잡히기 시작했다. 이에 담대한 유생 몇이 나가 보니 죽계 깊은 곳에 내던져 버렸던 불상들이 물 위로 떠올라 있었고 괴성의 진원지는 바로 물 위에 떠오른 불상들이 내는 소리였다.

유생들은 공황상태에 빠져버렸다. 주세붕은 부처에 대한 자신의 행위가 경솔하기 그지 없었음을 깨닫고 이에 대해 깊이 사죄했다. 그리고 주세붕은 부처를 공경한다는 마음을 알리기 위해 커다란 바위 위에 공경 경敬자를 새기게 했다. 이후 밤마다 죽계에서 들리던 괴성은 그치고, 불상들도 더 이상 물 위에 떠오르는 일은 없었다고 한다.

부처와 공자의 힘 자랑에서 이긴 것은 누구인가. 공경 '경'자를 바위에 새김으로 해서 괴성이 그쳤다면, 공자의 힘이 더 세다는 것을 은연 중에 유포시키고 있는 것이 아닌가.

부석사 浮石寺

사과꽃 축제 현수막이 여기 저기 붙어 있는 부석사 가는 길, '태백산 부석사太白山 浮石寺'란 현판이 걸린 일주문을 통해서 부석사로 향했다. 부석사에는 여러 번 갔었던 듯하다. 일주문 가까운 당간지주 옆에는 철쭉이 화사하게 피어 있었다. 강파른 돌계단을 올라 천왕문을 통과했다. 윗층에는 '부석사' 현판이, 아래층에는 '안양문' 현판이 걸린 잘생긴 목조건물, 신라 문무왕 16년[676] 의상대사가 지었다는 건물이 부석사다. 한때는 우리나라 최고의 목조건물이 무량수전이라고도 했었다.

부석사의 그림이 달라지고 있었다. 전에는 없던 사찰건물들이 여기 저기 들어서고 있었다. 한마디로 부석사는 공사 중이었다. 공중에 매달린 듯 높다란 부석사 건물 앞에 가슴이 설레던 날이 있었는데 그것들을 포위하듯 새로운 건물들이 들어서는 중이었다.

조사당에 모신 의상대사의 영정, 혼백이 게 머물러 있다면, 공사 중인 부석사의 모습에 만족해하실까……. 의상대사가 짚었던 지팡이에서 뿌리가 내리고 줄기가 퍼져서 보호받고 있던 나무를 보면서 전설의 현실화에 흥분했었던 내가, 공사 중인 부석사 경내에서는 냉담해졌다.

부석사 종루 속의 북이며 목어, 운판을 보다가, 멀리 퍼져나가는 광경을 보다가, 종루의 전후좌우로 돌아다니며 부지런히 사진을 찍었다. 상당히 많이 사진을 찍었는데 디카로 건질 만한 사진은 거의 없었다. 무량수전無量壽殿도 방향을 바꾸어가며 찍었는데 건물 전체가 다 들어간 사진은 한 장밖에 없다.

1
2

1 부석사
2 무량수전

212

부석사에서 주차장까지 걸어 내려가며 오월의 햇살이 따갑다는 것을 느꼈다. 사과 두 봉지 사서 학생들에게 주며 먹으라고 했더니 어떻게 먹어야 하는지를 몰라 한다. 일단 사과를 식수대에 가서 씻어오라고 했다. 사람은 많고 사과 수효는 한정되어 있고 과일칼은 없었다. 일단 버스에 오르자 지갑에 꽂혀 있는 카드 가운데 평소 쓰지 않던 플라스틱 카드를 꺼냈다. 그것을 칼 대신으로 사용, 사과를 조각내서 학생들에게 나누어주었다. 풍기사과가 유명하다니까 맛이나 보라는 것이었다. 입에서 사과가 아작이며 씹힐 때는 즐겁지만 일단 목구멍으로 넘어가고 나면, 사과의 기억은 잊혀진다. 알면서도 나는 왜 그렇게 주접스러운 짓을 저지르는지 알 수 없다.

부석사 주차장에서 15시 15분 출발, 풍기 인터체인지에서 나와 치악휴게소에서 잠시 휴식, 강원대에 도착한 시간은 17시 45분이었다.

2012. 5. 4. 금요일, 갬.

중국편

대 륙 의
고 도 古 都 를
찾 다

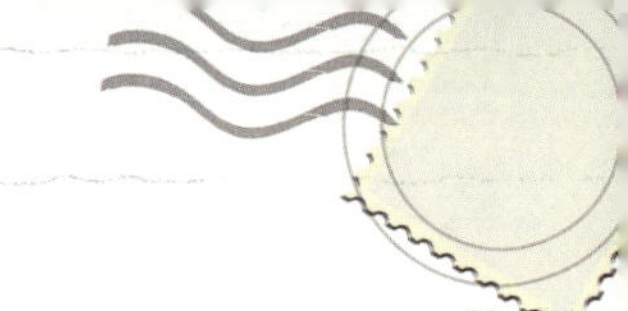

루쉰·왕희지·서호 이야기

소흥 · 항주 · 영파 · 여요

 **01 춘천-인천공항-항주-소흥**

여러 차례 깨어났다. 5시부터는 일어나 앉았다. 울렁거렸다. 이상하게 가슴이 뛰었다. 피할 수만 있다면 피하고 싶다는 생각, 그러나 이미 약속된 일, 떠나야 할 때가 온 것이 아닌가. 여행이 좋다고, 여행을 할 때는 언제고 행복했다고 말해 왔지만 정작으로 출발 시간이 가까워오면 이상하게 머물고 싶다는 생각이 더 간절하다.

7시 20분에 사대 교육4호관 주차장에 도착, 오면서 보니 눈이 엷게 내려와 있었다. 권석민 교수 차가 먼저 와 있었다. 20분 뒤에 사대 주차장 앞에서 이경남, 한인숙 교수와 함께 권석민 교수 차에 탑승, 출발했다.

종합운동장 앞 사거리를 지날 때 대통령 선거일을 앞두고 기호 2, 이명박 후보 선거운동원들이 빨간 유니폼을 입고 율동을 하고 있었다. 남자 1명에 젊은 여성 7명, 그들은 일당 5만 원씩 받고 일한다고 했다. 선거철에 아르바이트로 동원된 여성들, 그렇게 해서 생활비를 버는 사람들, 대통령이 되려면 원대한 꿈과 능력과 희생정신이 있어야 한다고 배웠는데 막대한 자금의 투자. 돈으로 권력을 사고 권력이 돈을 만드는 세상이 되어 간다는 느낌이다.

인천공항에 도착(10 : 20). 공항까지 오는 동안 영종도휴게소에서 잠시 주유를 하기 위해 쉬었을 뿐 내쳐 달려온 길이었다. 커피를 마셨다. 간격을 두고 차례로 남성 교수들이 나타났다. 나의 '여행일기'에 비교적 많이 등장하는 백인학 교수는 이제부터는 나로부터 100m 이내 접근을 하지 않기로 했다며 웃었다. 29명의 참가자 가운데 박인옥 선생이 공항행 리무진을 놓치는 바람에 가장 늦게 도착했다.

배가 많이 고팠다. 공항 내 식당에서 김밥으로 허기진 배를 채웠다. 점심값은 한인숙 교수가 치렀다. 간단히 먹기에는 일금 4천 원짜리 김밥이 편했다.

항주행 OZ359호 비행기는 13시 50분에 이륙했다. 김풍기 선생이 옆에 앉았다. 잠깐 눈을 붙인 외에는 줄곧 『문학사상』 12월호를 읽었다. 10월 이후 무엇이 그리 바빴던지 정기적으로 배달되는 문예지들을 쌓아만 두고 읽지를 못했다. 『문학사상』을 읽으면서 내가 문화의 중심으로부터 너무 멀리 벗어난 삶을 살고 있다는 것, 이렇게 외진 곳에서 퇴보적 삶을 살아도 되는 것일까 하는 생각을 했다.

항주

15시 50분 한국시간, 항주杭州공항에 착륙했다. 항주에는 자주 왔지만 비행기편으로는 처음이었다. 연꽃잎이 막 벙글어지는 듯한 모습의 공항청사, 용의 꿈틀거리는 모습을 연상시키는 듯한 공항건물들, 항주의 독특한 어떤 이미지를 만들어 보려는 듯했다. 공항청사는 달리는 용의 등줄기에서 피어나는 한 송이 연꽃의 모습으로 디자인되어 있었다.

인천공항에서 동행한 알자여행사의 명재정 실장, 순한 표정의 여성 가이드였다. 입국수속을 마치고 나오자 같은 여행사 조창완 사장이 기다리고 있었다. 관광버스에 오르자 뿔테 안경을 쓴 곱상한 현지 가이드는 박향옥, 길림성 출신이라고 했다.

항주 - 소흥 가는 길

항주는 절강성의 성도省都. 항주공항에서 소흥紹興까지는 1시간 20분 안팎의 거리라고 했다. 시계를 중국 표준시간에 맞추어서 1시간 뒤로 돌렸다.

표준시간

내 여로의 대부분은

달님의 궤적을 따라가기

입국심사대를 통과하자마자

표준시간에 맞추어

시계 바늘을 뒤로 돌려놓는다.

젊음의 고뇌와

감정의 파도 드높았던 시절

시간의 수레바퀴

앞으로 빨리 구르기를 바랐었다.

젊음이 최고의 축복인 줄

그때엔 몰랐었다.

그 시절의 끄트머리 어디쯤으로

시계바늘 되돌려 놓을 수는

없는 것일까.

절강성은 중국 남동부 지역에 있고 면적은 11만km^2 인구는 4천7백만 정도, 대개 한국과 비슷한 면적에 비슷한 인구라 했다. 그러나 이 지역의 지리적인 특징은 강과 호수가 많다는 것이다.

소흥과 항주를 잇는 소항도로는 안개로 가득했다. 이 지역에 많은 소택沼澤의 영향이었다. 기온은 10℃ 안팎이지만 습해서 체감 온도가 낮은 곳이었다.

소흥은 중국의 고대부터 현대에 이르기까지 많은 역사적 인물을 배출한 곳이고, 현재는 교육의 도시라고 한다. 신화적 인물인 우임금의 무덤이 이곳에 있고, 경국지색의 미인 서시의 고향이 가까운 곳에 있다. 뿐만 아니라 와신상담臥薪嘗膽 고사에 등장하는 구천BC 496~465과 부차?~BC 473가 맞겨루던 곳, 또 명필 왕희지

307~365가 벼슬을 살고 만년을 보내던 곳, 근대로 와서는, 공자孔子 이후, 중국 역사의 방향을 바꾸어 놓은 루쉰魯迅, 1881~1936이 소흥 태생이고, 비슷한 무렵 여성 혁명가 추신秋瑾, 1875~1907, 북경대 총장 채원배蔡元培, 1863~1940, 중국공산당 총리 주은래周恩來, 1898~1976도 소흥 출신이다.

가이드 박향옥에 의하면 소흥지역의 특산품은 누가 무어라고 해도 소흥주 — 황주黃酒라고 한다. 소흥주는 한국으로 치면 막걸리와 비슷한, 황색 술로 알코올 농도 10도 정도, 소흥주 관련 민속 두 가지가 전해온다. 하나는 이 지역 사람들은 딸을 낳으면 오동나무 아래에 땅을 파고 소흥주를 묻어 둔다. 훗날 딸의 결혼 잔치에 쓰기 위한 것이다. 또 하나는 태어난 딸아기를 소흥주로 목욕시키고, 목욕시킨 소흥주를 침대 아래 묻어두었다가 딸이 시집가는 날 이를 잔칫술로 쓴다. 이때 소흥주의 이름은 여흥주女興酒, 또는 여아흥女兒興으로 불린다고 한다.

소흥주에 서린 전설 하나. 항주 서호西湖가에 있는 뇌봉탑 전설의 주인공은 아름다운 여성이다. 그런데 이 여성에게 소흥주를 먹였더니 그녀는 백사白蛇로 변했다. 여인의 정체는 뱀이었던 것이다. 소흥주는 요물의 정체까지도 밝혀낼 수 있는 신통력을 갖춘 술이기에 사람들로부터 사랑받고 있다는 것이다.

소흥시와 함형주점

소흥시로 들어섰다. 내 생애 세 번째 찾아드는 소흥, 가로수 잎이 회화나무 잎과 비슷하게 생겼는데 향장나무라고 했다. 꽃은 없고, 12월 중순에는 마냥 푸르기만 한 상록수이다.

루쉰 고택이 있는 골목으로 들어섰다. 함형주점咸亨酒店. 내 기억 속의 함형주점은 루쉰 고택의 위쪽에 있었는데……. 이번에는 골목 입구 쪽에 있었다. 예전 함형주점이 있던 자리에는 아파트군들이 들어서 있었다. 단층으로 지어진 입구 쪽의 함형주점 앞에는 소설 「공을기」에 등장하는, 검은 등신대의 공을기상이 있었다.

방향감각을 도무지 잡을 수가 없었다. 10년 전에 마신 소흥주는 달착지근하고 끈적이는 술이었는데, 이번에 마신 소흥주는 색깔만 황색일 뿐 점액성이 약했다. 그때 먹었던 시레기 모양의 구린내 나는 채소를 주문했으나 나오지 않았다. 입에 한 번 물면 암모니아 냄새가 지독하게 나던, 그런 독특한 채소였는데……. 동파육 대신 홍파육이 나왔고 어울리지 않게 북경오리구이며 손톱크기로 썬 감자튀김, 게요리, 생선요리가 나왔다. 이것은 루쉰 소설 속에 나오는 요리가 아니라 관광객을 위해 급조한 잡탕요리가 아닌가.

내 기억에 착각이 있었는가. 1998년 홍콩이 중국에 반환되던 해, 그때 마신 황

공을기상이 있는 함형주점

주는 달고 검고 끈끈했다. 황주를 덥히는 온도에 따라 색깔과 당도와 점액성에 차이가 생기는 것인가.

카이유호텔Kaiue Hotel 708호실에 들었다.

밤에 29명 동행자 가운데 21명이 호텔 밖으로 나가 그중 6명이 발 마사지를 받았다. 50위엔에 팁까지 10위엔을 더 썼다. 소흥은 아직 한국인을 비롯한 외국인에게 덜 알려진 관광지라 한다.

자정 무렵, 비행기에서 덤으로 얻은 캔맥주 하나 앞에 놓고 있다. 룸메이트 임양순 교수는 잠드셨고. 캔맥주 하나 마시면서 소흥의 밤을 지키고 있다.

2007. 12. 11. 화요일, 눈 · 흐림 · 비 · 안개.

 **02 소흥-난정-여요-영파**

5시 기상, 꿈결에 어머니가 옆에 계시었다. 어머니께서 이곳 소흥까지 동행해 주시었다. 어머니 가시고 2년이 지났는데도 어머니를 꿈길에서 자주 뵌다.

카이유 호텔의 새벽 5시 45분. 잠결에 온풍기에서 나오는 바람소리를 비오는 소리라고 생각했다. 자면서 조금 춥다는 생각을 했다.

물을 많이 마셨다. 물이 약이었을까. 지난밤에는 일기 쓰면서 캔맥주를 하나 마셨고 호텔에서 준 물을 다 마셨다. 오늘 아침엔 작은 생수병 하나의 물을 거의 다 마셨다. 한국에선 목마르면 아무 때나 물을 마실 수 있었는데, 내 나라를 벗어나면 물은 돈이다. 귀한 물, 소중한 물에 대한 감사함 없이 물을 남용해왔다. 이승에서 물을 낭비하면 염라대왕 앞에서 그 낭비했던 물을 다 마셔야 한다고 어머니는 말씀해주시고는 했다.

안개가 짙었다. 주은래조거周恩來祖居로 가는 길, 안개가 짙었다. 예전의 소흥 지방은 수로水路로 이어진 도시었으나 이제 그들은 복개되어 큰 도로가 시원하게 뚫려 있었다. 건축물들은 대체로 나지막했다. 도시의 아래로 지하수가 흐르고 있는 관계로 지반 붕괴를 우려해 법령으로 건축물 높이를 제한하고 있다고 했다.

주은래조거 周恩來祖居

호텔에서 자동차로 30분 정도 거리의 주은래조거 — 어마어마한 규모였다. 할아버지댁이라고는 해도 주은래는 이곳에서 어린 시절을 보냈고 일본 유학, 후에는 프랑스 유학까지 다녀온 인텔리였다. 본인도 총명했겠지만 그 집안의 경제적 배경도 든든했다. 의아한 것은 유산자계급 출신인 주은래가 어떻게 무산자 계급운동을 했을까 하는 점이다.

주은래조거 입구는 군복의 경비병들이 지키고 있었다. 입구의 대문 위로는 '주은래조거周恩來祖居'라는 현판이, 그 아래 조금 작은 필체로 '백세수모지문百歲壽母之門'이란 현판이 있었다. 주은래 조모의 100세 생신을 축하하는 현판이라 했다. 가옥은 규모가 컸고 안채 뜰에는 주은래 동상이 서 있었다. 주은래 석고상을 전시한 방이 있었고, 대문을 들어서자마자 주은래의 흉상이 서 있었다. 방마다

주은래 동상 앞에서

당시의 살림살이들, 침실들을
관광객에게 보여주고 있었다.
공산주의 운동을 전개하던 시
절의 주은래가 잠시 소흥에서
머물렀을 때 사용했었다는 붓
과 벼루, 몽당가리 먹까지 전
시되어 있었다. 이층에서는 아

래층 작은 정원이 내려다보였다. 주은래 조가를 나오다가 보니 이곳을 찾은 사
람들이 그들의 소감을 적는 손바닥 크기의 '유언록留言錄', 이른바 방명록 카드가
좁지 않은 실내의 벽에 부착되어 있었다.

적산 赤山

주은래조거에서 루쉰고가로 가는 길에 높지 않은 산이 있었다. 산의 이름은 적
산, 그 위에 탑이 높다랗게 서 있었다. 왕희지 출생 지역이라 붓 모양을 본떠서
만든 일명 붓탑, 본명은 용하탑이라 불린다고 했다. 춘추전국시대BC 500년경에 이
지역에서 살던 와신상담의 주인공 구천은 입냄새口臭가 심했다고 했다. 구천은
적산에서 나는 약초인 적초赤艸를 먹고서야 입냄새를 없앨 수 있었다는 이야기
가 전해온다고.

루쉰고리 魯迅故里

루쉰의 본명은 저우수런周樹人, 1881.9.25~1936.10.19, 20세기 중국문학의 거장이고 사상가다. 아명은 짱수우樟壽. 루쉰보다 11살 아래인 동생 저우쩌런周作人은 학자이며 산문가였다.

루쉰의 고향마을 거리로 들어섰다. 백색 바탕에 검정물감으로 루쉰 시절의 거리를 재현한 벽화가 있었다. 벽화의 좌측 상단에는 '魯迅故里'라는 표제어가, 우측에는 연기가 피어오르는 담배를 왼손가락에 끼운 카이젤 수염의 루쉰 초상이 담장 위까지 돌출되어 있었다. 벽화의 좌측 앞부분에는 루쉰 소설작품에 나왔음직한 어린이들의 청동조각상, 변발한 등신대의 동상 세 기가 지금 막 이야기를 나누고 있는 모습으로 배치되어 있었다. 소설 「공을기」의 화자인 12세 소년과 그의 친구들인가.

루쉰이 살던 마을은 지나치게 관광지화되어 있었다. 1992년, 1999년, 루쉰고가魯迅故家를 찾아왔을 때와는 전혀 다른 모습이었다. 벽화 속의 그림은 삼미서옥을 그린 듯했다. 거리는 폭이 넓어졌고, 건물들은 현대식 건축물로 들어서 있었다. 어제 저녁 함형주점으로 갔을 때 내가 느낀 낯설음, 내 기억 속의 모습이 아닌데 그곳이 '바로 옛날의 그곳'이라고 구경하라고 하니, 혼란이 일 수밖에 없었다. 단층 건물들만 들어서 있던 곳에 갑자기 아파트단지가 들어와 있고, '함형주점'이란 간판을 단 음식점이 거리의 왼쪽에도 오른쪽에도 있었다. 공을기 조각상이 있던 곳은 단층 건물이었고 어제 우리가 식사를 하러 들어갔었던 곳은 이층 건물이었다. 1999년에는 이층 건물이기는 하되 아래는 일반 음식점이었고

<table>
<tr><td>1</td><td>1 루쉰 벽화 앞에서</td></tr>
<tr><td>2</td><td>2 어린이 청동 조각상 앞에서</td></tr>
</table>

이층은 누각처럼 지어진 건물이었다. 그런데 모두가 바뀌어져 있었다. 내 기억 속의 건축물이 잘못된 것인지, 아니면 소흥의 관광수입 확대를 위해 루쉰 상품을 내놓으면서 모두가 뒤죽박죽으로 바뀌었는지 알 수 없다. 루쉰은 이제 중국 현대사의 위대한 인물일 뿐만 아니라 소흥지역의 황주 판매를 위해 '루쉰 황주'라는 상품 광고로 등록된, 상품 광고 속의 모델이 되어 버렸다.

루쉰조거 魯迅祖居

먼저 루쉰조거로 갔다. 루쉰의 가문은 본래 호남성 사람으로 농업에 종사했다. 그러다가 소흥으로 오면서 상업에 종사, 부를 축적하여 상가 건물을 십여 채나 가질 정도로 부유해졌다. 루쉰의 조부는 한때 현지사縣知事 및 중앙정부 관리까지 지낸 유력인사였다. 그러나 루쉰이 13세 되던 해에, 루쉰의 조부는 친지가 관리시험을 치를 때 시험관에게 뇌물을 준 혐의로 투옥되었다. 사실상 루쉰 집안의 경제적 지주였던 조부의 투옥은 루쉰 집안을 곤궁한 상황으로 몰고 간다. 폐결핵으로 병약했던 루쉰의 부친은 투옥된 부친의 옥바라지를 하는 가운데 재산은 탕진되고, 설상가상 루쉰의 부친은 루쉰의 나이 16세 때 사망했다. 루쉰의 집안은 순식간에 궁핍의 나락으로 굴러 떨어지고 만 것이다.

루쉰의 할아버지가 살던 옛 건물은 웅장했다. 첩실의 60세 생일을 축하하기 위해 만든 방에는 덕수당이란 현판이 걸려 있고 그 바닥은 경전이라는 특수한 벽돌을 깔았으며, 조상의 위패를 모시던 방, 집안의 남아가 살던 방, 여아가 살던 방, 손님방, 주방, 창고 들이 복원되어 있었다. 아가씨들이 살던 방에는 반달 탁자 두 개가 맞붙어 있었다. 이 탁자는 주인이 있을 때에는 반달 탁자를 맞붙여 놓고, 부재시에는 탁자 사이를 띄어서 주인의 소재 유무를 밝히게 된다고 한다. 창고에는 쌀을 담아두는 대나무로 엮은 사람 키 정도의 쌀통이 있고 풍구도 있었다. 부엌에는 물지게로 물을 나르는 물통과 웬만한 사람 크기의 물독이 있었다.

루쉰조거가 아무리 웅장함을 자랑한다고 해도, 루쉰의 조부가 옥에 갇히면서 옥바라지를 하기 위해 남에게 넘어간 건물이었다. 루쉰의 아버지가 사망하면서 '루쉰조거'뿐만 아니라 '루쉰고거'도 팔렸다. 이미 100여 년 전에 팔린 집이었다. 이제 루쉰 가문이 살던, 그 건물이 있던 자리에 손을 대고, 그 시대에 사용되었음직한 골동품들을 사 모아들여서 100여 년 전의 모습으로 복원했다.

전에 내가 이 지방을 찾아왔을 때엔 다만 루쉰고거만이 공개되고 있었다. 그러나 이번에 와보니 이미 100여 년 전에 남에게 팔린 가옥을 사서 루쉰조거라고 복원, 관광객들에게 문화상품으로 장사를 하고 있다. 루쉰의 할아버지가, 루쉰의 가문 사람들이 살던 곳이라고 입장료를 받고 있는 것이다. 촬영이 끝난 영화 세트장을 둘러보는 기분으로 보아주기는 하지만……, 순진한 이들은 루쉰조거에서 눈에 보이는 것이 모두 루쉰 일가의 손때가 묻은 거냐고 물어본다.

삼미서옥 三味書屋

루쉰은 어린 시절, 경제적으로 풍족하고 다복하던 시절을 보냈다. 루쉰의 조부는 손자를 위해 서당 훈장을 초청하여 삼미당에 머물게 하고 루쉰은 또래의 친구와 삼미서옥에서 특별 교육을 받았다.

소흥현의 성내城內는 반듯한 수로水路로 구획지어 있다. 전설적인 치수의 황제 우임금의 고향이 가까운 곳에 있다. 바둑판 모양으로 구획되어진 수로……, 그러나 지금은 도시가 현대화되면서 수로 대부분이 복개되고 아스팔트가 늘어섰다. 그런데 루쉰고리인 이곳만은 수로를 관광상품으로 남겨 놓고 있었다. 수로의 폭은 대략 3m. 삼미서옥은 수로 위에 놓인 돌다리를 건너야 들어갈 수 있다. 수로에는 오봉선烏篷船이라 불리우는 아주 작은 십여 척의 거룻배들이 관광객을 기다리고 있었다. 검정 유지의 덮개를 씌운 목조의 오봉선, 3명까지 탈 수 있고 루쉰고리에서 함형주점까지 편도 30위엔, 왕복 50위엔이라는 안내 입간판이 있었다.

삼미서옥은 일종의 사숙私塾으로, 독립된 건축물이었다. 서당의 훈장이 머물던 곳, 어린 루쉰이 친구들과 함께 공부를 하던 곳, 정원들로 이루어져 있었다. 루쉰을 가르쳤던 훈장의 사진도 걸려 있었다. 그는 관리직을 하지는 않았지만 수재 출신일종의 향시인 듯으로 청년기부터 80대까지 이 지역에서 훈장 생활을 했다고 한다. 삼미옥이라는 이름의 유래는 공부란 쌀, 채소, 고기를 음미하는 것과 같다는 의미에서 나왔다고 한다.

루쉰고거 魯迅故居

루쉰이 적어도 17~18세까지 살던 집으로 들어갔다. 할아버지 집과는 지척에 있다. 이집에도 응접실로 덕수당이 있었다. 안으로 들어가자 아주 좁은 정원에 루쉰 시절부터 있었던 나무 한 그루가 높다랗게 솟아 있었다. 루쉰은 1881년생, 10대 초반의 루쉰이 나무에 오르며 장난도 쳤을 그런 나무였다. 나무에 손대고 속으로 인사를 나누었다.

이 집에 찾아오기는 세 번째이지만 두 번은 모두 바깥채에서 루쉰이 앉아서 책을 읽었었다는 의자에 한 번 앉아 보았을 뿐, 덕수당을 거쳐서 안채까지 들어오지는 못했다. 그때도 어떻게 백초원까지는 들어갔지만, 루쉰 가족들이 사용하던 살림방들은 구경하지 못했었다. 이곳에도 옛날 물건들을 구해다가 침실이며 거실이며 주방들을 꾸려놓고 있었다. 적은 투자로 많은 이익 내기, 관광상품만큼 효율적인 장사가 어디 있을까.

1 | 2 | 3

1 삼미서옥 앞 운하에서 대기중인 오봉선
2 루쉰이 공부하던 건물 내부
3 루쉰고거 안에 있는 나무, 임양순 교수와 함께

백초원으로 나가서 정원을 돌아보았다. 밭에서는 초록색의 채소가 자라고 있었다. 동파육이나 홍파육을 만들 때에 돼지고기에 이 채소를 함께 넣으면 지방이 자연스레 제거된다고 한다. 채소밭 가장자리로 키 큰 나무들이 있었다. 수종은 모르겠고, 루쉰 시절부터 있어온 나무라는 안내판이 있기로 그 나무를 끌어안고 사진을 한 장 찍었다.

루쉰문학관

루쉰문학관은 독립된 하나의 궁전이었다. 마침 루쉰문학과 작가작품전이 열리고 있음을 알리는 대형 현수막이 문학관 건물 벽에 부착되어 있었다. 2층으로 된 문학관으로 들어갔을 때 1층 로비에는 가벼운 팔짱을 낀 루쉰이 의자에 앉아 있는 모습을 본딴, 황금색 도금의 거대한 조각상이 있었다. 중앙에 있는 문 뒤로 들어서자 흰 벽 가득, 루쉰의 육필을 확대한 魯迅「自傳」이 벽화처럼 서 있었다.

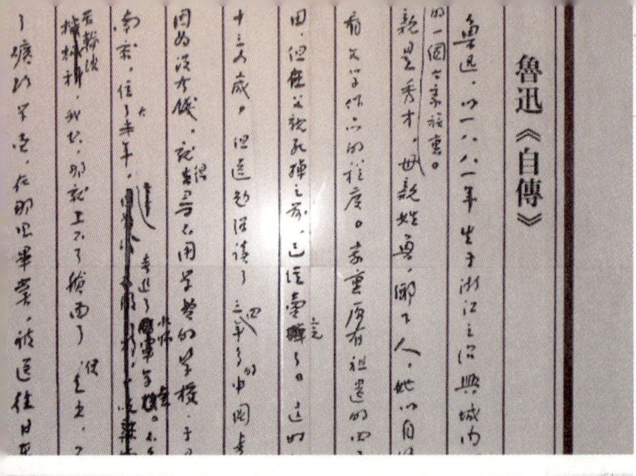

차분하고도 꼼꼼한 필체였다. 꼬장꼬장한 성격이 그대로 느껴지는 필체였다.

2층으로 올라가자 루쉰의 젊은 시절, 친구와 함께 있는 모습을 등신대의 납인형으로 만들어놓은 곳이 있었다. 그 젊은 문학가들을 배경으로 다시 사진 한 장을 찍었다. 2층의 한쪽에는 '민족혼民族魂'이란 금빛 글씨를 배경으로 한 루쉰의 흉상이 있고 그 좌우에 커다란 상자에는 중국에서 발간된 루쉰의 작품이나 관련 작품집들이, 벽면에는 해외에서 출간된 루쉰 관련 문헌들이 전시되고 있었다.

문학관 1층으로 다시 내려가 로비를 통해 안으로 나아가니 툭 터진 공간이 있고 그곳에는 물이 그득 담긴 풀장이 있었다. 아마 여름철에는 연꽃도 피울 듯, 문학관을 에워싼 외벽에는 루쉰의 육필이 확대되어 벽면 전체를 덮고 있었다.

루쉰은 비록 폐결핵으로 죽었지만, 동양인으로 자국에서, 그리고 해외에서 루쉰만큼 사랑받는 문학인이 또 있을까……. 몽매한 민중을 깨우치기 위해서 의사가 되는 대신 작가가 되기를 원했고, 언행일치로 그의 문학을 키워나갔고, 비록 그의 결혼생활은 마음 맞지 않은 아내는 어머니와 함께 살게 하고 그 자신은

1 루쉰 자전에 나온 루쉰의 육필원고
2 루쉰 육필로 감싸인 벽면

제자와 더불어 살아야 하는 삐걱거림이 없지 않았지만……. 그마저도 없었다면 우리가 어떻게 루쉰처럼 꼬장꼬장한 작가에게 다가갈 수 있을까. 두 번째 부인과의 사이에서 자식 둘을 둔 루쉰, 한 사람은 북경에서 한 사람은 대만에서 살고 있다고 한다. 루쉰의 가정도 이산가족이다. 이데올로기가 한 형제들을 또 그렇게 갈라놓았다.

중국 고대 미인 서시 西施

10시 39분, 루쉰고거를 출발, 30분 거리에 있다는 난정蘭亭으로 향했다. 난정으로 가는 도중, 와신상담에 등장하는 인물들, 물고기가 헤엄치는 것을 잊어 물 아래로 가라앉고 말았을 정도로 아름다웠던 비운의 미녀 서시西施의 고향인 주지를 지났다. 눈살을 찌푸려도 아름다웠던 서시는 범여의 계략대로 부차의 후궁이 되고 부차가 구천에게 패배하는 원인을 제공한다. 전쟁이 끝난 후에 서시는 범려와 함께 산동당시 오호五湖 지역으로 탈출, 그곳에서 잘 살았다는 이야기, 또는 강에 빠져 죽었다는 이야기도 전해온다. 2,500년 전 이야기이니 믿거나 말거나 한 이야기지만, 범려는 최초의 상인이었다고 한다. 그래서 이 소흥지역에서는 지금까지도 범려를 재물신으로 받들고 있다.

난정 蘭亭

1990년, 한중수교가 이루어지기도 전, 처음 난정을 찾았을 때, 자그마한 곡수유상을 보고 경주의 포석정을 떠올렸었다. 그때 왕희지의 글씨 '蘭亭'을 탁본한 족자를 구해서 지금까지 우리 집 서재에 걸어두고 있다. 마음이 복잡할 때, '蘭亭' 족자를 보고 있으면 서서히 마음이 진정되어 오는 것을 느낀다. 그것이 바로 필체가 갖는 서기書氣라고 할까…….

왕희지王羲之, 307~365는 중국 동진東晉 시기의 서예가로 서성書聖이라 지칭된다. 시성詩聖 두보, 악성樂聖 베토벤, 인간이 가질 수 있는 특별한 재능과 노력으로 도달할 수 있었던, 그래서 '~聖'이라 지칭될 수 있는 분야의 사람이 또 있는지는 알 수 없으되, 왕희지는 서성으로 지칭되었다. 예서隸書는 물론 해서楷書, 행서行書, 초서草書의 서체를 예술적으로 완성했다고 한다. 그가 얼마만큼 서예에 공을 들였는지는, 왕희지 사당 내에 있는 묵화정墨華亭이 그 내력을 전해준다. 왕희지가 붓을 이곳 물에 빨아 검은 못이 되었다는 것이다.

생전의 왕희지는 꽃과 거위와 야광주夜光珠를 좋아했다고 한다. 왕희지는 그가 거위를 기르던 연못을 '아지鵝池'라고 명명했다. 그렇다면 '난정'의 유래는 어디에서 왔을까. 난정의 어디에서도 난이 핀 정자는 보지 못했다. 그런데 이번 방문길에 현지 중국인 가이드에게 들어보니 '蘭亭'은 정자 이름이 아니라 '蘭'이란 지역을, '亭'이란 행정 구역의 단위를 나타낸다고 한다. '난정'은 지역구의 이름이었던 것이다. 그리고 이 지역이 난정이 된 것은 춘추전국시대 구천이 이곳에 살 때 난을 좋아하여 난을 많이 재배했기로 난정이라 불리게 되었다고 한다.

꽃과 거위와 야광주를 좋아하던 왕희지, 어느 날 야광주가 사라졌다. 왕희지는 친구를 의심했다. 그런데 야광주는 거위의 배설물에서 나왔다. 거위가 야광주를 삼킨 것이다. 근거 없는 의심, 의심받은 친구는 우울증에 걸리고 그것이 이

유가 되어 죽고 말았다고 한다. 존경하던 친구로부터의 의심이 한 사람을 우울
증으로 죽음으로 내몰 수 있다는 사실을 어떻게 설명해야 하나.

어린 시절 도덕교과서에 나왔던 거위와 진주의 이야기. 어느 날 주인이 아끼
던 진주가 사라졌다. 주인은 나그네를 잡아 문초했지만 나그네는 아무 대답도
하지 않았다. 주인은 나그네를 헛간에 가두었다. 다음 날 아침 거위는 마당에 배
설을 했고 그것에서 진주가 나왔다. 미안한 주인이 나그네에게 어제 왜 사실을
말하지 않았느냐고 물었다. '내가 어제 말했다면 당신은 거위를 잡아 그 배를 갈
라 진주를 찾으려 했겠지요…….' 한 마리 거위의 생명을 살리기 위해 침묵으로
곤욕을 감수했던 한국의 옛날이야기와, 왕희지의 야광주 관련 이야기는 그 느
낌에 차이가 엄청 크다.

2007년 12월에 방문한 난정은, 내 기억 속에 있던 난정이 아니었다. 회계산會
稽山 북쪽에 있다는 난정 가까이 이르렀을 때 그 지역 전체가 대공원으로 개발되
고 있는 중이었다. 한적한 시골길을 따라 대숲 속으로 한참 걸어 들어가던, 그
기억은 이제는 그냥 추억이 되어 버렸다.

잘 정리된 대형 주차장에 차를 세우고, 시멘트 바닥에 흑백의 차돌들이 기하
학적 도안으로 장식된 그런 길을 걸었다. 세상이 갑자기 저만큼 뒤로 성큼 물러
난 느낌, 내가 갑자기 공중에 내팽개쳐진 듯한 아득함, 눈앞에 펼쳐진 세상이 그
렇게 낯설고 멀게 느껴졌다. 두터운 대숲이 조성되어 있었다. 아니 대나무 밀림
지역이었다. 오늘의 소흥은 2008년 북경올림픽을 겨냥해 집중적으로 대단위 관
광단지로 조성 중이었다. 과감하고도 급속하게 추진되고 있는 관광지개발. 사회

주의 국가가 아니라면 도무지 상상도 할 수 없을 정도의 속도와 규모로 사업은 진행되고 있었다.

왕희지의 유상정

'난정' 비석을 지나 유상정流觴亭이 있는 곳으로 갔다. 곡수유상曲水流觴 — 그리고 조밀하게 심어진 대밭…….

　모두 기막히게 확장되어 있었다. 353년, 계제사禊祭祀, 3월 삼짇날 날, 42인의 문사들이 모여 음주하고 작시를 즐기던 그런 다감하고도 한유롭던 공간이 경제논리에 밀려 너무 크게 확장되어 있었다. 42인의 문사들이 연잎에 술잔을 띄우고 시회를 즐겼다던 그 공간이……. 왕희지는 계제사에 참석했던 문사들과의 시회 내용을 『난정서蘭亭序』에 기록했다.

영화(永和) 9년 계축(癸丑) 늦은 봄 초에 회계산(會稽山) 북쪽 난정(蘭亭)에 모였는데,

계제사(禊祭祀)를 지내기 위해서이다.

많은 현사(賢士)들과 젊은이 늙은이들이 다 모였구나.

이곳은 높은 산과 가파른 고개가 있고, 무성한 숲과 길게 자란 대나무가 있도다.

또 맑은 물과 격동치는 여울이 좌우를 죽 비추고 있구나.

굽이치는 물을 끌고 와 잔을 흘려보낼 수 있게 만들어 놓고, 차례대로 둘러앉으니,

비록 거문고와 피리는 없지만 술 한 잔 마시고 시 한 수를 읊으니,

그윽한 마음 활짝 펴기에 충분하구나.

이날 하늘은 깨끗하고 공기는 맑으니 봄바람은 따스하고 부드럽구나.

우주의 넓음을 우러러 살피고 만물의 풍성함을 굽어살피며,

눈을 돌려 회포를 달리니, 보고 듣는 즐거움이 충분하여 진실로 즐길만 하구나.

사람이 태어나 하늘을 우러러보고 땅을 굽어보며 한 세상을 서로 더불어 살아감에,

혹 어떤 이는 마음에 품은 생각을 서로 만나 한 방에서 기쁘게 이야기하고,

혹 어떤 이는 마음속에 들어있는 생각을 멋대로 몸 밖으로 내뱉는구나.

이와 같이 사람들은 생각이 만 가지로 다르고 고요하고 급함이 비록 같지 않으나,

저마다 자신이 처한 경우가 기쁘게 느껴지는 때에는 잠시나마 자기 뜻을 얻어 유쾌하게 스스로 만족하여,

늙음이 다가오는 것을 알지 못하는구나.

그러나 그가 즐기는 일에 권태를 느끼거나 또 자신의 감정이 그 일에 따라 옮겨가서 변하게 되면,

여러 가지 감회가 이어서 나온다.

이전의 즐거웠던 일이 잠깐 사이에 옛 일이 되어 버리니,

그것 때문에 감회가 일어나지 않을 수 없게 되는 것이다.

하물며 목숨의 길고 짧음이 자연의 조화를 따라 마침내는 죽음에 다다르는 것이니,

옛사람이 말하기를 "생사가 또한 큰 것이다"라고 하였으니, 어찌 애통하지 않겠는가.

옛사람이 가졌던 감회를 매번 볼 때마다 내 생각과 합치되는 듯하다.

아닌 게 아니라 글을 보고 애도하지만, 마음속에서 그것을 깨우칠 수 없었으니,

죽고 사는 일이 같다는 것이 허황하다는 것을 참으로 알 것 같다.

팽상(彭殤)이 같다는 것도 망령된 일이다.

뒷날 지금을 보는 것이 또한 지금 우리가 옛사람을 보는 것과 같을 터이니, 슬픈 일
이로구나.

그래서 이곳에 모인 사람들을 순서대로 적고, 그 지은 바를 기록하니,

비록 세상이 달라지고 세태도 변하겠지만 회포를 일으키는 까닭은 그 이치가 하나이다.

후세에 이 글을 읽는 사람도 이 글에 대해 감회가 있을 것이다.

(원문)

永和九年歲在癸丑暮春之初, 會于會稽山陰之蘭亭, 修禊事也.

群賢畢至, 少長咸集, 此地有崇山峻嶺, 茂林修竹, 又有淸流激湍, 映帶左右,

引以爲流觴曲水, 列坐其次, 雖無絲竹管絃之盛, 一觴一詠, 亦足以暢敍幽情.

是日也天朗氣淸, 惠風和暢. 仰觀宇宙之大, 俯察品類之盛, 所以遊目騁懷,

足以極視聽之娛, 信可樂也. 夫人之相與俯仰一世, 或取諸懷抱,

悟言一室之內, 或因寄所託, 放浪形骸之外, 雖趣舍萬殊,

靜躁不同, 當其欣於所遇, 暫得於己, 快然自得, 曾不知老之將至,

及其所之旣倦, 情隨事遷, 感慨係之矣.

向之所欣, 仰之間, 以爲陳迹, 尤不能不以之興懷.

況修短 隨化, 終期於盡, 古人云死生亦大矣, 豈不痛哉.

每攬昔人興感之由, 若合一契, 未嘗不臨文嗟悼, 不能諭之於懷.

固知一死生爲虛誕, 齊彭殤殤 爲妄作. 後之視今, 亦猶今之視昔, 悲夫.

故列敍時人, 錄其所述,

雖世殊事異, 所以興懷, 其致一也. 後之覽者, 亦將有感於斯文.

(http://uljinpine.com/bbs/view.php?id=free&page=3&sn1=&divpage=1&sn=off&ss=on&sc=on&select_arrange=hit&desc=asc&no=913, 최종검색일 : 2007.12.20)

곡수유상의 물은 흐르지 않았다. 이끼 낀 작은 바윗돌, 10년 전에 왔을 때에도 나는 흐르는 물에 손을 담그고 감회에 젖었었다. 아마 앞으로는 확장된 곡수유상을 위해서 발동기의 힘을 빌리지 않으면 맑은 물을 흐르게 하기 어려울 것이다.

전에는 못 보던 기념비들도 들어서 있었다. 그 가운데 태*자 비석이 있었다. 왕희지의 아들 헌지獻之도 아비를 따라 필체가 뛰어났다고 한다. 어느 날 아들이 자랑스럽게 써온 큰 대*자를 들여다 본 아비, 고개를 갸웃하더니 붓을 들어 점을 찍으니 클 태*자가 되었다. 헌지가 그 글자가 쓰인 종이를 어미에게 가져가 보였다. 어미가 클 태*자를 보고 '그중 점 하나가 잘 생겼다'고 했다. 부끄러움을 느낀 헌지는 더욱 글씨 공부에 진력하였다고 한다. 태*자 비석은 부자 합작품이다.

'아지鵝池'에도 이런 이야기가 전해온다. 어느 날 왕희지가 '鵝'자를 써두고 잠시 자리를 비웠는데 아직 어린이인 헌지가 그 밑에 '池'자를 써넣어 부자 합작품이 되었다는 것이다.

난정에는 조그만 누각 안에 모신, 허리 중턱에 위에서 아래로 비스듬히 깨어져 보수한 흔적이 뚜렷한 '蘭亭'이란 비석이 있다. 강희황제가 쓴 글씨인데 문화혁명 때 파손된 것을 보수한 것이다. 어비정禦碑亭에는 강희황제가 왕희지의 「난정서」 전문全文을 옮겨 쓴 대형비석도 있었다. 왕희지의 전설이 서린 곳인데 왕희지의 글씨보다는 강희황제의 글씨들이 더 크게 더 잘 보관되고 있다는 것은 본말전도가 아닌가.

허긴 동진 시대 이후 왕희지의 글씨는 많은 이들의 사랑을 받았고, 당태종이라든가 측천무후 같은 이들이 왕희지의 글씨들을 수거하여 소장하였다가 죽은 뒤에는 관에 넣어 가지고 갔다는 이야기도 전한다.

난정을 물러나오면서 보니 아지에 십여 마리의 거위가 뒤뚱대고 있었다. 연변

출신의 가이드 미스 박은 거위를 '학', 또는 '게사니'라고 불렀다. 점심은 난정 가까운 곳의 식당에서 노주를 반주삼아 들었다. 점심을 마치고 나오는데 비가 내리기 시작했다.

12시 51분, 난정을 출발하여 1시간 거리에 있는 위야오餘姚로 향했다. 이 지역 출신 인물로는 왕양명과 황종희가 있다고 했다.

황종희黃宗羲의 사당

14시 5분에 위야오에 도착했다. 현지 가이드로 주씨 성을 가진 청년이 탑승했다. 청년은 진지하게 그리고 자세하게 설명하나 조선족 가이드 미스 박은 그 해설을 절반으로 단축해서 설명했다. 우산을 쓰고 황종희의 묘역으로 찾아 올라갔다. 살아서는 권신에게 박해받고, 명나라 유신으로서 청나라를 끝내 인정할 수 없었던 황종희……. 내게는 생소한 이름이었다. 역사교육과의 원정식 교수가 중국역사에 문외한인 우리들을 위해서 자세하게 설명을 했다. 정리하면 다음과 같다.

황종희(1610~1695)는 명나라 말기와 청나라 초기에 걸친 학자이며 개혁가였다. 자는 태충(太沖), 호는 이주(梨洲). 부친 황존소(黃尊素)는 본래 북경에서 관직에 있었다. 그러나 간신의 모함으로 해직당해 고향으로 돌아왔다. 그러나 그의 불행은 여기에서 끝나지 않았다. 그가 당대의 정치와 인물을 비판하던 재야세력인 동림당원(東林黨員)이었기 때문이다. 그는 동림당 탄압 시 2년간이나 투옥생활을, 마침내는 능지처참을 당했다.

부친의 비참한 죽음을 지켜본 황종희는 19세 때 북경으로 들어가 아버지의 억울함을 호소, 황존조를 모해했던 부패한 환관과 간신들을 몰아내게 된다. 나아가 반청구명(反淸求明)운동에 참가, 명나라가 망하자 의용군을 조직, 청나라에 대항하기도 했다. 그후 황종희는 고향인 위야오로 돌아왔다. 청나라 조정에서는 그의 학덕과 능력을 높이 사서 그를 불렀으나 거절, 역사연구에 객관적 기준을 도입, 고대 역사보다는 당대역사에 관심을 기울인 절동사학파(浙東史學派)의 창시자가 되었다. 황종희는 명나라 유신으로서 평생토록 청나라의 군주를 섬기지 않는 절의를 보여주었다.

황종희는 이후 청조에서 명사(明史)를 편찬할 때에 그는 아들과 제자 만사동을 대신 명사관(明師館)으로 보내 조국 명나라의 역사를 가장 객관적으로 서술하도록 했다. 만사동은 황종희의 제자답게 청나라의 녹을 거부하고 20년에 걸쳐 초우의 신분으로 명사 제작에 참여한다.

황종희가 남긴 『명이대방록(明夷待訪錄)』은 중국사에 나타난 전제정치를 비판한 것이고, 『명유학안(明儒學案)』은 최초의 체계적인 중국 철학사로 평가된다. 특히 『명이대방록』은 청나라 말엽의 혁명사상 형성에 커다란 영향을 끼쳤고 우리나라에서도 이 책은 번역되어 있다.

이주 황종희 선생 동상

비가 주룩주룩 내리고 있었다. 황종희를 기리는 이주 선생梨洲先生 신도비를 돌아보고, 황공이주선생묘黃公梨洲先生墓를 찾았다. 동산의 둔덕 한 귀퉁이를 잘라내고 마치 블럭으로 출구를 막은 듯한 그 중심에 세로로 '黃公梨洲先生墓'라 쓴 비석이 부착되어 있었다.

황종희 사당으로 찾아들어갔다. 잔디가 잘 조성된 정원에 황종희 좌상 — 상투를 튼 모양새, 우리들의 키보다도 더 큰 청동상이 있었다. 문화혁명 당시에는 신도비마저 파손되었던 황종희, 이제는 묘소도 두 곳에 있었다. 어느 곳이 진묘인지 알 수 없는…….

황종희 사당을 둘러보고 나오는 길목에는 하얀 동백꽃이 피어 있었다. 그리고 아주 가까운 곳에 근래에 조성된 듯 어마어마한 규모의 봉분이 있었다. 또 무슨 역사적 인물의 봉분인가 싶어 잘 정돈된 계단을 따라 올라가보았다. 봉분 앞에는 문인석 대신 선남선녀의 석상이 있었다. 가이드에게 물어보니 이 도시에 살고 있는 오성급 호텔의 사장이 장차 그들 부부의 영택으로 만든 가묘라고 했다.

조국과 조국의 임금을 위해 고통을 스스로 선택한 절의의 사상가며 학자였던 황종희의 사당, 그 사당에 바투 세운 현대판 졸부의 치졸한 가묘……. 입안이 썼다.

15시에 황종희 사당을 출발, 15시 25분에 위야오 소재 왕양명 고거에 도착했다.

왕양명고거 王陽明故居

왕양명王陽明, 1472~1529은 명나라 시절의 철학자·관리. 본명은 수인守仁, 호가 양명陽明이다. 20세에 성시省試에 합격하고, 27세에 진사進士가 되었다. 왕양명은 건강이 계속 좋지 않았던 듯, 30세1502에 양명陽明계곡에서 정양 중에 그의 높은 학식에 많은 학인들이 모여들었다고 한다. 그러나 부패한 관료의 무고로 인해 투옥당하고 구이저우성貴州省 룽창으로 좌천, 36세 때에 '양지良知, 선악에 대한 바른 변별가 곧 천리天理, 바른 이치'임을 깨우치게 되고 지행합일知行合一이야말로 마땅히 사람으로서 해야 할 일임을 주장한다. 왕양명의 생애는 '양지가 곧 천리'임을 설파하고 이를 행동으로 옮겨 나가는 데 있었던 것이다.

왕양명은 육체적으로 쇠약한 상황에서도 나라의 위기 앞에 앞장서서 그 위기를 타파하다가 결국 지병으로 귀향하던 중 사망한다. 왕양명은 그를 따르는 자도 많았지만 시기하던 자들도 많아서 그의 사후 작위와 세습복록이 박탈되고 그의 학문도 한때 철저하게 금지되었다고 한다. 그러나 그의 사후 55년이 지난 1584년 왕양명은 공자묘에 배향되었다. 이후 왕양명의 가르침은 양명학이라는 이름 아래 널리 전파되어 오늘에 이른다.

왕양명이 거처하던 집은 위야오시 중심가에 있었다. 왕양명상이 거리를 향해

왕양명 흉상

서 있었다. 사람 키 두 배 정도로 확대시킨 왕양명의 동상, 두건을 쓰고 스카프 같은 것을 어깨에 걸친, 양손을 허리에 얹은 거대한 동상이 서 있었다. 생존시의 왕양명은 병약하여 늘상 앓았다고 하던데 동상의 주인공은 어깨가 떡 벌어진 거한이었다.

왕양명의 거택은 우리나라의 작은 궁궐 같았다. 대문 안으로 들어서자 제일 먼저 눈에 들어온 것이 그가 타고 다니던 사인교四人轎, 몸체도 지붕도, 들채도 모두 붉은색이었다. 집안으로 들어가니 500여 년 전의 분위기를 살리기 위한 실내 소품들……. 왕양명의 글씨, 왕양명의 시작품들을 수집해놓았다는 방을 구경했다. 나중에 바깥으로 나와서 보니 2006년도에 중국 중점문물로 지적되었다는 표지석이 있었다. 그렇다면 왕양명 고거 건물들과 전시품들도 복원되었을 가능성이 크다. 왕양명 고택 좌우로 건물의 상가와 아파트들이 있었다. 우리가 눈으로 본 모든 것은 실은 관광상품을 만들기 위해 만들어진 급조된 복원품들이었다.

용천산

용천산은 왕양명이 수학하던 산이라고 한다. 왕양명 고거에서 용천산까지는 40분의 거리, 용천산은 해발 600m 안팎, 위야오시의 중심에 있는 나지막한 산이었다. 용천산에는 위야오 출신의 유명인사 4인의 정자가 세워져 있다고 했다. 엄자룡을 기념하는 자룡정, 왕양명을 기념하는 양명정, 황종희를 기념하는 이주정 등이 그것이다. 특히 상봉 쪽에 위치한 양명정에 오르면 위야오 시내 전체의 조망이 가능하다고 했다. 잘 손질된 계단을 따라 오르는 산기슭에 용천龍泉이란 샘이 있었다. 옛날 수나라 시절 어느 황제가 와서 마셨기로 이후 용천이라 불린다고 했다.

자룡정, 양명정, 이주정 모두 근래 세워진 것들, 시멘트 건축물들이었다. 양명정에서 도심지를 흐르는 강이 요강, 이 요강의 유역에 하모도 문화가 이루어졌다고. 10년쯤 전에 하모도에 갔었던 기억이 난다. 뻘밭 위로 목재 다리를 놓아 관광객에게 다리 위에서 구경하게 했었던 기억도 난다.

16시 44분에 용천산에서 하산했다. 비온 산길이라 미끄러웠다. 일단 차를 어느 큰 건물의 주차장에 대고 우리 일행이 가이드를 따라 식당으로 향하고 있는데 어디에선가 밴드소리가 들리기 시작하더니 산타클로스 복장을 한 대열과 만났다. 그들은 기독교 전도단, 대학생 차림의 젊은 여성이 내게 오더니 중국어로 무어라고 이야기하면서 팸플릿을 내밀었다. 예수의 초상이 들어 있는 카드 모양의 팸플릿이었다. 그녀는 계속해서 중국어로 무언가를 설명하려고 했다. '지저스 크라이스트?' 했더니 그제야 외국인임을 알아챈 그녀는 '예스'라고 했다. 놀라웠다. 사회주의 국가에서, 거리에서 밴드를 연주하면서 행인에게 기독교를 전교하다니……. 중국이 개방되고 아직 20년이 채 되지 못한 듯한데 어떻게……. 세상이 참 빨리도 변해간다.

저녁 식탁에서 신길호 선생이 '귀주도선'이란 중국술을 내놓았다.

18시 8분에 위야오를 출발, 19시 6분에 영파에 도착했다. 우리가 묵을 부방富邦 호텔은 영파 기차역 앞에 있었다. 내게 주어진 방은 706호. 짐을 풀어놓고, 발 마사지를 받기 위해 호텔 로비로 나갔다. 일부는 혀마사지를 위해, 일부는 발 마사지를 위해 팀은 나누어졌다. 발 마사지에 팁 포함 78위안이 들었다.

밤에는 우리들 방으로 여교수들 집합, 집행부에서 제공한 와인은 3병이었다. 우리들의 이야기는 생활에서 겪었던 것, 때로는 조금 에로틱한 것. 그때마다 한인숙, 박인옥, 황향희 선생은 까르륵댔다.

 ## 03 영파-항주

아침에 서둘러야 했다. 6시 30분에 식사, 7시 30분에 출발한다고 했다.

호텔에서 체크아웃을 하고 버스에 앉아있는데 가이드가 706호실에서 사탕병이 없어졌다는 연락을 받았다며 내게 와서 물었다. 사탕병이라니, 어안이 벙벙했다. 사탕병이 무슨 대단한 것이라고 가져왔다는 말인가. 마침 버스 안에 잡동사니를 넣은 헝겊가방을 갖고 있었기로 열어보았다. 지난밤에 포도주와 술안주 남은 것들을 챙겼는데 그때 사탕병이 술안주감이 든 것인 줄 알고 그대로 보따리에 집어넣었던 것이다. 가이드는 의기양양해서 사탕이 든 유리병을 갖고 나가고 우리들은 꼼짝없이 덮어쓴 도둑누명에 어이가 없어서 웃어댔다.

7시 52분에야 호텔을 출발했다. 영파 시내에는 이층버스가 운행되고 있었다. 현지 가이드로 왕씨 성의 턱 모양이 각진 아가씨가 동행했다. 무뚝뚝한 용모와 달리 웃을 때는 귀여웠다. 먼저 천일각으로 향했다.

천일각 天一閣

천일각은 450년 가까운 역사를 지닌 아시아 최초의 민간 장서루藏書樓로, 명나라 때 범흠范欽, 1506~1585이 수집한 장서를 보관하고 있는 곳이었다. 보관하고 있는 장서는 약 30여만 권, 귀중본은 8만 권 정도, 대부분, 송, 명시대의 목각본과 수사본이고 그 종류는 지방지, 경서와 사서, 실록, 시문집들, 과거등과록들로 다양하며 이들은 중국 고대 역사와 인물, 풍속을 연구하는 데 좋은 자료가 된다고 한다. 그러나 현재 우리가 천일각에서 보고 있는 장서들은 대개는 모조품, 진품은 천일각 박물관에 보관 중이라고 한다. 그동안 두 번에 걸쳐 천일각 장서들은 출판되었고 출판된 장서들은 비매품으로 전국 각 연구기관 및 도서관에 배포되었다고 한다.

천일각天一閣이란 호칭은 역경易經의 '天一生水'에서 나온 것으로 물의 힘으로 불을 제압한다는 의미라 한다. 450년 가까운 세월 동안 장서들을 화마로부터 지킬 수 있었던 것은 '천일각'이라는 그 이름 덕을 돈독히 본 것일 터이다. 그렇다면 천일각을 설립한 주인공 범흠이란 사람은 누구였을까.

범흠은 어려서부터 글 읽기를 좋아했다고 한다. 27세에 진사에 합격한 이후 여러 지역에서 관리생활을 거쳐 병부우시랑兵部右侍郎의 지위, 한국으로 치면 국방장관의 지위에까지 올랐다고 한다. 그는 여러 지역에서 근무하면서 당시 사람들이 대수롭지 않게 여기던, 그러나 중요한 도서들을 수집, 보관했다. 그는 대단히 강직한 성격의 소유자로 만년에 관리직을 사직하고 고향인 영파로 돌아와 천일각을 설립하고 그동안 그가 수집했었던 책들을 정리하여 보관하기 시작했

천일각 입구

다. 천일각이 언제 설립되었는지는 정확하기 않고, 1561~1566년 사이로 추정하고 있을 뿐이다.

범흥은 자신이 수집한 장서가 대대로 잘 보관되도록 하기 위해 가규를 세웠다. 그리고 나이 팔순이 되던 해에 후손들에게 유산으로 장서각과 은 만 냥 가운데 한쪽을 택하게 했다. 가문의 영광을 위해 진심으로 장서각을 택한 사람만이 장서들을 오래 지켜줄 것이라고 생각한 것이다. 장남이 장서각을 선택했다.

범흥 사후, 범씨 후손들은 장서의 보존을 위해 첫째, 화재 예방을 위해 건물 주변에 커다란 물 항아리들을 놓아두고 또 정원에는 연못을 만들었다. 둘째, 장서 대출 금지와 장서각 출입 금지의 철칙을 세웠다. 그리고 이 금기를 위반한 자에게는 엄격한 제재 조항 — 조상 제사 참석 금지라는 엄명이 따랐다. 이들을 정리하면

① 명분 없는 장서각 출입자는 조상 제사 세 번 참석금지

② 사적으로 외인을 동반한 출입자는 조상 제사 1년 참석금지

③ 장서를 외부로 유출하거나 타성받이에게 빌려준 자는 제사 3년 참석금지

④ 사사로운 이익을 위해 장서를 저당 잡힌 자는 가문에서 축출

천일각에 보존되고 있는 장서를 지키려는 범씨들의 가규는 엄격했다. 천일각의 장서들을 읽고 싶다는 희망에 벅차서 범씨 집에 시집온 전수운錢繡芸은, 여성은 장서각에 들어갈 수 없다는 금기사항 앞에 절망하여 평생을 우울하게 살아야 했다고 전한다.

그러나 타성받이는 장서각에 들어갈 수 없다는 전래의 금기사항은 예외를 만들어야 했다. 당시 위야오에 와 있던 대학자 황종희 선생이 천일각에 보관 중인 장서들을 보고 싶어 했다. 이에 범씨 후손들은 회의를 통해 황종희 선생의 장서각 출입을 허용했다(1679). 천일각 설립 이후 100여 년 만의 일이었다. 황종희 선생은 장서들을 열람하고『천일각 장서기』를 편찬했고 이후 근대중국의 곽말약에 이르기까지 모두 14인의 학자들이 천일각의 장서를 볼 수 있었다.

천일각의 장서를 지키려는 후손들의 정성은 시대가 지나면서 어려움에 봉착하게 된다. 이 무렵 건륭황제는 '사고전서四庫全書'를 설치, 전국에 흩어져 있는 귀한 전서들을 모아들이게 된다. 범씨 가문에서는 천일각에 소장하고 있던 전서들 가운데 600여 종을 헌납, 그중에 96종이 사고전서에 수록되고 370여 종이 목록에 오르게 되고 천일각의 이름은 중국 전역에 알려진다. 이에 건륭황제는 오랜 기간 동

1 천일각 서고 모습
2 천일각 벽면 조각품인 용과 악수하다

안 장서 보관에 힘써온 범씨들의 정성을 갸륵하게 여겨 천일각을 지키는 자손들을 국가 관리로 임명, 그들로 하여금 계속 천일각을 관리 운영하게 했다.

그러나 근대로 들어와 태평군이 영파로 진입하던 시기에 도둑들이 담을 헐고 들어와 장서루의 장서들을 훔쳐서 종이공장에 폐휴지로 팔아넘기는 사건이 일어난다. 1914년에는 설계위라는 도둑이 서고로 숨어들어와 장기간에 걸쳐 장서각의 장서들을 절반 이상이나 훔쳐 상해의 고서적상에 팔아넘기는 일이 발생했다. 상해 고서적상에 나타난 천일각의 서적들이 해외로 팔릴 위기에 처하자, 뜻있는 이들이 이 서적들을 다시 사서 모았으나 화마의 습격으로 잿더미가 되고 말았다.

현지의 천일각은 1930년대, 1950년대, 그리고 다시 1960~80년대에 대대적인 보수공사를 통해 지금은 중국 중점 문물 보호단위로 선정되어 관광객에게 공개되고 있었다.

천일각 내의 전시용 책자들(진서들은 모두 박물관에서 특별 보존 중)은 책장에 차곡차곡 눕혀진 상태로 보관 중이었다. (요즘 책들은 모두 책꽂이에 수직상태로 꽂혀 있는 것과는 다른 보관법이었다. 장서의 지질 및 제본에 차이가 있음을 인정한다고 해도, 색다른 모습이었다.)

9시 50분, 천일각 탐방을 마치고 버스에 올랐다. 고려사관으로 향했다. 버스 안에서 여행사 사장 조창완 씨가 김풍기 선생과의 인연에 대한 이야기를 했다. 4년 전 처음 만나 함께 여행을 하면서 마음이 맞아서 이후 자주 여행을 하게 되었다고. 조창완 씨는 김풍기 선생을 깜풍기 선생이라고 불렀다. 김풍기 선생의 학창시절부터의 별명은 선풍기로 알고 있었는데 중국여행을 자주하다 보니 깜풍기란 또 다른 별명을 갖고 있음을 알게 되었다. 항주공항으로 우리를 마중 나왔던 조창완 씨는 다시 북경으로 떠난다고 했다. 조창완 씨와 작별하고 우리는 고려사관 안으로 들어섰다.

고려사관 高麗使館

10년 전 이곳에 왔을 때, 한국인 관광객을 겨냥한 고려사관의 건물을 복원하는 공사를 하고 있었다. 그런데 이번에 와보니 번듯한 건물이 들어서 있었다. 신라와 고려 상인들이 와서 교역을 하던 곳이라 한다. 표해록에도 이 지역에 대한 기록이 들어가 있다고 한다.

　고려사관 기념관으로 들어서니 오래된 석비가 하나 있고 그 옆에 한글 안내판이 있었다. 그것을 옮기면 다음과 같다.

省降御笔碑 碑陽錄文

옥필로 성은을 새기며 은서에 유림을 남기다.

북송 정화 7년(1117) 8년(1118) 주지사 누이(樓異)가 명주에서 고려사를 설립하여 고려사절 방문을 위한 선박 건조 광덕호를 논으로 개간하는 것과 광덕호 논에 벼가 쌍으로 이삭이 패는 상서로운 일 등에 관하여 여러 번 조정에 상주했다. 송 휘종은 옥필로 친히 명을 내려 상서성을 통해 하달했으며 이른바 「성각옥필」이다. 이 비문은 바로 여러 상주문들의 번각이었다.

한국어 번역문은 조선족이 한 것인지 알 수 없으되 의미가 분명치 않다. 우리가 본 고비석의 글이 송휘종의 글을 새겼다는 것인지, 휘종의 옥필을 받고 감격하여 썼다는 내용인지, 지금 생각해보니 휘종의 글을 받고 감격하여 휘종의 글을 새겨놓았다는 내용 같다.

기념관 뒤로는 역시 한국인 관광객을 대상으로 한, 옛날 신라나 고려인이 이곳을 방문했을 때 상담을 하던 방을 그럴 듯하게 꾸며놓고 있었다. 그리고 한쪽에는 신한 앞바다에 좌초되어 있다는 당나라 선박을 사진과 목재를 이용해서 복원, 전시해놓고 있었다.

9시 45분에 항주를 향해 출발했다. 버스 안에서 사범대 교수들의 세미나가 있었다. 중등교원연수원장 임양순 교수가 연수원의 현황과 추후 계획에 대해서, 사대 부학장 권석민 교수가 사범대의 전망에 대한 이야기를 했다.

항주가 가까운 곳에서 십자가를 부착한 건물이 있었다. 여호와의 증인……. 공격적 선교를 하는 교파로 알고 있다. 고속도로변에는 밭에 푸른 푸성귀가 자라고 있었고 3층 또는 4층 높이의 옥탑방을 가진 부농들의 주택들이 늘어서 있었다. 지붕 위로는 은빛의 둥근 공 같은 것들이 세 개씩 꼬챙이에 꿰이듯 달려 있고……. 이 지역을 지날 때 가이드에게 들었던 이야기, 자본주의 물결이 들어오면서 졸부가 생기게 되고 그들은 자신들의 건물 위에 은빛 둥근 탑 모양의 악세사리를 장식함으로 해서 부富를 자랑하게 되었다고. 이번에 가이드에게 들으니 그 은빛 둥근 탑 모양의 액세서리는 서호에 있는 삼담인월 석탑을 본뜬 것이라고 한다. 그리고 건물의 옥탑방에는 조상의 위패를 모시고 있다고 한다.

정오 무렵에 항주에 도착, 항주의 어머니 강이라는 전당강錢塘江 대교를 보았다. 강의 강폭은 1,500m. 육화탑六和塔이 보이는 길을 달렸다. 가이드 미스 박이 육화탑 관련 전설을 두 편 소개했다.

첫 번째는 오월왕 전홍숙의 이야기다. 전당강은 바다와 이어져 있는데 매년 추석 무렵이면 바닷물이 역류하여 범람, 피해가 막심했다고 한다. 그래서 전당강의 범람을 막기 위해 970년대 오월왕 전홍숙이, 유호라는 이에게 설계를 맡겨, 천지 사방의 힘을 합해서 강의 범

람을 막을 수 있는 탑을 전당강가 월륜산에 세우게 했다는 것이다.

두 번째는 소년과 용왕의 힘겨루기에 대한 이야기다. 예전에 전당강가 마을에 육화라는 소년이 살고 있었다. 전당강에는 심술궂은 용왕이 살고 있었다. 용왕은 풍랑을 일으켜 강 마을 사람들에게 해코지를 하고는 했다. 어느 날 육화의 부모가 풍랑으로 익사했다. 화가 난 육화는 산 위에 올라가 강을 향해 크고 작은 돌들을 마구 던졌다. 육화가 던진 돌들은 용궁을 흔들고 파손시켰다. 용왕이 육화에게 금은보화를 줄 것이니 돌 던지기를 그만두라고 했다. 육화는 금은보화 대신 부모님을 돌려주고 또 마을 사람들이 평화롭게 살 수 있도록 해달라고 요구했다. 용왕은 이를 받아들이되 한 가지 조건을 내세웠다. 나용왕의 성질이 과격하여 일 년에 한 번씩은 분통을 터뜨릴 것이다. 그때 몰려오는 풍랑은 말 100마리가 달려오는 힘과 같을 것이다. 해마다 음력 8월 18일경에는 풍랑이 일 것이다. 그것은 허용해야 한다. 이에 육화는 용왕의 제안을 받아들였고 이후부터 용왕은 풍랑을 일으키지 않아 사람들이 편히 살아갈 수 있게 해주었다. 그러나 지금도 이 지역에서는 음력 8월 18일경에는 전당강에 바닷물이 역류하여 범람한다. 그것은 이미 예전에 용왕이 육화에게 예고한 것이다. 그래서 당시 사람들은 육화에게 감사를 표하기 위해 육화탑을 세웠다고 한다.

전당강이 보이는 식당으로 올라갔다. 교육학과 강승호 교수께서 오량순주를 사셨다.

서호 뇌봉탑 雷峰塔

날씨가 따뜻하고 화창했다. 가이드는 이쪽 항주 지역에 소택이 많아 언제나 안개가 끼고 찌뿌둥한 날씨가 더 많은지라 이렇게 화창한 날씨는 '비정상적인 날씨'라고 하여 우리들을 웃게 했다.

먼저 서호西湖의 전지역이 가장 잘 보인다는 뇌봉탑을 찾아갔다. 주차장에 버스를 세우고 일단 입장권을 받기 위해 걸어서 뇌봉탑 관광 관리 사무소가 있는 곳으로 갔다. 뇌봉탑은 근래에 세워진 것이었다. 본래는 977년에 세워진 탑이 있었는데 1924년에 붕괴되었다. 그리고 2000년에 다시 복원했다고 한다.

뇌봉탑으로 오르기 위해서는 일단 외부 계단 가운데 있는 에스컬레이터를 이용, 다시 탑 하단 건물 안으로 들어갔다. 본래 있었던 뇌봉탑의 잔재를 보여주기 위해 투명 유리가 주변을 둘러치고 있었다. 석재조각과 자갈과 마른 황토가 있었다. 다시 엘리베이터를 타고 오층 전망대까지 올랐다. 어마어마한 규모였다. 1924년 붕괴되기 전의 사진도 있었다. 이곳 사람들은 큰 것을 좋아하니까 아마 본래 것보다 두 배 정도는 확대시키지 않았을까.

전망대로 나갔다. 서호가 펼쳐졌다. 아마도 아득한 옛날 백거이도, 소동파도 이곳에 올라 서호를 바라보며 시상을 펼쳤을 것이다. 호수 건너편에는 현대의 고층 빌딩이, 호수 안에는 서너 개의 자그마한 섬들이, 그리고 호수에는 전설들이 공존하고 있었다.

서호는 당나라 시절 도시 서쪽에 있었다고 하여 서호로 불렸다고 한다. 서호의 면적은 5.66km², 둘레는 16km, 동서 3.3km, 남북 2.8km, 평균수심 1.5m, 최

대수심 2.8m. 본래는 항주만杭州灣과 연결된 해만海灣, 그러나 전당강錢塘江에서 나온 토사로 인해 석호潟湖로 되었다고 한다. 서호의 고산孤山을 중심으로 동쪽으로는 백거이白居易, 772~846가 축조한 백제白堤가, 그리고 서쪽으로는 소동파蘇東坡, 1036~1101가 축조한 소제蘇堤가 있는데 능수버들을 많이 심어 산책하기에 아름다운 곳이라 했다.

전망대에서 내려 아래층으로 가자 뇌봉탑 전설을 벽화로, 조각으로 만들어 놓은 조형물들이 있었다. 벽화를 보면서 가이드가 뇌봉탑 전설을 이야기하는데, 전체 이야기가 잡히지 않았다. 김풍기 교수에게 물어보니 중국의 춘향전이라고 생각하면 된다고 했다. 청춘남녀의 슬프고도 아름다운 사랑이야기라고 했다.

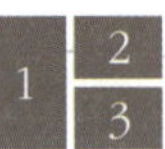

1 복원한 뇌봉탑
2 붕괴되기 전인 1924년경의 뇌봉탑 사진
3 뇌봉탑에서 서호를 배경으로 이경남 · 한인숙 교수와 함께

먼저 가이드가 들려준 백사전설을 정리하면 다음과 같다. 백사와 자라의 이야기로 전후반부로 나누어져 있다.

① 여동빈(중국 도교 8선 가운데 한 신선)이 선단 하나를 갖고 있었다. 할아버지가 어린 허선을 데리고 생약방으로 가서 탕약을 먹이는데 선단 하나가 아이의 입으로 들어갔다. 신선이 되는 선단을 먹은 아이가 기이한 행태를 나타내자 할아버지는 허선을 다시 생약방으로 데리고 갔다. 생약방에서는 아이를 거꾸로 들고 치니 선단을 토해냈다. 마침 서호에 사는 500년 묵은 백사(白蛇)와 거북이가 있었는데 백사가 그 선단을 집어 먹고 신선이 되었다. 신선은 다시 인간으로 현현하여 자신에게 선단을 준 은인인 허선을 만나 혼인을 맺었다.

② 백사에게 선단을 빼앗긴 자라는 금산사에서 승려생활을 하고 있었다. 어느 날 자라는 백사가 인간이 되어 허선과 살고 있는 것을 알게 되었다. 이에 앙심을 품고 있었던 승려는 백사를 따라다니며 괴롭히려고 했다. 마침 허선의 아이를 임신 중이었던 백사는 어느날 승려가 된 자라에게 잡히자 발로 서호의 호면을 박찼는데 이것이 서호에 풍랑을 일으켜 금산사를 뒤덮게 되었다. 뿐만 아니라 수많은 사람들에게 큰 피해를 주게 되었다. 본의는 아니었지만 인간에게 피해를 주었기 때문에 백사를 벌을 받아야 했다.

백사는 아이를 낳아 허선에게 주고 자신은 뇌봉탑 아래에 갇히게 되었다. 자라는 백사에게 저주의 말을 했다.

'그대 이 안에서 나오려면 서호의 물이 말라야 한다. 그대 이 안에서 나오려면 뇌봉탑이 무너져야 한다'고.

1924년에 뇌봉탑이 무너졌다. 자라가 백사에게 한 전설이 완성되는 시점이었던가. 그러나 뇌봉탑 붕괴의 원인은 오랜 세월이 흘렀기에 일어난 일이었을 것이다. 무엇보다도 그 직접적인 원인은 사람에게 있었다. 이 지역 주민들에게는 뇌봉탑의 벽돌로 담장을 하면 뱀이 집으로 들어오지 않는다는 속설이 전해져 오고 있었다. 주민들은 뇌봉탑을 괴고 있는 벽돌들을 빼다가 그들 담장을 만들 때 사용했다. 그래서 뇌봉탑은 붕괴되고 말았던 것이다.

다음은 문헌자료에서 찾아본 전설이다. 뇌봉탑의 연기설화 — 백사전白蛇傳, 중국에서 가장 오래된 백사전 고사는 '백낭자 영진 뇌봉탑白娘子永鎭雷峰塔'으로 전해온다. 제목으로 보아 '백낭자 뇌봉탑에 갇히다'로 정리될 것이다. 백사전, 남송시대에 이미 민간에서 전승되어온 이야기는 정리되어 1736년에 경극으로 처음 발표되고, 지금도 자주 공연되고 있다고 한다. 그 내용은 다음과 같다.

천애고아인 22세의 허선(許宣, 許仙)은 매형인 이인(李仁)의 생약방에서 일을 돕는다. 청명절에 성묘하고 오던 길에 가랑비를 만나 돌아가던 중 백의낭자와 청의낭자를 만나 그들에게 자신의 우산을 빌려준다. 그리고 빌려준 우산을 돌려받던 날 허선은 백의낭자로부터 두 사람은 천생연분의 인연이었다며 청혼을 받게 된다. 그러나 아름다운 처녀의 청혼 앞에서 가난 때문에 허선은 고민하고, 이를 눈치챈 백의낭자는 허선에게 은괴 하나를 내주었다. 그렇지만 그 은괴는 국고에서 도난당한 것이었다. 그래서 허선은 심문을 받고, 소주로 귀양살이를 떠나게 되며, 백의낭자의 정체에 대해 의심을 품게 된다.

세월이 흘러 허선은 서호의 단교(斷橋)에서 백의낭자를 다시 만나 부부의 인연을 맺는다. 그리고 백의낭자는 허선의 아이를 임신, 출산한다. 그런데 기이한 일은 부부로 사는 동안 백의낭자가 허선이 절에 가거나 스님을 만나는 일을 일체 금지시키는 것이다. 이에 관계없이 칠월 칠석 금산사로 선향을 올리러 간 허선에게, 금산사의 법해 스님은 백의낭자가 요괴임을 알려준다. 백의낭자는 천 년 묵은 백사이고 청의낭자는 천 년 묵은 서호의 자라라는 것이다. (소흥에서 들은 전설에서는 법해 스님이 허선에게 소흥주를 주며 백의낭자에게 먹이라고 했고, 소흥주를 마신 백의낭자가 백사로 정체를 밝히는 것으로 나온다 — 저자) 백의낭자의 정체를 알게 된 허선은 백의낭자와 헤어지려고 하고, 백의낭자는 같이 살자고 위협, 허선은 법해 스님을 찾아가 도움을 요청한다.

법해 스님은 허선을 잡으러 온 백의낭자와 청의낭자를 붙잡아 바리때(승려의 밥그릇) 안에 넣고 봉한 뒤 허선에게 그 위에 7층의 뇌봉탑을 쌓으라고 한다. 이에 허선은 탁발을 하여 7층 보탑을 쌓아 백사(白蛇)와 청어(靑魚)가 영원히 세상에 나오지 못하도록 한다. 법해 스님은 '서호의 물이 마르고, 강호의 물결이 일어 뇌봉탑이 무너져야 백사가 세상에 나오리라'고 노래를 지어 사람들에게 부르게 한다. 법해 스님은 다시 시 한 수를 지어 인간에게 경계한다.

받들어 권하노니 사람들이여 여색을 좋아하지 말라,
여색을 좋아하면 사람은 여색에 미혹된다.
마음이 바르면 자연히 사악함이 따르지 않고
몸이 단정하면 어찌 사악함으로 기만할 수 있으리

허선은 뇌봉탑에서 불가에 귀의하여 수년간 수행하다가 좌화坐化한다. 이른바 깨달음을 얻고 입적했다는 것이다. 그러나, 이렇게 비인간적이고 비종교적인 이야기도 있다는 말인가.

우리나라에도 사람과 뱀의 결혼 모티브 이야기가 전한다. 어느 외로운 청년 앞에 나타난 아름다운 여자, 결혼하여 임신한다. 아이를 낳던 날, 여자는 남자에게 어떤 일이 있어도 아이 낳는 장면을 보아서는 안 된다고 신신당부한다. 남자는 산고에 시달리는 아내의 고통 앞에 참을 수 없어 문구멍을 뚫고 들여다보고, 한 마리 뱀이 아이를 낳아 어르고 있는 것을 보게 된다.

아이를 낳고 다시 인간 여자로 돌아온 아내, 남편에게 약속을 깨뜨렸으니 이제 함께 살 수 없음을 통고한다. 여자는 그녀가 어떻게 남자의 아내가 되었나에 대해 말한다. 어느 혹한의 날 추위를 피해 청년의 집 아궁이로 몸을 피했던 뱀, 무심코 아궁이에 불을 때자 튀어나온 뱀에게 미안해하며 걱정한 청년의 진정에 반하여 인간 여자가 되어 찾아왔었다는 것이다.

여자는 커다란 구슬 하나를 주며 아이가 배가 고파 울면 그것을 아이 입에 대고 빨게 하라 하고는 떠나간다. 아기는 구슬을 빨면서 자란다. 세월이 흘러 홀아비도 죽은 어느 날, 청년이 된 아들 앞에 나타난 두 눈이 먼 늙은 여인이 찾아와 자신이 청년의 어미임을, 어린 아기가 젖 대신 빨아먹던 구슬이 바로 자신의 두 눈알이었음을 밝힌다. 어린 시절 만화로 나온 이 이야기를 읽으면서 얼마나 가슴 아파 했었던가.

뇌봉탑 연기설화에 등장하는 허선과 백의낭자……. 인간이 되고 싶었고, 인간 남자에게 사랑받고 싶었던 백의낭자에게 허선은 그다지도 책임감 없는 겁쟁이 청년이었던가. 다만 사랑 때문에 인간의 몸으로 변신하여 찾아왔던 한 여성적 존재에게, 자신의 욕망만을 해소하고, 상대역이 인간이 아니라는 말 한마디에 냉담해지고 달아나려는 허선……. 한국의 옛날 이야기가 훨씬 더 인간적이고 미래 지향적이다. 이제 뇌봉탑이 쓰러졌으니 백사와 청어는 해방되어 다시 서호 깊은 못 속으로 들어갔을까…….

서령인사

14시 40분에 서호변에 있는 서령인사西泠印社로 들어갔다.

서령인사는 서호변에 위치한 자그마한 고산孤山 안에 들어선, 전각이나 석각을 하는 이들이 모여서 같이 또는 각자의 예술세계를 펼쳐가면서 또 작품을 팔기도 하는 곳이었다. 자그마한 돌산 여기저기에 계단을 놓고 오솔길을 만들면서 작업실을 두고 있었다. 그래도 이름이 산인데, 그 바위산 어디에서 끌어왔는지 작은 연못도 있고, 가느다랗지만 높은 10층 석탑도 있고, 석조 누각, 석굴, 조각상들, 돌벽에는 개성이 뚜렷한 글씨들이 새겨 있었고, 등신대의 동상들을 여기저기에 배치해놓고 있었다.

고산 정상의 전망대에 서면 아래로 서령인사의 섬세한 지붕이 새의 날개처럼 공중에 수평의 선을 긋고 그 위로 가깝고도 먼 서호의 호면이 펼쳐지고 있었다. 고산孤山 전체가 아기자기하게 깎아 설치한 예술품이면서, 작업장이면서 고급 갤러리 역할을 하고 있었다.

1900년대 초, 이 고산에 자리를 잡고 서령인사라는 환상적인 예술공간이면서 생활공간으로 발전시킨 이는 중국 근대 전각의 대부 오창석吳昌碩, 1844~1927이었다고 한다. 오창석은 저서로 『부려시缶廬詩』, 『부려인존缶廬印存』, 그리고 많은 화집을 남겼다. 오창석은 시 · 그림 · 글씨 · 전각에 조예가 매우 깊었으며, 한대의 비문을 많이 읽었고, 석고문石鼓文을 연구, 전서篆書 · 예서隷書 · 해서楷書 · 행서行書 · 초서草書에 모두 정통했다고 한다.

여성혁명가 추근 秋瑾

서령인사에서 나와 서호를 왼쪽에 끼고 잠시 걷다 보니 오른쪽 산 아래에 긴 옷을 입은 하얀 여인상 입상이 나타났다. 사람들이 그 앞에서 사진을 찍고 있었다. 청말의 여성 혁명가 추근1875~1907이었다.

추근은 중국 근현대사에서 가장 먼저 자각한 여성해방운동의 선구자이고 민주혁명주의자로 평가받는 여성이었다. 1875년에 유복한 고위공직자의 딸로 태어나 경사와 시문을 배웠고 소흥지역으로 이사 와서는 승마와 검술 등도 배웠다고 한다. 스무 살에 부호의 아들 왕자방과 결혼하여 남매를 낳았다. 1903년 왕자방은 벼슬자리를 돈으로 사서 북경으로 이주한다. 재색을 겸비하고 성격이 호방했던 추근은 그런 남편을 수용하기가 힘들었다. 추근은 더 이상 남편에게 순종할 생각

<table>
<tr><td>1</td><td rowspan="2">3</td></tr>
<tr><td>2</td></tr>
</table>

1 서령인사 입구
2 서령인사의 섬세한 지붕 사이로 바라보는 서호
3 서령인사 안에 있는 10층 석탑

을 거두고, 남매를 친정에 맡기고 동경으로 유학을 떠났다. 그리고 1905년 4월 아오야마의 실천여학교에 입학한다. 그에 앞서 추근은 잡지『백화보』에 여성해방을 촉구하는 글 「삼가 중국의 2억 여성동포에게 고함」, 「우리동포에게 경고함」 등의 글을 발표했다.

추근은 중국 여성의 전족纏足의 폐해를 고발하고 여성교육의 필요성을 강조했다. 전족은 여성의 발을 천으로 꽁꽁 묶어 자라지 못하게 하는 것이었다. 추근 자신도 어머니가 행한 전족을 밤이면 풀어놓았고 결혼 후에는 아예 방족放足을 했다. 추근은 여성의 발은 자연스럽게 자라야 한다는 천족회天足會를 조직했다. 여성은 더 이상 남성 소유의 성적 노리개가 아님을, 남녀평등을 주장하고 남존여비사상을 비판, 여성의 교육과 경제적 독립심을 강조했다.

1906년 추근은 귀국해서 한때 여학교의 교사로 근무했으나 학무모들과의 마찰로 사직하고 1907년 여성잡지『중국여보』를 창간했다. 추근은 여성해방운동을 하는 한편, 남녀평등권을 획득하기 위해서는 여성도 반청혁명에 참여해야 한다고 주장, 혁명운동에 뛰어들었다. 추근은 무장조직과 연계를 맺으면서 동

여성혁명가 추근 입상

시다발의 봉기 계획을 세웠다. 그러나 적에게 포위당하자 그녀는 끝까지 결사적으로 대항하다가 체포되었다. 살기로 작정했으면 그녀는 충분히 도망갈 수도 있었다고 한다. 그러나 그녀는 끝까지 자신이 선택한 삶에 책임을 지기로 했다. 체포된 추근은 모진 고문을 겪다가 참수형에 처해졌다.

남녀평등, 여성도 인간임을 널리 선포했던, 동시에 민족의 해방운동을 하다가 교수형에 처해진 한 자그마한 여성의 동상이 서호변에 그렇게 서 있었다. 요즘 중국의 젊은이들은 여성에게 가해진 전족의 형벌을 알고 있을까. 한창 성장기의 처녀애들 발에 억센 천으로 발가락을 안으로 구부려 넣고 칭칭 감아 밤이면 그 고통으로 몸부림쳐야 했던, 성인이 되어서 그 작은 발 때문에 대뚝대뚝 걸어야 했었던 선배 여성들의 고통을…….

백제 白堤 산책

추근의 동상을 멀리 바라보면서 서호를 옆에 끼고 걸었다. 자전거로 달리는 사람, 또 삼삼오오 짝을 이루어 걷는 사람들이 백제로를 채우고 있었다. 서호의 하늘 위로부터 석양이 서호에 불그스름하게 비치고, 안개 사이로 땅거미는 천천히 스며들고 있었다. 서호 수면에 버드나무 긴 줄기가 바람에 흔들리며 닿아 있었다. 서호 수면에 잔주름이 잡혔다.

서호 전설

서호의 황혼녘
작은 바람에도 흔들리는
능수버들
좀 더 가까이
그러나 다가갈 수 없는—

뇌봉탑 아래
천 년의 고독
천 년의 기다림
천 년의 절망
백의낭자 한숨소리에
흔들리는
서호의 물결

　서호가에 있는 누외루樓外樓에서 저녁 식사. 전망 좋은 자리에서 서호를 바라보며 깔끔한 저녁상을 받았다. 동파육을 먹으며 감회에 젖는다. 항주에 올 때마다 대개 저녁은 루외루에서 먹었던 듯하다. 소동파가 즐겨들었다는 동파육, 이번 여행에서는 소흥에서 함형주점의 홍파육을 먹었다. 저녁에는 청하방 구경을 갔다.

1 청나라 시절부터 진료를 지속하고 있는 병원 회춘당의 간판
2 회춘당 입구

밤에 찾아간 청하방은 마치 야시장 같았다. 남송시대부터 이루어진 항주 유일한 전통 거리라고 했다. 이곳에 있는 건물들은 모두 세월의 두께를 더한 옷을 입고 있었다. 나는 마치 타임머신을 타고 한 세대 전의 세상으로 들어선 듯했다. 그곳에서 팔고 있는 옷감이나 찻잔, 음식점, 호떡집, 엿집, 거리에서 불 밝히고 재주를 보여주는 광대들, 요지경은 한 번 들여다보는 데 60위엔씩 받고 있었다. 아차 잘못하면 한 세대 전의 세상에 발목이 잡힐 것 같은 두려움 속에 김풍기 교수 옆에 바투 서서 청하방 거리를 걸었다.

청나라 시절부터 시작해서 지금까지도 진료를 하고 있는 병원, 회춘당回春堂 안으로 들어가 보았다. 20~30명에 가까운 환자들과 그 가족들이 차례를 기다리고 있었다. 시간은 이미 밤 8시를 넘었음에도 환자를 진료하고 있는 회춘당, 벽에 진료의사들의 명단이 조그만 골패짝 같은 곳에 기록되어 있고, 의사들은 그 급수에 따라서 7원, 10원, 20원의 진료비를 받는다는 내용이 또 기록되어 있었다.

돈이 있으면 급수가 높은 의사에게 진료를 받을 수 있다. 당연한 사실 앞에서 흠칫

하는 나는 언제나 꼭지가 떨어질 것인가.

항주 명렬대주점明悅大酒店 701호실에 짐을 풀어놓고 호텔 5층에 있는 발 마사지실로 내려가 마사지를 받았다.

2007. 12. 13. 목요일, 안개 · 흐림.

 **04** 항주-인천공항-춘천

항주 거리에 안개가 자욱했다. 6시 기상. 오랜만에 숙면을 했다. 9시에 호텔 출발, 출근길의 항주 거리는 번잡했다. 교통순경과 퇴직자 자원봉사대인 교통협관이 번잡한 거리를 정리하고 있었다. 항주시내를 오가는 택시는 대부분 푸른색, 그중 반은 상해에서 만들어진 폭스바겐이고 반은 북경에서 만들어진 현대차라고 했다.

한적한 거리에서는 아침부터 노인들이 마작을 하고 있었다. 그분들이 온종일 돈내기 마작을 해도 오고가는 판돈은 50위엔 안팎……. 항주의 가로수는 플라타너스가 주종을 이루고 있었다. 플라타너스의 넓은 잎이 여름의 폭염을 차단해주는 데 일조를 한다고 했다. 신기한 것은 가로등의 디자인이 세련되었고 전깃줄과 전봇대가 보이지 않는다는 것, 우리나라에서도 본받을 일이다.

먼저 실크박물관에 들렀다. 이름이 실크박물관이지 실은 항주의 특산품이 비단이라 관광객에게 실크 제품을 파는 곳이었다. 세미나 팀에서 먼저 쇼핑을 요구했다. 그동안 쇼핑을 할 시간이 없었다. 가이드는 우리 세미나 팀에서 쇼핑을 하고 싶다고 하자 신이 났다.

실크박물관에서 나는 오빠 내외의 실크 잠옷을 샀다. 그동안 해외여행을 하면서 오빠 내외를 위한 선물을 한 번도 사주지 못했기로 큰맘 먹고 사기로 한 것, 조금 비싼 듯했지만 그대로 샀고 또 나를 위해서는 벨벳 조끼를 샀다. 조끼는 한국 돈으로 6만 5천 원, 오빠 내외의 잠옷 값은 1,519위엔이었다. 10시 20분에 실크박물관을 출발해서 11시 5분에 동방문화원에 도착했다.

동방문화원

동방문화원이라, 대평원 위에 한마디로 중국 전역의 문화재를 복사해서 만든 문화재 복사품 전시관이라고 이름 붙이면 될까. 크기와 다양함으로 사람의 기를 죽이려고 작정을 한 듯한 규모였다. 중국이 워낙 땅덩어리가 커서 자기나라의 문화재가 어디에 어떻게 있는지를 모르는 국민을 위해서 중국 전역의 문화재를 복사해서 모아놓았다고 했다. 북경에서 보았던 천단, 곡부의 대성전에서 보았던 공자를 비롯한 성인들, 그리고 만 개의 불상을 조각한 어마어마한 규모의 사찰들……. 지금 보기에는 조성한 지 얼마 되지 않아 탐탁지 않지만 백 년 또 천 년 세월이 지나면 그대로 눈요깃감이 될 것이다. 그런데 이들이 모두 올림픽 특수를 겨냥해 급조되어 버렸다는 데 문제가 있는 것. 남의 나라의 문화정책에 대해서 왈가왈부할 필요는 없을 것이다. 공자 입상 앞에서 사범대 교수 단체 사진을 찍었다.

12시 40분에 항주공항에 도착했다. 한국과 중국을 오고가는 세계인들, 탑승 시간을 기다려 주머니에 남은 중국 화폐를 소비하는 분주한 발걸음들, 변변한 물건을 사기에는 주머니 사정이 허락지 않고, 눈은 높은데 가진 건 없으니 시간을 보내기 위해서는 의자에 죽치고 앉아 있는 것이 좋다. 점심 반주로 먹은 몇 잔의 술기운에 머릿속은 알딸딸했다. 오늘 점심 술은 임양순 교수께서 사셨다. 우리는 모두 "임양순 교수님을 위하여!" 하고 건배를 했다.

13시 30분 OZ0360호에 탑승했다. 내 자리는 비행기의 맨 뒷자리, 16시 17분에 이륙, 3박 4일간의 중국 여행을 마치고 돌아가는 길, 평소보다 한 시간이나 일찍 기내식이 나왔다. 음료수로 맥주를 청했다. 마개 따지 않은 캔맥주와 투명한 플라스틱 일회용 컵, 둥근 빵은 그대로 가방으로 집어넣었다. 이들은 나의 늦은 저녁식사가 될 것이다. 옆 좌석에 앉은 교수가 빵에는 손도 대지 않기에 내게

공자 입상

272

달라고 했다. 버터까지 챙겨서 가방 속에 넣었다.

3박 4일간의 여행, 고향으로 가는 비행기 안, 따뜻한 커피를 두 잔이나 마셨고 책을 읽고, 여행일기를 메모했다. 또 앞좌석 뒷면에 부착된 화면, 소형컴퓨터였다. 비행일정뿐만 아니라 인터넷도 가능했다. 참 신기하다. 비행기를 타고 가면서 인터넷을 할 수 있다니. 인터넷을 통해 뉴스를 들을 수 있고.

19시 10분 인천공항에 도착했다. 고맙습니다. 하느님.

20시 15분, 서울이 집인 권석민 교수, 지난 3박 4일간 부학장으로 바쁘고 피곤하셨을 터인데 집으로 바로 가지 못하고 세 명의 여교수 한인숙, 이경남, 유인순을 위해 춘천까지 운전을 해주셨다. 고맙고 미안하고……. 속으로 많이 반성했다. 그냥 처음부터 공항행 버스 타고 오갔어도 되었을 것을…….

2007. 12. 14, 금요일, 안개 · 가는 눈발.

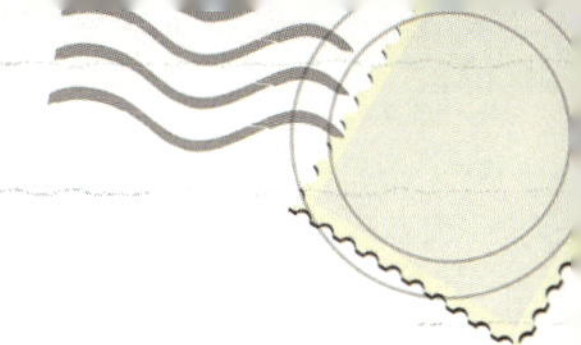

봉래각의 신선과 장보고 이야기

연대 · 위해 · 노성

01 춘천-인천공항-연대-위해

3시 50분에 집을 나섰다. 다행히 택시는 곧바로 잡을 수 있었다. 거리가 텅 비어 있어서 집에서 시외버스 터미널까지는 5분여밖에 걸리지 않았다. 3,820원이 나왔다. 택시에서 막 트렁크를 내리고 있는데 뒤에서 승용차가 서고 유성선 교수가 내리고 있었다.

4시 30분에 춘천 시외버스 터미널 출발, 인천공항에는 6시 45분에 도착했다. 2시간 15분 만에 도착한 것이다. 유교수와 공항 4층 일본식당으로 가서 조반을 먹었다. 조찬 정식은 1만 5천 원 거금이었다. 춘천 – 인천공항 간 버스 요금을 내가 냈더니 그에 대한 답례로 유 교수가 산 것이다. 그러나 음식은 입에 맞지 않았다.

KE837호에 탑승, 10시 20분에 이륙했다. 비행기 승무장은 인천 – 연대까지 비행 소요시간은 55분을 예상하고 시차는 1시간, 연대 현지 날씨는 쾌청하다고 방송했다.

중국 현지시간 10시 7분에 비행기는 하강을 시작, 10시 13분에 착륙했다. 엷은 안개가 끼어 있는 연대시는 기획도시인 듯, 정연한 고층 빌딩의 숲이었다. 빌딩의 1층은 대개 상점들이고 그 위부터는 아파트로 사용되고 있었다. 무엇보다도 도로 정비가 잘 되어 있었다. 현지 가이드는 28세의 청년, 연변 출신의 허순철. 우리는 공장에서 막 빼온 듯한 52인승 대형 버스에 올랐다.

현지 가이드 허순철은 조선족 3세대로 조부시대 연변으로 이주한 중국교포임을 강조했다.

연대烟台는 중국 발음으로 이안타이, 한국 발음으로 연대라 불러달라고 했다. 지역적 특성으로 외적의 침입이 잦아 이를 알리기 위한 봉화대가 있었던 것에 기인, 연대라 불리게 되었다고 한다. (본래 烟臺라 해야 하지만 중국의 한자 약식 표기로 烟台, '台'의 한국식 발음이 '태'이므로 한국관광객들은 이곳을 '연태'라 부른다.)

연대의 면적은 135,000km², 인구는 680만, 주요 생산물은 밀과 옥수수라 한다. 한국인과 관련된 연대에 대해 주목할 것은 현재 중국에 거주하는 한국인 20만 명 가운데 10만 명이 산동성에, 그중에도 5만 명이 청도에, 2만 명이 연대에, 나머지 2만 7천 명이 위해威海지역에 거주하고 있다는 것이다. 한마디로 한국인들이 많이 살고 있는 지역이라고 했다. 연대지역의 가로수는 플라타너스가 주류를 이루고 있었다. 잘 정리된 넓은 도로에 플라타너스 그늘이 시원해 보였다.

중국의 4대 누각은 황학루黃鶴楼, 악양루岳阳楼, 등왕각滕王阁, 봉래각蓬萊閣, 그 가

봉래각 가는 길

운데 이번에 우리가 찾아갈 곳이 봉래각이었다. 그렇게 보면 나는 중국 4대 누각 가운데 적어도 세 곳을 오르는 셈이다.

12시 25분에 관광지에 있는 관해주루觀海酒樓에서 점심을 먹었다. 중국 현지 관광객들이 들끓고 있었다. 식당은 컸지만 우리가 들어섰을 때 이미 요리상이 차려져 있었다. 음식은 식어서 맛이 없었다.

봉래각 蓬萊閣

봉래각은 1061년 동주의 태수 주처약朱處約이 건립했다. 봉래 풍경구 매표소에서 모여 있다가 시멘트 다리를 건너 봉래각 관광단지면적 32,800㎡ 안으로 들어섰다. 다리를 경계로 바다 쪽에는 옛 어선 모양의 유람선들이 촘촘하게 들어서 있었다. 숲이 무성했다. 숲과 건물들이 조화를 이루어 문득 선경 속으로 들어선 느낌이었다.

먼저 본 것은 '아미타불 사원', 당나라 때 건립된 것으로 사원의 면적은 610m², 선불仙佛을 모신 곳이라 한다. 그러나 우리가 보게 된 사원은 2001년에 복원된 것이었다.

'단애선경丹崖仙境'에는 신선

들의 조각이 있었는데 그 가운데도 화려한 무복 차림의 춤추는 여성의 얼굴이 무척이나 단아해 보여서 한 컷을 찍었다. '복부해방福府海邦'은 용왕신을 모신 곳이었다. 굵고 시커먼 눈썹에 풍성한 검은 수염, 손에는 은빛 향합을 든 황금색 도포 차림의 용왕이 양옆에 시종들을 거느리고 앉아 있었다. 중국인들이 생각하는 용왕의 모습, 용왕의 얼굴 색깔은 흑인에 가까웠다. 중국인들은 검은 피부를 젊음과 선량함으로 생각한다고 하던가. 몇 년 전에 찾아갔었던 포청천의 상도 검은 얼굴이었다.

더 안으로 들어가자 '자손전子孫殿'이 자리잡고 있었다. 젊고 아리따운 여성이 건강한 어린 아기를 안고 있는 조각상을 모신 곳이었다. 우리나라로 치면 삼신할머니의 역할을 하는 젊은 여성 신선이었다. 안내판에는 자손낭랑子孫娘娘과 안광낭랑眼光娘娘을 모신 곳으로 선남선녀가 숭배하는 신선이라고 했다. 안광낭랑을 미래를 볼 수 있는 능력을 가진 여신선이다. 자손전 앞 정원에는 제법 큼직한 상록수 가지마다 선홍색의 리본이 주렁주렁 매달려 있었다. 자손을 바라거

1 2 3
1 용왕신
2 자손전의 자손낭랑
3 자손의 안녕을 비는 리본들

278

나 자손의 안녕을 기원하는 마음이 붉은 꽃잎처럼 주렁주렁 매달려 있는 것이
리라.

걸음을 옮겨 '천후궁天后宮'으로 들어갔다. 북송 선화4년1122 건축되고 당나라
도광 15년1836에 소실되었다가 1년 뒤에 다시 복원되면서 그 규모를 키워16.43×
14.61m 중국 북방에서는 가장 큰 묘우廟宇로 꼽히게 된 곳이었다. 중앙에 모신 금
불상이 천궁天宮으로 일명 해신海神 할머니라 불리는데 해상에서의 조업을 돕고
평안을 주관하는 여신이다.

복잡한 건물들 사이를 통과해서 마침내 '봉래각' 앞까지 진출했다. 북송 가우
6년1061 동주의 태수 주처약이 건축한 목조 2층의 중첩각 구조의 누각. 내외국
인 관광객이 가득 들어서서 숨이 막힐 지경이었다. 누각 외부 계단을 통해 2층
으로 올라갔다. 전설 속의 여덟 신선이 술에 취해 몽롱한 시선으로 비스듬히 앉
았거나 아예 술상에 기대어 잠든 모습, 연꽃을 들고 서 있는 여성 신선의 모습들
이 등신대 크기로 조각되어 있었다. 이곳 사람들은 전설을 토대로 급조된 문화

상품을 만들어 내는 데 능란하다는 생각을 했다. 신선의 조각상들은 모두 석회나 진흙 같은 것으로 만들어 색깔을 칠해 놓았다. 자세히 보면 조잡하지만 그런대로 보아줄 만은 했다.

여덟 신선의 이름은 이러하다. 철괴리鐵拐李, 한종리鍾离權, 장과로張果老, 여동빈呂洞賓, 하선고荷仙姑, 남채화藍采和, 한상자韓湘子, 조국구曹國舅. 그중 연꽃을 들고 있는 하선고荷仙姑가 유일한 여성신이다.

봉래각 2층 난간으로 나가 보았다. 바다가 펼쳐져 있었다. 사람이 뜸한 때에 와서 보면 감탄할 만한 절경이었다. 발해와 황해가 맞물려 흐른다는 곳, 옛날에 봉래각의 아름다움에 취한 신선들이 술에 취해 있다가 이곳 바다에서 어딘가로 날아갔다고 한다. 바다에 경계선을 그을 수는 없지만 자세히 보면 그 합수지점의 바닷물색의 차이를 알 수 있다고 했다. 안내 푯말을 보니 봉래각에서 북해발해 방향 쪽에 신기루가 곧잘 나타나 장관을 이룬다고 했다. 사막에서만 신기루 현상이 있는 줄 알았더니 바다 위에서도 신기루가 보인다니 정말 신기하다.

1 봉래각 입구
2 술에 취한 팔선(八仙)들
3 봉래각. 인접한 건물들의 지붕

봉래각 누대에서 내려오자 곧바로 동파거사 소식사당蘇軾祠堂, 소식도 이곳 경치의 아름다움에 취해서 찾아왔었던가. 그리고 바다 쪽으로 제법 높은 등대가 있었다. 먼 바다에서 돌아오는 사람들을 위하여 벽돌 건축물의 등대를 세워 놓은 곳이다.

봉래각 주변 건물들을 둘러보고 내려오는 길에 어느 건물 한 곳에 여인네가 놋쇠 세숫대야에 뿌연 물을 담아 놓고 사람들을 부르고 있었다. 옛날에 황제가 사용하던 대야라고 했다. 세숫대야의 날개 쪽 위로 ㄷ자형의 손잡이가 있었다. 손잡이 부분을 손으로 문지르면 대야속의 물이 위로 끓어오르듯 튕겨져 나오고 있었다. 돈은 받지 않으니 시도해보라고 했다. 사람들이 모두 모여서 들여다보고 있었다. 신기했다. 카메라를 들이댔더니 완강하게 손사래를 친다. 그들에게서 떨어져 나오면서 이상하다고 생각했다. 박물관 깊숙한 곳에서 보호받아야 할 황제의 세숫대야가 어떻게 군중 앞에 노출되어 있는 것인가. 나중에 들으니 세숫대야의 손잡이를 문질러서 물이 튕겨져 나오는 사람과 그렇지 않은 사람이 있더라고 했다. 그렇지 않은 사람에게 부적을 권하고 그것을 팔아먹는 상술……. 그 여성은 야바위꾼이었던 것이다.

봉래각 풍경구의 '백운궁白雲宮'을 빠져 나올 때 일이다. 중국인 관광객들이 느닷없이 '하하하' 하고 조금 부자연스러운 웃음소리를 내고 있었다. 인간이 신선의 세계를 구경했으니 그 또한 신선이 되었다는 기쁨을 웃음소리로 표출해야 한다는 것이다. 재미있는 발상이었다. 나도 백운궁 문을 빠져나오면서 호쾌하게 "하하하~" 하고 웃어주었다. 웃다 보니 그 웃음이 재미있어서 또다시 웃게 되었다. 내 웃음 소리를 내가 듣는 것이 재미있어서 웃고, 다른 이들은 재미있어 하는 나를 보며 역시 웃음을 터뜨렸다. 웃음이 웃음을 낳는 웃음의 궁정이었다. 마음은 흰구름을 타고 나는 듯 계속 웃음이 나왔다.

봉래수성

봉래수성으로 향했다. 단단한 석조물로 건축된 바닷가의 성이었다. 옛 이름은 동주항구, 중국 최고最古의 군항으로 수·당시대에 중국 4대 통상항구 가운데 하나였다고 한다.

중국 관광지를 다니다 보면 대개 급조한 듯 복원한 흔적이 선

봉래수성, 왼쪽 상단이 봉래각과 등대가 있는 곳

명한 데 반해 봉래수성은 고색창연한, 역사의 흔적이 그대로 남아 있는 옛 건축물이었다. 바다와 석조물의 고성. 외적으로부터의 침입을 막기 위해 쌓아놓은 단단한 성, 성루에 올라 건너편에 보이는 봉래각과 그 주변 건물들을 보았다. 어디쯤이었을까, 신라시대 의상대사가 선묘 낭자를 뒤로하고 배를 타던 곳이. 선묘낭자가 멀어져 가는 의상대사의 배를 보고 발을 구르다가 몸을 던졌던 곳이……. 봉래각이 있는 언덕 어디쯤이 아니었을까…….

그예 가십니까.

사모의 마음

땀땀이 심어가며

그대를 위해 지은 옷가지

미처 전하지도 못하였는데

그대를 생각하면

널뛰는 극락과 지옥

바늘과 실처럼

함께 하리라 꿈꾸었는데……

그대는 한 마디 말도 없이

뒤돌아보지도 않고 가십니다그려.

바람은 동쪽으로, 동쪽으로 불어댑니다.

그대를 실은 배는 가뭇없이

멀어져만 가니

천의무봉의 손이라 해도

운명의 깁을 어찌 얽을 수 있으리오.

그대를 따르렵니다.

앞만 보고 가십시오.

그대 뒤에서 언제나

그대를 뒤따르렵니다.

장보고의 발자취도 이곳 봉래 수성 언저리를 맴돌았을 것이다. 바다를 향해
대포가 포진하고 있는 수성의 이곳저곳, 사람들 손때 묻어 반질거리는 대포를
보았다. 외적을 향해 강력한 무기로 맹활약하던 대포는 지금 관광객들의 기념
사진 속의 소품으로 전락해버렸다.

척계광 동상

척계광의 동상

수성을 돌아보는 동안 사람 키의 2~3배 되는 크기로 우뚝 선 동상을 보았다. 다부진 몸매하며 얼굴, 그 시선이 아주 젊은 동상이었다. 척계광戚繼光은 명나라 장수로 왜군을 물리치는 데 백전백승한 전설적인 인물이었다고 한다. 당시 이곳 산동지역은 왜구의 잦은 침입으로 골머리를 앓고 있었는데 척계광이 거느린 군대들척계군이 척계광의 지휘를 받아 왜구를 섬멸, 왜구들은 척계군이라는 말만 들어도 줄행랑을 칠 정도였다고 한다. 동상의 뒷면에 해서체로 기록된 '戚繼光'이란 표기를 보면서 그 성씨를 어떻게 읽어야 할지, 위계광이다, 척계광이다 의견이 분분, 가이드는 위계광이라고 하고, 아주대 사학과의 박옥출 교수는 척계광이라고 하고, 나중에야 척계광임이 밝혀졌다.

동주 고선박물관

봉래수성 유적지에서 발굴된 원나라 시대의 선박 잔해가 진열되어 있는 고선古船박물관을 돌아보았다. 오랜 세월이 지난 후에 발굴된 목조 선박은 규모가 대단했다. 원나라라면 700~800년 전의 나라, 침몰되어 바닷물 속에 있다가 발굴된 선박……. 전용 버스에 올라 봉래각에서 건너다 보이던 팔선과해 관광단지로 향했다.

팔선과해 관광지. 산동성 봉래시 해변대로, 단애산丹厓山 산자락이 북황해와 맞닿은 곳에 있는 엄청난 규모의 관광단지였다. 모두 근래에 지어진 시멘트 건축물들이었다. 현지에서 구해본 안내 전단지에는 관광지 면적이 대략 5.5만㎡라고 소개하고 있었다.

팔선과해 입구는 시멘트 구조물의 높다란 기둥에 구름무늬가 아로새겨져 있었다. 시멘트 구조물의 다리 앞에서 한족으로 한국어 안내를 하는 아가씨가 기다리고 있었다. 발음은 부정확했지만 얌전한 맵시에 최선을 다해서 안내하려는 열성을 보여주고 있었다.

중국인의 기복신앙 순위

팔선과해 안에 설치된 구조물들은 사람을 압도시키기 위해서는 그 규모의 장대함만 한 것이 없다고 생각하고 있는 듯했다. 선원仙源을 돌아보고 다음 건물로 이동하는데 조그만 언덕 위에 종루를 세워놓고 종을 한 번 칠 때마다 소원 빌기. 돈을 받고 종을 치게 하는 곳이었다.

중국인들의 소원의 중요도를 볼 수 있었다. 첫째 자식 낳게 해달라는 것, 둘째가 가족화목, 셋째 삼성고조三星高照, 넷째 재산, 다섯째 오복 등의 순으로 모두 열 가지의 소망을 종소리에 담아 비는 곳, 종소리 한 번에 소원을 빌기 위해서는 한 번 타종에 1위안씩이었다.

망영루에 올랐다. 어마어마한 규모의 건축물, 이른바

중국의 근현대 공작물들의 박물관이었다. 1층에는 목조 조각품들, 2층에는 옥 공예품과 도자기들이 전시되고 있었다. 조망대에서 보니 원근에 따라 배치된 중국 고건축물의 외양을 본딴 시멘트 건물군들이 또 다른 새로운 세상의 모습으로 펼쳐지고 있었다. 규모만으로 본다면 으뜸상 감이지만 자세히 들여다보면 날림 공사의 흔적들이 여기 저기 눈에 보였다.

5층의 팔각구조물로 된 회선각은 도교의 대표적인 신선 72인의 조각상을 모셔놓은 곳. 전설 속의 신선에 인격을 투영해서 시각화한 조각들……. 장인들 자신의 모습이 투영된 것일까. 옥황상제의 조각상 앞에서 한 컷 찍어보았다. 엄격하지만 자애로움이 배어든 모습이었다. 태산의 옥황루에서 보았던 자그마한 옥화상제의 조각이 가졌던 얼굴상과는 다른 모습이었다.

16시 25분에 모여서 버스에 올랐다. 위해까지는 2시간 30분이 걸린다고 했다. 버스 안에서 잠에 곯아떨어졌다.

18시 40분에 위해威海에 도착했다. 면적 5,300km², 인구 250만. 도시의 간판에 한글이 등장했다. 과연 한국인들이 많이 살고 있음을 확인할 수 있는 자료였다. 북경올림픽 성화봉송이 이 지역에서는 7월 19일에 통과하게 되리라고 한다. 거의 한 달 뒤의 일이다. 위해 지역의 특산품은 타이어, 카펫, 낚시 도구 등이다.

위해시 역시 기획 도시이다. 거리가 반듯하고, 신축건물들은 거리에 따라 그 디자인과 색채에 통일감을 보여주고 있었다. 사회주의 국가가 아니면 구경하기 힘든 일사불란함을 보여주고 있었다.

저녁 식사는 연대의 어느 관광지에서 낮에 먹었던 것과는 품격이 달랐다. 음

식의 질과 맛이 좋았다. 우한용 교수가 포도주 한 병을 식탁에 내놓았다. 중국산 포도주라고 했다. 내 입에는 그저 그 맛인데 프랑스산 포도주에 익숙했던 이들에게서 수준 이하라는 품평이 내려졌다.

저녁 식사 후 위해 산동대학 국제학술중심관으로 갔다. 이른바 외빈들을 위한 국제학술관이었다. 415호에 배당받았다. 룸메이트는 이화여대의 김현숙 교수였다.

밤 9시 이후에 위해 시내에 있는 조선족이 경영하는 '서울 발 마사지' 가게로 갔다. 처녀애들이 나와서 전신 마사지를 해주었다. 90분 마사지에 중국 돈 68위안, 팁으로는 한국 돈 2천 원씩을 주었다. 나는 너무 피곤해서 마사지를 받으며 계속 잠에 빠져 있었다. 새벽 1시경에 숙소로 돌아와 잠자리에 들었다.

2008. 6. 22, 일요일, 맑음.

1 │ 2 │ 3   1 · 2 팔선과해 망영루에서
             3 산동대학 국제학술중심관

02 위해

산동대학 국제학술중심 학술연구발표회

5시에 기상하고 학술발표 원고문들을 읽었다. 그리고 8시 30분에 한중인문학회 해외학술대회 발표회장으로 갔다. 우리가 머문 산동대학 학술중심의 지하층 세미나실에서 기념식, 곧이어 우한용 교수의 주제발표로 '해외에서의 한국어교육' 강연이 있었다. 이후 단체기념 촬영을 한 뒤 분과별로 위해 산동대학 강의실로 이동했다. 학술중심 건물에서 걸어서 5분 거리에 제법 널찍한 캠퍼스가 조성되어 있었다. 학생들은 시험기간 중이라고 했다. 방학을 이용해서 중국어 어학연수를 온 한국 학생들도 눈에 띄었다.

점심은 학술중심 건물로 나와서 먹었다. 대학에서 업자에게 운영을 맡겼다는 식당의 뷔페는 푸짐하고 맛도 좋았다.

13시 30분, 내가 좌장으로 있는 그룹의 발표장……, 단순히 사회만 보는 것이 아니라 발표 앞뒤에 간단한 해설을 해야 하는 관계로 긴장해서 들으면서 필기하기. 15분 발표에 10분간 토론으로 진행했다.

첫 번째 발표자는 한양대의 김미영 선생, '한국전쟁과 성장소설'이라는 제목으로 박완서 작품을 분석한 것이다. 한국전쟁이 한국문단에 성장소설이라는 소설양식상의 변화를 주었다는 것에는 인정하지만, 박완서의 유소년기의 근대 체험과 성인시절의 전쟁 체험에 대한 소개, 가족사와 자전적 요소가 소설에 들어갔다는 이야기를 하다 보니 정작으로 제목에서 언급한 박완서 소설 속의 한국전쟁이 보여준 성장소설 부분이 누락되어 있었다.

두 번째 발표자는 항공대의 윤석달 교수의 '유진오의 장편『화상보』재론'……. 유진오 탄생 100주년을 맞이해서 문학사에서 실종된 유진오에 대한 애석함이 유진오의 장편소설『화상보』를 소개하게 되었다고. 유진오에게 장편소설이 있었다는 것을 처음 알았다. 예술성과 대중성을 함께 염두에 두고 창작된 작품이었으나 창작의 도의 과도함 때문이라고 할까. 그리고 지나친 애정의 삼각구도가 사람들로부터 외면당하게 된 듯. 표면적으로는 통속 연애담이고 그 내면적으로 시대적 아픔을 담으려고 했으나 작품이 작가의 의도에서 빗나가고 말았다는 것이다. 흥미롭게 들었다.

세 번째 발표자는 한양대 임은희 선생의 '나도향 소설에 나타난 관능의 의미 고찰'. 논제만 보고 아주 재미있는 내용이려니 했더니 그렇지는 않았다. 나도향의 관능의 표현이 당시대 다른 작가보다는 자유로웠다는 것, 그것이 탈근대적인 글쓰기가 아니었겠느냐고 했다. 『환희』와 「뽕」, 『어머니』에 나타난 나도향식의 사랑 표현이 이성이나 논리가 아닌 무의식적 욕망에 충실한 것이었다고 했다. 토론자 이태숙 선생은 나도향의 관능이 무엇을 표현하려고 했고 시대의식을 어떻게 나타내려고 했는지에도 연관시켜야 한다고 지적했다.

마지막으로 이태숙 선생이 '근대출판과 베스트셀러'란 주제로 발표. 노자영이 당시에 스테디셀러 작가였다는 것을, 1920년대 출판계의 상황을 소개하고 조선인 출판업계와 일본인 출판업계에 대한 것을 이야기했다. 흥미로운 내용이었다. 피상적이기는 해도 1920년대의 출판계의 지형도를 살펴볼 수 있는 논문이었다.

다른 이들의 논문 발표를 들으면서 나도 끝까지 포기하지 않았으면 발표할 수 있었을 터인데 하는 아쉬움, 그런데 그때는 왜 포기하기로 했었는지. 나이 들어가면서 체력이 달리고 그러다 보니 근기가 빠져 버렸다고 할까…….

종합토론장에서는 좌장들에게 3분씩만 각 조에서 있었던 발표 내용을 요약 소개하라고 해서 긴 말을 하지 않아도 되었다. 김현숙 선생이 사회를 보셨는데 아주 침착하게 잘 진행하셨다. 역시 이화여대 학생처장 출신이라 담대했고, 임기응변도 뛰어나셨다.

저녁은 위해 시내 중심에 있는 호텔 음식점에서 먹었다. 음식도 좋고 다 좋았는데 술들이 들어가더니 흐트러진 모습이 보였다. 특히 어느 젊은 교수가 버스를 세워놓은 거리에서 마치 싸움을 하는 듯한 좋지 못한 모습을 보였다. 지금까지 학회에 참석하면서 이번처럼 사람들이 흐트러진 모습을 보여준 적이 없었다. 역시 원로 교수의 부재가 그런 산만함을 보여준 것이 아닐까. 학술중심으로 돌아가는 버스 안에서 난데없이 술에 취한 이들이 노래를 부르라고 했다. 송현호 선생이 먼저 부르고 몇 명의 회원들이 노래를 부르다가 엉뚱하게 내가 지목

되었다. 마이크 받고 한 곡조 불렀다.

숙소에 들어가 샤워하고, 김현숙 선생, 그리고 연락 닿는 몇몇 사람들과 나와서 어제 갔었던 서울 발 마사지 가게로 갔다. 예약을 하지 않고 갔기로 김현숙, 박순애, 나만 들어갔고 다른 이들은 다른 마사지 가게를 찾아 갔다. 어제와는 다른 아가씨들이 들어와 마사지를 해주었다. 오늘 내게 배당된 아가씨는 손아귀 힘이 세서 아주 시원시원하게 잘 해주었다.

23시경 숙소로 돌아오다 보니 인근 노천 카페에 최박광·박윤우 교수들이 앉아서 술을 마시고 있었다. 가까운 테이블에는 젊은 회원들이 모여서 기분을 내고 있었다. 본래 오늘 저녁에는 송현호 교수 위로 잔치를 열어주자고 김현숙 선생과 약속이 되어 있었는데, 송 교수는 회장 자격으로 젊은 팀과 나이든 이들 팀을 오가며 술을 마셔서 위로해줄 자리를 만들지 못했다. 서울대 대학원장 권 교수가 내게 노래를 부르라고 했다. 버스 안에서 내가 부른 노래를 듣고 다시 듣고 싶다는 것, 젓가락 장단 치면서 옛날 노래들을 불렀다. 시간이 깊어지면서 김현숙 교수가 자리를 뜨자고 해서 일차 내가 먼저 화장실에 가는 척하면서 자리를 떴고 나중에 김현숙·박순애 교수가 자리를 떴는데, 숙소로 돌아와 이야기 듣기를 이쪽저쪽 술값을 김현숙 교수가 중간 계산으로 치르고 나니 700위안이나 들었다고 했다. 한국 돈으로 하면 10여만 원……. 내가 350위안을 부담하겠다고 하고 돈을 내주었다. 받지 않겠다는 것을 내 마음도 편해지고 싶다고 했더니 받아서 테이블에 올려놓았다.

2008. 6. 23. 월요일, 맑음.

03 위해-남산시-위해

5시에 기상. 아침에 김현숙 교수가 어제 내가 내밀었던 돈을 다시 돌려주었다. 그녀 자신도 마음이 편했으면 한다는 것이었다. 대신 내년에 다시 만나게 되면 그때에는 내가 내겠노라고 했다.

김현숙 교수와 만난 것은 1970년대 말이었지만, 박사과정은 내가 먼저 들어가서 먼저 학위를 땄다. 그동안 같이 이야기할 수 있는 기회는 없었다. 남매를 두고 있고 친정어머니를 모시고 살다가 친정어머니 돌아가신 것이 3년 전. 성장한 자녀들은 모두 자기 일을 하고 있다고 했다. 반듯한 성격, 경우 바른 사람, 내게는 그렇게 전해졌다. 이화여대 출신으로 그곳에서 학생처장까지 했으니 자부심과 긍지로 똘똘 뭉친 여성이었다.

이른 조반을 먹고 8시에 학술중심을 출발, 오늘의 첫 방문지 유공도로 향했다.

유공도 劉公島

8시 30분에 위해의 해변가 선착장에서 유공도로 가는 유람선에 올랐다. 유공도까지의 승선 시간은 15분. 바닷바람이 시원했다. 배에 올라 뭍을 향해 보니 선착장 부근에 유리로 반듯하게 지어놓은 직사각형 건물, 마치 인도의 뭄바이서 보았던 인도의 문과 비슷한 건물 디자인이었다. 다만 이곳의 건축자재가 유리라는 차이뿐. 올림픽을 기화로 갑자기 여기저기 기념물이 될 만한 건물들이 불쑥불쑥 들어섰으니 유리건물도 그렇게 생긴 것이 아니었을까. 중국 전통건물과는

거리가 멀었다. 유리의 건물은 마치 얼음궁전처럼 보였다.

유공도에 얽힌 지명 전설이다. 수나라 시대였다고 한다. 남방 상인들이 위해연근에서 풍랑을 만났다. 그들은 어렵게 섬으로 올라왔다. 섬에는 유씨 성을 가진 노부부가 살고 있었고 그들이 조난자를 보살폈다. 그런데 그 유씨 성을 가진 노부부가 밥을 짓는 모습이 특이했다. 가마솥에 한 줌의 쌀을 넣고 밥을 짓는데 수 명의 조난자들이 먹고도 남을 밥이 그 솥에 남아 있고는 했다. 허기를 면한 조난자들이 노부부에게 감사의 인사를 드리려고 찾았을 때 노부부의 모습은 어디에서도 찾을 수 없었다. 이후 이들 섬은 유씨 성을 가진 노부부를 기억하기 위해 '유공도'라 불리게 되었다고 한다.

또 다른 지명 전설 하나. 예전에 한 황제가 있었다. 나라에 변이 일어 이 섬으로 피신해왔다. 섬에 살던 유씨 성을 가진 이가 지극정성으로 황제를 받들었다. 마침내 나라의 난이 평정되자 황제는 자신에게 지극했던 유씨에게 상을 내리

유공도 선착장에 있는 유리건물

고, 그 갸륵한 일을 기리어 공적비를 세워 주었고 섬에 유공도라는 이름을 붙여 주었다고 한다.

살다 보면 얼마나 많은 어려운 일이 있었던가. 어려운 처지에 놓인 사람들을 도와 주려는 마음, 어려웠던 때에 베풀어 준 은혜를 잊지 않는 마음, 그 마음들이 모이면 세상은 또 하나의 천국이 되는 것임을 유공도의 지명 전설이 증언하고 있었다.

유공도의 지명 전설이 인정의 아름다움을 전하고 있음에 반해 역사에 기록된 유공도의 이야기는 전쟁의 상흔으로 얼룩져 있다.

1884년에서 85년까지 있었던 청일전쟁은 조선에 대한 지배권을 두고 일어난 전쟁이었다. 이 전쟁에서 일군이 승리하면서 유공도는 일본의 지배 아래 들어갔다. 그러나 1895년부터 1930년까지 유공도는 다시 영국군의 지배 하에 들어가고, 1930년부터 1948년까지는 장개석이 이끄는 국민당이, 그리고 1948년 이후 지금까지 중국공산당이 이곳을 장악하고 있다. 처음 이 섬에는 유씨 성을 가진 주민 50여 호 정도가 살고 있었다. 그러나 역사의 소용돌이 속에서 지배자가 바뀌게 되면서 유공도는 관광객들이 북적이는 관광지가 되었다.

'유공도 갑오전쟁 박물관' 건물은 120년 전에 건축한 것으로 외빈을 맞은 '예의청'을 비롯해서 청나라 말엽의 군함들, 당시 각축전을 벌이던 나라의 우두머리들, 장수들, 전쟁무기, 전생 희생자들의 사진을 전시하고 있었다. 그중에는 조선의 갑오농민 전쟁에 관련한 사진들, 체포당한 수운 최제우 선생의 사진도 있었다. 우리에게는 가슴 아픈 사진이 이곳에서는 관광객들을 불러 모으는 상품용 자료로 이용되고 있었다.

9시 50분까지 유공도를 둘러보고 선착장으로 와서 배를 기다렸다. 선착장 안, 배를 타는 플랫폼에 재미있는 입간판이 있었다.

문화인답게 공중도덕 지키면서 안전에 주의하면서 승선하라는 내용이었다. 그런데 한국인 관광객을 위한 배려에서 표기된 한글 안내문이 애교스럽게 보였다. '문명승선文明乘船'이 '문영승성'으로 표기되어 있었다.

10시 15분에 유람선에 올라 뭍으로 나왔다. 다시 버스에 올라 위해-연대까지 2시간 30분 동안 고속도로와 지방도로를 달렸다. 연대의 용구龍口에 있는 남산시로 찾아간다고 했다.

남산시

남산시는 29년 전까지만 해도 가난한 농민들이 살고 있던 자그마한 촌락이었다. 당시 남산 촌장은 두부집을 하고 있었고 그는 사업에서 나온 수익금을 방직산업에, 그리고 다음에는 알루미늄 산업, 강철 산업으로 발전시켜 나갔다. 촌장의 지도 아래 이곳 남산 지역 사람들은 농촌지역에서 산업단지로, 농촌에서 도시화로 남산시를 발전시켜 나갔다. 초기 남산 지역 주민들은 떼부자가 되었다. 이 지역은 중국 내에서도 특수지역으로, 자유로운 체제하에 풍요로운 삶을 살게 되었다. 중국 중앙정부의 지도자들이 이곳을 다녀가면서 중국 전지역에 이

문영승성 안전주의 푯말

지역민들의 삶은 대서특필되었다. 지역 주민의 협심단결로 차이나 드림을 성취시킨 지역이 바로 남산시라는 것이다. 현재 이 남산 지역에는 세계에서 최대의 시설 규모를 갖춘 골프장이 있다. 2008년 현재 261개의 홀을 가진 골프장으로 전 세계 골프 애호가들의 방문을 받고 있다고 한다.

골프장 내에 있는 식당에서 한국 음식을 먹었다. 김치와 군두부, 나물 들이 나왔다. 그러나 외국에서 먹는 한국 음식이란 실은 별로 먹을 것이 없다. 2층 식당에서 식사 마치고 로비로 내려가니 테이블에 누렇게 잘 익은 살구가 그릇에 수북하게 담겨 있었다. 골프장 내에 있는 살구나무에서 떨어진 살구를 모아놓은 것이었다. 먹어도 된다기로 입에 넣어보니 농익은 살구는 달기만 했다. 맞은 편 산 위로 대불상大佛像이 보였다. 어마어마한 크기였다. 땡볕 아래 걸어서 대불상이 있는 곳으로 갔다.

남산대불

안내판에서 소개하고 있는 남산대불에 대한 것은 다음과 같다.

대불단지가 조성되고 대불상이 완공된 것이 2000년 4월 8일, 석가모니 좌상은 석청동제錫靑銅製로 주조. 좌상의 높이는 38.66m 무게 380톤, 동판 232장을 용접했고, 연꽃잎이 108장, 부처의 머리를 장식한 소라모양의 나발螺髮이 202개, 좌불의 오른손이 보여주는 수인은 시무외인施無畏印, 왼손은 시여원인施與願印으로 이는 곧 중생의 고통과 두려움을 없애주고 행복을 기원해준다는 것.

남산대불을 친견하기 위해서는 경사가 급한 계단을 올라야 했다. 계단을 오르

며 보니 나무아미타불南無阿彌陀佛에 따라 각 글자당 60여 개의 계단(저자의 추정임)이 배치되어 있었다. 이는 모두 360계단이라는 계산이 나온다. 경사도 높은 계단을 오르기 위해서는 사선으로 움직였다. 종아리가 당겨왔다.

계단이 끝나는 곳에 만불전萬佛殿이 있었다. 9,999분의 부처를 모시고 있고 대불을 합해 만 불을 모시는 곳이라는 의미였다. 만불전 앞에서 땀을 줄줄 흘리며 숨을 몰아쉬며 올라오던 계단 아래로 펼쳐진 세상을 보았다. 좌우에 숲을 거느린 넓은 아스팔트, 그 뒤로 나지막한 산 위에 사찰들을 세워놓고 있었다. 불과 7~8년 안에 급조된 부처와 거대 사찰들이 이 지역에 자리를 잡은 것이다. 부처도 이 모양을 보시면 입을 다물지 못할 것이다.

만불전을 방석삼아 앉아 계신 대불의 모습, 크기만으로 볼 것이 아니라 그 상호를 보아야 했다. 거인의 시선은 선량하고 순해 보이셨다. 인간의 손으로 만들어진 상품이기는 하되, 그냥 상품商品이라고 매도할 것이 아니라 그것을 만들던 장인의 기원을 읽어야 할 것이라고 생각했다.

만불전 안에 들어가 기계로 찍어낸 듯한 불상들이 가로 세로 줄을 맞추어 앉

1 남산대불
2 만불전에서 내려다본 광경
3 나무뿌리에 조각한 불상

아 있는 모습, 예전에 어딘가에서 읽었던 구절, 불경 한 글자씩을 옮겨 쓸 때
마다, 부처를 한 분씩 조성할 때마다 극락으로 들어가는 길이 수월해진다던
것……. 신앙의 대상으로서의 부처가 아니라 인간의 손으로 얼마나 큼직한 부
처를 만들고 얼마나 많은 부처를 찍어낼 수 있는가를 보여주는 21세기 중국의
관광정책의 현주소였다.

만불전 아래층에 '불교사박물관'이 있었다. 중국 초기 불교시절의 흔적부터
근세에 이르기까지 불교 관련 불상과 관련 자료들을 전시하고 있었다. 복제품
이 대부분이었지만 그중에는 실물들도 있었다. 내 시선을 끈 것은 몸통만한 나
무뿌리였는데, 뿌리의 모양을 살리면서 그 목질 속에 숨어 있는 부처를 바깥세
상으로 모셔낸 한 조각품, 수나라 시대의 목재
불상이었는데 그 발상이 참으로 신선했다.

또 육조시대 혜능惠能 스님의 화상이 있었고,
그 옆에는 그의 몸에서 나온 사리들이 있었다.
사람의 몸속에서 어떻게 저렇게 다양하고도
많은 구슬들이 나올 수 있다는 말인가.

15시에 버스에 올랐다. 산 아래로 내려가서
산 위에 있는 대불상을 올려다보고 그 크기에
감탄, 감탄, 그러나 그것은 터무니없이 크다는
것에 대한 감탄이었지 인간혼의 떨림이라든
가 예술성과는 거리가 있는 그런 감탄이었다.

중화역사문화관

버스는 남산 대불상이 있는 지역에서 가까운 다른 관광지로 들어갔다. 고대 우나라, 상나라, 주나라 시절부터의 중국인의 삶의 모습을 재현해 놓은 곳이었다. 2000년에 조성된 옥불사지를 보조하기 위해서 급조된 문화관이었다. 복원시킨 문화관의 원시인들의 모습이며 고대인들의 모습, 그들에 맞추어 만든 의식주의 재료들은 조잡해 보였다. 몇 년 전인가 하모도에 다녀온 적이 있었는데, 하모도 시절의 원시부족의 공간을 재현시켜놓은 것 같은 느낌이 들어 웃음이 나왔다.

역사문화관을 돌아보고 나오자 원시시대의 복장으로 분장한 20대 안팎의 젊은 남녀 무용수들이 대기하고 있다가, 원시인들이 추었음직한 집단 율동을 보여주었다. 청년들은 장발에 상의를 훌떡 벗고 무사들의 춤과 같은 격렬한 율동을 보여주었다. 역시 장발의 처녀애들은 풀어 헤친 머리칼 차림으로 헤드윙을 하면서 귀여운 동작으로 청년들과 짝

을 맞추어 율동을 했다. 그들은 키가 작고 빈약했고 피부는 가무잡잡했다. 그들에게 팁을 주어야 할지 여부를 고민하고 있는데 가이드는 그냥 가자고 했다. 그들은 와이족와족으로 문화관에 소속되어 월급을 받고 있는 무용수들이라고 했다. 와이족은 중국 소수민족 가운데 하나로 현재 25만 정도가 살고 있다고 한다.

남산약사옥불전 南山藥師玉佛殿

버스는 좁고 경사가 심한 산길을 천천히 힘겹게 올라가 남산약사옥불전 앞에 내려주었다. 옥불을 모셨기로 남산약사옥불전이라 지칭된다는 곳. 옥불의 두상은 온전한 하나의 옥석 덩어리이고 몸체는 여러 조각의 옥석 덩어리를 접합해서 만들었다. 옥불을 모신 건물의 총면적은 2.6만m², 옥불의 키는 13.66m, 무게는 660톤.

에스컬레이터를 두 번씩이나 갈아타고 오를 정도로 거대규모의 옥불전이었다. 에스컬레이터 양옆으로 기계로 찍어낸 듯한, 그러나 다양한 색채와 모양의 나한상들의 모습이 반복되고 있었다. 1, 2층에 해당되는 곳에 500나한이 가로세로 줄을 맞추어 늘어서 있었다. 불과 20년 전까지만 해도 죽의 장막이라고 불리던 중국, 사회주의 국가이기에 종교를 마약으로 비판하던 중국이, 실질적인 이익을 위해서라면 검은 고양이와 하얀 고양이 가리지 않겠다고 하더니, 정말 묘한 문화상품들을 만들어놓고 사람들을 불러들이고 있다.

남산약사옥불의 왼손에는 작은 항아리가, 오른 손에는 황금빛 띠를 드리우고 있었다. 기계의 힘이 큰 역할을 했겠지만 기계로 깎아낸 약사불의 시선은 그윽

1 남산옥불과 승려
2 오른쪽부터 두개골로 만든 그릇, 소녀의 대퇴부로 만든 북채, 인피로 만든 북

하고 그 상호는 따뜻한 인상이었다. 약사불에 대한 인상을 기록하고 있는데 누군가 어깨 너머로 나의 기록물을 보고 있었다. 글씨체가 낯설어서였는지 관리인 처녀가 눈이 마주치자 웃었다. '코리안 레터'라고 했더니 '아 한국'하며 웃었다.

옥불전 안에 관광객이 제법 불어나자 대기해 있던 젊거나 나이든 주황색 가사 차림의 승려 대여섯이 목탁을 두드리며 염불을 시작했다. 그들도 월급 받은 승려일 것이다. 먹고 살기 위해서 무엇을 하지 못할까.

옥불전을 돌아 나오는 길에 불교 관련 자료 전시실에 들렀다. 옛날부터 전해 오던 불교 관련 도구들, 그 가운데 사람의 가죽으로 만든 크고 작은 북이 두 개나 있었다. 인피人皮라고 말해주지 않았다면 그냥 지나쳤을 북이었다. 티베트에서 나온 유물이라고 한다. 그 옆에는 사람의 두개골을 반듯하게 잘라서 그 거죽을 은제품으로 장식한 그릇이 있었다. 사람의 두개골을 해골 '바가지'라고 불렀던 것이 확인되는 그런 그릇이었다. 두개골의 주인은 저승 어딘가로 떠나가고 그가 남긴 두개골이 종교적 제의그릇이 되어 있다가 급조된 관광지 사찰의 전시품이 되어 찾아왔다. 가슴이 먹먹했다……. 그리고 또, 소녀의 대퇴부를 가지고 만든 북채가 있었다. 그들 몸주인의 의사와 관계 없이 사후에 몸으로 부처께 바치는 공양이라……. 그들 몸주인들은 극락으로 초대받았을까……. 엽기적인 전시품들이 많은 곳이었다. 그것은 신앙과는 전혀 별개의 것이었다. 인간도 죽으면 동물과 같다는 것, 그 가죽이며 뼈며 두개골이며 모두 하나의 기구로 만들어질 수 있다는 것을 볼 수 있었다.

16시 20분에 버스에 올라 위해를 향해 출발했다. 버스 안에서 줄곧 졸다가, 어느 시골 길가에서 길가에 늘어선 과일장수들을, 그 가운데 버찌장수를 보았다. 이곳 말로 '왕앵두'였다. 차를 멈추게 했다. 그리고 뛰어 내려가서 잘 익어서 검은빛이 나는 버찌를 샀다. 버찌 열매 크기 하나가 엄지손가락 마디만 했다. 3근에 20위안, 한국 돈 3,500원 정도였다. 춘천에서 버찌를 사려고 했더니 한 알당 200원씩을 달라고 했었는데……. 이 지역 특산물이 왕앵두 — 버찌였다. 버스 안에서 버찌 파티를 했다.

저녁식사는 중심가에 있는 식당에서 해결했다. 20시경에 일단 산동대학 학술 중심으로 귀환, 그리고 21시에 로비로 모여서 서울 발 마사지 가게로 출발했다. 그러나 그 집은 이미 손님들이 넘쳐서 김현숙, 박순애 그리고 나 세 사람만 들어갈 수 있었다. 오늘 내게 배당된 아가씨는 손아귀가 억셌다. 90분 동안 문지르고 주무르고 두드리고 밟고 당기고, 가끔 통증을 느끼기도 했지만 아주 시원했다.

지난 저녁에 광장 술집에서 술값 700위안을 김현숙 선생이 냈고 오늘 마사지 값 개인당 68위안과 마사지 봉사료 한국 돈 2천 원의 팁을 박순애 선생이 모두 냈다. 나는 아무 것도 내지 못했다. 내년에 다시 함께 모이게 되면 그때에 내게 내라고 했다. 잊지 말고 빚을 갚도록 하자.

뱃속이 더부룩하다. 오늘 온종일 한 일이란 왕복 5시간 이상을 달려가서 급조된 문화재 관광 상품을 보고 온 것뿐. 기억에 남는 것은 옥불사에서 본 사람의 가죽과 뼈로 만든 북과 북채와 은제품 그릇.

2008. 6. 24. 화요일. 갬.

04 위해-노성시-위해공항-인천공항-춘천

새벽 서너 시부터 잠에서 깨어 꼼지락거렸다. 그리고 5시에는 일어나 앉았다. 김현숙 교수도 일찍 깨셨다. 아마 내가 일찍 일어나 궁시렁거리니까 깨신 듯했다. 김교수는 아침 산책을 나가고 나는 머리에 플라스틱 롤세팅을 매달고 어제 관광했었던 곳들을 노트에 정리했다. 동국대 한용수 교수가 아침 산행에 동행하지 않겠느냐고 친절하게 전화를 해왔다. 그러나 사양하지 않을 수 없었다. 머리 손질을 하느라고 롤세팅을 주렁주렁 매달고 있었으니.

객실에 혼자 있을 수 있어서 좋았다. 마음 놓고 화장실을 이용할 수 있어서 좋았다. 지난 일요일 이후 힘이 들었는데, 혼자 마음 놓고 화장실을 이용하니 모든 것이 해결되었다.

8시 20분에 산동대학 국제학술중심관을 출발, 산동대학 위해 캠퍼스를 전용버스로 한 바퀴 돌면서 구경을 했다. 산동대학 본교는 제남에 있고, 이곳에 있는 위해 캠퍼스는 학교 재단도 독립된 곳이라 했다. 위해 캠퍼스는 조용했다. 학생들의 시험기간이라 더욱 조용했다.

8시 30분에 전용버스는 위해 중심가를 향해 나갔다. 구역에 따라 통일된 디자인의 건물들, 깔끔해 보이는 도시의 건축물들, 그러나 국가가 집단적으로 기획한 곳이라 개인의 개성은 깡그리 무시된 사회주의 국가의 도시가 보여주는 메마름이라고 해야 할까 그런 것이 느껴졌다.

10시 2분에 적산赤山 관광지역에 도착했다. 산의 암석이 붉은 빛을 띠어서 적산이라 불린다고 했다. 관광지에 들어서자 먼저 눈에 띈 것은 적산의 산신령인 적산명신赤山明神. 근래2005에 조성한 산신령상의 크기가 어마어마했다.

땡볕이 비치고 있었다. 걸어서 구경하면 두세 시간이 걸리는 곳, 우리는 각자 중국 돈 20위안씩 갹출해서 미니버스를 이용하기로 했다. 전기로 움직이는 10인승의 미니버스의 운전사는 젊은 여성이었다. 김현숙, 박순애 선생 몫까지 60위안을 내가 지불했다.

적산명신

대단한 크기였다. 이들도 주석과 청동의 합금으로 만들어졌을까. 대개 외부에 설치했던 불상들이 35~40m인 점을 고려하면 적산명신도 그럴 것이다. 적산의 산신령이라……. 그를 적산 높직한 곳에 우뚝 서게 함으로써 상대적으로 저층에 위치한 장보고기념관과 기념동상은 짜부라져 보이게 되는 것이 아닐까.

적산명신을 지붕 위에 모신 기념관으로 들어갔다가 나왔다. 근래에 만들어진 조각품들을 보기보다는 1,200~1,300년 전의 신라인의 눈으로 이 적산을 보고 싶었다. 신라인의 눈으로 앞 바다를 바라보고 싶었다. 모두가 변하지만 그래도 덜 변하는 것이 산이요 바위가 아니던가. 고국을 떠나 와 갖은 고생을 하면서 신라인 마을을 일군 장보고 장군의 입장이 되어서 이 지역을 보고 싶었다. 그래서 적산명신과는 관계 없이 전망 좋은 곳에서 산과 바다를 카메라에 담았다.

적산명신에 대한 한자 안내문이 길게 기록되어 있기에 수첩에 요약, 기록하기 시작했다.

　　적산명신은 홍문동 출신으로 그 위엄이 사해에 끼치는 산신이다. 그 법력은 널리 퍼지
고 땅과 복을 좌우하며 그 공덕이 널리 알려진 신이다. 시황과 六國 시절(BC 219) 시황이
李斯에게 불로초를 구해오라 하니 이사가 적산명신에게 와서 기도했고, 또 누군가는 병
이 깊었을 때 적산명신에게 기도하니 효험이 있었다고 한다.

　　이것은 적산명신을 소개하는 가로 20m 높이 3m 정도 되는 오석에 새겨진 것을
읽다 보니 나온 말이다. 기록을 하다 보니 일행들이 나와서 버스에 오르고 있었다.
부분을 읽기보다 전체를 다 읽어보고 마음속에 기억했어야 하는 것을…….
　　적산명신 좌상을 구경하고 다시 미니버스에 올라 법화원으로 향했다.

법화원

먼저 관음전 앞으로 나갔다. 관음전 건물 아래편 광장에 수십 미터 높이의 단
석 위에 거대한 관음상이 있고 그 아래에는 사천왕상이 동서남북으로 또 그 아
래에는 나한상이 있었다. 주황빛 법의를 입은 젊은 승려들 10여 명이 앞서고 그
뒤를 일반 불자들이 줄을 지어 광장을 돌기 시작했다. 음악소리와 함께 분수가
위로 솟구쳐 오르기 시작했다. 먼저 맨 아래에 있던 나한상들이 움직이기 시작
했다. 마치 춤을 추는 듯했다. 음악소리가 높아지면서 사천왕상이 차례로 입으
로 불을 토해냈다. 사천왕상 위로 작은 문이 열리더니 알몸의 동자들이 머리에
예물을 이고 분수가 만든 안개 사이로 나왔다. 음악은 불교 제의 때 부르는 염불
가. 그리고 서양 고전 음악도 나왔다. 하이라이트는 웅장한 음악소리가 드높아

<table>
<tr><td>1</td><td>2</td><td>1 · 2 법화원 관음전의 분수 쇼</td></tr>
<tr><td>3</td><td>4</td><td>3 장보고 공적비
4 적산 법화원지</td></tr>
</table>

지면서 분수가 높다랗게 관음상을 향해 물을 뿜기 시작하자 관음상이 돌기 시작했다. 분수는 음악소리에 따라 고저와 강약을 달리해서 물을 뿜고 그것을 바라보는 불자들은 합장하고 머리를 조아리고 관광객들은 카메라를 들이대고 그 장면들을 찍었다.

관음상도 최근래에 만들어진 것, 그 규모에 깜짝쇼까지 보여주니 적산관광 지역에 또 하나의 명물로 등장, 관광객들에게서 돈깨나 걷어들일 것 같다. 중국의 저력을 보여주는 또 하나의 장관이라고 할까. 올림픽 특수를 노려 대대적으로, 집단적으로 단칼에 휘둘러 만들어 놓은 문화관광 상품, 더 이상 문화상품이라고 비판하려야 할 수 없을 정도였다. 1,300년 전 장보고가 신라인들과 함께 모여 살던 이곳에, 중국은 처음에는 장보고 기념관을, 지금은 장보고 전설을 일시에 무화시킬 적산명신상이라든가 관음상의 분수 쇼를 장치하여 보는 이들로 하여금 멍하니 충격을 받을 정도의 예술상품, 문화상품을 보여주고 있었다.

관음전

관음전 건물 안으로 들어가 보았다. 장보고 시절 일본인 승려가 이곳 신라인들이 세운 법화원에 와서 2~3년 머물면서 그가 견문한 바를 기록했는데, 이곳 관음전 건물은 그 일본인 승려가 기록한 것을 토대로 1987년에 일본인 사업가에 의해 복원된 것이라 한다.

TV 드라마 〈해신〉에서 보았듯이 미천한 신분이었던 궁복^{궁달}은 이곳 산동성으로 들어와 무령군에 임명되고, 당시 고구려인과 신라인의 불행이 해적들에

의한 것임을 보고 이를 소탕하기에 이른다. 그리고 신라인들을 모아 이곳에 신라촌을 만들고 법화원을 세워서 신라인들의 마음에 의지처를 만들어 주었다고 한다. 지금 우리가 방문하고 있는 관음전이 바로 그 터에 복원해 놓은 것이다. 관음전 앞뜰로 내려오다 보니 '청해진대사 장보고 공적비'가 까만 오석 위에 새겨져 있고, 그 이면에는 장씨 대종회에서 이 비석을 세웠다는 기록이 나온다. 기념비 앞으로 가로로 누운 자연석 위에 '赤山 法華院址'란 한자 휘호가 새겨져 있었다.

장보고 기념관

장보고 기념관을 찾아갔다. 청동의 장보고 상을 보았다. 장보고상은 한국의 장씨 종친회원들이 모여서 만든 상인 듯, 사람 키의 5배는 되도록 거대하게 만든 상이었다. 투구에 전투복을 입은 장보고상, 왼손은 아래로 늘어뜨린 칼을 잡고 있었다. 이 동상 역시 만들어진 지 오래되지 않았을 것이다. 청동의 주름살 사이로 초록색 녹이 배어나오고 있었다.

장보고 기념관은 적산연정 무령종군赤山緣定, 武寧從軍이란 휘호가 각각 매달린 이층 누각으로 되어 있었다.

안으로 들어가 보니 금물을 입힌 장보고상 어깨 위에 붉은 가사가 걸쳐 있고 양쪽에는 장보고 장군을 받드는 부하의 상이 있었다. 신라소를 소개하는 안내판이 있었다. 장보고 장군이 법화원을 세우고 매년 양곡 500석을 수확할 만큼의 사전을 바치고 또 많은 돈과 음식들을 스님들을 위해 보냈다는 것, 매년 8월 15일에는 신라인들이 모여서 잔치를 했었다는 기록이었다.

1 장보고 동상
2 장보고 기념관 적산연정 무령종군
3 기념관 누대에서 본 기념관 건물과 장보고 동상

한편 법화원에 손님으로 머물던 엔인圓仁 스님과 그가 쓴 '입당구법순례기'에 대한 소개판도 있었다. 한쪽에는 등신대의 인형들로 법화원 시절의 장보고와 그의 추종자들의 모습을 재현하고 있었고, 2층으로 올라가보니 티브이 드라마 '해신'의 스틸 사진이 등신대 크기로 확대 전시되고 있었다. 기념관 누대 위에서 적산의 여기 저기 갈피를, 그리고 앞바다를 바라보았다. 1,200여 년 전, 이 땅에서 향수에 젖었던 장보고도 이제는 전설의 인물이 되고 중국인들에 의해 관광 상품이 되었다.

장보고 기념탑이 있는 야트막한 앞산으로 나갔다. 1994년 한국 세계민족 연합회 최민자 교수가 중심이 되어 조성한 탑이라 한다. 탑 앞에 세워진 안내문을 요약하면 다음과 같다.

장보고탑은 적산연화정에 자리잡고 있으며 한국세계민족 연합회 최민자 교수가 창

1 기념관 누대에서 본 산과 바다
2 장보고 기념탑
3 장보고의 마음이 되어 멀리 바라본 바다

도하여 세운 것으로 1994년 7월 24일 낙성식을 거행했다. (…중략…) 탑 받침대는 길이 19m, 폭 16m, 높이 1.8m, 그리고 탑의 높이는 5m, 로 탑 기둥은 1×1m², 탑간 거리는 0.5m이다. 두 탑의 기둥은 한국과 중국을 상징하고 정상에서 연결된 것은 양국의 우정을 의미하며 '장보고기념탑'이란 글씨는 김영삼 전 대통령이 썼다.

장보고탑 앞에는 시급市級 문물보호단위 장보고 기념탑 영성시 인민정부 1994년 8월이라는 석조물이 있었다. 기념탑 앞에서 적산 앞바다가 잘 보였다. 기념탑 앞에서 단체사진을 찍었다.

12시 25분에 법화원을 출발, 10분 미만 거리에 있는 식당으로 가서 점심을 먹었다. 관광지역치고는 음식이 먹을 만했다. 김치도 나왔다. 한국 손님이 많은 까닭에 거의 한국음식에 가까운 맛이었다.

13시 10분에 식당을 출발해서 14시 10분에 위해 비행장 도착. 15시 40분에 비행기에 탑승했다. 비행기는 16시 12분에 이륙했다.

3박 4일간의 여행, 이화여대 김현숙 교수와 룸메이트가 되어 김교수와 이야기를 나눌 수 있었던 여행이었다. 30년 전에 처음 만나 그저 목례나 나누는 정도였던 김현숙 교수와 세상 살아가는 이야기를 나누며 보냈으니 이번 여행은 사람 사귀는 여행이었다고 할까.

한국 시간으로 18시에 인천국제공항에 도착했다. 짐을 찾아서 나오니 18시 30분, 춘천 가는 공항버스는 오후 20시에 있었다. 유성선 교수와 공항 대기실에서 기다리다가 20시에 출발하는 버스에 올랐다.

2008. 6. 25, 수요일. 쾌청.

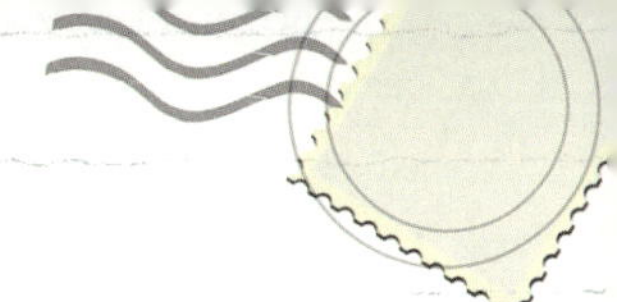

보타도 불긍거관음보살과 보타산 이야기

항주 · 보타산 · 소흥

01 인천공항–항주

4시 50분 기상. 자양동의 한양아파트, 이미 오빠 내외는 일어나 새벽 기도를 바치고 있었다. 기도문 읽는 소리, 부부가 함께 늙어가면서 함께 기도하는 모습이 보기에 좋고 고마웠다. 그렇다고 두 사람이 부부싸움을 하지 않는 것은 아니지만, 그래도 새벽마다 촛불을 밝히고 무릎 꿇은 채 함께 기도문 읽으며 하루를 시작하는 모습은 진정 아름답게 보였다.

어제 춘천을 떠나기 직전 받았던 국제 전화 ─ 태은의 남편이 걸어온 전화였다. 전혀 상상도 하지 못했다. 한국에 잠시 다니러 온다고, 만나자고 했다. 태은은 4년 전에 한국을 다녀간 뒤 한 달도 되지 않아서 세상을 떴다. 심장마비라고 했다.

태은은 국교시절부터의 친구였다. 태은은 대학을 마치고 교사생활 1년 만에 미국으로 이민 갔고, 그곳에서 미국인과 결혼했다. 남편은 태은이 근무하던 중학교에서 만난 평화봉사단원이었다. 태은을 다시 만난 것은 내가 대학원에 다니던 1978년 가을이었다. 그때는 이미 두 딸애의 어미였던 태은이 가족들과 함께 한국으로 친정 나들이를 왔다. 그때만 해도 태은의 친정 식구들은 모두 한국에 살고 있었다.

그리고 4년 전인 2005년 10월, 태은이 한국에 다니러 왔다. 그녀의 둘째딸이 한국의 어느 어학원에서 영어 강사를 하고 있었다. 그 무렵 나의 어머니는 한참 위중하시던 때였다. 태은은 고국에서 일하고 있는 딸도 만나고 싶고 또 우리 어머니를 살아생전에 만나 뵙고 싶어했다.

태은이 풍납동 아산병원 암병동으로 찾아왔을 때 어머니는 혼수상태에 빠져 계셨다. 그런 어머니가, 태은이가 어머니 손을 잡고 '어머니 태은이가 왔어요 저 태은이에요' 하며 안타까워하는 순간, 기적처럼 눈을 뜨셨고, 태은을 알아보시고, 무언가 말씀을 하고 싶어 하시었다. 그러나 어머니는 성대까지 림프암에 잠식당한 상황, 말씀을 하실 수 없었다. 태은을 알아보셨으면 눈을 깜박여 보시라고 했더니 어머니는 온몸에 경련을 일으키면서도 힘들게 천천히 눈을 깜박여 보이셨다. 그리고 며칠 뒤 어머니는 돌아가시었다. 태은이가 장례식장으로 찾아와 넋을 잃고 있던 나를 위로했다. 태은은 며칠 더 있다가 미국으로 돌아간다고 했다.

어머니 장례식을 치르고, 내가 내 마음을 가누지 못해 휘청이던 어느 날, 태은의 사망 소식을 들었다. 어머니 돌아가신 날이 10월 11일인데 태은은 미국으로 돌아가서 짐도 제대로 풀지 못한 채 앓다가 11월 12일에 세상을 떴다고 했다. 어머니 돌아가시고, 한 달 만에 가장 친한 친구의 부음을 전해 듣고 나는 얼이 빠져 버렸다. 하루에도 몇 번씩이나 태은아 태은아 하면서 불러보곤 했다. 그리고……, 4년이 가까워오는데, 태은의 남편이 한국 정부의 초청으로 한국에 잠시 다니러 왔다고, 태은의 친구들을 만나고 싶다고 하는 것이었다.

"니네들에게 태은이 돌아가신 것 상세히 말씀드리고 싶습니다."

태은의 남편이 내게 이렇게 말했다. 사실 태은이 세상 뜬 날이 정확하게 언제인지 잘 모른다. 친구를 통해서, 그 친구는 또 태은의 사돈을 통해서 들은 이야기를 내게 전해 주었을 뿐이다. 언제 어떻게 왜 태은이 세상을 떠야 했었는지 알지 못했다. 그랬는데 어제, 서울로 출발하기 직전 태은 남편의 전화를 받은 것이다. 내가 중국에서 귀국하는 날짜에 태은 남편은 한국에 입국한다고 했다. '만나자'는 말에는 무조건 동의했다. 태은 남편은 제임스 오스번, 한국 이름은 오정수, 아들 딸 5남매를 낳고 살다가 먼저 떠난 아내……. 젊은 시절의 추억이 서린, 아내의 고국인 한국 정부당국의 초청을 받아 여로에 오른 미국인 오스번.

인천공항행 리무진을 타기 위해서 일찌감치 집을 나섰다. 동서울터미널 옆 버스 정류장에 나가 보니 아직 30분이나 남아 있었다. 기다리다가 공항행 버스에 올랐고 8시에 출발, 그리고 9시 15분에 인천공항에 도착했다. 우리 팀과의 만남은 11시였다. 국제선 출발지인 3층 H부스와 가까운 곳에 자리잡고 앉아 책을 읽기로 했다.

기다리는 시간

내 안에 낯선 세상을

모셔드리기 위하여

돌아갈 그 날의

아름다움을 위하여

기다리는 시간

즐거운 마음

고마운 마음

　10시 50분, 약속된 장소로 나갔다. 낯익은 얼굴들이 보였다. 이번에는 부부 팀이 많았다. 송현호, 우한용, 최병우, 박인기 교수들이 부인을 동반, 송·최교수는 아들까지 동행하고 있었다. 강원대 인문대학과 예술대학에서도 교수들이 참석했다. 나를 포함 강원대 교수가 4인이나 되었다.

　우리 일행은 40여 명이 될 듯했다. 중국 현지에서 동참하는 회원도 있다고 했다.

　12시 무렵 출국 신고 마치고 면세점을 돌았다. 출퇴근용 가방을 하나 사야겠다는 생각, 마침 40% 세일의 가방점이 있었다. 검정칠피에 숄더 겸용으로 큼직한 가방이었다. 세일 가격인데도 48만여 원, 옆에서 이정숙 선생이 그냥 저지르라고 했다. 저질렀다. 그래서…… 내 생애 최초로 면세점에서 고가의 가방을 샀다. 내 손으로 이렇게 거액의 가방값을 치르기는 처음이었다.

중국 민항기는 공항 본사에서 별도로 신축된 청사에 있었다. 서둘러 전철을 타고 나갔다. 탑승 게이트로 가자마자 비행기에 올랐다. 13시 15분, CA140 중국 민항기 26K 좌석에 앉았다.

왼쪽에 이화여대의 연남경 선생, 오른쪽에 항공대의 윤석달 교수. 두 분 모두 조용하고도 다감한 성격이었다. 출출하던 판에 기내식 — 닭고기 요리, 빵, 종로 복떡 3개, 순천농협 상표의 김치, 중국빵이 나왔다. 빵을 맛있게 먹었다. 종로 복떡은 하나만 먹고 나머지는 가방 속에 챙겼다.

자다가 깨어보니 15시 15분이었다. 항주의 공항에 착륙했다. 잠시 비행기 안에서 신종 인플루엔자 감염 방지를 위한 검색 과정이 있을 것이니 기다리라는 안내 방송이 있었다. 체온 검사를 위한 위생 요원 세 명이 우주복 같은 위생복을 입고 나타났다. 전자봉 같은 것을 일일이 탑승객의 이마에 투사하면 이상 체온자를 검색할 수 있는 모양이었다. 눈만 내놓은 위생복 차림의 위생 요원들 행동이 재미있어서 사진을 찍으려고 했더니 금방 제지를 한다. 한국에서는 검색대 앞을 통과만 하면 모니터에 고열자들이 그대로 체크 되는데 —.

단체 비자를 발급 받았기로 출국 수속을 밟는 데 시간이 걸렸다. 바깥으로 나오자 절강대학 한국학연구소장 김건인 교수가 마중을 나와 있었다. 그리고 현대소설학회에서 만났던 연변대학 출신으로 아주대에서 박사과정 중인 조선족 최옥화 선생이 기다리고 있었다.

　항주공항 주차장에 절강대학 스쿨버스가 나와 기다리고 있었다. 오늘 일정은 용정촌龍井村을 방문하고 호텔로 가는 것이라고 했다.

용정촌

16시 5분에 용정촌에 도착했다. 언젠가도 이 마을에 들른 적이 있었다. 산길을 타고 오르던 마을이었다. 그런데 지금은 관광촌으로 조성되어 있었다. 안내 받아 들어간 집에 용정龍井이란 이름의 샘이 있었다. 예전에는 용홍龍泓, 용추龍湫, 용천龍泉으로 불리기도 했다고 한다. 안내판을 보니 옛날에 이곳에서 기우제를 올려 영험을 보기도 해서 사람들은 용정과 동해가 서로 통한다고 믿었다 한다. 용정이라는 이름에 근거해 이곳에 용정사라는 절이 있었다. 기암괴석과 무성한 숲, 대숲이 유명하고 용정의 물도 맑고 달아서 사람들이 많이 찾아오게 되면서 이곳은 관광지역으로 개발되었다.

　높직한 바위산 아래 지름 2m가 조금 넘는 듯한 샘 — 바위틈에서 샘이 용출하고 있었다. 용정천龍井泉이란 안내판이 있었다. 옛날 동진東晉시대 이곳에서 갈현화葛玄和, 갈홍증葛洪曾 두 사람이 도를 닦던 곳, 그러나…… 물은 맑지 못했다. 부유스름한 물, 일본인들이 보았다면 금탕 또는 은탕이라고 불렀을까. 2005년부터 항주시의 다문화茶文化 정지 구역으로 중점 개발되면서 관광지화된 후, 이곳에서 파는 용정차 가격이 급격히 올라 있었다. 용정에서 용정차라도 한 잔 얻어 마시고 용정차의 본향에서 차를 사 볼까 하는 생각은 접어두어야 했다.

　호텔 화양병점華陽浜店 5019호로 배정받았다. 룸메이트는 이화여대의 김현숙 교수.

　1층 식당에서 저녁 식사 상을 받았는데 요리 종류는 많으나 간이 지독히 짰다. 식사 중에 오늘 서호西湖에서 볼 만한 공연이 있으니 신청하라고 했다. 장이모 감독이 제작한 일종의 수상 오페라라고 했다. 일인당 170위안이라고 했다. 19명이 신청했다. 20시부터 공연이라고 했다.

인상 서호 印象西湖

서호의 한 귀퉁이, 인상 서호-도시 수산실경山水實景 연출이란 부제가 붙어 있었다. 그 아래 다시 또 하나의 부제 — 천당일경 인간일몽天堂一境 人間一梦.

　공연은 이미 시작되고 있었다. 서호의 물결이 5m 앞

까지 펼쳐진 언덕에 계단식으로 꾸며진 객석에는 이미 사람들이 가득 차 있었다. 물 위에서 사람들이 물을 밟고 뛰고 걷고 하는 것 같았다. 수백 명의 사람들이 수면 위에서 전자 장치가 부착된 초록색 연잎을 들고 모였다가 흩어지고 모였다가 흩어지는 군무를, 역시 전자 장치가 부착된 연꽃과 북, 날개를 가진 집단 안무, 여기에 성능 좋은 조명과 음향 효과가 더해지면서 환상적인 공간을 만들었다. 청춘남녀의 만남과 헤어짐 그로 인한 고뇌를 그려가고 있는 것 같은데, 내가 보기에는 항주의 뇌봉탑 전설을 작품화한 것 같았다. 그러나 조선족 최옥화는 『양산백전』의 현대적 패러디라고 했다. 뇌봉탑에 갇힌 백사白蛇, 허선과 백낭자의 이야기가 맞을 듯싶다. 왜냐하면 수면 위에 다리가 놓이고 그곳에서 두 남녀가 만나고, 또 뇌봉탑을 상징하는 거대한 삼각기둥 같은 것이 세워지면서 헤어지고 고통스러워하는 모습들을 보여주고 있기 때문이다. 초록색 연잎들이 여기저기를 막아서는 것도 그렇고. 항주의 서호 호수를 배경으로 한 이야기라면 이 지역의 전설을 문화상품으로 만드는 것이 적격이다.

인상 서호

조명을 통해서, 음향효과를 통해서, 전자 시설들을 통해서 한 시간 동안 사람들의 시선을 완벽하게 붙잡아 놓은 작품……, 재미있었다. 그러나 공연이 끝나고 나서 느낀 것은 황당하다는 생각이었다. 만일 정전이 되었다면, 그 공연은 어떻게 될 것인가……. 서호의 한 귀퉁이, 물웅덩이 위에 널판지를 미리 깔아놓고 조명효과를 통해 깊은 물의 출렁이는 수면 위를 내닫는 효과, 가끔 보트를 이용해 지상과 천상을 이어주는 것 같은 효과를 연출한 것. 감동이 없는, 재미만으로 관광객의 호주머니를 긁어내는 장사라고 할까. 눈에 보인 착시현상들은 대단했지만, 서호 하늘에 걸린 반달의 역할이 훨씬 감동적이었다.

오락성에 그친 예술이 갖고 있는 비애 — 잠시 사람들 입에서 안줏거리 되어 씹히다가 곧 잊히고 마는 것.

2009. 7. 1, 수요일, 갬.

02 항주–주산–보타도

5시 30분에 기상, 밤새도록 춥게 잤다. 에어컨이 꺼지지 않아서다. 조반은 만두와 빵, 유부팥밥, 미음을 먹었다.

후덥지근한 날씨. 7시 20분에 호텔에서 보타도普陀島를 향해서 출발했다. 보타산으로 가기 위한 선착장까지의 여로는 대개 4시간 정도가 소요된다고 했다.

항주시의 중심가는 고층 빌딩의 숲이었다. 운하와 오래된 집들로 정취가 깊었던 고도 항주가 아니었다. 여기저기에 아파트와 빌딩들, 이곳이 중국의 고도 항주라는 생각이 들지 않았다. 시내의 공원에서는 아침 운동을 하는 주민들, 십여 명씩 떼를 지어 지도자의 동작이나 구령에 맞추어서 자연스럽게 몸을 풀고 있었다. 함께 운동을 한다는 것은 적어도 그 순간만은 일체가 된다는 것이 아닌가.

이른 출근길의 사람들, 자전거와 오토바이의 비율이 반반씩이다. 출근하는 승용차들로 차도는 그득하다. 졸면서 또 거리 풍경을 내다보면서 옆자리의 이정숙 교수와 얘기를 나누다 보니 강폭이 넓고도 긴 전당강錢塘江이 도로를 따라 함께 달리고 있었다. 절강대학 한국학연구소의 백승호 교수가 마이크를 잡았다. 백 교수는 전문 여행 가이드가 없는 버스 안에서 자원봉사 가이드로 나섰다. 그가 전해주는 말을 정리하면 다음과 같다.

항주시를 성도로 갖고 있는 절강성은 전 중국 안에서 경제계의 견인차 노릇을 하고 있다. 절강성의 면적과 인구는 한국과 비슷하다. 현재 국가 부주석으로 있는 석건평(시지핑)이 절강성의 서기로 있을 때, 그는 절강성과 한국의 국토 면적, 인구, 자연 환경 등 여러 조건에서 서로 비슷함에 주목, 그러함에도 절강성이 한국 GDP의 반의 반도 되지 못한 것에 주목했다. 이후 획기적인 프로그램들을 개발하기 시작했다. 그것이 현재의 발전된 절강성의 모습으로 나타난 것이다.

다음은 차창으로 보이는 저 강을 보라. 우리가 현재 보고 있는 강의 이름은 절강. 예전에는 전당강, 또는 갈지자처럼 구불구불 흐른다고 하여 지강이라고도 불리었다.

현재 우리가 달리고 있는 곳은 전당강의 동쪽 부분이다. 역사적으로 보았을 때 항주의 발전은 크게 세 단계를 거친다. 첫째는 당말 오월동주(唐末吳越同舟) 국가 시절부터 항주는 번성했다. 둘째는 남송(南宋)시대, 항주는 수도였고 당시 인구는 120만이었다. 이후 1999년까지 항주의 인구는 150만 미만을 유지해왔다. 이때까지 항주시는 주로 서호(西湖) 지역을 중심으로 발전, 그러다보니 아무래도 제약을 받게 되었다. 2000년 대에 들어서 항주시는 획기적인 발상으로 전당강 동쪽에 신시가지를 건설하기 시작했다. 지금 항주시의 인구는 780만으로 늘어났다.

그랬다. 전에 항주에 왔을 때 보았던 그 거리가 아니었다. 운하가 있고 고옥이 있던 거리가 아니라서 어리둥절했었는데, 우리는 지금 항주의 신시가지를 달리고 있었던 것이다. 쭉쭉 뻗은 넓은 길, 고층 빌딩들이 즐비했다. 보타산으로 가는 길은 영파를 거쳐서 가게 되는데 우리가 가는 방향은 항주만의 동쪽을 따라가고 있다고 했다.

백 교수는 이어서 절강성 항주 지역과 한국 문화의 유사점에 대한 이야기를 했다. 한국 선사시대의 유물인 고인돌 문화, 한국인들이 즐겨 먹는 인절미, 가래떡, 김치, 막걸리와 같은 음식 문화가 항주 지역에서도 전해오고 있다는 것이었다. 찰떡을 떡판에 놓고 떡메로 쳐서 만드는 공정이 같고, 막걸리의 경우는 웃물만 사용하는 동동주를 항주 지역 사람들이 즐겨 먹는다고 했다. 어디가 원조라고 말하기는 어려워도 장례 문화, 음식 문화에서 보여주는 유사성에 대해서 어떻게 설명할 수 있을까.

박옥걸 교수께서 항주만의 보타도와 한국과의 인접성에 대한 말씀을 하셨다. 한국의 흑산도 또는 벽난도에서 배를 타면 해류와 바람의 방향에 따라 자동적으로 이곳 항주만의 보타도로 흘러들어 온다는 것, 조선조의 선비 최부^{崔溥} 1454~1504도 제주도 임지에서 부친상을 당해^{1488.1} 배를 타고 뭍으로 향하다가 좌초하여 29일간 표류하다가 이곳 항주만의 영파 앞바다에 도착했다. 절강성 영파에서 최부는 처음에 왜구로 오인 받아 죽을 뻔했지만 곧 조선인임이 밝혀져 일단 북경으로 갔다가 같은 해 1월 귀국했고 성종임금의 명으로 그가 겪었던 일정을 적은 것이 그 유명한 『금남 표해록』으로, 여기에 영파에서의 이야기가 들어가 있다고 했다.

8시 15분경, 버스는 고속도로로 들어서고 있었다. 고속도로를 이용, 보타산으로 가는 페리호를 탈 수 있는 선착장까지 3시간 반 정도 걸린다고 했다.

백승호 교수에게 보타산에 대해서 물어보았다. 사실 나는 이번 여로에 오르기 전까지 보타산에 대해서 관련자료들을 전혀 보지 못하고 그냥 따라왔기 때문이다. 정리하면 다음과 같다.

보타 · 낙가산은 주산군도 가운데 있는 섬이다. 주산군도는 중국 최대의 군도로 3,700여 개의 섬으로 이루어져 있다. 주산군도의 행정 중심지는 정해(定海).

보타산은 중국에서 동쪽 끝에 있는 산으로 중국 4대 불교 성지 중 하나이고, 관음신앙의 도량, 중국 당나라 중후기에, 일본 스님이 중국을 오가며 오대산에서 관음보살상을 가지고 일본으로 가려고 했으나 갈 수가 없었다. 풍랑이 거세게 일면서 바다에 쇠로 된 연꽃들이 떠올랐기 때문이다. 이에 스님은 관음보살께서 일본으로 가실 의향이 없는 것으로 추정, 관음상을 보타산에 모시게 되었다.

스님이 관음상을 모신 절은 '불긍거관음사(不肯去觀音寺)'로 보타산에 최초로 세워진 관음도량이다. 1990년대 초 한국의 한중문화연구 전공자가 와서 신라초를 비롯, 관음상에 관한 연구를 했다. 그들은 '불긍거관음사'에 모셔진 관음보살이 일본인이 모셔왔다기보다는 신라 상인이 모셔왔을 것이라는 추정을 내렸다고 한다. 왜냐하면 당시 신라 상인들이 보타산 지역의 수로를 많이 이용했기 때문이다.

이에 대해 현재 중국측 학자들은 이 두 이론을 절충하여 당시 신라 상인들이 이 지역을 많이 드나들었기로, 일본 스님이 신라 상인들의 배를 이용하여 관음상을 모셔왔을 것이라고 본다. 보타산에 관음도량이 세워진 이래, 이 지역을 오가는 상선이나 어선들은 모두 관음보살에게 그들의 안위를 맡기게 된 이후 이 지역은 '해상불국(海上佛國)'으로 불리게 되었다.

백 교수의 보타산 관련 이야기를 들으면서 졸면서 하다 보니 휴게실에 잠시 들르게 되었다. 매점에서 수박자두 한 봉지를 샀다. 오랜만에 맛보는 새콤한 자두 맛에 잠이 달아났다. 박순애 교수는 청포도를 사서 버스 안의 동행들에게 나누어 주었다.

11시 2분에 선착장에 도착했다. '중국 주산 국제 수산성中國舟山國際水産城'이란 큼직한 입간판이 걸려 있었다. 이곳에서 페리호를 타고 섬으로 들어간다고 했다. 주차장에서 버스에 탄 채로 뱃시간을 기다리는 동안 관광버스는 물론 승용차, 트럭들이 페인트로 표시된 트랙 위에 정연히 줄을 맞추어 서 있었다. 마침내

11시 25분 주도舟度 7호선에 버스에 탄 채로 탑승, 다른 차들이 모두 배에 오르기를 기다렸다가 버스에서 내려 2층으로 올라갔다. 갑판에서 바라보는 주산 바다 — 한국에서는 서해 혹은 황해라 부르는 바다가 이곳에서는 동해라고 불리고 있었다. 누런 바닷물이 철썩이며 뱃전을 두드리고 있었다.

객실로 들어갔다. 객실 가득 승객을 위한 식탁과 의자들이 있고 규모가 큰 매점이 있었다. 먼저 자리를 차지하고 앉자 동행들이 모여들었다. 그들은 제각기 휴게실에 버스가 머물렀을 때 사온 과일들, 자두, 리즈, 포도, 찐 옥수수 들을 펼쳐 놓았다. 유성선 선생이 매점에서 중국 어묵을 사다가 나누어 주었다. 국물은 시원하나 어묵은 기름져서 먹기에 거북했다. 찐 옥수수의 열매를 누가 더 길게 따내나 경쟁을 하다 보니 어느새 주산에 도착(11 : 22). 다시 아래층으로 내려가 버스에 올랐다.

주산舟山 정해定海 선착장

버스는 배에서 나와 섬으로 오르자 현지 가이드 한족인 미스 왕이 버스로 올라왔다. 한국말은 하지 못하고 그녀가 설명을 하면 최옥화 선생이 통역을 해야 했다. 도로변에는 유도화가 촘촘히 담장을 이루고 있었다. 초록색의 두터운 담장에 촘촘히 핀 붉은 유도화를 보며, 1960년대 초 춘여중 · 고 재학시절, 학교 현관 앞을 장식하던 유도화 화분을 떠올렸다. 한국전쟁이 정전되고 불과 10년이 지나지 않은 시점에서 꽃나무 화분은 호사스러운 장식품이었다. 유도화처럼 키가 크고 꽃이 오래가던 박래품의 화초는 아주 귀했다. 교장선생님께서 직접 유도화 화분에 물을 주시고는 했었다.

주산의 현지 가이드 미스 왕이 주산군도에 대한 설명 — 주산군도는 1,400개의 섬(주산군도의 섬에 대해서는 백승호 교수는 3,700개, 미스 왕은 1,400개, 네이버 사전에서는 240개, 영문 및 한글 브리태니커 사전에서는 각각 400여 개의 섬으로 이루어져 있다고 했다. 그 편차가 지독히 심한 것으로 보아 섬이 많기는 많은 모양이다)으로 이루어졌다고 한다. 다리를 건넜다. '과해대교' 길이는 2,700m — 심가문과 주가첨 사이를 잇는 해상 다리였다.

섬으로 오른 버스가 30여 분을 더 달려가는 동안 연변에는 해발 100m 미만의 나지막한 산들이 겹겹이 쌓이듯 펼쳐져 있었다. 우리가 도착한 곳은 주산특산성舟山特産城 식당가의 주산해산명루舟山海産名樓. 멋없이 규모만 커다란 대형 건물 2층에 있는 식당이었다. 식당 건물에는 한 번에 500명 이상을 치룰 만한 식당들이 입점해 있었다.

데쳐낸 중간 크기의 새우, 도미를 비롯한 이름 모를 다양한 생선들이 나왔다. 이곳이 어촌 지역임을 실감나게 해주었다. 같은 식탁에 앉았던 박옥걸 선생이 재치 있는 수수께끼 문제를 냈다.

똑똑한 남자와 똑똑한 여자의 만남은? - 로맨스

똑똑한 남자와 멍청한 여자의 만남은? - 불륜

멍청한 남자와 멍청한 여자의 만남은? - 결혼

과연 그랬다. 똑똑한 남녀는 결코 자신을 불리한 조건에 묶어두지 않는다. 다만 즐기고 쿨하게 헤어진다. 또 다른 재치 문답이 이어졌다.

오석당 烏石塘

14시 15분, 오석당에 도착하기까지 길을 잘못 들어서 버스를 다시 돌려야 하는 가벼운 해프닝이 있었다. 오석당 — 이곳 바닷가 마을에 심술궂은 검은 용烏龍이 살고 있었다. 어느 날 용이 관음보살에게 반기를 들었다. 그러나 용은 관음보살의 신통력 앞에서 혼비백산, 그의 몸을 감싸고 있던 검은 비늘들을 떨어뜨리고 줄행랑을 치지 않을 수 없었다. 그때 검은 용이 도망가며 흘린 검은 비늘들이 이곳 해안지역에 떨어져 검은 몽돌이 되었다고 한다.

한족 가이드 미스 왕이 오석당 전설에 대해 상당히 자세하고도 재미있게 설명을 했다. 그러나 최옥화 선생에게로 전해진 전설은 말 그대로 뼈대만의 이야기로 우리에게 전달되었다. 그나마 최옥화 선생이 있었기로 오석당에 서린 전설의 내용을 알게 되긴 했지만.

오석당 유원지는 고대 어촌 마을로 재현되어 있었다. 1,300년 전 송나라 시절,

1 새 모양의 배, 선수 부분에 새의 눈알 모양이 그려져 있다.
2 수평으로 연결된 복수의 무자위

이 지역 어민들이 고기 잡으러 나가던 당시의 고깃배를 복원하여 여기저기에 전시해놓고 있었다. 특이한 것은 고깃배들이 새鳥의 모양을 본뜨고 있다는 것, 그래서 여기에서는 이 배들을 조선鳥船으로 부른다고 했다. 실제로 배의 머리 부분船首에 새의 눈알 모양 그림이 그려져 있었다.

대나무로 엮은 울타리와 작은 연못 길을 지나자 바닷물을 끌어들인 곳에 수평으로 연결시킨 무자위가 있었다. 사람들은 무자위를 밟아 물을 퍼올리는 체험을 하고 있었다.

무자위水車라……. 『표해록』을 지은 최부崔溥는 항주에서 북경으로 호송당하는 과정에 중국인들이 사용하는 '수차를 보고 그 제작법과 이용법을 배워 와 1469년 호서 지방의 가뭄 때 이를 보급해 가뭄 극복에 기여했다'고 한다. 그러고 보면 우리가 이곳에서 본 무자위水車 — 揚水機는, 500여 년 전 최부가 우리나라에 보급한 무자위의 원조였던 것이다.

오석당에서 보게 된 바닷가의 무자위는 소금밭으로 바닷물을 퍼 옮기던 것이었을까……. 오석당으로 오는 길에서 염전을 본 듯도 싶었다.

오석당 유원지의 나지막한 둑 위로 오르자 바다가 펼쳐져 있었다. 멀리 고깃배가 보이는데 해안에는 검은 몽돌들이 펼쳐 있었다. 검은 용이 달아날 때 흘렸다는 비늘들이 검은 몽돌로 바뀌어 저마다 꿈틀거리고 있었다.

14시 40분에 오석당을 출발했다. 오석당 근처에는 대단위 관광지 조성을 목표로 한 기와지붕의 건물들이 들어서고 있었다. 한창 공사 중인 건축물에 중국불학원中國佛學院이란 간판이 부착되어 있었다. 아마 몇 년 뒤에 오면 사회주의 국가인 중국에서 관광객 유치를 위해 대단위 불교 건물들이 빽빽하게 들어서 있을 것이다. 100년 또는 200년 뒤에 이곳은 새로운 관광지로 기록될 것이다.

도로변에는 외지 관광객들의 손을 부르는 수박·참외 장수가 드문드문 자리 잡고 있었다. 초록색 수박과 노란 참외, 하얀 참외, 그들의 배경색은 무성한 녹음이었다.

문득 졸다가, 심가문, 주가첨 하는 말들이 들렸다. 심가문沈家門, 주가첨朱家尖 모두 심씨와 주씨들의 집성촌이라고 했다. 그런데 잠에서 확 깨어나게 된 것에는 심가문에 심청연구원이 설립되어 있다는 것, 우리나라의 심청이 인당수에 빠졌다가 살아나온 용궁이 바로 이곳 주산 앞바다라는 것, 이후 심청은 이곳 심가문의 족장과 결혼해서 살았다는 것이다. …… 심청이 심학규의 딸인데, 황해도 도화동에서 살다가 인당수에 몸을 던졌다, 그런데 이곳 보타도 심가문으로 와서 살았다? 무슨 소리인지 알 수 없었다. 중국에서는 동성끼리 결혼이 가능하냐고 물었더니 박옥걸 교수 왈, 심청전의 이본에서 심청의 성씨가 다른 것도 있다고 한다……. 연세대 설성경 교수가 심청전 이본 연구에서 그런 것을 밝혔다고 하는데, 한번 조사해볼 일이다.

주가첨 朱家尖

14시 48분, 버스에서 내려 작은 페리호로 옮겨 탔다. 버스는 이곳 선착장에서 기다리다가 내일 우리가 보타도에서 나오면 그때 우리를 다시 태우고 간다고 했다. 소형 페리호는 배의 높이가 낮고 파도에 따라 함께 출렁거렸다.

15시 4분에 주가첨을 출발했다. 배가 출발하고 보니 우리 일행 가운데 10명이 미처 승선하지 못해 다음 배로 올 것이라고 했다. 최옥화 선생이 비닐봉지 한 장씩을 나누어 주었다. 혹시 뱃멀미가 날 경우 뒤처리를 하라고 했다. 배가 선착장을 떠나고 5~6분이 지나지 않아 멀리 나지막한 산과 그 위에 몸은 바다 쪽으로 기울인 듯한 남해관음상의 모습이 보이기 시작했다. 손가락 한 마디의 1/2 정도 크기. 그러나 관음상이 그의 키를 키우며 달려오고 있다고 생각할 즈음 배는 마침내 보타산에 도착했다. 보타산은 주가첨에서 5~6분 거리에 있는 섬이었다. 일단 배가 멎은 뒤에 뭍으로 오르고 보니 15시 19분. 부두에는 5~6층 짜리 대형 유람선들이 정박하고 있었다.

일단 다음 배로 올 일행을 기다려 대합실로 들어갔다. 대합실에서부터 해상불국의 정취가 물씬 풍겼다. 대합실 천정에 노란 천들을 방사선식으로 펼치고 가로 세로 1m 간격으로 축구공만한 크기의 꽃 부케가 사방으로 달려 있었다. 뒤늦게 도착한 일행들과 셔틀버스 정류장으로 가서 20인승 미니버스에 올랐다. 완만한 산 언덕길을 오르는데 길가의 가로등은 종鐘 모양이었다.

자죽림선원 紫竹林禪院

오후 4시 무렵 관광기념 상품들이 늘어선 길을 지나 자죽림 선원 경내로 들어섰다. 댓가지를 연속 마름모꼴로 엮은 울타리 안으로 자주색 줄기의 초록색 잎을 가진 대나무들이 밀생하고 있었다. 자죽 紫竹 — 자죽이 있는 곳에 관음보살이 있다고 이곳 사람들은 믿고 있다고 했다. 선원 안에 크고 작은 건물들, 자죽림 선원 안에는 보타산에서 가장 먼저 세워진 사찰이 있다고 했다.

바다를 바라보며 멀리 바다 수면 위로 바위산 같은 것들이 보였다. 자세히 보라고, 하늘 향해 누운 부처 같지 않으냐고 했다. 어떻게 보아야 할지 몰랐다. 얼굴과 목과 가슴과 배와 다리, 누워 있는 전신상으로 보아야 할지 아니면 가슴 부분부터 하체까지는 수면 아래로, 목부터 머리만 둥실 떠 있는 것으로 보아야 할지. 관음보살이 하늘을 보고 누우신 모습이라고 했다. 이렇게 보아도 저렇게 보아도 그럴 듯하게 보이기는 했다. 부처가 누운 듯 보이는 바위섬의 이름이 낙가산이라고 했다.

1 낙가산 — 부처 모습의 섬
2 조음동굴
3 왼쪽에 부처 현신처임을 알려주는 글자와 오른쪽에 관음상

조음동 _{潮音洞}

박옥걸 교수가 강원도 낙산사 홍련암과 같
은 구조를 갖고 있는 해저 동굴이 있다고 안
내해 주셨다. 바닷물이 깊은 계곡을 이룬 바
위 동굴을 통해 철썩이며 들어오고 있는 곳,

바닷물이 동굴 안까지 들어오는 길이는 30m, 바위 위에서 해수면까지 깊이는
10여m, 바위 동굴 위에는 마치 창문처럼 두개의 틈새가 있었는데 신심 깊은 사
람이 이곳을 통해서 아래를 내려다보면 관음보살의 모습이 보인다고 했다. 내
눈에는 철썩이는 누런 바닷물만 보였다.

　창문 역할을 하는 틈새의 한 쪽에 면한 바위에는 한자로 '현신처_{現身處}'라는 글
씨가 음각으로 새겨져 있었다. 관음상의 모습이 보였다는 곳이라 한다. 다른 틈
새에 면한 바위에는 80cm 정도의 키의 관음보살 좌상이 화강암 자연석 위에 돋
을새김으로 새겨져 있었다. 안내판에 보니 해저 동굴로 세찬 파도가 쳐들어올

때는 그 기상이 비룡^{飛龍}과 같고 파도 소리는 뇌성처럼 들린다고 했다.

불긍거관음원 ^{不肯去觀音院}

조음동^{潮音洞} 바로 위에 거대한 사찰 '불긍거관음원'이 자리잡고 있다. 보타도에 최초로 세워진 사찰이며 이를 중심으로 이 섬이 해상불국으로 발전하게 되었다고 한다.

이 절의 연기설화는 일본화상 혜악^{慧鍔 또는 惠萼}이 오대산^{五臺山}에서 얻은 관음보살 이야기와 연결된다. 이 이야기는 1227년에 나온 절강 영파 지방지인 『^(寶鏡)四明志』와 1269년 나온 『불조통기^{佛祖統紀}』에도 나온다. 그 가운데 『불조통기』 제42권 唐大中 12년조에 보면 다음과 같은 기록이 나온다.

> 일본국 화상 혜악이 오대산을 예방하고 관음상을 얻어 사명(영파)을 지나 장차 귀국하려 했다. 배가 보타산을 지나다가 바위에 걸려 나가지 못하자 무리들이 두려워했다. 이에 기도하기를 "만약 존상(尊像)께서 해동에 인연이 무르익지 않는다면 이 산에 모시도록 하소서"라고 하니 배가 즉시 떠올라 움직였다. 혜악이 슬퍼서 가지 못하고 해상에 여막을 세워 이를 봉안했다(지금은 산 옆에 신라장(新羅將)이 있다). 근현(新縣) 사람이 이를 듣고 불상을 청하여 개원사(開元寺)에 안치했다(지금 사람들은 혹 오대사 혹 불긍거관음원이라고도 한다). 그 후 기이한 스님이 아름다운 목재를 절에 가지고 와서 이를 본받아 각공했다. 문을 잠그고 조상한 지 한 달 만에 불상을 완성하자 스님이 홀연히 사라졌다 이에 보타산으로 영입했다.
>
> (박현규, 「보타산 신라초 재고」, 『한중인 문학연구』 10, 2003, 284면 재인용)

불긍거관음원

'불긍거관음원' 연기설화에 나온 신라장新羅將은 달리 신라초新羅礁라고 불리는 암초. '불긍거관음원' 앞 바다에 있는 육안으로 보이는 바위라 한다. 그리고 신라초에서 좌초한 배에서 관음상을 모셔온 이에 대해서도 일본인 혜악, 또는 당시 이곳에서 무역을 하던 신라상인들이라는 설들, 일본인 승려와 신라 상인들이 합심해서 모셔왔다는 설 등이 있다고 한다. 이와 같은 이설들이 나오게 된 데에 대해 박현규 교수는 다음과 같은 사실을 예로 든다.

『사명지』에서 일본 화상 혜악이 가져온 오대산 관음보살상을 배에 실을 때에 무거워서 동행하는 상인들과 함께 힘을 합했고, 또 불상을 보타산 해역에 내려놓으면서 서로 더불어 불우(佛宇)를 만들었다는 기록이 나온다.

(박현규, 「보타산 신라초 재고」, 『한중인 문학연구』 10, 2003, 287면)

　한편 일본문헌 『입당구법순례행기』 및 『두타친왕입당략기』에서는 혜악이 중국에 오가면서 신라선을 타고 왔다는 기록이 있다고 한다. 이들로 미루어 관음상을 보타산 해역에 모실 때 서로 도운 이들은 혜악과 신라상인들이라는 것이 요즘의 정설이라고 한다.

　'불긍거관음원' 안으로 들어갔다. 커다란 향로에서는 끊임없이 향불 연기가 위로, 위로 오르고 있었다. 금물을 입힌 거대한 관음보살상이 두 손을 합장하고 있는 앞에 두 손을 가지런히 위 아래로 합친 작은 관음보살상이 있었다. 『불조통기』에서 말한, 한 달에 걸쳐서 만든 목재 불상은 혹시 작은 불상이 아닐까 하고 생각을 했다. '불긍거관음원'은 내가 보아온 사찰 가운데 가장 규모가 아담하고 소박한 건축물이었다. 정원과 회랑이 아기자기하게 조화를 이루고 있었다. 부처도 때로는 자기가 머물고 싶은 곳에 머문다. 지극히 인간적인 성정을 갖고 계신 부처이다.

1 보단자죽림 입구
2 보단자죽림의 대웅전
3 남해관음을 배경으로 이정숙 교수

가까운 곳에 '보단자죽림補怛紫竹林'이란 큼직한 사원이 있었다. 벽면에는 채색으로 그린 자주색의 대숲, 스님, 연꽃 같은 것들이 그려진 사원이었다. 입구 양옆으로 채색한 사천왕상들이 익살스러운 표정을 짓고 있었다. 높다란 대웅전 현판에는 '비운동체悲運同體'라는 현판이 있었다. 아마도 슬픔과 기쁨은 모두 한 가지라는 의미인가 보다.

관광지의 사찰, 커다란 향로 앞에서는 향이 타면서 내뿜는 향과 연기로 자욱했다. 16시 35분에 버스에 올랐다.

남해관음

남해관음을 모신 곳에 도착했다. 현지 가이드 미스 왕이 남해관음 조성 과정에 대한 설명 — 1996년에 설계해서 97년에 완성했다. 관음보살의 키는 33m, 무게 70여 톤, 밑면은 1,000m^2 가량의 공덕청 건물이 자리했다. 부처의 몸체는 전체 96개의 동판을 모아서 조성, 부처 얼굴에만 들어간 금이 6.5kg이었다고 했다. '사람에게는 옷이, 부처에게는 금이 날개'라는 표현이 재미있었다. 불상에 금이 얼마나 들어갔느냐에 따라서 부처의 영험함이 달라진다는 의미가 되는 것일까.

남해관음보살의 영험함을 소개하는 가이드의

말 — 1997년 9월 29일에 남해관음을 모신 개관식이라고 해야 하나, 우리 식으로 점안식이라고 해야 하나, 바로 그날 현장에서 있었던 일이라고 한다. 전임 방장 묘선 방장님을 모시고 점안식을 하던 날, 억수같이 비가 퍼붓고 있었더라고. 그런데 묘선 방장님이 점안식을 선포하는 순간, 비가 그쳤다. 순간, 하늘에는 채운이 돌고, 햇살이 부처 머리에 비치면서 후광 같은 것이 보였다. 그러한 현상은 20여 분간 지속되었고 그 광경은 동영상으로 촬영되어 외신을 통해 보도되었으며 이후 보타산의 남해관음보살은 그 명성이 더욱 높아졌노라고. 현대 과학으로는 설명이 불가능하다고 거듭 주장했다.

설계에 1년, 조성에 1년, 번갯불에 콩 구워 먹는다는 속담이 이곳 남해관음상 조성에 어울리는 말이다. 박옥걸 교수께서 10년 전쯤에 이곳에 오셨을 때엔 관음상의 얼굴에만 금물을 도금했었다고 했는데 지금은 불상 전체에 금물이 도금되어 있었다. 속도전으로 조성된 부처이지만 그래도 그 표정은 온화해보였다.

남해관음상 앞을 떠나며

맘속의 말씀 아뢰지 못하고
그저 고개 숙이옵니다.
가깝고 머언 바닷길
지켜주시는 남해관음보살님

남해관음상 옆에서 낙가산과 자죽림선원을 보다.

유엽도 꽃길 보며 찾아뵈러 왔습니다.

신라초 멀리 점처럼 떠 있는데

낙가산 관음보살님 하늘 보고 계십니다.

세상 풍파에 흔들리고 떠밀리는 중생들,

보타산 바닷길에 숨바꼭질하는 암초들

행여나 상처 입을까 마음 졸이시는 보살님

외로운 이들의 위로자가 되어 주소서.

힘들 때마다 나무관세음 보살에 매달리는

마음이 착한 이들의 수호자가 되어 주소서.

버스에 올라 5분도 되지 않아서 보제사에 도착했다.

보제사 普濟寺

보제사 풍경구로 들어섰다. 시간이 지체되어 혹시나 입장을 하지 못하면 어쩌나 싶어 발걸음을 빨리했다. 안내판에 보니 보제사 풍경구는 보타산의 명승지 가운데서도 중추적인 역할을 하고 있다고 했다. 이 풍경구 안에는 보제사, 해인지海印池, 다보탑, 백보사, 선인정, 조양동, 법화동, 북천문 등 20여 곳의 볼 만한 곳이 있으며 특히 연지야월蓮池夜月, 법화령동法貨靈洞, 조양용일朝陽涌日은 보타산 12경의 하나라고 했다. 해인지 옆을 걸었다. 연꽃의 계절은 끝나고 큼직한 초록색의 연잎들만 못 위에 떠 있었다. 달 밝은 밤에 해인지의 연못을 볼 수 있다면, 극락이 바로 그곳일 터였다.

보제사는 보타산에서 가장 커다란 고찰이라고 했다. 보제사는 북송 원풍 3년1080에 건립되어 보타관음사로 불리다가 청나라 강희 38년1699부터 보제사로 불리기 시작했다. 보제사의 중심 부분에 있는 대원통전으로 갔다. 황금 기와지붕

1 보제사 해인지
2 대원통전

이 2층으로 이루어진 대단한 규모의 건물로 재목들이 우람했다. 명나라 황궁 건물을 해체해서 그 재목들을 옮겨다 지은 건물이라고 했다. 기와는 유리에 황금으로 도금한 듯했다.

대원통전 안에서는 저녁 예불이 거행되고 있었다. 염불 소리가 높다란 목제 건축물 천정을 휘돌아 나왔다. 한 사람이 선창을 하면 무리들이 뒤따라 하는 듯한 장엄한 노래이면서도 간절한 기도 소리였다. 때로 쇠북이 울고, 가죽 북소리도 울렸다.

대원통전 안에 모셔진 높이 8.8m의 관음보살의 좌상, 두 손의 엄지손가락을 마주 붙이고 앉아 있는, 두 눈을 살풋 아래로 감고 무념무상에 들어선 모습이 참으로 아름다운 모습이었다. 바라만 보고 있어도 마음에 편안함이, 입가에는 웃음이 흘러나오게 만드는 보살, 보제사 관음보살을 만드신 장인에 대한 예찬과 감사가 절로 나왔다. 장인의 마음이 부처의 마음 같아야 그 마음 그 손끝으로 흘러나와 빚어질 수 있는, 평화와 자유와 부드러움이 그득 찬 보살상이었다.

다시 차에 올라 하룻밤 묵을 호텔을 향했다. 무거운 짐들은 항주의 호텔에 맡기고 이곳에는 세면도구만 챙겨 가지고 왔던 것이다.

해병하일주점海兵蝦日酒店 8202호실. 주변에 호텔 이름들이 모두 군사 관련 용어 같아서 이상하다 싶었는데 함부로 사진을 찍지 말라고 했다. 중국 해군기지가 바로 인접해 있다고 했다.

저녁 식사 후 발 마사지를 받으러 나갔다. 밤길을 걸어서 15분 정도, 마사지 가게의 수용 인원이 적어서 보호자 격으로 경찰대의 박경현 교수, 그리고 여성들만 남고, 남성들은 다른 집으로, 대신 호텔로 가는 길은 마사지 가게에서 안내해주기로 했다. 마사지사들은 모두 20세 안팎의 처녀애들, 팔 힘이 약해서 그냥 간지럽히는 듯했다. 몹시도 피곤했던지 나는 마사지 받는 중에 잠이 들었다가 깨어 보니 이미 다 끝났다고 했다. 수고료는 78위안.

돌아오는 길의 안내를 맡은 총각, 가로등도 없는 길을 가고, 가고 하더니 늦게서야 길을 잃었노라고 했다. 마침 지나가던 행인들에게 물어보니 우리들이 묵을 호텔을 지나쳐오고도 한참이나 되었다고 했다. 되돌아 길을 걸으며, 만일 혼자였다면, 또 여성 회원들만 있었으면 어쩔 뻔했느냐고 가슴을 쓸어내렸다.

2009. 7. 2, 목요일. 갬.

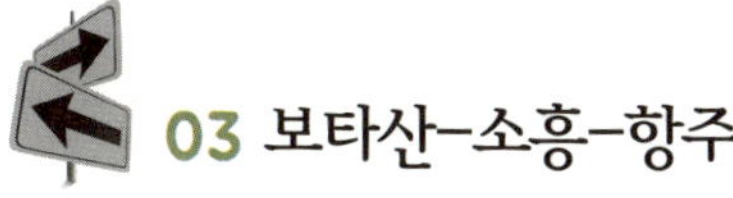

03 보타산-소흥-항주

4시에 기상, 7시 30분에 조반을 먹으러 갔다. 메뉴는 쌀죽, 완숙한 달걀과 빵이 전부였다. 단출한 아침식사였다.

8시에 호텔 출발, 가까운 곳에 서산으로 오르는 입구가 있었다. 안내판에는 이 지역이 보타산 서남부에 자리하고 있고 특히 산석山石의 경치가 아름답다고 했다. 개병암, 관음동, 이구은법, 선천동, 영석암, 설법대, 반타석, 심자석 들이 유명하고 특히 반타석과 매만춘효는 보타산 12경 가운데 들어 있다고 했다.

관음동암 觀音洞庵

가파른 돌계단을 오르기 시작했다. 모두들 허덕이고 있었다. 최옥화 선생은 높다란 하이힐을 신고도 평지처럼 잘 걸었다. 이어서 관음고동觀音古洞이라는 출입문을 통해 입장, 안으로 들어가자 높다란 수직의 바위를 뚫고 들어간 관음동암觀音洞庵이 있었다. 수직의 거대한 화강석 벽을 뚫고 들어가 암자를 만들고 불상을 모셔놓은 곳이었다. 바위 동굴 아래를 한 바퀴 돌고 나와 바로 옆에 있는 '관음고정원통보전'이라는 곳으로 들어가 보았다. 푸른색 머리, 붉은색 머리의 불상이 있었다. 이 지역에서 옛날에 해상 무역이 성행해서 그때 오가던 붉은색, 푸른색 머리칼의 외국인들에 대한 인상을 불상에 그대로 반영했다는 말인가?

이구은법석 二龜听法石

단단한 바위암석들이 수직으로 중첩되게 쌓여 있는 곳에 두 마리 거북이가 바위를 타고 오르고 있는 듯한 형상의 바위가 있었다. 바위의 한쪽, ┌자형 표면에 한 마리는 수직으로 머리를 위로 하고 올라가는 듯한 형식으로 부착되어 있고, 다른 한 마리는 이미 바위에 올라 머리를 바다 쪽으로 향한 채 엎드려 있는 듯한 모습. 옛날 이곳에서 관음보살이 설법을 강하자 4해 용왕이 두 마리의 거북을 보내 보살의 설법을 듣게 했다고 한다. 두 마리의 거북은 남몰래 이곳에 와서 관음보살의 설법을 들었는데 스스로의 몸을 바위에 수직으로, 수평으로 부착시켜서 설법을 듣고 기뻐서 벙글거리며 웃었다고 하는 데서 '이구은법석'이라는 이름이 전해졌다고 한다.

반타석 磐陀石

서산의 정상에 올랐다(09:10). 정상은 비교적 넓고 볼 만한 것이 네 군데 정도 있다고 했다. 반타석, 소바위, 임석, 천사복록관이 그것이라 했다. 먼저 반타석이

1 두 마리의 거북 모양 바위
2 반타석
3 소바위

눈에 들어왔다.

반타석 — 두 개의 크고 작은 너럭바위가 상하로 합쳐져 있는 바위. 아래 것은 좀 더 넓고 큰데 그 폭은 20m 가량, 위의 것은 높이가 3m, 폭은 7m 정도. 윗돌의 아랫부분이 약간 돌출되어 있어서 마치 설악산의 흔들바위를 연상시키는 상황이었다. 저물녘, 석양에 비친 반타석의 모습은 보타산 12경 가운데 하나라고 한다.

미스 왕이 반타석의 한자에 나온 오자誤字를 가리켰다. 글씨를 새길 때에 바위가 흔들려서 반자의 오른쪽 상단부분에, '石'자에는 입구口자 위에 점 하나가 더 찍혀 있었다. 바위가 흔들려서 생긴 오자라고 하면서도, 그러나 이 반타석은 절대로 흔들려본 적은 없다는 이야기도 했다.

소바위牛岩

반타석 옆쪽으로 사람들이 많이 둘러싸고 있었다. 양쪽으로 뿔이 휘어진 물소 모양을 닮은, 실제 물소 크기의 소바위가 있었다. 사람들이 소바위를 만지고 있었다. 가이드 미스 왕이 소바위에 대해서 말했다. 소 머리를 만지면 온갖 근심걱정이 사

라질 것이고 소의 등을 만지면 부귀영화를 누리게 될 것이다. 그러나 소 뿔은 독불
장군이 될 것이고 코를 만지면 쇠고집이 될 것이니 소의 뿔과 코는 만지지 말라고
했다.

천사복록각 天賜福祿閣

일반 단층 건물로 보이는 곳에 천사복록각이라는 간판이 있었다. 동해 용왕의
아홉 번째 아들의 상을 모시고 있는 곳으로 용왕 아들의 상을 만지거나 복을 빌
면 부자가 된다고 했다. 천사복록각에 직접 들어가 보았으나 관광기념품을 팔고
있고 모시고 있는 불상도 갓난아이 크기, 특별히 눈에 띄는 것은 보이지 않았다.

   하산 길이었다. 서산의 능선을 타고 내려가는 길이었다. 멀리에 어제 찾아갔
었던 남해관음상이 산 능선 너머로 보였다. 해무 海霧 사이에 언뜻 언뜻 보이는
남해관음상, 실생활의 이야기에도 세월의 이끼가 끼면 신화가 되고 전설이 된다. 어제 우리가 들었던 남해관음상 점안식전에 있었다던 장대비가 갑자기 그치고 하늘에는 채운이, 관음상 뒤로 후광이 서리더라는 이야기는 아마도 하나의 신화로 등장하게 될 것이다.

1 저녁 안개 속에 보이는 남해관음상
2 심보타가 쓴 초대형 글씨인 心자
3 불심의 아래글자 心자를 집고 있는 관광객

매복선원 梅福禪院

9시 15분, 하산 길에 조그만 사찰 하나를 보았다. 매복선원, 선원 앞에 수국을 심었는데 유난히도 꽃송이 덩어리가 크고 꽃도 컸다. 사람들이 매복선원 안으로 들어서고 있었다. 사람들을 따라 들어섰다. 입구가 복잡했다. 안으로 들어가자 혜일보조慧日普照의 현판이 달린 널찍한 건물이 나타났다. 왜 사람들이 매복선원의 입구에서만 복작거리는 것일까.

매복선원 입구에 들어서자마자 부딪는 벽에는 세로로 큼직하게 불심佛心이란 글씨 ― 佛은 크게 내려 그은 획에 매달리듯 心자가 있었다. 입구와 벽 사이는 5m 정도, 바닥에 둥근 원이 쳐져 있었다. 그 안에서 사람들은 두 눈을 감고 2~3바퀴를 돈 다음에 조심스럽게 앞쪽으로 댓 걸음 걸어가서 '佛心'의 아래 글자 心자를 짚어내는 것이었다. 순서를 기다려서 나도 해보았다. 그러나 눈을 뜨고 보니 나는 앞쪽이 아니라 옆쪽으로 가서 옆 벽을 만지고 있었다.

다시 하산 길 ― 커다란 바위 위에 말 그대로 대형의 '心'자가 새겨진 바위가 있었다. 이 바위 위에는 100여 명이 올라가 앉을 수 있다고 한다. 그리고 여기에 새겨진 글씨 心자는 보타산에 있는 글자 가운데 가장 큰 초대형 글씨이고, 명말 청초 때 심보타라는 이의 글씨라고 한다.

보타산 서천경구를 벗어나왔다. 인원 점검을 하는데 한 사람이 없었다. 강원대 중문과의 송윤미 교수였다. 차희정 선생이 내게 와서 같은 강원대 교수니 송윤미 교수와 친할 거라며 송 교수의 행방을 묻는데, 미안하기 그지없었다. 나는 내 일 — 새로운 문물을 보고 듣고 기록하느라고 그만 송 교수를 챙겨주지 못했다. 일행들은 정상에서도 그녀를 본 사람이 없었노라고 했다. 미스 왕과 강원대 유성선 교수가 우리가 왔던 길을 되짚어 보기로 하고 떠났다. 그리고 송 교수와 이야기를 잘 나누던 다른 남교수께 부탁, 혹시나 로밍된 휴대폰을 갖고 있다면 연락을 해보라고 했다. 그렇게 20여 분이 지나고……. 유성선 교수가 돌아왔으나 송 교수를 보지 못했다고 하고, 다행히 휴대폰 연락이 되었다고 했다. 송 교수는 우리와 떨어져 구경을 하다가 그대로 하산했다고, 우리가 보타산을 빠져나갈 선착장에 가서 기다리라고 연락이 오고 갔다.

셔틀버스를 타고 가다가 내렸다. 보타산 제2사찰 법우사를 보고 간다고 했다.

법우사 法雨寺

법우사의 해천불국 일주문을 들어섰다. 사진을 찍어둘 욕심에 빨리 걸어서 들어가다 보니 입장권을 내야 하는 곳이었다. 뒤돌아서 동행들을 찾다 보니 보이지 않아서 일순 당황, 좀 더 나가 보니 법우사로 들어오는 해저 부근, 동행들은

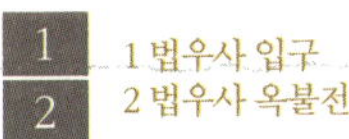

1 법우사 입구
2 법우사 옥불전

나무그늘에서 쉬고들 있었다.

　법우사는 명나라 만력연간에 건설되고 청조 강희 38년에 '천화법우天華法雨'의 편액을 하사받아 이후 법우사法雨寺로 불리게 되었다고 한다. 천왕전 건물이 장엄하고, 옥불전의 관음보살이 특히 아름다웠다. 법우사 경내의 건물들은 기와지붕의 용마루마다 꿈틀대는 용의 조각, 삼장법사와 손오공 일행의 모습을 앙증스럽게 빚어서 장식해 놓은 건축양식이 특이했다. 선착장으로 나왔다(10 : 50). 객실에서 송윤미 선생을 만났다. 반갑고 또 미안했다. 같은 학교에 근무하면서 제대로 챙겨주지 못한 것이.

　11시 30분, 페리호에 올랐고 10분 뒤에 도착, 기다리고 있던 버스 운전기사가

우리 회원들을 위해서 얼음과자를 사서 돌렸다. 12시 15분에 식당에 도착, 역시 해산물 요리가 많이 나왔고 옥수수 가루로 만든 빵이 맛있었다. 다시 버스에 올라 잠시 눈을 붙이다가 깨었는데 버스는 선착장에 도착해 있었다. 14시 20분에 버스에 탄 채 페리호로 올랐고, 페리호에서는 버스에서 내려 객실로 들어갔다. 정원 430명의 배 안에는 손님들이 넘쳐나고 있었다.

페리호가 천천히 방향을 틀고 있는 동안 나는 객실로 들어가 중국인들 틈 사이에 끼어 앉았다. 우리 일행들은 모두 갑판에서 바다를 내다보고 있었다.

배는 50분 후, 뭍에 도착했다. 버스에 오른 채 뭍에 도착한 우리는 그 길로 소흥을 향해서 출발, 17시 30분에야 소흥 요금 정산소를 통과했다.

소흥의 루쉰고거 골목

2년 전 겨울에 다녀간 소흥이었다. 우리들이 루쉰魯迅고거가 있는 골목에 도착했을 때, 이미 모든 기념관은 문들 닫은 뒤였다. 내게는 이번이 네 번째 소흥 방문. 올 때마다 너무도 많이 변한다. 이번에 이곳을 처음 찾은 사람들은 이곳 루쉰고거의 거리, 거리를 향해 난 닫힌 작은 문짝만을 기억할 것이다. 그 문짝을 열고 들어가면 얼마나 넓은 새로운 세계가 펼쳐져 있는지를 아마 상상도 하지

루쉰고거 거리에서 이정숙 교수

못할 것이다. 높다란 담장과 작은 문짝으로 안팎을 철저하게 분리시키고 있는 이곳 주거문화의 특징에 대해서 그들은 이해하기 힘들 것이다.

함흥주점, 여기저기에 문을 열고 있는 주점들이 모두 함흥주점이라는 간판을 달고 있다. 우리는 2층집인 함흥주점으로 올라가 식사를 시켰다. 내가 올 때마다 찾아가는 함흥주점은 간판 이름만 같을 뿐 언제나 또 다른 함흥주점이었다. 동파육에 소흥주를 마셨다. 소흥주의 달콤한 술맛이 입안을 감미롭게 했다. 식사 마치고 돌아오는 길에 나도 소흥주 한 병을 샀다. 80위안이었다.

소흥주

소흥주 한 모금

목울대를 넘을 때에

부드럽기는 아기 살결 같고

달콤하기는 첫사랑의 추억 같고

설레이기는 아지랑이 같고

향기롭기는 봄날의 꽃밭 같고

호사스럽기는 호박석(琥珀石) 같아라

연기도 없이 불타는 물

그 조심스러운 출렁임

백의낭자의 전설로 빚은

신비의 황주(黃酒)

루쉰이 즐기던

소흥주 ―

루쉰을 위하여 잔을 드네

루쉰을 위하여 건배를 제안하네

루쉰을! 루쉰을 위하여!

어둠이 스며들기 시작할 즈음 소흥을 출발했다(20 : 18). 다만 한 끼, 함흥주점에서 한 끼의 저녁 식사를 위하여 두어 시간을 달려 왔던 길, 한 시간만 당겼어도 루쉰 고거故居를 돌아볼 수 있었을 터인데……. 산다는 것은 시간과의 경쟁이다.

21시 50분에 호텔에 도착, 호텔 화양병점 5001호실로 배정받았다. 피곤해서 그냥 쉬고 싶었는데 일행들이 족욕을 하러 간다하기로 합세했다. 족욕 대금 68위안.

2009. 7. 3, 금요일, 갬.

04 항주

호텔 화양병점 5001호실에서 깨어났다. 새벽 5시였다. 지난밤 거의 1시가 넘어서야 잠자리에 들었다. 족욕 덕택에 개운한 기분으로 깨어나 샤워를 했다. 룸메이트 김현숙 교수는 내가 샤워를 시작하자 곧바로 아침 산책을 나가신 듯, 새벽 6시에 송현호 교수께서 아침 산책을 권하는 전화, 그러나 머리에 세팅 롤을 말고 있는 중이었기로 사양했다.

한중인문학회 학술대회

항주의 새벽은 환하다. 식사 시간을 기다리며 자투리 시간에 오늘 있을 학술발표대회에서 발표할 논문을 읽고, 또 토론에 들어갈 자료들을 다시 점검했다.

한중인문학회 학술대회는 호텔 2층에 있는 대회의실에서 개회식(09 : 00~)에 이어 기조 발표 홍익대의 박일용 교수가 '한중 문화에 나타난 강남 형상', 서울대의 우한용 교수가 '동아시아인의 삶과 죽음'이라는 테마로 발표를 했다. 그리고 4개 부분으로 주제에 따라 발표회장이 나누어졌다. 내 발표와 토론이 소속된 곳은 주제 2조, 6층 소회의실에서 있었다.

12시 30분, 점심은 호텔 앞에 있는 팔월미식원八月美食園 음식이 깔끔하고 맛있었다. 나는 오리탕에 나온 오리발갈퀴를 처음 먹어보았다. 보기와는 달리 씹히는 감촉이 쫄깃했다. 그러나 특별식으로 주문되어 나온 태가죽충傣家竹虫 — 대나무 죽통 속에 기생하는 유충을 기름에 튀긴 음식, 길이는 3~5cm 정도, 확대된

배추벌레 모양으로 생겨서 보기에 역겨웠다. 아무리 좋은 음식이라고 해도 보기에 흉해 보여서 도저히 먹을 수 없었다.

오후 학술발표대회 우리 조에서 마지막 발표자가 나였다. 학술대회 발표 10일 전에 바뀐 논문을 제출, '소설 속 춘천의 문학지리'. 중국학술대회에서 발표하기에는 방향이 빗나가 있지만, 지금까지 내가 지속적으로 소설 속의 공간의 역할에 대한 것을 주목해 왔으니까 생뚱맞은 것만은 아니라는 생각, 내 논문에 토론을 맡은 최병우 교수, 논문 체제에 수정을, 그리고 너무 기니까 이를 줄여보는 것이 좋겠다고 언급, 나도 감사하다고 했다.

저녁 식사는 점심을 먹었던 호텔 앞 식당에서 먹었다. 그리고 항주에서의 마지막 밤을 위한 공연을 보러 가기로 했다. 송성천년고정宋城千年古情, 항주에 왔으면 필히 보아야 하는 공연작품이라고 했다. 공연장에서 셔틀버스를 보내왔다(19:20). 그리고 버스는 항주 교외의 공연장을 향해 계속 달렸다. 거의 한 시간 정도를 달린 것 같았다. 마침내 도착한 공연장 입구에 송성천년고정이란 현판이 달려 있었고 관람객들이 건물 안팎에 그득했다.

송성천년고정 宋城千年古情

실내 공연장이 아주 넓었다. 체육관처럼 무대가 있고 객석은 층계를 이루고 있었다. 전체 모두 6장으로 이루어진 집단예술이라고 할까. 서커스적인 요소가 강한 공연이었다.

1장은 왕의 생일을 맞아 중화권에 소속된 사신들이 모여든 잔치, 한 쪽에 도포에 갓을 쓴 한국 사신의 모습도 보였다. 2장은 중국의 충신 악비 고사에 대한 전쟁 연극. 3장은 서호 뇌봉탑 관련 전설을 무용극으로, 4장은 중국의 다문화茶文化, 5장은 중국 소수민족들의 연희, 6장은 조선족들의 고전무용 북춤과 상모돌리기로 진행되었다. 재예를 시각적으로 재구성했다고 해야 하나, 전자장치를 이용한 조명과 음향, 특히 무대에 비 내리는 장면을 연출할 때에는 객석의 천장에서도 빗줄기가 쏟아져 내리도록 해서 빗물을 뒤집어쓰게 하고, 중국의 다문화茶文化를 소재로 한 공연에서는 배우들이 직접 찻주전자와 찻잔을 들고 객석 사이로 파고들며 차를 따라주고 있었다. 긴 시간 들여가면서까지 보아야 할 공연은 아니었다. 현대판 중국의 서커스 — 깜짝 쇼였을 뿐이다. 관람료 160위안인가를 냈는데 입장권을 보니 80위안짜리 공연이었다. 나머지는 왕복 차비였던 모양이다.

송성천년고정을 마치고 다시 차에 올라 호텔로 와서 보니 22시였다. 온종일 학술발표회의장에서 신경을 곤두세웠고 왕복 2시간에 걸쳐 공연을 보고 돌아오니 파김치가 되어 버렸다. 족욕을 가야 한다기로 같이 가서 몸을 풀었다. 족욕비는 78위안.

2009. 7. 4. 토요일. 갬.

 ## 05 항주-인천공항-춘천

4시 30분에 기상, 짐을 미리 싸서 호텔 프런트에 맡기고 김현숙, 송현호, 박옥걸, 한승옥 교수들과 함께 호텔 주변을 산책했다. 우리가 묵었던 곳은 항주에서도 신개발지. 고층 빌딩들이 들어서고 길들은 시원하게 동서남북으로 쭉쭉 뻗어 있었다. 그러나 골목 뒤편에서는 웃통을 벗고 판매용 아침 식사 요리를 만드는 사람들이 있었다. 이곳에서도 식사는 거리의 조그만 음식점에서 빵이나 죽, 국수 같은 것으로 간단히 처리하는 모양이었다.

6시 10분에 버스는 호텔에서 출발했다. 이른 아침에 공항으로 나가야 하는 관계로 도시락에 삶은 달걀 2개, 식빵 1조각, 과자와 물을 넣어주었다. 나는 식빵 1조각과 물로 조반을 해결했다. 올케가 국제전화를 걸어왔다.

버스 안에서 간단하게 조반을 마치고 10분쯤 지나서였다. 전남대의 손희하 교수가 늦게서야 소금통 생각이 났다며 소금통을 들고 다니면서 달걀로 조반을 든 사람들은 늦었더라도 소금을 조금씩 들라고, 버스가 흔들리면 먼저 먹은 달걀과 나중에 먹은 소금이 잘 섞일 것이라고 해서 한바탕의 웃음을 유도했다. 달걀 두 개 먹고 체한 사람은 달걀을 한 개 더 먹으면 쑥 내려갈 것이라고 시침 떼고 충고하는 바람에 또 다시 폭소를 터뜨리게 했다.

7시 15분에 항주공항에 도착, 8시 30분에 CA139호에 탑승, 9시에 비행기는 항주를 이륙했고 한국시간 10시 40분에 인천공항에 착륙했다. 1시간 40분 동안 날아온 것이다.

4박 5일간의 중국여행, 보타산에서 보낸 하루의 기억이 가장 짙다. 동행들에게 작별 인사를 했다. 그러나 이정숙, 김현숙 교수는 기다려도 보이지 않아서 그냥 나오고 말았다. 강원대 철학과의 유성선 교수와 14시 출발 춘천행 버스에 올랐다. 유성선 교수가 춘천까지 1만 6천 원 하는 차비를 내 몫까지 지불했다. 춘천에는 16시 35분에 도착했다.

2009. 7. 5. 일요일, 갬.

장강 크루즈와 백제성 이야기

중경 · 백제성 · 이창 · 삼협댐 · 무한

01 춘천–인천공항–중경

가슴이 설레었다. 이미 여행 가방은 싸놓았지만 그래도 혹시나 싶어서 가방의 지퍼를 열어놓고 짐들을 살펴보며 오전 시간을 보냈다. 날이 흐리더니, 아파트를 떠날 때에는 가랑비가 내리기 시작했다.

인천공항행 직행버스가 출발했다(14 : 02). 대성리를 지나가면서부터 빗발이 굵어졌다. 북한강공원을 멀리 바라보면서 잠이 들었던가. 깨어 보니 김포공항이었고 다시 30분을 달려 16시 37분에 인천공항에 도착했다. 빗줄기가 거세게 쏟아지고 있었다.

집합 약속 시간까지는 시간이 많이 남아 있었다. 한적한 곳 빈 의자를 찾아가 앉아서 『두만강』 제5권을 읽기 시작했다. 1, 2부에 속한 1~3권까지가 한국과 용정을 주로 다루고 1세대 인물들의 반봉건주의와 반일주의적 내용이 주를 이룬다면 3부에 속한 4~5권부터는 만주를 중심으로 한 반일주의와 노골적인 사회주의 운동으로 전개되고 있는 작품. 4권부터는 이미 등장인물들이 쓰고 있는 용어 자체가 거칠었다. 1920년대 당시의 카프문학, 프로문학 작품을 대하고 있는 듯 거칠고 폭력적인 언어들, 아군과 적군, 내 편이 아니면 모조리 적군이고, 아군은 무조건 착하고 적군은 무조건 제거해야 할 악당이었다.

약속된 장소로 나갔다. 먼저 송현호 교수가 보였다. 류종렬, 장사선, 박경현, 윤정룡, 박일용, 박순애, 이덕화 교수……, 모두 낯익은 얼굴들이었다. 김상태 교수도 계셨다. 예상치 않았던 김상태 교수의 출현에 나도 모르게 반가워서 펄쩍 뛰었다. 모두 42명이 참가한다고 했다. 우한용, 최병우, 정병헌 교수는 부인들과 동행이었다. 일반회원 가운데도 동부인한 이가 있었다. 김광한 선생이 반갑다고 웃었고, 언젠가 동행한 적이 있었던 아주대 학생식당의 여성 사장도 보였다. 그리고 사십대 초반으로 보이는 여성 스님 한 분이 있었다. 동국대에서 불교학을 전공한다고 했다. 아름다운 여성이었다. 이름은 엄미경. 스님이 되기에는 너무 귀엽고 여성스러운 이름이었다.

아시아나항공 OZ357호가 인천공항을 이륙했다(20 : 36). 나의 좌석은 창가에 있었다. 중경까지는 4시간 30분이 걸릴 것이라고 했다. 기내식이 나왔다. 뒤이어 후식이 나올 때 와인을 청해서 마셨다. 와인 한 잔에 거나해진 기분으로 바깥을 내다보니 비행기는 구름 위를 날고 있었다. 흰 구름을 아래에 깔고 푸른 하늘에 보름을 갓 지낸 달이 떠 있었다.

이화에 월백하고 은한이 삼경인제……. 이것은 고려조의 문신 이조년의 시조

가운데 한 구절, 칠백 년 전 지상에서 올려다보던 달은 분명 흰빛으로 기록되었
다. 1960년대 초, 한국의 하늘에 떠 있던 달도 흰빛이었다. 영어 책에서 yellow
moon이란 표현을 처음 접하고 당황했다. 같은 무렵 국어책에 나온 이조년의 시
에서도 달은 분명 흰색이었다. 영어 선생님께서도 왜 yellow moon이라고 하는
지에 대해서 대답을 하지 못하셨다. 그리고 나이 들어가면서, 오염된 공기 중에
서 빛의 굴절 작용이 달을 노랗게 보이게 한다는 이야기를 들었다. 지금 한국의
달은 노랗다. 그리고 2010년 육지에서 고도가 높은 공중에서 바라다본 달은, 노
르스름한 다이아몬드 같았다. 하얀 배꽃 위에 하얀 달빛 흐르는 밤을 지켜볼 수
있었던 이들은 행복했던가?

　중국 시간 23시 10분에 중경 국제비행장에 도착했다. 이곳은 한국 시간보다
한 시간이 늦은 곳. 입국 수속을 모두 마치고 나가니 전용버스가 기다리고 있었
다. 40명이 넘는 인원들이라 함께 움직이는 데 시간이 걸렸다. 김상태, 우한용
교수가 늦게야 버스에 오르셨다. 입국수속대의 검사관이 김상태 교수의 여권
사진과 실제 모습에 차이가 난다고, 우한용 교수 또한 여권사진과는 달리 모자
를 쓴 모습이 달라 보인다고 붙잡고 실랑이를 했었던 모양이었다.

　중경공항에서 호텔까지는 40분이 걸리는 거리, 조선족 가이드의 이름은 갈춘
걸. 삼십대 초반이고, 체격이 크고 호남형이나 말솜씨는 매끄럽지 못했다. 그가
들려준 중경에 대한 개략적인 설명은 다음과 같다.

중국 국토 전체를 한 마리 닭의 모양에 비유한다면 중경이 위치한 곳은 닭 날개 부분에 해당된다. 중경은 양쯔강(揚子江)과 자링강(嘉陵江)이 여덟 팔자(八字)로 합해진 합류지점에 위치. 해발 600m의 고지대에 있다. 중경은 직할시로, 중국 남서부 및 쓰촨성의 경제 문화의 중심지이자 최대 도시. 양자강 최북쪽에 있는 부두이며, 중국 남서부의 최고 하항(河港)이다.

중경은 아열대 지역에 속하고 온난다습한 기후, 친링 산맥(秦嶺山脈)이 북풍을 막아준다. 여름 최고 기온은 43℃까지 오르는 무더위, 맹우계절(4~10월)에는 비가 많고 안개와 습기가 많아서 일 년 중 200여 일은 해를 보지 못할 정도이다. 역사적으로 보았을 때 이곳은 촉나라 지역. 옛말에 '촉의 개는 해를 보고 짖는다'고 할 정도로 해를 보기가 쉽지 않았던 곳이다. 일 년은 사계절이 뚜렷하나 특히 여름 한 철이 길고 음식은 맵고 향료로 산초를 많이 이용한다.

중경의 인구는 3,600만, 티베트족, 몽골족, 회족, 위구르족, 토가족 등 17개 소수민족들이 살고 있고 그중 티베트 족이 가장 많다.

중경은 동중국해로부터 2,250km 정도 내륙으로 들어온 지점에 있고, 일 년 중 안개에 뒤덮인 날이 많아서 비행 및 교통에 어려움이 많은 곳이기는 하지만, 볼만한 곳이 상당히 많은 지역이기도 하다. 현재 유네스코에 등록된 중국의 관광지 289처 가운데 사천성과 중경에 27처가 있고 현재 등록 대기 중인 곳만도 17처가 있을 정도이다.

중경이 관광지로 많이 알려지기 시작한 것은 산샤댐이 건설된 이후부터다. 산샤댐은 1992년에 건설되기 시작하여 1997년에 완공되었다.

그리고 이곳 중경의 지명 — 남송시대 광종(光宗) 조돈(趙惇)이 이곳에서 왕세자로 책봉되었고, 다시 이곳에서 왕위에 올랐다. 곧 경사스러운 일이 두 번이나 겹쳐졌기로 이곳의 지명이 중경(重慶)으로 불리게 되었다고 한다.

가이드 갈춘길 씨의 이야기를 듣기 전까지 나는 북경 남경 그 가운데 있어서 중경中京으로 불리는 줄 알았다. 한자로 지명을 생각하지 못하고 한국식 이름으로 생각한 실수였다.

호텔 황가대주점皇嘉大酒店에 도착, 방을 배정받았다. 나의 룸메이트는 평택대의 이덕화 교수, 방은 1922호실이었다.

2010. 6. 27. 일요일. 비.

 **02 중경-푸른고래호**

새벽 5시에 일어났다. 일어날까 말까 망설이고 있는데 룸메이트가 먼저 일어나 욕실로 가더니 욕조에 물 받는 소리가 들렸다. 나도 일어나 얼굴에 물만 바르고 화장을 시작했다. 오늘 사천대학에서 학술발표대회가 있는 날이라 검은 니트 바지에 검은 니트 상의로 정장 차림을 준비했다. 오늘 나의 역할은 주제발표자, 토론자, 그리고 총회 사회자……. 슬그머니 긴장이 되기 시작했다.

창밖을 내다보았다. 안개가 짙었다. 산악지대에 위치한 직할시라……. 오죽이나 해를 보기 힘들었으면 '촉나라의 개는 해를 보고 짖는다'는 말이 다 나왔을까.

조반 먹으러 가는 길에 여행 가방을 끌고 갔다. 가서 보니 가방을 갖고 내려온 사람은 우리 방 식구 외에는 별로 보이지 않았다. 우리는 가이드 말을 너무 잘 듣는 착한 학생인가. 식사는 뷔페식, 녹두죽이 맛있었다.

전용버스를 타고 사천대학 어학교육원으로 향했다. 버스 안에서 가이드는 중국 특히 중경 지역 주민들의 남녀 성비 불균형에 대한 이야기를 했다. 중국의 남녀 성비 평균 17 : 1, 중경 지역은 24 : 1이라고. (그러나 이후 송현호 교수들과 함께 이야기를 나누게 되었을 때, 가이드가 그 비율을 착각한 것이라는 결론을 내렸다. 저자가 귀국 후 인터넷을 통해 자료 조사를 해보니『헤럴드 경제』2010년 3월 29일자에 실린 중국의 총 인구는 13억 3천 5백만 명, 남녀 비율은 119.45 : 100이었다. 간단히 1.2 : 1 정도였다. 그렇다면 중경의 경우, 근래에 태어난 영아의 성비에 대해서 이야기했다고 해도 너무 과장된 성비가 아니었을까.)

전용버스는 높다란 구릉지대에 세워진 빌딩가를 지났다. 중경은 양자강과 가릉강이 합쳐진 곳에 위치한 만큼 다리가 61개나 되는, 일명 '다리의 도시'로도 불리는 곳. 시내의 고층 아파트 바깥으로는 '빨래 깃발'들이 휘날리고 있었다. 습기가 많은 지역에서 빨래를 건조시키기 위해서는 건물 바깥으로 빨래를 내보내 바람의 도움을 받지 않을 수 없을 것이다. 아무튼 이색적인 광경이었다.

중경 — 오르막과 내리막길이 많은 산악도시라 자전거를 타는 사람들이 거의 없는 곳이라고 한다. 실제로 이곳 일반 주민들은 지역 특성상 하루에 천 개 이상의 계단을 오르고 내려야 한다. 그러니 땀은 또 얼마나 흘려야 할까. 평소의 생활에 운동량을 많이 요구하는 이 지역의 여성들은 상대적으로 작고 날씬한 미인들이 많다고 한다. 미인은 잠이 많다는 말처럼, 이곳 여성들의 기상 시간은 아침 9시. 식사준비는 남편이 모두 해야 한다. 이곳은 여성의 천국이라 한다.

가이드는 이곳 직장 남성들의 머리 모양새를 가지고 우스갯소리를 했다. 머리가 푸수수한 남자는 조반 준비 하기 싫어서 잠든 아내 몰래 집에서 도망 나온 남자, 머리를 손질할 시간이 없었다. 반면 머리 모양이 깔끔한 남자는 아침에 도망치려다가 아내에게 잡혀 들어가 아내의 시중을 들고 나온 남자라고 한다. 아내는 조반을 잘 얻어먹고, 출근하는 남자에게 머리손질하고 가라고 잔소리를 퍼부은 것이다. 그런 남자들의 귀는 대개 짝짝이인데, 이는 아내가 말을 잘 듣지 않는 남편의 한쪽 귀를 사정없이 끌어당겨서가 그 이유라 한다.

가이드는 중경과 한국과의 관련된 역사적 이야기를 들려주었다.

가까운 이야기로는 김구 선생과 임시정부청사의 이야기다. 1940년 대한민국 임시정부가 중경으로 와서 양류가, 석판가, 오사야항 등을 거쳐 유중구 칠성강 연화지 38호에 정착했다. 현재 한국의 관광객이 찾아가는 임시정부청사는 1945년 1월부터 11월까지 사용되었던 건물이다.

오래 전 이야기로는 서촉 명씨 가문에 대한 이야기다. 명옥진은 서촉 명씨의 시조다.

명옥진은 1357년 중경을 점령하고 성도를 함락, 사천지역을 지배하고 1360년 농촉왕隴蜀王이 되었다. 1362년에는 나라 이름을 하夏로 고치고 황제가 되어 선정을 베풀다가 1366년 죽었다. 그의 아들 승昇도 현군이었으나 명나라 태조 주원장의 공격을 받게 되자 자신의 생명을 내놓고 부하들의 생명을 보장해 줄 것을 조건으로 내세웠다. 이에 감동한 주원장이 승을 양아들로 들였다. 어느 날

술자리에서 누군가가 명승에게 생부와 양부 두 사람 가운데 누구를 더 좋아하느냐고 묻자 명승은 스스럼없이 생부라고 했다. 이 이야기가 주원장의 귀에 들어갔다. 분노한 주원장이 명승을 죽이려고 하자 평소 명승에게 호감을 갖고 있었던 마황후가 주원장에게 간청, 명승을 고려로 귀양 보내게 되었다. 마침내 고려 공양왕에게 보내어진 명승은 서촉 명씨의 시조가 되어 고려에 뿌리를 내리게 된다. 서촉 명씨의 후손들은 중국의 개방 이후, 매년 청명절이면 중경으로 서촉 명씨의 시조 명옥진을 찾기 위해 방문한다고 한다.

사천대학 한중인문학회 학술대회

8시 40분에 사천외대에 도착했다. 전용버스가 캠퍼스 안으로 들어섰다. 열대수림으로 조성된 캠퍼스 안에는 학생들이 붐비고 있었다. 고층 건물들이 그득한 캠퍼스였다. 사천외어학원 산은추명山隱秋鳴. 건물명이 시적이었다. 버스에서 내리자 공중목욕탕 안으로 뛰어든 듯한 기분. 후덥지근한 열기에 포위되었다.

1층 전체회의장으로 들어갔다. 외국어학원의 한국학과 학부생과 대학원생들이 한국에서 온 손님들을 맞았다. 중국 전역에서 온 30여 명의 학자들, 그 가운데는 눈에 익은 이들도 서넛 보였다.

개회식 — 한중학회 최병우 회장의 개회사, 사천외어학원 부교장의 환영사 순으로 진행되었다. 넓은 강당에는 한국과 중국 각지에서 온 학자들 70여 명, 한국학과 학생들로 제법 붐비었다. 곧이어 건물 바깥으로 나가서 기념사진 촬영이 있었다. 바로 앞 건물이 중앙도서관이었고, 십여 층 계단으로 된 곳에서 기념사진을 찍었다. 중국인 사진 기사의 호령에 따라 부동자세에 웃는 얼굴 연출하기, 여러 번 반복해서 찍는 바람에 오늘 가장 무서운 사람은 사진촬영사라고 했다.

곧이어 개회식 장소에서 장사선 교수의 '동아시아 문학에서의 근대적 사유 체계 형성 연구'란 논제의 기조발표를 들었고 8개 분야로 나뉘어 각분과 발표실로 들어가서 학술발표를 해야 했다. 나는 주제발표조가 있는 3층의 세미나실로 들어갔다. 우리 팀은 오전에 우한용 선생의 '채만식 문학의 근대성' 그리고 나는 '한국 소설에 나타난 근대 체험'에 대한 발표를 했다. 오전 시간에 다른 프로그램의 진행 지연으로 우리들에게 주어진 시간은 한 사람당 20분이었다. 나는 두 편의 대하소설을 분석한 것으로 발표를 하다 보니 사회자 박일용 선생이 빨리 끝내라는 눈짓을 해오고 있었다. 20분 발표에 5분 정도의 토론, 시간이 짧았다.

점심은 사천대학 외국어학원장이 내는 것으로 구내식당에서 먹었다. 종류는 많은데 입에 맞는 것은 없었다. 예전에 항주대학 구내식당에서 나온 요리는 참 좋았는데 하는 생각. 식사 도중 사천대학과 어학원 쪽의 관련자들이 돌아가며 건배를 권하는 바람에 몇 번씩이나 자리에서 일어나 술잔을 높이 들어야 했고, 그러다보니 대낮부터 술을 마셔야 했다. 술잔은 얇은 비닐 잔, 조금만 힘을 주어서 잡아도 잔이 찌그러졌다. 오후에 논문 발표가 있는 사람들은 자중해야 했고, 호주가들은 술잔을 채워주는 대로 계속 마셔야 했지만, 나는 몸이 좋지 않아서 가급적 술잔을 피해야 했다. 사천대학 교수들은 건배하기를 좋아하는 사람들인가 하는 생각……, 재미있었다.

오후 발표회에서는 '동아시아 서사문학에 나타난 여우'라든가 '최인호의 『상도』의 신비주의적 성격과 선험적 도덕의식'에 대한 발표를 재미있게 들었다.

모든 발표가 끝나고 종합토론회가 열리기까지 기다리는 시간, 종합토론회의 사회자로서 무슨 이야기를 어떻게 할 것인가에 대한 문제를 생각하면서 메모를 시작했다. 그런데 갑자기 종합토론이 취소되었다는 연락, 갑자기 중국 쪽 주최 측에서 누군가 와서 축사를 해야 하는 관계로, 또 중경 대한민국 임시정부청사를 방문해야 하는 관계로 종합토론이 최소되었다는 것이다. 오전 오후 분과 사회를 맡았던 이들은 제각기 종합토론장에서 소개할 발표자들의 원고를 정리하고 있다가 종합토론이 취소되었다는 이야기를 들으며 모두 어이 없어 했다. 점심식사 시간에도 음식 먹으면서, 주는 술 거절하면서 종합토론을 어떻게 진행할 것인가에만 생각을 꽂고 있었으니 말이다.

대한민국 중경 임시정부청사

16시 50분에 중경 임시정부청사가 있는 유중구 칠성강 연화지 38호에 도착했다. 4~5년 전에도 이곳을 다녀갔는데 그동안 주변에 하늘을 가릴 듯한 고층 건물들이 빼곡히 들어차 있었다.

임시정부청사 건물은 부분적인 수리를 하고 있었다. 2008년 사천

1 중경 임시정부청사
2 고층 건물로 포위된 임정건물

성 일대에 있었던 지진에 뒤
편 건물 벽에 금이 갔다고 했
다. 이곳 건물의 수리비는 현
대와 삼성에서 보조금을 주
어 수리 중이었다. 전시관 안
을 돌아보고 다시 임시정부요
인들이 거처하던 건물 1층만
을 돌아보았다. 작은 중정에
서 머리를 들자 30~40층은 될
만한 고층 건물들이 사방에서

에워싸고 하늘은 손바닥만 했다. 본래 이곳 건물이 있는 곳도 개발 지역이었지만
한국 정부와, 삼성그룹과 현대그룹의 간곡한 부탁으로 특별 보호지역으로 남아
있게 되었다고 한다.

저녁 식사는 동방화원반점이란 이름의 호텔 레스토랑. 대형버스가 좁은 거리
를 잘도 달렸다. 호텔 레스토랑의 음식은, 사천 음식의 진수를 맛보았다는 느낌
이 들 정도로 깔끔하고 맛깔스러웠다. 오랜만에 입에 당기는 음식을 즐겼다. 고
량주에 맥주를 적당량 섞어서 마시는 것도 좋았다. 한국의 폭탄주와 같은 제조
법이었다.

가릉강 선착장

장강 크루즈를 하기 위해 유람선을 타러 가는 길, 부두로 가는 가릉강가에는 안개가 짙었다. 잠시 길가에 차를 세우고 대형 마트에 들러 장기간 배 안에서 머물 동안 먹을 주전부리감을 골랐다. 오렌지와 건포도, 매실 조림, 캔맥주를 살까 하다가 배 안의 매점에서 살 생각을 했다.

부두에서 커다란 여행가방을 든 채로 엘리베이터를 이용해서 아래로 내려갔고, 그곳에서 우리들이 며칠 머물게 될 빅토리아 여왕 회사의 배에 올랐다. 배 이름이 빅토리아 여왕이 아니라 크루즈 회사 이름이 그것이었다. 우리가 탄 배는 남경륜藍鯨輪 — 푸른고래호였다.

115호실로 배정 받았다. 배는 모두 4층, 1~3층에는 객실이 있고 4층은 연회장이었다. 4층에는 카페도 있었다. 객실은 일반 호텔처럼 싱글 침대가 두 대씩 양 벽에 각각 붙어 있고 욕실이 있었다. 배는 밤 10시에 출발한다고 했다.

4층 홀에서 유람선의 매니저가 한중인문학회 회원들을 상대로 선상 생활에 대한 안내를 했다. 현재 탑승한 승객은 196명, 배 안에서 인터넷이 가능하고, 인터넷

크루즈 유람선 푸른 고래호

을 할 사람들은 카운터로 가서 사용할 것, 식당의 식사 테이블은 고정되어 있으니 반드시 소속된 테이블을 이용할 것, 하루 세 끼 모두가 뷔페식이며 커피는 아침에만 제공되고 그 외에는 돈을 지불해야 가능하다는 것 등등에 대한 이야기였다. 그리고 내일 아침 8시에 하선해서 풍도 귀신성을 관람하게 될 것이라고 했다.

모처럼 조명이 좋은 연회실, 삼국지의 중요 배경지인 장강에서 판소리 한 곡조를 들을 만한 준비가 되어 있었다. 홍익대의 박거일 교수가 접부채를 손에 들고 구비구비 소리를 펼쳐냈다. 굵직하고 부드러운 소리였다. 뒤이어 부부동반으로 오신 숙명여대의 정병헌 선생도 특별히 사모님을 위한 사랑가를 한 곡조 뽑으셨다. 고전문학 전공자가 계시니 우리들의 분위기도 더욱 고전적이고 낭만적으로 익어갔다.

방으로 돌아와 샤워를 하고 나니 술 생각이 났다. 이덕화 선생과 4층 카페로 가서 캔맥주를 사는데 독일 하이네켄 작은 병맥주가 30위안씩 2병에 60위안, 내가 지불했다. 한국 돈으로 작은 맥주 두 병에 1만 2천 원을 지불한 셈이었다.

이덕화 선생은 문학적 담론에 대한 이야기를 좋아하는데 나는 그냥 가만히 쉬고 싶을 뿐, 나중에 그녀는 천안함 사건에 대한 내 의견을 물었다. 그녀는 성향적으로 우파에 속하고, 나는 좀 약한 좌파에 속하고……. 나는 정치와 종교에 대한 이야기는 가급적 하고 싶지 않다고 내 의사를 밝혔다.

2010. 6. 28, 월요일, 흐림 · 비.

 **03 장강 1**

남경륜藍鯨輪 — 푸른고래호 115호실, 일찍 잠에서 깼다. 지난밤 10시 10분경 움직이기 시작한 남경륜은 밤새 동쪽을 향해 협곡을 따라 내려가고 있었다. 커튼을 걷자 새벽이 푸른빛 속에서 깨어나고 있었다.

고래배 속에서

새벽녘 물안개

푸른빛으로 기지개 켜는 시간.

밤새 동으로, 동으로

흘러 내려간 푸른고래

장강 수면 위로 피어오르는 안개

엉긴 안개 사이로

언뜻 언뜻 보이는 초록색 산굽이

푸른고래배 속에서

요나를 생각하네.

기껏 달아난 곳이 고래 뱃속이라니

나 또한 고래배 속에 있네.

한 편의 시가 나올 듯하면서도 이어지지 않는다. 우리가 탄 배의 이름은 푸른 고래 남경륜, 유장한 인공호수 위를 거침없이 달리고 있다. 룸메이트가 건네준 망고 하나 얻어먹고 과즙이 흘러내린 테이블 위를 휴지로 닦아내고 손도 닦아 내는 번거로운 작업. 오늘은 풍도 귀신성으로 간다고 한다.

지난밤에는 작가들의 성격, 그들 삶의 단편에 대한 이야기들을 들었다. 한말숙 선생, 해마다 10월이 되면 노벨문학상 병을 앓으신다고. 그럴 만도 하지. 20년 전에 한 번 후보로 추천되신 적이 있었으니.

유람선 푸른고래호 레스토랑에서는 매일 아침, 커피를 무료 제공한다기로, 커피 생각에 일찌감치 레스토랑으로 갔다. 아침 7시였다. 종업원들이 부지런히 손님을 맞을 준비를 하고 있었다. 우리가 첫 손님이었다. 아직 준비가 덜 되었다고 기다려 달라고 했다.

1층 로비에서 서성이다 보니 2층 객실의 중국인 승객들이 레스토랑으로 들어가고 있었다. 단체 손님들의 자리는 지정되어 있었다. 한중인문학회에는 10인 이상이 앉을 수 있는 커다란 테이블 네 개가 배당되어 있고 테이블 위에 '한중인문학회'라는 명패가 부착되어 있었다.

상냥한 아가씨가 뜨거운 원두커피를 컵에 담아 주었다. 조반은 뷔페식, 쌀죽, 녹두죽, 조죽, 만두와 빵, 소시지, 닭요리, 돼지고기 요리, 과일과 달콤한 케이크들, 요구르트 들이 준비되어 있었다. 아침에는 간단하게 토스트에 잼, 과일과 요구르트를 먹었다. 음식이 입맛에 맞았다. 만두도 맛있었다. 커피를 리필하여 마셨다. 커피 맛도 좋았다.

지난 저녁 푸른고래호의 중국인 매니저는, 오늘 아침 8시에 하선해서 관광지 관광을 하러 간다고 했다. 풍경 좋고 분위기 좋은 유람선 안에서 조반을 잘 먹고, 서둘러 방안을 잘 정리하고 룸메이트와 함께 시간에 맞추어 카운터 부근에 가서 기다리는데 사람들이 나타나지 않았다. 지나가던 송현호 교수 말씀, 어제 밤새도록 유람선 기관실에서 무슨 고장이 있었는지 소음이 시끄러웠고 배는 가야 할 목적지까지 가지 못하고 정박해 있다고 했다. 우리는 자정 무렵까지 있었는데 아무 소리도 듣지 못했는데, 어떤 이상 징후도 느끼지 못했다. 그러나 송현호 교수는 이상한 소음과 배가 꿈틀거리는 느낌을 받았노라고 하셨다.

결국 오전 중에는 푸른고래배 속에 머물러 있어야 했다. 『두만강』을 읽다가, 김유정학회 창립 회원을 모아야 한다는 생각에 노트를 들고 소설 전공자들의 객실 문을 두드리며 다니기 시작했다. 그러나 웬만한 사람들은 모두 4층 옥상에 올라가 있는지 보이지 않았고 복도에서 만난 여성 회원들 몇 사람 붙들고, 학회 설립의 당위성에 대한 설명을 하고 그들의 이메일 주소와 휴대폰 번호들을 노트에 기록하게 되었다. 카운터 앞 로비에서 만난 윤석달, 박경현, 윤정룡 교수들이 스스럼없이 회원 가입을 허락하시었다. 젊은 교수들 — 장사흠 교수에게도, 대부분의 현대소설 전공자들의 서명을 받았다.

12시에 점심 식사, 13시 20분에 하선하기 시작했다. 1층에서 아래층으로 내려갈 때 담당 선원이 유람선 승객임을 증명하는 끈이 달린 플라스틱 표찰을 주었다. 잊지 않도록 목에 걸라고 했다. 표찰을 목에 걸고 그들이 안내하는 대로 좁은 통로를 따라 갔다. 고래배 속이 그렇게 복잡할까, 한 사람이 간신히 다닐 수 있는 정도의 통로, 잘못하면 이마를 부딪칠 수 있을 것 같은 문턱 앞에는 선원들이 나와서 머리 조심하라고 손짓을 해주었다. 턱이 높은 문턱에서는 발 아래를 조심하라고 손짓을 해주었다.

구불구불 통로를 따라 배에서 나와 긴 징검다리 같은 쇠판 위를 걸어서 나가니 경사가 급하고 높은 시멘트 계단이 폭양에 달아 쩔쩔 끓고 있었다. 뒤돌아보니 우리가 타고 온 4층짜리 푸른고래호가 장강 물 위에 떠 있었다. 장강 위에 떠 있는 배에서 계단 초입까지는 철제 판으로 20~30m의 오솔길 형상. 어떤 이들은 우리가 타고 온 배가 여왕호라고 하고 어떤 이는 빅토리아호라고 하고……. 유람선 회사가 퀸 빅토리아, 그리고 우리가 타고 온 배는 그곳 소속 남경륜 — 푸른고래호였다.

김상태 교수께서는 다리가 불편하셔서 젊은 남성 교수들이 앞뒤에서 부축해드리고 있었다. 나는 그냥 가까운 곳에서 바라보다가 보조를 맞추기. 참 잘 걸으시던, 산도 잘 타시던 분인데, 테니스를 좋아하시던, 전국 대학교수 테니스 대회에서 선수였다는 것도 알고 있는데…….

풍도 귀신성

급경사의 시멘트 계단을 오르자 2차선 도로, 풍도豐都, Fend Du의 귀신성으로 가기 위해 일단 버스에 올랐고 관광지 입구에 내리자 선산유취仙山幽趣 — 3단계의 지

봉을 가진 이른바 일주문이 장강을 등지고 서 있었다. 신선들이 사는 깊고 그윽한 산이라는 이름인가. 13시 40분에 매표소 입구에 도착했다. 양옆이 하늘을 향해 멋지게 뻗쳐오른 전통 중국의 대문 형식을 한 출입구 위로 '중국 신곡지향中國神曲之鄕'이란 큼직한 현판이 관광객을 내려다보고 있었다. 우리 일행은 두 패로 나뉘었다. 귀신성鬼神城은 명산名山, Mingshan의 위쪽에 있기 때문에 다리가 약한 사람들은 리프트를 타기로 하고, 걷기 좋아하는 사람들은 오솔길을 따라 걸어서 올라가기로 했다. 나는 단연 산책자 팀이었다.

풍도 지역의 대낮, 37~38℃를 오르내리는 무더위 속에 시멘트로 포장된 산길을 걸으면서, 계속 안경을 치켜들고 흘러내리는 땀을 닦아야 했다. 그냥 온몸에서 물이 줄줄 흘러내렸다. 동행들은 그것을 보고 인간 육즙이 나오고 있다고 웃었다. 그러나 그늘 아래에서는 시원했다. 열대성 수목이 울창하고, 키가 큰 나무 등걸에는 시퍼렇게 이끼가 자라고 있었다.

풍도 — 한자 글씨만 보면 모두가 풍족한 곳이었을 듯싶은데 보이는 것은 깊은 산곡이었다. 삼국지의 영웅들이 이곳에서 살던 때가 1,800여 년 전이라고 생각하면, 유구한 세월을 두고 전설이 도처에 널려 있을 만한 곳이었다.

유명세계幽冥世界를 통과하고, 약왕전Health god temple과 재신전Gog of Wealth으로 들어서자 같은 크기, 세 개의 다리가 나왔다. 내하교奈河橋 — 황천세계로 들어가기 위해서는 반드시 건너야 하는 다리라고 했다. 가운데 있는 다리는 죄인으로 판명된 사람이 건너다가 빠져 지옥으로 들어가는 다리, 좌우의 다리는 각각 건강과 재물을 상징하는 다리라고 했다. 그런데 이 좌우의 다리를 건너 황천으로 들어갈 때 규

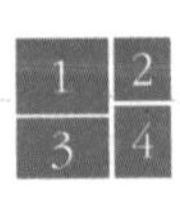

1 중국 신곡지향 입구
2 중국 신곡지향
3 내하교로 들어가는 세 개의 다리
4 색귀(色鬼)

칙이 있었다. 즉 남자는 왼발부터, 여자는 오른발부터 떼어서 들어가야 한다고 했다. 그러나 남자라 할지라도 여성으로 환생하기를 원하면 오른발로, 또 남자로 환생하기를 바라는 여성은 왼발부터 떼어서 건너라고 했다. 나는 의식하지 않았는데 오른발이 먼저 다리를 밟았다. 내가 건넌 다리가 재물교였던가?

다시 요양전寮陽殿과 옥황전玉皇殿을 지났다. 옥황전 안에 모신 옥황상제는 안존한 모습, 무릎 아래 동남동녀가 있었다. 33중천重天을 오르자 왼쪽에 백자전百子殿이란 사찰, 왼쪽에는 전망대 같은 건물이, 좀 더 오르자 16귀왕鬼王이 좌우에 늘어선 조금 경사진 길이 있었다. 귀왕은 대개 근래 시멘트로 만든 등신대보다 조금 큰 조각상들이었다. 색귀色鬼, 주귀酒鬼, 식탐귀食貪鬼, 창귀倀鬼, 나찰귀 같이 우리가 많이 알고 있는 귀신들이 늘어서 있는데 색귀는 정말 풍만한 여체를 가진 미인이었다. 귀문관을 거쳐 황천로로 들어서자 그간 살아온 세상을 돌아보는 높직한 망향대가 있었다.

풍도 귀신성, 중국신곡지향……. 온몸으로 땀을 줄줄이 흘리면서 돌아본 곳, 이곳의 지역 전설이나 지명 전설을 미리 알고 왔다면 참으로 좋았을 터인데, 가이드의 설명은 단편적이고, 날씨는 덥고, 오래된 건물보다는 근래 급작스레 지어놓은 건물들이 더 많고, 시멘트로 짓이겨 만든 조각상들은 쓸쓸한 기분을 자아냈다.

한 시간여를 귀신성에서 보내고 다시 시멘트 포장된 산길을 걸어 하산했다.

관광지의 상점에서 청도칭따오 캔맥주를 개당 5위안씩 12개, 이번에는 이덕화 선생이 계산했다. 15시 35분에 푸른고래배 속으로 귀환했다. 더운 물로 몸부터 씻어냈다. 황천에서 이승으로 귀환한 기분, 캔맥주를 마시며 흔들리는 배 속에

서 창밖으로 펼쳐지는 협곡들을 지켜보았다.

저녁 18시 30분부터 4층 홀에서 푸른고래호 선장이 승객들에게 베푸는 환영식 — 와인 한 잔씩 주고 중국인 선장이 가벼운 환영사를 했다. 과일과 과자들이 안주로 나왔는데 미리 와서 자리잡고 있던 중국인 승객들이 이미 먹거리를 점유하고 있는 상태였다. 승무원들을 제외하고 192명 탑승객 가운데 한국인은 가이드 포함 43명이었다.

환영식은 너무도 간단했다. 와인은 부드러웠지만 한 잔밖에는 더 차지가 오지 않았다. 식사는 레스토랑으로 가서 먹었다. 나는 음식이 맛있어서 두세 번에 나누어 종류별로 갖다가 먹는데 서울교대 방기태 교수는 탄수화물 계통은 배제하고 야채와 단백질 위주의 음식만 섭취하고 있었다.

저녁 식사 후 푸른고래호의 옥상으로 올라갔다. 바람이 시원했다. 장강 삼협의 양쪽으로 펼쳐진 협곡의 모습은 다양했다. 한 쪽이 산협이라면 한 쪽은 도회지가 펼쳐져 있었다. 중국인 승객들의 대화하는 소리가 너무 커서 귀가 아플 정도였다.

우리가 배를 타고 바라보는 장강의 폭은 넓지는 않았다. 1,800년 전의 장강 삼협을 상상해 보았다. 유비의 촉나라와 손권의 오나라가 이 장강을 사이에 두고 전투를 치르던 시절을, 사람을 썩은 무 베듯이 베어냈다던 전쟁시절, 그렇게 해서 세웠던 나라, 지금은 소설책 속에서만 만나 볼 수 있다. 그때 그 사람들도 소설책에서만 볼 수 있다.

푸른고래호의 옥상에서 돌아내려온 길에 3층에 있는 발 마사지 가게에 들렀다. 45분에 100위안이라고 했다. 내게 온 마사지사는 젊고 가냘픈 여성, 고개를 숙이면 풍만한 젖가슴이 다 들여다보일 정도의 예쁜 여성이었다. 그러나 마사지 솜씨는 엉망이었다. 어린아이가 간질이는 정도의 힘, 몇 번이나 세게 지압을 하라고 해도 하지 못했다. 그녀의 무기는 늘씬한 몸매와 예쁜 얼굴뿐인 모양이었다. 성의 없이 시간만 보낸 그녀에게 팁을 주지 않았다.

우리 객실로 한양대의 김미영, 임은희 두 여선생이 놀러왔다. 이덕화 선생과 여성문학회에서 같이 일을 한다고 했다. 오전 중에 김유정학회 회원 가입을 권하러 그녀들 방에 갔었더니 그에 대한 답례로 찾아온 듯했다. 두 사람 모두 조용하고 야무진 모습들이었다.

이덕화 선생과 밤늦도록 이런저런 이야기를 하던 중에, 이 선생이 영국의 어느 대학에 교환교수로 갔던 중에 만났던 한국인 이야기를 들었다. 우리나라 최초의 여판사 황윤석 판사의 따님 이야기였다. 황윤석 판사라면, 내가 초등학교 4학년 때, 의문의 변사로 신문지상을 장식했었던 그 여성이 아니던가. 황판사의 의문의 변사를 조사하기 위해 그 남편까지도 호된 조사를 받아야 했고. 약물 부작용으로 일단락을 짓기는 했지만, 그때 그 사건 이후 내 장래 희망은 판사가 되는 것이었었다. 적어도 고등학교 하급학년이 되기까지 일관되게 내 희망은 여판사였다.

황윤석 판사의 의문의 사망 이후, 그 남편은 황판사가 낳아놓은 자녀들을 키우면서 평생 재혼을 하지 않았다고 한다. 남편과 자식들을 두고 돌연한 죽음을 맞은 황판사가 불행한가, 아내를 보내고 평생 독신으로 살아야 했던 그 남편이 더 불행한가. 행복과 불행에 대한 생각을 하면서, 관광지에서 5위안씩 주고 사온 캔맥주를 마시며 장강 삼협에서의 두 번째 밤을 보냈다.

2010. 6. 29. 화요일, 갬.

 **04 장강 2**

5시에 일어났다. 온몸이 뻐근했다. 마사지를 받은 효력인지. 아니면 마사지의 효력이 없어서 나타난 증상인지 알 수 없었다. 특히 등판이 뻐근하고 엉덩이가 아래로 빠지는 듯했다. 어제 마사지사에게 팁을 주지 않은 것이 못내 마음에 걸렸다. 너무 엉망이기에 주지 않았을 뿐이다.

오늘은 일찍 서둘러야 했다. 6시 30분에 식사를 마치고 서둘렀지만 7시 12분에 하선할 수 있었다. 배에서 내려 자동찻길로 가기 위해서는 역시 경사도가 급한 시멘트 계단을 올라야 했다. 다행히 계단 옆에 에스컬레이터가 설치되어 있었다. 장강을 사이에 둔 양안은 높직한 구릉지대, 큰길 쪽 경사가 급한 언덕은 전체를 시멘트로 발라 성처럼 보였다. 백제성에는 많은 전설들이 전해져 오고 있다.

백제성

전한前漢 말BC 1세기, 공손술公孫述이 이곳의 우물에서 솟구쳐 오른 신기로운 기운을 보았다. 그것은 백룡白龍의 모습이었다. 공손술은 자신이 한漢나라의 황제가 될 징조라고 생각, 자신을 백제白帝로 칭하고 이후 이곳을 백제성이라 부르게 했다. 그리고 300여 년 뒤, 촉나라의 유비劉備, 161~223는 삼협 전투에서 오나라 군사에 패해 백제성으로 피신, 울화병으로 이곳에서 임종한다.

　백제성은 구당협 입구로 들어가는 지점에 있었다. 차도에서 높다란 다리를 건너야 했다. 건너편 제일 앞에 보이는 자그마한 산 숲 사이로 오밀조밀한 건축물이 보였다. 물론 복원된 백제성이었다.

『삼국지』에서 백제성 부분을 보기로 하자. 유비는 효정猇亭으로부터 군마를 벌여 세우며 천구川口까지 칠백 리에 마흔이 넘는 영채를 세우며 물길을 따라 오나라 깊숙이까지 내려왔다. 그리고 오나라 장수 육손이 일개 서생 출신이고, 게다가 관우를 죽게 한 장본인이라는 사실을 알게 되자 복수심에 불타게 된다. 그는 병사들의 진채를 절대로 숲속으로 옮기지 말라는 공명의 말을 어기고, 마량의 만류에도 불구하고 개울가 수풀이 무성한 곳에 진채를 세워 옮기게 한다. 때를 기다리던 육손은 부하들에게 속에 유황과 염초가 든 마른 풀단과 불씨를 준비해 가서 바람이 불 때를 기다려 촉나라 진영에 불을 지르도록 지시한다. 마침내 바람이 불고 오나라 군대가 던진 불이 촉나라 진영의 무성한 숲에 옮겨 붙으

강 건너 산 중턱에 있는 건물이 백제성이다.

면서 촉나라 진영은 대혼란에 빠지게 된다. 관흥과 장포가 유비를 호위하여 마안산馬鞍山에 대피시키지만 산 아래로부터 불길이 죄어오는 위기 상황, 관흥은 유비에게 백제성으로 대피할 것을 호소한다. 유비가 한탄하는 사이에 조자룡이 나타나 유비를 호위하여 백제성으로 모신다. 유비는 대참패를 당하고 이 백제성으로 피신한 것이다. 효정猇亭과 이릉彝陵의 전투에서 대패한 유비는 조자룡의 도움으로 겨우 성을 지켜 나가게 되지만, 자신의 경솔한 판단으로 수많은 신하들을 잃게 되었다는 자책으로 울화병에 든다. 그는 혼수상태 속에서 관운장과 장비를 만나게 되고 자신의 천수가 다했음을 알게 되자 성도成都로 사람을 보내 승상 공명, 상서령 이엄을 불러오게 한다. 공명은 유비의 큰아들 유선은 성도를 지키게 하고 둘째 유영, 셋째 유리를 데리고 백제성 영안궁으로 온다. 유비는 공명에게 자식들을 부탁하고 영면에 든다. 223년 4월 24일, 유비 나이 62세였다.

훗날 두보杜甫, 712~770가 이곳에 들러 다음과 같은 시를 남겼다.

蜀主窺吳向三峽　　　　촉왕 오를 노려 삼협으로 가셨지만

崩年亦在永安宮　　　　그해에 영안궁에서 붕어하시었네.

翠華相存空山外　　　　취화는 텅빈 산 밖에 있고

玉殿虛無野寺中　　　　궁궐은 허무하여라 들판의 절과 같구나

古廟杉松巢水鶴　　　　옛 사당 삼나무 소나무에는 백로가 깃들고

歲時伏臘走寸老　　　　해마다 복날이며 그믐에는 촌노가 찾아오네

武侯祠屋長隣近　　　　무후의 사당이 멀지 않으니

一體君臣祭祀同　　　　임금과 신하가 제삿상 함께 받네

　교각이 높다란 다리 양편으로 오색 깃발이 바람에 흔들리고 있었다. 이름 하여 백제성 다리, 산협댐이 건설되면서 만수위 175m, 현재 장강의 수위는 161m를 보여주고 있었다. 담수가 시작되면서 백제성의 일부는 수몰되었다.

　다리를 건너서 숲길로 들어서자 이내 백제성으로 오르는 계단이 나타났다. 곧이어 나타난 오렌지색 바탕에 흰 글씨, 수직으로 새겨진 백제성, 그 아래로 출입구 양편에는 커다란 도자깃병에 꽃이 꽂혀 있는 모습을 조각하고, 그 옆으로도 울긋불긋한 무늬가 화려한 입구 — 들어가는 입구가 비교적 작았다. 안으로 들어갔다.

백제성 입구

좁은 정원이 답답할 정도로 커다란 여의주를 입에 물고 있는 용이 승천을 기다리는 모습, 두 마리 학이 서로에 의지해 날아오르는 모습의 시멘트 조각상이 건물 좌우에 있었다. 그리고 붉은 커튼이 드리워진 사당 건물 — 탁고당托孤堂이란 현판이 높직하게 걸려 있었고 사람들이 모여 서서 그 안을 들여다 보고 있었다. 붉은 휘장을 넘어서자 자줏빛 휘장이, 그 안에는 황금색 휘장이 드리워진 유비의 침상. 이불자락을 들치고 힘겹게 앉아 있는 모습.

탁고당 — 유비가 임종의 자리에서 공명 선생과 문무대신들에게 그의 아들들을 부탁하는 장면이라고 했다. 유비 가장 가까운 곳에 부채를 손에 든 채 서있는 공명, 그 앞에 무릎을 꿇어 엎드린 유비의 두 아들의 모습이 등신대 인형으로 재현되어 있었다. 붉은 머리띠로 이마를 감싼 채, 황금빛 용포를 입은 병상의 유비, 부채를 든 공명, 유비와 어린 아들들을 동시에 볼 수 있는 지점에 서서 사진을 찍었다. 15~16인에 이르는 인물들은 모두 시멘트 조각품, 시멘트 조각에 페

인트칠을 한 을씨년스러운 모습이었다. 그나마 유비 둘째아들 엉덩이의 페인트칠이 벗겨져 마치 구멍난 옷을 입고 있는 듯 보였다.

탁고당의 뒤편 건물로 들어서자 유비, 관운장, 장비를 모신 사당이 있었다. 보통보다 큼직하게 만든 조각품들, 눈에 보이는 조각품들

388

은 조잡했다. 사당 옆으로 황금색 기와를 얹은 자그마한 2층의 다락이 있었다. 관성정觀星亭이라고 했다. 공명 선생이 별자리를 보던 곳이라 한다. 어린 시절부터 들어온, 그리고 책에서 읽었던 세 영웅들의 모습을 상상해 보았다. 귀가 커서 어깨에까지 닿았던, 손이 길어서 무릎 아래까지 내려갔다던 유비, 수염이 아름다운 관운장, 벽력같은 목소리를 가진 대춧빛 얼굴의 장비……. 외할아버지께서 어린 내게 들려주시던 세 영웅의 모습이었다.

백제성을 물러나오면서 생명 있는 것들의 종착지를 생각했다. 천하를 호령하던 그들도, 관운장도 장비도 전쟁터에서 살해되었다. 유비는 울화병으로 죽었다. 유비가 세운 나라는 아들 대에서 망했다. 조조의 자손들이 좀 더 나라를 오래 다스렸던가? 모든 것은 그렇게 지나가 버리고 마는 것을……. 허망감이 피곤처럼 온몸을 내려 덮었다.

구당협

다시 푸른고래호로 돌아왔다. 구당협을 지나는 데 15분이 걸린다고, 배의 옥상으로 올라가 구경하라고 했다. 9시 55분에 배에서 구당협을 지켜보았다. 중국 인민폐 10원짜리 종잇돈 뒷면에 나온 사진이 구당협의 모습이라고 했다. 모두들 그 광경을 찍으려고 배 옥상에서 이리 저리 뛰고 있었다. 안개가 피어오르고 또 역광이라 사진을 찍기 어려웠다. 좌우로 펼쳐진 산협의 모습은 과연 감탄할 만했다. 턱을 추켜들고 올려다보아야 했다. 안개가 주름진 골마다에서 피어오르고 있었다. 구당협을 지나자 장강의 폭은 넓어지고, 멀리 오른쪽으로 물이 흘러

1　1 구당협
2　2 구당협 부근

들어오는 하구가 보였다. 그 위쪽 지대에서 양자강의 2,500여 년 전의 유물들이 나왔다고 했다. 60~70도가 넘어 보이는 경사진 산곡 위로 식수 사업이 이루어지고 있었다. 나무를 많이 심어야만 보기에도, 또 홍수조절에도 도움이 될 것이다. 산사태를 방지하기 위해서라도 경사지에 나무를 많이 심어야 할 것이다. 그러나 장강 수면 위로는 여기저기에 쓰레깃더미가 부유하고 있었다. 장강은 탁한 황토색 물, 황토가 물의 정화에 효과가 있다고는 하지만 일반 생활쓰레기며 비닐봉지들이 모여서 작은 섬을 이루어 떠다니고 있는 것에는 어떤 강력한 대책이 세워지지 않으면 안 될 것이다.

소삼협

소형 유람선으로 옮겨 탔고 12시 5분에 출발했다. 소삼협으로 가는 길에 왼쪽 언덕 지대에 고층 빌딩을 갖춘 신도시가 보였다. 무산巫山 신시가지라고 했다. 본래는 아래쪽에 있었는데 산협댐의 담수로 수몰되고 그 위쪽에 새로운 도시를 조성했다. 인구는 10만 명, 1992년부터 2002년까지 십 년간에 걸쳐서 건설된 신도시 무산 — 중경에서 많이 떠나온 것 같은데 무산은 중경에 소속된 도시라고 한다.

가이드가 불현듯이 무산운무에 관한 이야기를 했다. BC 6~7세기, 초장왕이 이곳 무산으로 나무를 하러 왔다가 한 아름다운 여성을 만났다. 초장왕은 아름다운 여성과 지내느라고 세월이 얼마나 지났는지 알 수 없었다. 마침내 정신을 차려 보니 자신은 잠시 잠들어 있었고 호랑이 한 마리가 초장왕을 지켜주고 있었다.

호랑이가 정령이 되어 초장왕의 꿈속으로 들어가 그와 함께 즐겼었다는 것이다. 주변의 산들은 대개 해발 1,300~1,400m에 달하는 비교적 고산지대였다.

소삼협으로 들어가는 통로는 배 한 척이 간신히 통과할 정도의 폭인데 일단 안으로 들어가면서부터 강폭이 넓어지고 주변의 산세도 아기자기해졌다. 수직의 절벽들, 주상절리 현상을 보이는 협곡, 한동안 배가 계곡 깊숙이 들어가는데 가이드가 바깥 까마득한 절벽 위를 보라고 했다. 지금도 이쪽 지역에서 행해지는 조장鳥葬으로, 관을 가능한 가장 높은 벼랑 위로 끌어올려 둔다고 했다. 아무리 열심히 바라보아도 내 눈에는 이 지역 사람들만의 독특한 장례문화의 흔적을 볼 수 없었다. 더 안쪽으로 들어가면, 바깥에서 들어온 배를 알몸뚱이 남성들이 나와서 직접 끌어들이는 풍속도 있다고 한다. 그러나 근래 들어 풍기 단속으로 그런 행사는 없어졌다고 한다.

촉나라의 개는 해를 보고도 짖는다는 속담이 있다던데, 어제 오늘, 날씨는 쨍쨍하고 땀을 줄줄이 흘러내리게 하는 강행군, 오전 중에 백제성에도 다녀오고 했더니 피곤해서 잠이 솔솔 왔다. 소삼협 구경을 하려면 선실 바깥으로 나가야 하는데 나가 보니 37~38℃, 게다가 습도가 높아서 도저히 그냥 있을 수가 없었다. 선실 안에서 가끔씩 머리를 뒤로 젖혀서 바깥 풍경을 지켜보았다. 소삼협 구간 50km에 용문협龍門峽 · 파무협巴霧峽 · 적취협滴翠峽의 명소가 있다는 것은 나중에야 들었다. 협곡의 입구가 용들이 서 있는 듯하면 용문협이고, 안개와 구름이 많이 끼어 있는 지점이라면 파무협 그런 곳이 아니었을까.

소형 유람선은 계곡 깊숙이까지 들어갔다가 선수를 돌렸다. 주변 계곡에 원숭

이가 있다고 보라고 하는데, 역시 내게는 보이지 않았다. 15시 40분에 푸른고래 호로 복귀했다.

객실에서 샤워를 하고 쉬고 있는데 가이드가 방송을 했다. 곧 무협을 지날 터이니 옥상에 올라와서 보든가 각자 객실에서 보라고, 약 90분간에 걸친 파노라마의 연속이라고 했다. 옥상은 땡볕이 내려꽂히고 있을 터이고 샤워해서 화장도 하지 않은 얼굴이라 그냥 객실에서 문을 열고 난간에 나가 앉았다.

무협

도도히 흐르는 장강 — 짙은 황토색 물결이 잔물결 짓는 수면을 보면서, 일본 사람이라면 이 장강을 어떻게 표현할까 하고 생각했다. 그들은 짙은 황토색을 황금색으로, 조금 흐린 황토색을 은색으로 표현했었다. 고베 근교에 있는 어떤 온천을 찾아갔을 때 본 것이다. 그렇다면 그들은 황금색 물결 남실대는 장강이라

고 부를까……. 수직의 또는 70~80도에 이르는 절개지가 수평으로 연결되는 협곡, 절개지 위로 초록 모자를 쓰듯 숲이 위로, 위로 오르고 있었다. 장마철 만수위의 흔적을 남기고 지금은 착하게 흐르고 있는 물결, 이곳 수위가 175m, 백제성 교각에서 보았을 때 161m라고 했겠다. 장강과 만수위 흔적과의 사이 14m는 마치 띠를 두른 듯 수평으로 수면 위를 달리고 있었다. 만수위의 흔적 위부터가 식물체의 거주지대. 광곽 렌즈를 가진 카메라가 아니라면, 그냥 디지털 카메라로 무협의 광경을 찍는 다는 것은 경치에 대한 모독이었다. 몇 번이고 셔터를 눌러대며 아름다운 장면을 담으려고 시도하다가 결국은 지워 버리고 말았다.

강 위를 달리는 배이지만, 기온이 높고 습도가 많은 곳에서 배길 재간이 없었다. 객실로 들어와 에어컨을 빵빵하게 켜놓고 책을 읽다가, 잠시 눈을 붙이다가, 유리창 밖으로 펼쳐지는 무협의 큼직큼직한 산들을 지켜보다가…….

나는 앉아서 편안히 내다보는 풍경 구경보다는 땀 흘리며 직접 나무뿌리 붙

장마철 만수위의 흔적을 보이는 장강 연안

잡고 뒹굴며 산으로 올라가 구경하는 걸 좋아하는 족속이라는 사실을 처음 깨닫는다. 편히 앉아서 내다보는 경치는 스쳐 지나는 영화 장면 같아서 보는 순간 그대로 잊혀진다.

선상 패션쇼

18시 30분부터 푸른고래호 선장이 베푸는 환영식이 4층 홀에서 있다고 했다. 일단 환영식이 끝난 다음에 식당으로 가서 저녁 식사를 들게 되리라고 했다. 환영식에서는 중국 전통의상 패션쇼가 있으리라고, 그리고 관객들 가운데서도 패션쇼에 등장하거나 장기 자랑을 할 것이라는 전달이 있었다.

1층 로비 앞에서 만난 룸메이트 이덕화 선생이 하르르한 원피스 위로 얇은 숄을 걸치면서 한중학회 대표격으로 패션쇼에 출연할 것이라고 했다. 환영식이 열리기까지 기다리는 시간이 길었다. 5층 옥상으로 올라가 보니 우한용 교수 팀이 자리를 잡고 맥주를 마시고 있었다. 나도 한 자리 끼어들어 맥주를 마시며 배 뒤로 멀어지는 장강 주변의 광경을 지켜보았다. 양안의 크고 작은 산들이, 마을들이 뒤로, 뒤로 멀어지고 있었고 석양이 하늘을 붉게 물들이고 있었다. 맥주를 마시며 한참 기분이 좋은데, 시계를 보니 4층 홀에서 환영회 및 패션쇼가 열릴 시간이었다. 룸메이트가 패션쇼에 참가한다는데 내가 가서 지켜보아야 했다. 옆 사람에게 대충 그런 내용의 말을 전하고 4층으로 갔다. 이미 사람들이 홀을 전부 채우고 있었다.

중국 궁중의 전통 의상 의상을 입은 모델들이 조명을 받으며 나왔다. 귀족들

의 의상과 양민의 의상에 이르기까지 다양한 모습들이었다. 때로는 전통의상을 입고 전통무용을 보여주기도 했다. 모델들은 모두 푸른고래호의 남녀 승무원들이었다. 늘 해온 일이었던지 그들의 걸음걸이는 자연스럽고 편안해 보였다. 그런데 아무리 기다려도 승객이 출연하는 패션 모델들의 모습은 보이지 않았다. 처음에는 무대 뒤편에서 워킹 연습을 하고 있나 보다고 지레짐작을 하고 있었다. 무대가 파할 무렵에는 옥상에서 맥주를 마시던 우리 회원들까지 모두 내려와서 무대를 지켜보고 있었다.

패션쇼는 모두 끝났다. 객실로 들어갔다. 이덕화 선생이 있었다. 어떻게 된 일이냐고 물었더니 무엇이 어떻게 된 일이냐고 오히려 내게 물었다. 승객 팀으로서 패션쇼에 참석하게 되어 있지 않았느냐고 물었다. 의아한 표정이었다. 그리고 곧이어 폭소를 터뜨렸다. 농담이었다는 것이다. 그렇지 않아도 이덕화 선생은 다른 사람들로부터 왜 패션쇼에 참석지 않았느냐는 질문을 계속 받았다. 그들은 내가 전한 말을 듣고 모두 이덕화 선생이 패션쇼에 참석하는 것으로 믿고 있었던 것이다.

이덕화 선생이 출연하지 않은 패션쇼 — 그녀에게 들은 내용은 이랬다. 밤에 선상에서 패션쇼가 있다는 광고를 할 때 마침 농담 좋아하시는 박경현 선생이

선상 패션쇼

이덕화 선생에게 패션쇼 출연을 권하셨다. 이덕화 선생도 그에 따른 응수를 했고, 마침 그때 내가 이덕화 선생에게 다가섰고 그녀는 내게 진지한 표정으로 저녁에 패션쇼에 출연할 것이라고 했다. 그녀 또한 내게 농담을 한 것이다. 그런데 나는 그 농담을 진담으로 새겨들었고, 그 이야기를 다른 분들에게 또 진지하게 전달했다. 다른 분들도 진지하게 그것을 받아들이셨던 것이다.

불발된 패션쇼. 문제는 농담과 진담을 얼른 파악하지 못한 데에서 비롯된 즐거운 소동이었다.

자정 무렵, 푸른고래호는 갑문을 통과한다고 했다. 모두 5개의 갑문을 통과할 것이라고 했다. 오늘 온종일 피곤했는데 그때까지 기다릴 수 있을까. 자신이 없었다. 그러나 지금까지 살아오면서 책에서나 보았지 한 번도 갑문을 본 적이 없었다. 일단 책을 보다가 잠시 잠을 잤다. 불현듯 깨어보니 자정이 넘어 있었다. 룸메이트와 함께 옷을 챙겨 입고 옥상으로 올라갔다.

갑문

푸른고래의 옥상은 후덥지근했다. 배는 이미 제1갑문 안에 들어와 있는 상태였다. 제1갑문 안에 크고 작은 배들이 모두 빼곡하게 들어와 있었다. 콩나물시루가 연상되는 장면이었다. 배와 배들 사이의 거리는 10cm도 안 되게 들어와 있었다. 승객들도 대부분 나와서 갑문을 통과하는 장면을 지켜보려고 했다.

0시 15분, 갑문이 열리기 시작했다. 두 개의 갑문이 마치 두 쪽으로 된 도어 두 개를 안으로 당겨서 열듯, 그렇게 안쪽으로 들어와 접히면서 열렸다. 갑문 한

쪽의 면적은 대략 농구장 크기였다. 갑문이 열리자 배들이 천천히 제2갑문 안으로 이동하고 제1갑문이 닫혔다. 갑문 안의 수위는 145m, 우리들의 푸른고래는 장강의 하류를 따라 내려가고 있었다. 갑문 안의 물은 서서히 빠지기 시작했다. 한 문당 배수하는 데 걸리는 시간은 40분, 그래서 전체 5개의 갑문을 통과하는 데 4~5시간이 걸리고 일단 갑문을 통과한 배들은 유속이 빠른 장강을 달리기 때문에 갑문을 통과하지 않을 때와 비교해서 평균 8~9시간을 절약할 수 있다고 했다. 제1문 안에 있을 때에는 3면이 막혀서 덥고 답답했는데 2문 안으로 들어와 보니 툭 터진 전망이었다. 날은 덥고 물것들도 많고 해서 객실로 돌아왔다. 객실에서 내다보니 물을 빼는 것이 바로 앞에서 보이는 듯, 수위가 금방금방 낮아지고 있었다. 갑문이란 이를테면 물계단이라고 보면 될 것이다.

2010. 6. 30, 수요일, 갬.

갑문이 열리고 있다.

05 이창-삼협댐-무한-중경

푸른고래호가 밤새 강물을 따라 달려 내려와 정박한 곳은 이창이었다. 고래배 속에서 사흘 밤을 잤다. 잠자리도 편했고 무엇보다도 음식이 맛있었다. 이제 짐을 정리해서 하선해야 하는 날이다.

8시 10분에 하선했다. 승무원들이 나와서 웃으며 인사를 했다. 짐을 끌고 나와야 했다. 버스 짐칸에 짐을 넣고 버스에 올랐다.

삼협댐

삼협댐산샤댐으로 가는 길이었다. 삼협댐은 삼두평三頭坪에 위치, 이곳에 댐 건설을 제안하기로는 1919년에 이루어졌으나 장개석 시대에 건설비가 탕진되고 모택동 시대에는 경제난으로 착수할 수가 없었다. 1991년 강택민이 북경 인민대표회의에게 댐건설 여부를 투표로 물었고 마침내 1994년부터 댐 공사에 착수했다. (가이드는 1992년에 공사에 착수, 2008년에 완공하여 올림픽 관객들에게 보였다고 했다.)

이 지역에 삼협댐을 건설하게 된 이유에 대해 가이드는 세 가지 이유를 들었다. 첫째, 지진대가 아니라는 것, 둘째, 강바닥이 화강암 지대로 물의 유출을 막을 수 있다는 것, 셋째, 삼두평에 동원된 많은 건설대원이 묵을 수 있는 기숙사 설립이 가능한 것 등이다.

이렇게 해서 만들어진 삼협댐은 높이 185m, 길이 2,309m, 너비 135m, 최대 저수량 393억 톤(한국 소양댐 저수량의 13배), 최고수위 175m, 총 시설용량 1,820만

kw. 그리고 이 산협댐의 역할은 홍수 방지에 있고, 천 년에 한 번 있을 수 있는 홍수를 방지하기 위해 수문 22대를 상중하에 설치해서 모두 66대의 수문이 있다고 한다. 산협댐의 두 번째 역할은 수상운행에 있는데 이곳에 등록된 배만도 2만 대가 되고 한 갑문당 최대 6대의 배를 수용할 수 있다고 한다. 특이한 것은 이 배들이 갑문을 사용할 때 드는 시설비, 전기료 등은 무료로, 모든 경비는 관광수입으로 충당하고 있다고 했다. 참고로 우리가 삼협댐을 관광하면서 낸 입장료는 한국 돈으로 2만 1천 원 정도였다.

갑문을 이용할 때 3천 톤 이상의 배는 계단식 갑문으로, 그 이하는 192개의 강철사로 만들어진 엘리베이터를 통해 이동하게 된다고 한다.

한편 산협댐에 설치된 발전기는 70만kw짜리 32개가 설치되고 있고 평소에는 이 가운데 28개의 발전기만 사용한다. 갑문을 설치할 때 건설노동자는 주로 군인들이 동원되었고 댐 건설 때 동원된 설계공과 노동자는 1일 최대 13만 명까

삼협댐

지였다고 한다. 현재 삼협댐의 발전량은 세계 최대량을 기록한다.

8시 45분에 삼협댐 정상에 도착했다. 양산을 꺼내 썼어도 땡볕이었다. 조망대로 올라갔다. 땀이 줄줄 흘러내렸다. 해발 268m 지점이었다. 인공저수지와 댐과 그 옆에 갑문이 설치된 삼협댐. 관광객들이 꾸준히 밀려들고 있었다. 주차장에는 어느새 관광버스들이 빼곡하게 들어찼다.

9시 40분에 삼협댐을 출발했다. 점심을 먹기 위해서는 이창 도심지 안으로 들어가야 했다. 이창의 옛 이름은 의릉이었다고 한다. 가까이 양자강이 흐르고 있고 1970년대 건설된 갈홍댐이 있는 곳, 8월 오후 60℃로 최고 온도를 기록한 적이 있다고 한다. 어떻게 견딜 수 있었을까. 말이 그렇지 그 정도면 피부껍질이 다 화상을 입게 되지 않을까.

이창에서 이른 점심을 먹고 11시 50분에 출발, 버스는 굽이굽이 돌아가는 산악길을 달려야 했다. 비행기로 가는 것보다 더 운치가 있었다. 아찔할 정도의 높다란 산악길이었지만, 물이 있고 숲이 있는 곳에는 어느 곳이나 사람들이 살고 있었다. 도회지에서 멀리 떠나 깊은 산속에 살고 있는 사람들의 모습이 아름다웠다.

4시간 이상을 달려야 하는 버스 안에서 뒤늦은 자기 소개하기가 있었다. 마이크 잡고 길게 이야기하는 사람, 아주 짧게 이야기하는 사람, 자기 자랑하는 사람 등등, 나는 김유정문학회 창립에 협조해준 사람들에게 감사를 드리고, 장강을 따라 여행하면서 내 마음속에 흐르고 있는 소양강의 이야기를 했고 다함께 〈소양강 처녀〉를 부르자고 제안했다. 무창의 어느 한 산구비를 돌면서 소양강 처녀가 흘러 퍼졌다. 숙명여대 정병헌 교수 부인 박미리 씨가 재치가 있었다. 어제 남편이 춘향가 가운데 사랑가를 부르면서 아내에게 바친다고 하더니, 그에 대한 답례로 남편 정병헌 교수야말로 자기에게 공기와 같은 존재라는 말로 애정을 과시했다.

무한

16시 10분 무한에 도착했다. 이 지역에 호수만 해도 1천 개 이상이 되고, 그동안 도시계획으로 그들 호수를 매몰했음에도 불구하고 현재도 3백여 개의 호수가 있다고 했다. 중요한 것은 중국의 육해공군이 모두 이 지역에 기지를 두고 있다는 것이다. 의창에서 무한까지 4시간 40분만인 16시 15분, 무한공항에 도착했다. 중경행 비행기는 18시 5분에 출발하리라고 하더니 탑승시간의 지연. 비행기 안에서 읽을 책들을 모두 큰 짐에 넣어 부쳤기로 아무 일도 할 수 없었다.

이번 여행에서는 건진 바가 많았다. 특히 동행들로부터 얻어들은 재담이 좋았다. 올해 정년퇴임을 앞둔 박경현 교수는 3치로 살고 싶다고 — 유치, 재치, 극치의 삶이 가져올 '오르가즘의 가슴'을 가진 사람이 되고 싶다고 하셨다.

무한을 이륙한 것은 19시 15분, 비행기 위에서 내려다 보니 광대한 평야지대였다. 기름진 평야지대인 만큼 각국의 각축전이 벌어졌던 곳이다. 20시 15분 중경공항에 도착했다.

2010. 7. 1, 목요일.

06 중경-인천공항-춘천

중국 돈이 조금 남아 있었지만 면세점에서 별로 사고 싶은 것이 없었다. 이덕화 선생이 면세점에서 프랑스산 와인 메독을 발견했다며 중국 돈을 꾸어달라고 했다. 내게 6천 위안 정도가 있었다. 4천 위안을 꾸어갔다. 또 조금 있자 홍순애 선생이 중국 돈이 필요하다며 내가 갖고 있는 2천 위안을 한국 돈 4만 원과 교환해 갔다. 사람들은 열심히 선물들을 사는데 나는, 스카이 쇼핑으로 미리 예약해 놓고 왔기로 특별히 물건을 살 필요성을 느끼지 않았다.

탑승 수속 전에 짐에서 책과 노트를 꺼냈다. 그러나 정작 비행기에 오르자 피로해서 아무 것도 할 수 없었다. 0시 15분에 비행기는 중경공항을 이륙했다. 아시아나 비행기, 비행기 안에서 와인을 시켜서 마시고 휴식. 예약했던 물건들을 전달 받았다. 화장품 분첩 하나, 남성용 애프터 셰이브, 그리고 초콜릿 두 박스가 전부였다. 한국까지는 예상 비행시간 3시간 10분이라고 했다. 한국에서 중경까지는 4시간 이상이 걸렸는데 편서풍을 타고 한국으로 올 때에는 늘 한 시간이 절약된다.

인천공항에 3시 32분에 착륙했다. 모두들 짐을 찾고, 인사하고 헤어졌다. 나는 일단 조용한 곳으로 가서 쉬기로 했다. 춘천행 직행버스는 아침 8시 10분행, 그동안 책을 읽었고, 마트에 들어가 생수 한 병 사서, 비행기에서 남긴 빵으로 간단한 조반을 먹었다. 그리고 춘천행 — 자다가 깨어보니 춘천이었다. 춘천, 고마운 곳.

2010. 7. 2, 금요일.

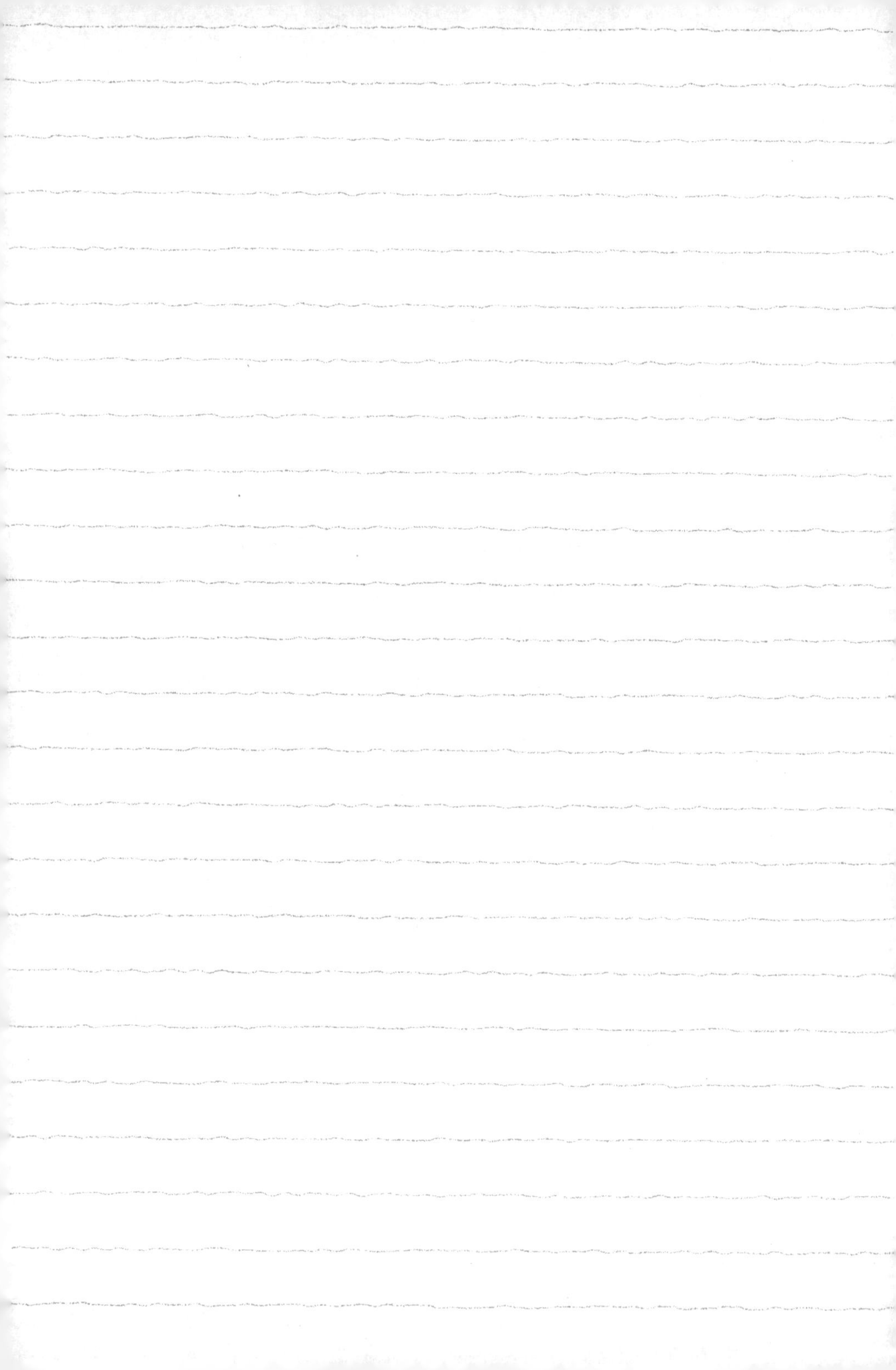

황포군관학교와 진가사 이야기

광주 · 중산 · 황포 · 판위 · 남해

 **01** ⁽한국⁾**춘천-인천공항-**⁽중국⁾**광주**

먼 길 떠나는 날 잠을 설쳤다.

새벽 2시에 일어났다. 컴퓨터에 설레는 마음의 흔적을 담았는데, 무엇을 잘 못 건드렸는지 그대로 휘발해 버렸다. 설렘의 감동은 A4 한 장 분량의 것이었는 데……. 저장 대신 삭제를 눌렀던가. 콜택시를 불러 타고 집에서 출발했다(03 : 55).

먼동이 트기에는 조금 이른 시간이었지만, 시외버스 터미널 출입구 앞에는 많 은 사람들이 웅성거리고 있었다. 주로 단체여행을 떠나는 대학생들이었다. 유성 선 교수도 첫 버스를 타기 위해 나타났다. 4시 30분 출발 시간에 맞추어 먼저 예 매객을 탑승시키고, 남은 자리에 한해 당일 승차권 지참 승객들을 탑승시켰다. 세 명의 입석 탑승자도 있었다. 버스 안에서 졸다 보니 6시 40분에 인천공항에 도착했다.

인천공항 3층에서 여행사 KBC의 박동기 사장을 만났다. 7시가 지나서야 일행들이 나타나기 시작했다. 송현호, 최병우, 우한용, 박인기, 박경현, 유종렬, 윤석달, 박윤우, 김유중 교수들이 나타났다. 한용수 교수는 초등학교 5학년짜리 아들을 동행하고 있었다. 박순애, 이금희 교수는 작년에도 만났었고, 이미림 교수도 왔다. 이태숙, 이지영 자매 교수가 동행했다. 면세점에서 화장품을 살 때 송현호 교수가 동행해주셨다.

탑승 시간을 기다리며 게이트 가까운 대기 장소, 최병우 교수 옆자리에 앉았다.

"아침부터 대형 사고를 쳤어요."

최 교수가 내뱉듯 하는 말에 눈으로 그 이유를 물었다. 우한용 교수가 단체 비자 발급에 사용된 여권과 다른 여권을 갖고 공항에 나왔다가 출국심사에서 걸려 중국행을 포기하게 되었다는 것이었다. 우한용 교수는 이번 한중인문학회 발표회에서 기조발제를 맡은 분이었다. 오랫동안 해외학술발표를 준비해온 학회장 최병우 교수는 기조발제자 우한용 교수의 출국금지에 충격이 컸을 것이다. 그러나 그는 내색하지 않고 사람 좋은 표정으로 웃기만 했다.

곧이어 중국 남방항공 CZ340호에 탑승했고 10시 정각에 이륙했다. 인천에서 중국의 광동성 광주까지 항공거리는 2,600km, 소요되는 시간은 3시간 10분이라고 했다.

나의 좌석은 송현호, 윤석달 교수와 이어져 있었다. 평소 조용한 인상의 윤 교수지만 어쩌다가 그가 던지는 한두 마디의 말은 농축된 재담의 덩어리였다. 비행기 안에서 읽으려고 책을 갖고 갔지만 윤 교수가 던지는 이야기 앞에서 웃음을 참을 수 없었다. 항공대 교수인 그는 비행기 관련 이야기를 많이 했다. 목적지에 도착해서 아이스크림 사주기 게임으로 비행기 관련 퀴즈를 냈다. 가령 비행기 앞 창문의 윈도우 브러시 유무와 만일 그것이 있다면 활용 여부에 대한 것. 나는 있을 것이라고 했다. 공중에서는 비행기의 운항 속도가 빨라서 비를 맞지 않을 것이지만 비행장 안에서 이착륙시, 천천히 운행할 때에는 윈도우 브러시가 있어야 할 것이라고 이유를 밝혔다. 첫 번째 퀴즈에서는 내가 맞혔다. 윈도우 브러시가 있고 작동도 한다고 했다. 그러나 이륙 이후에는 브러시가 좌우의 창틀 사이로 감추어지고 평균 시속 600~800km에서는 그 속도감 때문에 비는 운항에 영향을 주지 못한다고 했다.

두 번째 퀴즈는 헬리콥터, 군항기, 민항기 가운데서 가장 안전한 비행기를 고르는 것이었다. 그런데 내가 고른 것은 군항기였다. 답은 민항기. 헬리콥터가 가장 위험하다고 했다. 지금도 군장성 가운데는 헬리콥터를 이용하다가 희생되는 사람들이 심심찮게 나오고 있다고 했다.

마침내 광동성廣東省의 성도인 광주廣州에 도착했다(12 : 50). 지난 2010년에 아시안 게임을 치르고 난 광주는 장족의 발전상을 보여주고 있었다. 내가 처음 광주를 찾았던 것이 1990년이었다. 그로부터 20년이 지나고 광주는 새로 태어난 기획도시였다. 도시 전체를 대형 고층 건축물들이 채우고 있었다.

단체 비자로 줄을 서서 입국 수속을 밟고 짐을 찾은 뒤에 한동안 기다리고 있어야 했다. 집행부측에서 학술대회를 위해 제작한 발표지를 박스에 넣어 갖고 나오는데 그 부피와 무게 때문에 검열대에서 제지당해, 그 책자의 내용까지 모두 검열받은 뒤에 통과하느라고 그리 되었다고 했다.

비행장 바깥으로 나오자 현지의 기온은 34~35℃. 습도가 높아서 끈적대는 날씨였다. 전용버스에 올랐지만 이번에는 상해에서 중국 국내선을 타고 광주공항에 내린 손희하 교수를 기다려야 했다. 손 교수는 교환교수로 상해에 와 있다고 했다. 마침내 손 교수가 나타났고, 전용버스는 공항을 출발했다(13 : 24). 현지 가이드는 박용 씨, 조선족이었다. 가이드는 공항에서 식당까지 이동 거리가 30분 정도 소요되니 그동안을 이용, 회원끼리 자기소개를 하라고 했다. 우한용 교수가 빠지고 전체 인원은 36명, 여행사의 박동기 사장과 현지 가이드까지 38명이 한 팀이 되었다.

점심 식사는 피곤해서인지 맛을 알 수 없었다. 광동 요리가 유명하다는데 이곳에서 첫 식사는 닭국, 붉은새우볶음, 콩깍지볶음, 볶은밥 등등. 첫 관광지로 남월왕박물관으로 향했다(14 : 50).

서한 남월왕박물관 西漢南越王博物館

박물관은 광주시 해방북로 867호에 위치. 먼저 종합진열관으로 들어가 1층부터 3층까지 광주 지역에서 나온 유물들을 보았다. 2층에서 매우 인상적인 기획 유물전이 열리고 있었다. 양영덕 부부 楊永德伉儷가 평생에 걸쳐 수집했던 도자침 陶瓷枕을 기증한 도자침전청 陶瓷枕展廳이 그것이었다. 목침이니 돌베개니 하는 소리는 들어 왔다. 그러나 도자기로 만든 베게는 처음 보았다. 그것도 주먹만 한 것에서 다듬잇돌만 한 것에 이르기까지, 목을 받치는 것, 뒤통수를 받치는 것 등등, 전시

1 양영덕 부부 도자침전 현판
2 다양한 도자기 베개

실의 전시 진열대를 그득 채우고 있는 베개는 100점 이상에 이를 듯했다. 무늬가 있는 것과 없는 것, 무채색의 무늬와 유채색의 무늬, 곡선을 이용한 것과 직선을 이용한 것, 둥근 것과 모난 것, 낮은 것과 높은 것, 작은 것과 큰 것, 제기祭器 모양의 굽이 달린 것, 수박을 반쪽으로 잘라 놓은 듯한 것, 어린 동자가 누워서 연잎을 우산삼아 받치고 있는 모양의 것 등등…….

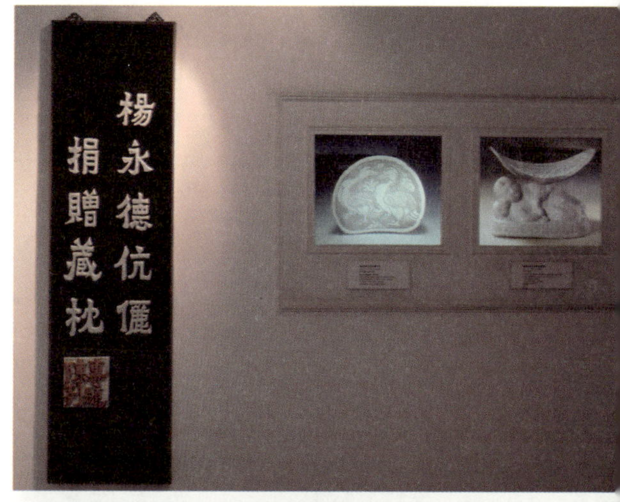

늘 거기에 있었네.

거기에서 기다리고 있었네.

휘청대며 달려가

끌어안고 뒹굴 때에

설움에 몸부림칠 때에

말없이 안아주고 받쳐주었네.

치기어린 꿈 경솔한 욕망에 달아올라

가슴 두근거리던 때에

말없이 진정시켜 주었네.

어린 시절 우리 남매

베개 포탄놀이하며 깔깔댔네.

팔베개를 떠난 이후

나와 함께 있어준 건 그대

오직 그대뿐이었네.

지난 세월

길을 잃고 헤매던 밤에

서럽고 무섭던 밤에

먼 길 떠나는 마지막 순간에도

머리 받쳐주고 볼 비비며

함께 있어줄 그대

그대는 내 몸의

또 다른 지체임을 알겠네.

인생의 절반은 잠으로 보내야 하는데, 날마다 잠을 자면서, 잠으로의 여행에 꼭 필요한 동반자가 있었음을 생각해 본 적이 없었다니. 늘 그 자리에서 그렇게 기다려주고 함께 해준 존재에 대해서 어떻게 그렇게 철저하게 무심할 수 있었을까…….

기온이 높고 습도가 높은 이 지역에서 한국인이 사용하는 건조시킨 꽃잎이나 곡식의 낟알, 메밀껍질이나 왕겨 등으로 속을 채운 베개는 적절치 않을 것이다. 광주의 지역적 특성이 낳은 도자기 베개. 광주의 도자침도자기 베개를 보면서 한국의 베개가 훨씬 인간친화적이란 사실을 깨닫는다. 한국의 베개는 안고 뒹굴고 때로 스트레스 해소 차원에서 힘껏 내던져도 안심할 수 있는 것이니까.

도자침을 빚으며 도공은 어떤 꿈을 꾸었을까. 도공의 꿈이 담긴 도자침을 베고 잠든 사람들은 또 어떤 꿈을 꾸었을까······. 켜를 더한 꿈을 담은 도자침 앞에서 도자침이 꾸는 꿈을 해독하려고 하는 나는 또 무엇을 꿈꾸고 있는 것일까.

도자침 앞에서 꿈의 지류를 찾아다니다가 종합 진열관 옆 언덕에 있는 남월왕 능묘를 찾아 갔다. 남월국南越國은 진말秦末~한초漢初에 조타趙陀가 광둥廣東 · 광시廣西의 양성兩省과 베트남 북부지역에 세운 나라로 이후 5대 93년 만에 멸망BC 203~111했다. 우리가 찾아간 남월왕은 남월국 2대 왕인 문제文帝 조매趙昩로 재위 시기는 BC 137~122년으로 15년간이었다.

남월왕 능묘

남월왕 문제文帝의 능묘는 1983년 이 지역의 건축 공사 중에 발굴되었다. 야트막한 산 정상 부위 지하 20m 지점에 있는 능묘의 면적은 약 100m², 이미 발굴된 같은 시기한나라 시대의 발굴품 가운데 가장 오래되었고, 채색 회화가 있는 석실묘로, 또 묘실에서 출토된 1,000여 종의 유물들은 다양하면서도 화려하기로 유명하다고 한다.

지하 능묘의 안으로 들어갔다. 석실石室은 전후前後 두 부분으로 나뉘고 전부 3실, 후부 4실로 되어 있는데 문은 낮아서 고개를 숙이고 들어가야 했다. 묘주墓主인 문제文帝의 장구葬具는 이중의 관—棺—槨으로 이것은 후부 주실主室의 정 중앙에 안치되어 있었다고 한다. 묘실 내외에 15인의 처첩 및 시비가 순장되고, 후부 한쪽에서는 가축으로 소, 양, 돼지의 유해도 발견되었다고 한다. 문제 조매趙昩의 능묘는 도굴되지 않은 완전한 형태로 발견되었고 문제 조매에 대한 기록은 『사

남월왕 능묘

기史記』,『한서漢書』 등에 전한다. 능묘의 석실의 석재는 이곳에서 가까운 연화산에서 가져온 것이라 했다.

지하의 능묘 안을 기웃대다가 능묘에서 발굴된 유물들을 전시한 전시관으로 올라갔다. 왕의 수의는 대략 가로 세로 5×3cm 정도 되는 직사각형으로 재단된 얇은 옥玉을 붉은 실로 꿰어서 만들었다. 발끝에서 머리끝까지 왕의 신체를 옥제품의 수의가 감싸고 있었다. 발굴 당시의 사진을 보면 옥수의를 입은 왕의 신체 상하와 관棺의 동서남북에는 요즘 우리가 보는 CD 크기의 정도의 얇은 옥이 수십 장씩 겹쳐서 놓여 있었다. 옥의 힘을 빌려 부활을 꿈꾸던 것이었을까. 가까운 곳에 남월국왕 조매의 악골과, 치아가 전시되어 있었다. 치아는 비교적 작고 단단하며 치아 사이는 촘촘하게 보였다. 건강한 치아였다. 재위 기간이 15년에 그친 것으로 보아 젊은 시절에 죽은 것으로 짐작된다. 전시품들은 옥제품, 유리제품, 금제품, 금으로 만든 용 모양, 거북이 모양, 사자 모양의 옥쇄들, 술잔, 술병, 생활용품들이 있었다.

혼자 죽기 서러워서 죽음에 동행한 15인의 처첩과 비복들, 소, 양, 돼지와 같은 가축들까지……. 2천여 년 세월이 지나서 후세인들 앞에 나타난 옥으로 만든 수의, 옥으로 만든 얼굴 가리개와 발싸개 차림의 남월왕 문제, 그가 갖고 있던 유품들을 통해 당시의 역사 경제 사회 문화를 연구하는 데 학문적인 도움이 컸다고는 하지만, 왜 나의 기분은 씁쓸했을까……. 사자가 가는 길에 억지로 동원된 순장자들의 공포와 고통과 절망이 내게 접속되었던 것일까.

월수공원 越秀公園

남월왕박물관에서 자동차로 5분 거리에 월수공원이 있었다. 광주시내 지도를 보면 해방북로를 사이에 두고 남월왕박물관과 월수공원이 맞대어 있다. 월수공원은 주산으로 월수산과, 이에 따른 크고 작은 6개의 산 그리고 3개의 인공호수로 구성되어 있는데 총 면적은 92만m²에 이른다.

옥으로 만든 왕의 수의

열대수들이 자라는 언덕길을 올라 오양탑(五羊塔)이 있는 곳으로 이동했다. 땀이 줄줄 흘러내렸다. 숲은 깊고 무성했다. 처음 보는 식물들과 그들이 피운 꽃을 보며 감탄했다. 월수공원은 신화와 전설, 고대와 현대의 역사적 사실의 보고라고 했다. 안내판에 게시된 글들을 카메라에 담았다. 그들을 정리하면 다음과 같다.

월수산의 뛰어난 경치는 예전부터 널리 알려져 왔다. 월수공원은 광주시 중심에 위치해 있고 원조(元朝) 이래 '오태추월(奧台秋月)', '오수송도(奧秀松濤)', '상산초가(象山樵歌)', '오수연봉(奧秀連峰)', '진해루(鎭海层樓)', '월수원조(越秀遠眺)', '월수루(越秀层樓)' 등을 양성팔경(羊城八景)으로 들고 있다.

월수산은 광주의 역사 문화유산과 밀접한 관련을 맺고 있다. 진조(秦朝)에는 시황제(始皇帝)가 남중국을 평정하고 남해(南海)·계림(桂林)·상(象)의 3군(郡)에 수임(首任) 남해군위(南海郡尉)를 파견하여 통치하도록 했다. 그곳이 바로 현재의 광주시다. 시황제 사후, 내란이 일어나자 남해군위(南海郡尉)를 대행한 용천현령(龍川縣令) 조타(趙陀)가 계림·상의 2군을 합쳐 남월국을 창건하고 무왕(武王)이라 칭했다.

월수산은 최고의 사적지로 전설적인 초정(楚庭) 이외에도 남월국 무제인 조타 시기의 월왕정(越王井)등 유물이 지금까지 전해지고 있다. 옛날 월왕정이 있는 관계로 월수산은 월왕산으로 불리기도 하고 명조(明朝)에는 월수산 월왕정 바위 위에 관음각을 지었기로 이후 월수산은 또 관음산으로 불리기도 했다.

1911년 신해혁명 이후 중산 손문은 월수산에서 그의 혁명사업을 진행했다. 1921년 12월 대총통 자리를 사임한 뒤에도 월수산에 머물렀다. 월수산에는 신해혁명 시기의 문물로 '중산기념비'(1929), '손중산책무치사처비(1930)', '광복기념정(1948)', '해원정(1932)' 등이 있다.

땡볕 아래 계단을 밟고 오른 곳에 오양석조상五羊石雕像이 있었다. 전체 높이 10여m, 몸체 부피 53m², 전설에 기반을 두고 세 사람의 저명 조각가가 130개의 화강석 조각을 이어 붙여 크고 작은 다섯 마리의 양을 조형했다고 한다.

오양석조상의 전설은 간략하게 소개되어 있었다. 2천여 년 전, 그러니까 남월왕 이전 시대가 될 것이다.

옛날 아주 옛날에 광주 지역은 사방이 바다와 하늘뿐 그저 광막하기만 했다. 땅이 있다고는 하나 한쪽에 치우쳐 있는 아주 황량한 곳이었다. 사람들이 온종일 뼈가 빠지게 일을 해도 굶주림에서 벗어날 수가 없었다. 사람들은 하늘을 바라보며 자신들의 고통스러운 삶을 호소했다.

바로 그때 하늘나라 한 쪽에서 이들을 지켜보는 다섯 분의 신선이 있었다. 이들은 굶주림에 고생하는 인간 세상의 사람들을 가엽게 여겼다. 어느 날 광주 사람들의 고통스러운 삶을 지켜보

오양석조상

던 신선들은 오색의 옷을 입고 여섯 단의 볏단을 가지고 다섯 마리의 양과 함께 하늘 나라로부터 광주로 날아왔다.

신선들은 광주 사람들에게 볍씨를 나누어주고 농사짓는 법을 가르치며 그들을 위해 기도했다. 신선들의 기도에 힘입어 광주에는 연년세세 풍작이 들기 시작했다. 이에 신선들은 기뻐하며 자신들이 살던 하늘나라로 돌아갔다. 그러나 다섯 마리의 양들은 이 땅에 남았다. 다섯 마리의 양들이야말로 사람들에게 신선과 같이 고맙고 소중한 존재들이었다. 광주가 기름지고 살기 좋은 곳으로 바뀌어 가면서 오랜 세월이 지났다. 신선들이 남기고 간 다섯 마리의 양들은 사람들에게 축복을 남기면서 돌덩어리로 변했다. 사람들은 돌로 변한 다섯 마리의 양들을 보면서 신들의 축복을 기억하고 늘 감사와 기쁨 속에 살게 되었다. 신선과 하늘 나라 양들의 축복 이후 광주 지역은 풍요의 지방이 되었고 이후 이 지역은 '수성(穗城)' 혹은 '양성(羊城)'으로 불리게 되었다.

오양석조상을 배경으로 사진을 찍으려고 했으나 빛이 부족했다. 땀을 뻘뻘 흘리면서 그래도 괜찮다고 생각되는 장소를 찾아다니며 셔터를 눌러댔지만, 얻을 만한 것이 없었다. 단체 사진을 찍고, 오양석조상에서 15분 거리에 있다는 '해동경기원'을 찾아나섰다. 숲이 있어서 좋았다. 해동경기원은 한국의 경기도와 중국의 광주시가 자매결연을 맺고 그 기념으로 월수공원에 한국식 전통가옥과 정원을 조성한 곳이다.

해동경기원 海東京畿園

멀리서 아담한 한식 누각이 보였다. 가까이 가서 보니 '세종루'란 현판이 붙어 있었다. 8,500m²의 단지 안에 한국 경기도에서 만든 한국의 전통 정원이란 의미로 해동경기원이란 명칭을 부여했다고 한다. 안내판에서 보니 2001년 10월에 경기도와 광주 간에 상호 교류를 위한 조약을 맺었고 해동경기원이 준공된 것은 2005년 12월 5일, 당시 도지사 손학규 씨가 와서 헌정식을 하는 사진이 게재되어 있었다.

해동경기원의 세종루만 보고 돌아서야 했다. 경기원으로 들어가야 하는 바깥마당 문이 잠겨 있었다. 바깥마당, 안마당, 주정, 후정 등의 공간으로 조성되어 있고, 안마당 전면에 '세종루', 주정에 네모난 연못과 '성호정', 건너편 경사면에 '화계'와 '율곡재재실' 등이, 다시 후정에 2칸 정도의 '다산정', 여기에서 작은 폭포와 물줄기를 볼 수 있다는 설명이 안내판에 기록되어 있었다. 건축물 명칭에 조선시대 유명 인사들 이름이 줄줄이 엮어져 있는 해동경기원, 무조건 크게만 만든 중국 건축물을 보다가 우리 눈에 익은 아담한 크기의 건축물을 보아서일까, 정겹고 좋았다.

두 시간 정도를 월수공원에서 보내고 전용버스에 막 오르려는데(16 : 45), 장대비가 쏟아지기 시작했다. 천둥 번개도 요란했다.

저녁 식사 자리 — 첫날이라고 술 마시며 이야기 나누기. 요리는 다양했지만 새벽 2시부터 일어나 줄곧 신경을 곤두세우고 있었기로 많이 피곤했다.

호텔은 남양장승주점南洋長勝酒店, Namyang King Hotel, 1312호로 배정받았다.

해동경기원의 세종루

　　룸메이트는 상지대의 이금희 교수. 작년 여름에도 한중인문학회에 참석했던 분이다. 자그마한 몸매에 유머가 넘치는 분이다.

 ## 02 광주

　　새벽 5시에 기상, 새벽인데도 찜통의 전조. 에어컨을 켠다. 머릿속이 무겁다. 어제 저녁식사 자리에서 배갈 세 잔 정도, 많은 양은 아니었다. 피곤해서인가 쉽게 술에 취했다. 그리고 밤늦도록 있었다.

　　어제의 감동은 도자침도자기 베개. 전시회에서 보았던 수많은 도자침들, 베개들의 모양이 눈앞에 떠올랐다. 호텔 방의 베갯속은 스펀지나 화학솜을 넣은 것이다. 사람의 건강한 일상 생활을 위해서 꼭 필요한 존재였음에도 불구하고 나에게 베개는 무엇이었던가. 어린 시절에는 메밀껍질로 속을 넣은 베개를 사용했고 아마 20대 후반 이후부터 수십 년간 베개를 베지 않았다. 2년 전 캄보디아에서 천연 라텍스 베개를 기념으로 사온 이래 지금까지는 그것을 사용하고 있다. 그런데 도자기 베개 전시회를 둘러보고 나니 베개는 단순히 생활용품만이 아니었다. 재료와 만드는 기법에 따라서 베개는 예술품이 되고, 예술품 베개를 베고 자면 삶의 질이 향상되는 것은 물론 꿈도 아름다워지지 않을까.

남양장승호텔의 식당, 아침 메뉴는 다양했다. 흰쌀죽에 장아찌, 소시지, 야채 샐러드, 만두, 베이컨, 눈에 보이는 대로 주워 담다 보니 접시에 가득 찼다. 우유에 삶은 풋옥수수 한 토막에 이르기까지 맛이 좋았다. 과일 주스, 과일, 특히 이쪽 지역에서 나온 바나나는 싱싱하고 향기로웠다.

화남대학 한중인문학회 학술대회

전용버스가 호텔을 출발(08 : 05), 도심지를 지나 학회발표장이 있는 화남대학으로 향하는데 갑자기 버스 안에서 웃음이 터져 나왔다. 차창 바깥을 보라고 했다. 출근 시간대의 도로는 복잡했다. 크고 작은 차들이 엉켜들고 있었다. 시내버스 한 대가 가까운 곳에 서 있었다. 시내버스의 안은 콩나물 시루였다. 버스 앞문은 닫혀 있었는데 버스 문 밖으로 커다란 여성용 가죽 숄더백이 나와 있었다. 가방 주인이 차 안으로 들어서는 순간 버스 문이 닫혀 버린 것이다. 버스 앞문 바깥으로 불쑥이 매달린 여성의 큼직한 가방이 '살려주세요! 나 여기 있어요' 비명을 지르고 있었다.

화남사범대학은 대학성大學城(광주 지역 대학 모두를 한 구역에 모아 놓은 곳)의 한 귀퉁이에 있었다. 버스가 대학성 경내로 들어섰고 한동안 서행하다가 학술대회장이 열리는 화남사대 건물 앞에서 정거했다.

3층 학술대회 발표장으로 오르다가 그곳에서 북경 중앙민족학교 조선어과의 김춘선 교수를 만났다. 새기 커트의 머리, 단정한 옷차림, 여전히 아름다운 모습이었다. 1990년 북경에서 그녀를 처음 만났었다. 한중수교 전에 북경에 갔었고, 우리들을 안내하기 위해서 특별히 김춘선 선생이 나왔었다. 자금성을 돌아보며 청나라 말기의 어지러웠던 정치, 자금성에 깃들인 음모와 비극, 전설들을 들려주었었다. 김일성대학에서 공부한 젊은 여교수, 내가 묵는 객실에서 하룻밤을 함께 보냈다. 내가 북경을 떠나던 날 내게 청심환 상자 하나를 선물로 주었었다. 그 후 김춘선 교수는 성균관대로 와서 박사과정을 밟았다. 이번에 며느리를 보았다며 웃었다. 젊고 아름다운 시어머니였다. 산동대학의 박은숙 교수도 만났다. 전에 만났을 때보다 몸이 불어 있었다. 현대소설학회에서 만나 토론을 해준 인연으로 지금까지 만나면 반가워한다.

제27회 한중인문학회 발표회장은 초반부터 파란만장하였다. 두 사람의 기조발제자 중 현지에서 신청한 한 사람의 기조발제는 취소되어 있었다. 한국에서 와야 할 기조발제자 우한용 교수는 출국심사에서 걸려 중국으로 올 수 없었다. 우한용 교수의 원고를 박인기 교수가 대신해서 읽었다.

이어 주제 발표로 들어갔는데 첫 번째 주제 발표의 토론자가 나였다. 주제 발표자의 논문이 자료집에 수록되어 있지 않았다. 발표회장에서도 자료를 넘겨받지 못했다. 주제발표를 맡은 산동대의 주명애 교수는 학회 사흘 전에야 자신이 주제발표자로 선정되어 있음을 알게 되었다고 했다. 서둘러 자료를 만들었지만 그것은 그녀의 노트북에만 있었다. 그녀는 노트북을 연결시켜 화면에 자료를 띄우려고 했지만, 기계가 노트북의 내용을 읽지 못했다. 15분 가까이 엔지니어들이 덤벼들었지만 결국 연결이 되지 않아 발표자는 노트북을 펼쳐 놓고 발표하고 나는 옆자리에 앉아 주요 부분을 메모하기 시작했다. 논문이라기보다는 '한중문화교류 관련 행사'들을 연대기적으로 늘어놓는 것이었다. 토론이고 무어고 언급할 것이 없는 발표이고 토론이었다. 그 이후의 주제 발표도 현지 발표자들과 한국 학회 집행부측과의 연락이 제대로 되지 않아서 힘들게 진행되었다

오후 자유발표 시간 — 나는 1분과의 좌장이 되어서 발표회를 진행했다. 그런데 첫 발표자가 참석하지를 않았다. 두 번째 발표자는 논문의 절반만 써가지고 와서 발표를 했다. 이번 국제학술대회는 한중인문학회와 한국문학회가 공동 주관으로 일을 추진하다 보니 소통에 문제가 있었을 것이고 게다가 처음에 발표 신청을 했었던 사람들이 막판에 학회 참석을 취소하는 바람에 일이 꼬여 버린 것이다. 결국 집행부와 발표자와 토론자들은 모두 최선을 다할 수 없었기에 유감스러운 기억을 갖게 되었다.

공식일정을 마치고 사석에서 듣기로 학회장 최병우 교수는 개회식과 논문 발표회 끝내고 난 직후 주저앉아 버렸다고 했다. 인천공항에서 우한용 선생이 출국할 수 없게 된 이후부터, 그리고 오늘 발표회장에서 기조발제자와 주제 발표자 문제로 얼마나 신경을 곤두세웠으면 그렇게 건강한 사람이 맥없이 주저앉게 되고 말았을까. 한 단체를 이끌어야 하는 책임자의 고뇌가 몸으로 나타나 버린

것이다.

피곤한 하루였다. 오전에는 토론자로 오후에는 사회자로, 그리고 돌발사고가 많았던 발표회장을 지켜보면서 많이 피곤했다. 저녁 식단은 다양하고 풍요로웠지만 맛을 즐기기에는 너무도 피곤한 날이었다. 객실로 들어와 가만히 쉬고 싶은데, 활력가 이금희 교수가 바깥으로 나가서 열심히 정보를 탐색해 왔다. 호텔의 경내에 있는 마사지 가게의 마사지 시간과 가격까지 알아가지고 왔다. 둘이 함께 나가서 마사지 가게로 들어갔다. 웬만한 학교 강당보다도 더 크고 넓은 초호화판 마사지 가게였다. 발 마사지 하는 데 일인당 128위안을 지불했다. 그러나 마사지 수준은, 초보 이하였다.

2011. 6. 22. 수요일. 갬 · 오후 6시경 비.

03 광주-중산시-황포-판위

지난밤 발 마사지 받은 효험이 있었는지 꿈도 꾸지 않고 푹 자고 일어났다. 새벽 5시였다. 큰길에 접해 있는 호텔 1312호실은 지나가는 자동차 소음과 진동이 그대로 느껴진다. 머리에 세팅 롤을 말았다. 어제 북경 팀들과는 인사도 제대로 하지 못하고 헤어졌다. 내년에는 청도에서 학술대회가 열린다고 하니 그때에야 만날 수 있을까.

오늘 오빠 내외의 결혼 기념일이기로 휴대폰 문자로 축하의 메시지를 보냈다.

일주일 전에 스위스로 떠난 오빠 내외는 지금쯤 이탈리아나 스페인에 가 있을 것이다. 유별내는 싱가포르에 나는 중국에, 우리 가족은 모두 이렇게 흩어져 살고 있다.

조반으로 흰죽에 오리알, 커피와 과일을 먹었다. 입맛이 당겨서 많이 먹었다. 체중을 걱정하지 않을 수 없지만, 그래도 식도락을 포기할 수는 없지 않은가. 전용버스는 예정보다 10분 늦게 출발했다. 손희하 교수가 워낙 낙천적 기질이라 만만디다. 그분이 집합 장소에 나타나야만 만사 오케이, 다음 장소로 출발이 가능하다.

시간이 지나면서 날씨가 무더워지기 시작했다. 찌는 더위, 광주에서 주해珠海까지가 50분, 다시 중산中山까지가 40분 거리다. 중산은 중국의 혁명가이며 풍운아인 손문孫文 선생의 출생지이다. 고속도로 연변은 짙은 녹음, 숲이 무성하고 정비가 잘 되어 있다. 2010년 아시안 게임을 치르면서 도회지 자체는 정비가 썩 잘되어 있으나……, 겉으로 보기에 좋은 만큼 속도 그럴지는 알 수 없다. 중국 오기 며칠 전 신문에 보니 광주 주변 지역에서 농민군들의 시위를 과격하게 막아서 희생자가 나왔다는 것을 본 적이 있다. 광주뿐만이 아니라 대도시로 몰려드는 외지 사람들을 막기 위한 중국당국의 정책은 단호하다 못해 가혹하다고 했다. 도회지 사람은 평생 도회지 사람이고 농촌 사람은 평생 농촌 사람으로 살아야 하는, 거주지 선택의 자유가 없는 사회주의 국가가 어디 중국뿐일까.

중산으로 가기까지 평원 지대에는 유난히도 강이 많았다. 수로水路도 많았고 강 주변에는 반듯반듯하게 정리된 양어장들이 많았다. 자주 눈에 띄는 강은 주강珠江의 지류라고 했다. 평원지대를 이리저리 달리고 있는 주강과 주강의 지류들, 수로와 양어장들, 수면은 빛이 반사되어 그 전체가 거울처럼 보였다.

11시 정각 무렵에 중산에 도착했다. 광주에서부터 비가 내리기 시작하더니, 중산에서는 폭우로 쏟아졌다. 중국의 근대 인물 가운데 가장 존경받는 사람인 중산 손문孫文, 1866~1925. 중산이 출생한 곳의 본래 지명은 샹산香山이었다. 그러나 중국 근대사를 이끌어간 위대한 인물 중산 손문의 출생지이기에 샹산이란 지명은 중산中山으로 바뀌었다.

중국인들은 손중산孫中山은 알아도 손문은 모른다고 한다. 위대한 이의 이름을 함부로 부를 수 없다는 가르침 때문이었을까. 브리태니커 사전에서는 손문을 중국 혁명의 선도자였고, 중화민국 초대 임시총통이었고, 1923~1925년 중국의 실질적 통치자로 기록하고 있었다. 또 그의 정치이념은 삼민주의로, 이는 민족주의, 민권주의, 민생주의를 원칙으로 한 것이며 이를 토대로 손문은 중국 혁명을 완성시키려고 했다고 언급한다.

중산고거공원 中山古居公園

손문이 살던 마을은 '중산고거공원中山古居公園'으로 복원, 단장되어 있었다. 대나무 숲이 우거진 마을이었고 마을로 들어가는 길 양편에 키 큰 나무들이 빽빽하게 서 있었다. 손문이 태어났을 당시 이 마을은 가난한 농민들이 살았다. 손문은 하와이 노동자였던 큰형 쑨메이孫眉가 잠시 귀국했다가 하와이로 돌아갈 때 형을 따라 하와이로 갔다. 손문 13세 때의 일이다. 손문은 하와이에서 교육을 받으

며 서양 문물을 접했다.

'손중산고거'는 1986년에 전국 중점문화재로 지정된, 회색 시멘트 담장의 벽돌 건물이었다.

손문의 집이 사진에 담겨 있었다. 그것을 토대로 복원 과정을 거친 듯. 손문이 사용했다는 다기류와 식기류, 목제 테이블, 목제 침대 등이 있었다. 또 임시총통으로 부임하던 장면을 찍은 사진을 실물 크기로 확대한 사진이 기념관 안에 전시되어 있었다.

이번 한중인문학회에 참석한 회원 가운데 중국인 출신으로 한국인과 결혼한 국민대 중문과의 전긍 교수가 있었다. 전긍 교수는 한용수 교수의 아들 한빈을 데리고 다녔다. 전 교수의 아들이 한빈보다 한 살 위라고 했다. 한빈도 전 교수를 엄마처럼 잘 따랐다. 나는 전긍 교수를 따라다니며 기념관에 전시된 사진들과 유물들에 대한 설명을 들었다. 그녀는 초등학교 5년생 아들이 있음에도 불구하고 날씬하고도 예쁜 몸매와 얼굴을 갖고 있었다. 대학원생 정도로밖에는 보이지 않았다.

전긍 교수는 참으로 존경하는 마음과, 자랑스러운 마음으로 손문의 일대기

중산고거 입구

를 내게 들려주었다. 손문이 아내 송경령과 함께 찍은 사진 앞에서도 나라의 독립을 위해 미혼자로 살던 손중산에게 손중산 친구의 딸인 송경령이 적극적으로 구혼했었다는 것, 그래서 두 사람이 결혼하게 되었다는 이야기를 아주 낭만적으로 들려주었다. 두 사람 사이에는 아이가 없다는 이야기, 송경령이 임신을 하기는 했지만 혁명운동을 하는 가운데 유산을 했고 그 이후에도 몇 번 유산을 한 뒤에 소생이 없었노라는 이야기를 전했다.

어린 시절 중국 부호의 딸인 송미령, 송경령 자매 이야기를 들었었다. 손문과 장개석은 서로 동서지간이었으나 적이 되었다고, 송경령, 송미령 자매도 그렇게 되었다는 이야기를 들은 적이 있었다. 미국 유학 출신인 손문, 송경령도 미국 유학 출신이라고 했다. 서로 서구적인 사고 방식을 갖고 있는 두 사람의 만남……

손문 기념관 안, 손문 동상 앞에 있는 안내판의 내용을 보았다. '20세기 중국의 거인', '위대한 애국자', '중국민주혁명의 위대한 선봉'과 같은 말들이 나열되어 있었다.

손문 기념관을 나올 때 박경현 선생께서 말씀하셨다. 손문에게는 어린 시절 결혼한 전처와 딸 둘과 아들 하나가 있었노라고. 정치가나 혁명가와 같이 피가 뜨거운 사람이 수도자처럼 사는 경우는 아마도 드물 것이다. 역시 중국 근대사에서 존경받는 루쉰魯迅도 본처와 이혼하지 않은 상태에서 제자와 살지 않았던가. 베트남 민족운동의 지도자였던 호치민, 사람들은 그가 나라를 위해서 평생을 독신으로 살아온 혁명가로 알도록 교육받았다. 그러나 그에게도 딸이 있었다는 이야기를 들었다. 그런 사실을 기사화한 신문사는 폐간되고 기자는 곤욕을 치렀다는 이야기도 들었다. 마찬가지로 중국에서는 손문의 일대기를 신화화하기 위해서 실제 있었던 일들은 침묵 속에 매장시켜 버렸다.

많이 망설였다. 세상사가 그렇고 그런 것이니 그냥 침묵할 것인가. 아니면 확인해 보아야 할 것인가. 존경과 자부심으로 가득차서 내게 손문 선생의 일대기를 들려주던 전긍 교수에게 정말 그러냐고 묻고 싶었다. 전긍 교수와 둘이 있게 되었을 때 박경현 교수게 들었던 전기적 사실에 대해 물었다. 손문 선생의 행적에서 다른 이야기를 들었다고 했더니 그녀는 배시시 웃었다. 알고 있다고 했다. 그러나 자신들은 그런 것에 대해서 이야기하지 않는다고 했다. 한 인물의 영웅화, 신격화 뒤에 감추어진 사실들……. 모택동이 존경했었다는 인물, 중국 근대사를 이끌었던 인물, 장개석과는 사제지간이고 동서지간이면서 적대관계로 돌아서야 했던 관계, 한 인간의 개인적 감정이 가져온 나비효과였을까, 어쩔 수 없는 역사의 비극이었을까.

점심 식사는 손중산고거공원 가까운 곳에 있는 식당에서 먹었다. 식사를 마치고 버스에 올랐을 때였다. 최병우 교수가 큰 소리로 누군가와 통화를 했다. 박윤유 교수가 중산고거에서 우리를 찾고 있다고 했다. 미아가 되어 버린 것이다. 버스를 다시 중산고거로 돌렸고 그곳에서 박윤유 교수와 합류했다. 우리는 이미 점심식사를 마친 뒤였지만 박윤우 교수는 식전이었다. 집행부에서 박교수를 위해 차에서 뛰어 내려가 빵과 과자를 사왔다. 휴대폰이 있었기에 연락이 가능했지 예전 같으면 얼마나 당황했을까. 다음 탐방지는 황포군교 구지黃浦軍校舊址, 버스로 약 40분 거리에 있었다.

황포군관학교

황포군교 구지黃浦軍校舊址로 가는 길은 대학성을 한참이나 지나야 했다. 마침내 민간인 지역의 2층 건물이 나오고 기획된 이 2층 건물들이 끝나는 안쪽으로 바다에 면한 황포군관학교 옛터가 나타났다. 지금은 복원해 놓은 2층 건물들이 우람했다. 건물 앞에는 가로쓰기로 '육군군관학교陸軍軍官學校'라는 현판이 걸려 있었다.

안내판에 제시된 내용을 정리하면 다음과 같다.

황포군관학교는 제1차 국공합작 시기인 1924년 6월, 손중산이 설립했다. 본래 명칭은 중국 국민당 육군군관학교지만 광주 황포의 장주도(黃浦長洲島)에 세워진 관계로 황포군관학교라고 불린다. 현재 황포군교구지 면적은 6km², 역사유적들은 21처에 분포되어 있다. 한편 학교 구지(舊址)에는 학교본부, 손중산총리 기념실, 중산공원, 손총리 기념비, 학생식당, 장개석 교장실, 학생 침실, 유영지 등이 있다.

황포군관학교라……, 10년쯤 전? 아니 20년쯤 전? 님 웨일즈가 쓴 『아리랑』을 충격 속에서 읽었다. 황포군관학교는 그때 기억 속에 각인된 이름이었다. 김산이라는 한국인 젊은 공산주의자, 김산은 가명이고 장지락 또는 장지학이 본명인 그는 1925년 북경에서 광동으로 왔고 중산대학에 입학했다. 당시 광주에서는 손문 휘하에 중국혁명운동이 벌어지고 있었고 식민지 한국청년 수백 명이 1927년 12월 10일 중국공산당원들과 함께 광주에서 벌어진 시위에 참가했다.

그러나 사흘 뒤 반혁명의 공세로 수많은 혁명가들이 희생될 때 조선 청년 대부분이 희생되었지만 장지락은 간신히 위기에서 탈출할 수 있었다. 그러한 그가 33세 때에 간첩으로 몰려 처형당했다. 1938년의 일이다. 장지락은 중국 공산당을 위해 헌신했지만 그 보상으로 돌아온 것은 간첩으로 몰려 처형된 것이다. 그리고 1983년에야 중국 공산당은 장지락을 복권시켰다.

황포군관학교 — 1925년 장지락이 중산대학에 입학하여 경제학을 공부하던 시기, 황포군관학교에는 장지락과 친교를 갖고 있던 김약산과 오성륜이 교관으로 근무했었다고 한다. 장지락도 이곳에서 훈련을 받았을 것이다.

님 웨일즈가 쓴 『아리랑』을 읽은 이후 나는 상해 임시정부청사를 찾을 때나, 중경 임시정부청사를 찾을 때면 벽에 걸린 대형 사진 속에서 혹시나 장지락의 모습을 찾을 수 있을까 하여 까치발로 서서 사진을 들여다보고는 했다.

조선의 수많은 항일 운동가들이 거쳐 갔을 황포군관학교 — 1층에는 사진 자

1 육군군관학교 정문
2 황포군관학교 자료 사진
3 이범석
4 최용건

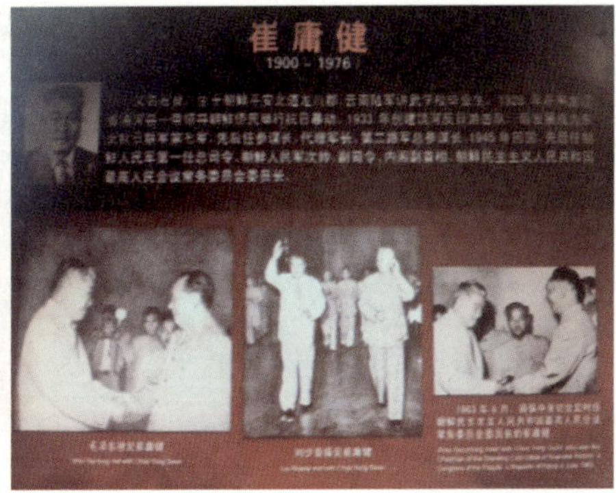

료들이 많았다. 중국 공산당혁명에서 공을 세운 사람들의 사진들, 그 사진을 유
화로 그린 초상화들이 많았다. 그중에는 여성 투사도 있었다. 그녀의 이름은 조
일만趙一曼, 1905~1936, 황포군관학교 무한분교 제6기 학생이었고 '저명한 항일 여
영웅'이었다. 1927년 가을에는 모스크바 소재 중산대학에서 학습했고 1931년
9·18 사변 후에 동북지방으로 보내지고, 1935년 11월 체포되고 36년에 처형당
했다는 기록이 액자 속에 있었다. 한국 청년 장지락은 만일 님 웨일즈의 눈에 띄
지 않았다면, 그리하여 기록에 남겨지지 않았다면 그 존재 자체가 완벽한 망각
속에 떨어졌을 것이다. 여행 이후 이승준 교수가 황포군관학교에서 찍은 사진
을 보내오셨다. 대한민국 1대 국무총리였던 이범석 장군1900~1972, 북한의 최고
인민위원회 최용건1900~1978 위원장의 사진이 같은 벽면에 걸려 있는 것을 찍은
것이었다. 그들도 황포군관학교에 있었다.

　전시실을 돌다가 보니 유명인사들의 초상화들이 보였다. 손문은 군관학교의

총리, 교장은 장개석, 곽말약郭沫若, 1892~1978은 황포군관 무한 분교의 초빙위원회
위원이면서 정치교관, 주은래周恩來, 1898~1976는 정치부주임 등등……. 중국의 근
현대사를 이끌어간 인물들이 모두 황포군관학교에서 활동했다.

　2층에는 손문 총리의 집무실, 장개석 교장의 집무실, 그들이 당시 사용하던
목제 테이블과 의자, 잉크병과 펜대, 철사로 얽어맨 휴지통, 교사들의 교무실까
지 복원, 전시되어 있었다. 총리실과 교장실이 있는 건물에서 마주 보이는 건물
에는 학생들의 침실이 보였다. 좁은 나무침대가 피곤한 젊은이들에게 휴식을
주는 공간이었다. 장지락이 거처했거나 방문했던 곳은 어디쯤이었을까. 그가 향
수에 젖어 생각에 잠기던 곳은 또 어디쯤이었을까. 총리 손문과 교장 장개석의
집무실은 벽 하나를 사이에 두고 있었다.

　군관학교를 구경하는 동안에도 장대비는 계속 쏟아지고 있었다. 한 시간 가
까이 황포군관학교를 돌아보고 출발했다. 버스 주차장까지는 제법 많이 걸어야
했다. 바깥 지대로 나가면서, 군관학교 구지를 보러 몰려들고 있는, 그러나 연세

들이 지긋한 노인 관광단들과 스쳐 지
났다. 15시 40분에 출발, 연화산 공원
으로 향했다.

연화산공원

무더운 날씨라 버스는 연화사蓮花寺 가
까운 지점에 우리를 내려 주었다. 관광
지 입구에서 현지 가이드는 연화산 관
광지 안내 전단리플릿을 한 장씩 배부했다. 연화산 절경 10처의 사진과 그 위치를
알려주는 전단이었다. 안내 전단을 보면서 각자 알아서 구경하라고 했다. 현지
가이드는 지난 저녁에 음식을 잘못 먹고 갑자기 탈이 났다고 힘들어 했다. 창백
한 얼굴로 버스 앞자리에 앉아 있는 그를 보면서 무어라고 할 수도 없고 모든 관
광은 현지에서 각자가 알아서 해야 했다.

　오늘의 탐방지 모두가 그런 식이었다. 그러나 실은 광주 여행 첫날부터 그랬
다. 무책임하거나 자신이 맡은 지역문화 유적에 대한 연구가 얕거나. 여행하다
보면 여러 유형의 가이드를 만나게 되는데 이번에 만난 가이드는 문제가 심각
했다. 오죽하면 동행자 한 분이 농담처럼 가이드에게 가이드 시험 언제 보느냐
는 질문을 던졌을까. 관광 안내자 시험을 보기 위해서는 많은 준비를 하고 공부
를 해야 하니까. 가이드의 안내나 참고자료 없이 현지에 대한 것들을 기록해야
하는 나는 짜증스럽지 않을 수 없었다. 그래서 현지에 있는 안내판들을 모두 카

메라에 담았다. 설명이 없으니 안내문이라도 읽고 그것에서 정보를 얻어야 하는 까닭이었다.

연화산 관광지의 안내 전단 내용을 정리하면 대략 다음과 같다.

광주시 판위(番禺) 연화산 관광지는 주강(珠江)의 하류와 사자양반(獅子洋泮)이 맞물리는 지점에 자리하고 있다. 연화산의 높이는 해발 108m이고 총 면적은 2.33km²에 이른다.

연화산 관광지는 지리적 위치가 뛰어나 수륙교통이 편리한 곳이다. 고금의 문화유적이 손잡은 곳이며 계곡(합벽, 合壁)은 뛰어난 절경을 보여준다. 연화산 관광지는 '신세기 양성 팔경(新世紀羊城八景)'에 '연봉관해(蓮峰觀海)'가 들어가 있다.

연화산은 오랜 역사 문화 유적을 갖고 있다. 연화산은 예전에 석물(石物)을 캐어내던 곳, 곧 채석장이었다. 그 흔적으로 보아 아마 2천 년 이상 서한(西漢) 전기 무렵까지 거슬러 올라간다.

단애(斷崖)한 절벽(絶壁), 기암(奇巖) 위의 동굴, 귀신이 도끼로 잘라낸 듯한 절벽, 인간의 공력(工力)에 인간의 의지가 더해서 하늘의 재주를 얻어낸 듯한 절경, 이들 채석(採石)의 결과로 나타난 신기한 경관은 널리 사람들에게 전해져왔다.

1612년 명조 만력 연간(明朝萬曆年間)에는 연화탑(蓮花塔)이, 1664년 청조 강희 연간(淸朝康熙年間)에 연화성(蓮花城) 등 고적이 세워졌다. 1994년에는 망해관음보상(望海觀音宝像)이 세워졌다. 관음보상의 높이는 40. 88m, 120돈의 동(銅)이 들었고 180양의 순금으로 불상을 도금했다. 연무에 덮인 바다 사자해(獅子海)와 빛나는 광활한 하늘, 이

것이 금동불상 망해관음보살상 앞에 펼쳐진 전경이다. 그 외에도 이곳에는 蓮花仙境, 도화원(桃花園), 백화원(百花園) 등의 정원이 있다.

오르막길을 허덕대며 올라야 하는 곳에 기와지붕의 거대한 연화사 건물이 서 있었다. 연화사는 사찰이라기에는 멋없이 크게만 지어진 건물이었다. 기둥이며 벽이 모두 시멘트 자재로 지어지고 채색이 요란했다. 망해관음보살상의 낙성식이 1994년에 있었다면 그 무렵에 급조된 사찰이 아닐까. 직육면체의 건물 1층 주출입구 위로 원통보전圓通寶殿, 바로 위층에는 대웅보전大雄寶殿, 또 그 위는 연화선사蓮花禪寺라는 검은 바탕에 금색 글씨를 가로쓰기로 새긴 현판이 높다랗게 걸려 있었다. 통만 크게 만든 시장 건물 같았다.

연화사의 1층 원통보전 안에 모신 금으로 도금된 거대한 부처는 수많은 손을 가진 관음보살상, 2층과 3층에는 자그마한 금동불상과 도자기로 빚은 작은 불상들이 옥수수 자루에 박힌 옥수수알처럼 촘촘히 모셔져 있었다.

연화사 2층 난간으로 나가자 멀리 언덕에 선 연화탑이 건너다 보였다. 1612년 명나라 시대에 세운 육각형의 탑이었다.

반대편 난간에서는 바다와 이어진 주강珠江이 펼쳐져 있었다. 강이라고 하기에는 너무 광활하고, 바다라고 하기에는 내륙 깊숙이 들어와 있는, 그러나 하구河口 가까운 곳에 들어와 있는 배들은 바다에서나 볼 수 있는 대형선박들이었다.

연화사 옆에 있는 망해관음보살상. 1994년에 세워졌고 높이 40.88m, 아파트로 치면 15~16층에 가까운 높이의 부처였다. 너무 규모가 웅장해서 가까이에서는 그

상호를 제대로 바라볼 수가 없었다. 게다가 석양녘이라 부처를 배경으로 사진을 찍으면 부처도 사람도 그 얼굴이 시커멓게 나왔다. 석가모니불이 어디선가 인간 세상을 내려다보고 있다면, 자신의 가르침과 자비의 마음을 이렇게 어마어마한 물량으로 표현하는 중생에 대해서 어떻게 생각하실까. 종교가 사라지고 종교 장

1 주강 하구
2 명나라 시대에 건립된 연화탑
3 연화선경에서

436

사가 번창하고 있는 21세기의 현장이었다.

　연화사에 나와 망해관음보살상의 멋없이 크기만 한 모습을 보고 혀를 차다가 숲으로 난 길을 따라 걸었다. 연화선경으로 들어서는 길이었다. 한 쪽의 못 속에서는 자라들이 헤엄치고 있었다. 어미 자라 등에 올라탄 새끼 자라들의 모습이 앙증맞았다. 계곡을 끼고 연꽃이 한창 꽃봉오리를 터뜨리고 있었다. 숲이 우거진 계곡을 배경으로 연꽃이 핀 호수 위에 연꽃송이 모양의 머리를 한 백색의 석고 나부상裸婦像이 아름다웠다.

　길을 따라 조금 더 내려가자 연꽃 단지가 나왔다. 연꽃의 호수 위로 목제 다리를 놓아 그것을 밟고 가다 보면 인간과 연꽃이 하나가 되는 느낌이었다. 열심히 카메라에 연꽃의 일생을 담았다. 작은 꽃봉오리부터 잎이 벌기 시작하는 것, 마침내 잎이 시들어 떨어지기까지. 연꽃 재배자의 정성이 연꽃 세상을 만들고 있었다. 가까운 곳에서는 다양한 색상의 수련이 피어나고 있었다. 보라색 수련은 처음보는 색상이었다. 연화선경 속에서 신선이 되어 있다가 신선교 부근 바위 위에 있는 백학을 보았다. 그러나 살아 있는 백학이 아니라 석고로 만든 학이었다. 그래도 좋았다. 사진 작가들이 보았다면 열광할 만한 장소가 연화선경이었다.

　저녁식사를 먹고 서둘러야 했다. 시

간에 대어 장승 국제 서커스장으로 가야하는데 장대비가 쏟아져 내렸다.

장승 국제 서커스

전용버스로 단체 이동을 하는 관계로 어디가 어디인지 알 수 없었다. 19시 35분에 빗줄기를 헤치고 서커스 공연장으로 들어섰다. 규모가 대단했다. 체육관 크기의 그러나 무대시설이 완벽하게 가꾸어진 공연장이었다. 러시아인들이 주를 이룬 서커스 단원의 묘기……. 인간과 동물과 기계 장비가 적절하게 배합된 묘기를 상품화하여 팔고 있었다.

다양한 동물들이 등장했다. 작은 원숭이가 붙잡고 가는 줄에 커다란 하마가 어기죽대며 따라 걸었다. 한 사람의 조련사 앞에서 열두 마리의 백마와 흑마가 둘씩 셋씩, 또는 넷, 여섯씩 대열을 정비하며 행군했다. 굴렁쇠를 통과한 곰의 묘기, 별로 높지 않은 다이빙대에서 다이빙하는 다이버들, 좁은 수조는 높지 않은 대신 깊었던 것일까. 극장 벽의 구멍을 통해 한꺼번에 날아 나오는 100여 마리의 새들, 뒤뚱거리며 걷는 10여 마리의 홍학들, 공중그네를 타면서 묘기를 보여주는 사람들, 그러나 가장 조마조마했던 것은 좁은 그물망 속에서 6인의 오토바이 운전사들이 보여주는 묘기였다. 그물망의 벽을 타고 천정을 타면서 오토바이를 타는데 누구 한 사람 까딱 잘못하면 그대로 부상자가 나올 수 있는 상황이었다. …… 그런 묘기는 더는 보고 싶지 않았다. 생명을 내건 재주 자랑은 결코 보고 싶지 않았다.

거의 100여 명이 훨씬 넘을 서커스의 단원들, 호랑이, 사자, 코끼리, 하마, 돼지, 원숭이를 비롯한 많은 동물 가족들, 그들을 먹이고 입히기 위해서는 관객이 꽉꽉 들어야 할 터인데 그렇지 못했다. 신기로움과 경악과 한탄을 넘어서 그들의 고민이 그대로 전해지는 듯했다.

한 시간 반 정도에 걸친 서커스 관람을 마치고 밤 10시가 훨씬 지나서 호텔로 들어왔다. 파김치가 된 상황이었다. 룸메이트 이금희 교수와 죽이 잘 맞았다. 전신 마사지를 받기로 했다. 지금 이곳이 아니면 어디에서 마사지를 받겠는가 하고 마사지를 받으러 갔다. 1인당 295위안이었다. 샤워를 하고 간편복을 받아 입고 여성 마사지사의 마사지 받기. 20대 안팎의 여성 마사지사의 손힘은 약했다. 그래도 마사지를 받으면서 잠에 빠져들었고, 마사지가 끝나고 깨어서 보니 새벽 1시 30분, 멍한 기분이 되어서 호텔로 돌아왔다.

2011. 6. 22, 목요일, 비 · 흐림 · 비.

04 광주-남해시-광주

6시에 기상, 7시 20분에 식사하고 9시 7분에 호텔을 출발했다.

호텔에서의 아침 식사는 즐겁다. 음식이 다양하고 맛도 좋다. 흰죽에 장아찌, 소시지 1개, 버섯볶음, 야채 볶음, 과일 주스, 커피, 후식으로 수박과 토마토 — 아침 식사량이 많아지면서 이번 여행에서도 체중이 불어서 돌아갈 것 같다.

황비홍 사예 무술관 黃飛鴻獅藝武術館

무술인 황비홍黃飛鴻, 1847~1924의 고거故居에 도착했다(10 : 20). 거의 한 시간 10분이 걸리는 거리였다. 중국 무술영화를 보지 않은 관계로 그가 어떤 인물인지 모른다. 이영걸이라는 홍콩 배우가 황비홍 역을 맡았던 무술영화로 영화가 흥행에 성공하면서 배우뿐만 아니라 실존 인물이었던 황비홍도 세계적 인물로 알려졌다고 한다. 황비홍은 청나라 말, 일제시기에 뛰어난 무술로 중국인의 자존심을 높여준 민족주의자라고 하던가. 언젠가 소림사를 찾았던 때에 그 일대에 수많은 무술학교가 있는 것을 보고 놀란 적이 있는데 이곳 황비홍 기념관 부근 지역에도 황비홍의 무술을 배우는 사람들이 많다고 한다.

황비홍을 기념하는 '황비홍 사예 무술관黃飛鴻獅藝武術館'은 자주색 바탕에 금 글씨로 쓰인 현판, 그 위로는 군청색 바탕에 무림지광武林之光이라는 역시 금 글씨로 쓰인 현판이, 자주색 현판 아래 문설주에는 흰 대리석에 황씨종사黃氏宗祠라는 현판이 걸려 있었다.

문 안으로 들어가자 황비홍의 등신대보다 조금 큰 청동좌상이 있었다. 벽면에는 '황비홍 사예 무술본관'에 대한 소개가 있었다. 소개서 내용을 정리하면 다음과 같다.

1 무림영화 포스터 속의 황비홍
2 자료 사진, 황비홍의 젊은 시절 모습

중국 광동 남쪽의 서초산(西樵山)은 명산으로 여기에서 제1대 무림종사가 태어났으니 그가 황비홍(黃飛鴻)이다. 그의 아비는 황기영(黃麒英)으로 그도 뛰어난 무인이었다. 황비홍은 고상한 인품을 갖춘 무인이었고 이름난 의사였다. 1996년에 황비홍 사예 무술관을 황비홍의 출생지인 남해시 서초산 아래 있는 녹주촌(綠舟村)에 세웠다. 그 건축물의 특징은 청나라 말의 고건축적 풍취가 배어 있도록 한 것이다.

황비홍의 청동 좌상 아래 안내판을 보니 황비홍은 5세부터 13세까지 아버지 황기영에게 무예를 배웠고, 이후 철교삼전인鐵橋三傳人 임복성林福成을 스승으로 삼아 철선권鐵線拳을 습득하고 송휘당宋輝鐺에게서 무영각無影脚을 전수받았다고 한다.

안마당은 공연장 겸 무술 수련장인 듯했다. 대광양발大光揚發이란 휘호의 현판이 걸려 있었다. 이곳에서 이 지역에서 오래 전부터 전해 내려온 사자춤과 황비홍의 제자가 무술기를 공연한다고 했다. 행정당국에서 황비홍기념관에 주는 지원금이 미미한 관계로 관광객을 상대로 공연을 한다는 것이다. 먼저 무술시범, 50대 후반 정도로 보이는 사범이 나와서 시범을 보이고 난 뒤 청년들 소년들이 나와서 맨손으로 또는 봉을 들고 시범을 보였

다. 그동안 관광객은 기둥 위에 걸린 통 안에 돈을 넣어주었다. 나는 성의 표시로 10위안을 넣어주었다. 무술 시범이 끝나고 소년 두 명이 노란 사자탈 속으로 들어가서 사람 키를 넘는 기둥 위에서 껑충대며 재주를 보였다. 곧이어 붉은 사자탈 속으로 들어간 소년 두 명이 역시 재주를 부렸다.

전자 장치와 신형 무기의 시대에, 시대의 뒤안길에서 길을 잃고 서성이는 사람들을 보는 것 같아서 마음이 울적했다. 쏜살같이 빠른 시대를 따르지 못하는 사람들에 대한 슬픔이었다. 북과 꽹과리 소리 요란한 가운데 껑충거리는 사자춤을 보면서 예전에는 벽사辟邪와 기원祈願, 여흥의 목적으로 공연되던 것이 이제는 하나의 구경거리로 전락한 것을 보면서 못내 안타까웠다.

버스에 올라 서초산西樵山으로 오르는 산길은 구불구불, 길 폭은 좁았다. 안전벨트를 매라고 가이드가 말했다. 산 정상쯤에서 다시 버스는 산 아랫길을 조심스럽게 운행했다. 대나무 숲이 울창했다. 그리고 관광지의 식당들이 늘어선 곳, 서초산 벽운빈관으로 들어갔다. 손님들이 많았다. 별관에 자리잡았다.

삼황계 三黃鷄 — 열탕에 데친 닭요리

점심 식탁에 처음 오른 요리는 마치 알을 품은 닭이 눈을 감고 오도카니 앉아 있는 모습. 닭벼슬이 그대로 붙어 있었다. 닭살은 먹기 좋은 크기로 잘라서 이것을 살아 있는 닭처럼 다시 모아놓았다. 처음 바다회 요리를 먹을 때, 눈을 깜박이는 광어회 앞에서 놀랐었던 것처럼 여기에서 보는 닭도 사람을 움씰하게 하는 그런 것이 있었다.

광동 요리의 대표, 삼황계

　광주 지역에 와서 비슷한 모양의 닭요리를 맛볼 때의 일이다. 어느 식당에서인가 내놓은 닭요리에는 뼈가 붙어 있는 부분에 붉은 피가 서려 있어 설익은 요리를 내왔다고 상을 찌푸렸었다. 오늘도 또 그런 요리려니 하고 다른 요리접시로 젓가락을 가져가는데 옆에 앉았던 중국인 전궁 교수가 웃었다. 그녀는 우리가 보는 설익은 듯한 닭요리의 이름이 '삼황계三黃鷄'이고, 닭 가운데 황색 닭을 잡아 끓는 물에 슬쩍 데쳐 닭 껍질이 노랗게 보이도록 하고 여기에 노란 소스를 찍어 먹는데, 광동 요리 가운데서도 대표적인 요리라고 했다. 누군가 야채볶음 가운데 잎 하나를 집어내서 닭의 머리 부분을 가렸다. 나는 그 잎을 치워 달라고 하고 삼황계를 카메라에 담았다. 같은 식탁에 있던 교수들이 모두 삼황계에 카메라를 들이댔다.

생전에

눈길 한 번 주지 않고

모질게도 목을 비틀더니

죽어 식탁에 오르자

사진 찍느라고 야단이네

(윤석달, 「삼황계」)

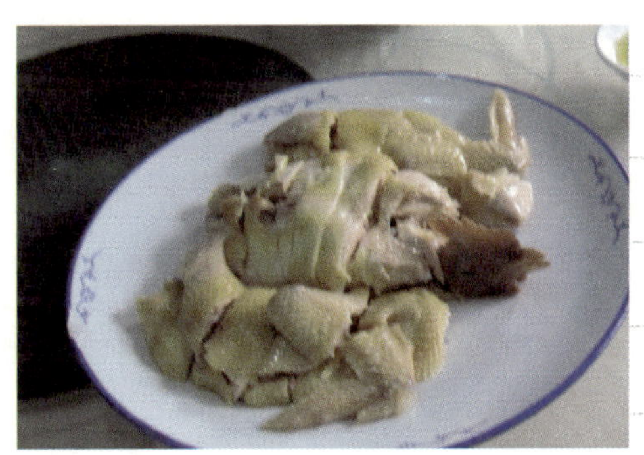

　윤석달 교수가 삼황계 앞에서 요란을 떠는 동행들을 보며 즉흥시를 읊

조리고 나는 그것을 얼른 메모해서 동행들 앞에서 확인했다. 모두들 손뼉을 치며 웃었다. 요리상 앞에서 자연스럽게 나온 한 편의 풍자시였다.

전긍 교수의 삼황계에 관한 설명이 없었다면, 마치 살아서 눈을 껌벅이는, 닭벼슬이 달린 머리를 곧추세우고 알을 품듯 앉아 있는 닭요리에 선뜻 젓가락을 가져갈 사람이 없었을 것이다. 설익은 요리라고 타박을 한 것은 광동 지역 음식 문화를 몰랐던 우리들 우물 안 개구리들의 평가였다.

그러나 서초산 풍경구에서 나온 광동 요리는 지역 특성을 너무 살린 나머지 한국인이 먹기에는 기름지고, 또 사람을 뜨악하게 하는 것들이 많았다. 전긍 교수가 종업원에게 부탁해서 매운 고추장아찌를 내오게 했다. 간장에 절인 고추장아찌였다. 고추장아찌로 밥 한 그릇을 뚝딱했는데, 박경현 교수께서 만도우 한 접시를 주문하셨다. 한국식으로 치면 팥소를 넣지 않은 찐빵과 같은 것, 중국에 오면 으레 그것으로 속을 채우고는 했었다. 만도우는 한참이나 기다려도 오지 않다가 우리가 식당을 떠나올 무렵에 따끈따끈하게 김을 올려서 가져왔다. 삼황계가 아무리 광동 요리 가운데 고급 요리라고 하지만 나에겐 만도우와 고추장아찌가 훨씬 더 좋았다.

남해관음상 南海觀音佛像

남해관음상은 음식점에서 조금 올라간 산에 있었다. 광동성 최대의 청동불상이라고 했다. 산 중턱을 정지해서 그 위에 산봉우리만한 불상을 조성하고 관광객을 부르는 곳이었다.

남해관음상

안내판에 나온 내용 중 필요한 부분만을 정리하면 다음과 같다.

대자 대비한 관음보살을 통해 현세의 고난에서 구원받기 위해 불상을 조성했다.
남해관음상은 서초산 가운데 대선봉(大仙峰, 해발 292m) 위에 세워졌고 관음상의 자
재는 순동판(純銅版)을 썼다. 관음상을 받치고 있는 연화좌단의 높이는 14.9m(이것은
관음상 아래 건물 내부 3층에 해당), 직경 36m에 이른다. 관음상의 높이는 47m, 가부좌를
틀고 있는 부분은 아래 건물 내부 5층 천정에 해당된다. 연화좌단과 관음상의 높이를
모두 합하면 전체 높이는 61.9m에 이른다.

35~36℃에 이르는 날씨는 뜨겁고 습도가
높아 끈적거렸다. 남해관음상을 떠받치고 있
는 건물 안으로 들어갔다. 남해관음문화원이
란 이름 아래 1층부터 4층까지 건물의 용도
에 대한 것을 알리는 현판이었다. 건물 내부
는 시원했다. 2층에서는 불화佛畵가 전시되고
있었다. 3층에는 소형 중형 불상들이 줄을 이
어 앉아 있었다. 이 부처들은 이른바 신도들
에게 불력佛力을 빌어주는 대상들이다. 관음
소불상은 1년 봉공에 1,880위안, 2년 봉공에
2,280위안, 봉공 5년에 4,800위안, 봉공 30년

에 18,800위안으로 해를 거듭할수록 할인 혜택이 대폭적으로 늘어난다. 그보다 조금 큰 부처인 84변신 관음은 8,800위안부터, 연화대에 안치된 대관음동상의 봉공료는 36만 위안 등등…….

죽어서 천당 가려면 살아서 부지런히 돈을 버는 수밖에 없다. 사회주의 국가인 중국에서 대불상 조성사업을 활발하게 벌인다는 것 자체가 신기한데, 이렇게 액면가로 고시된 봉공료를 보면서 사회주의 체제에서 급격하게 자본주의 체제로 전환되는 과정에 중국정부가 사업가가 되어 벌이는 종교장사, 결코 손해 보지 않는 장사를 하고 있는 실속주의, 실리주의가 무서웠다.

남해관음상을 모신 사찰의 이름도 살펴보지 못하고, 땡볕 아래 멀리 산 아래 펼쳐진 도시를 조망하다가 김유중 교수와 함께 까마득히 멀어 보이는 산 아래 산문을 향해 계단을 내려가기 시작했다.

모두들 오후의 열기에 달아오른 돌계단을 내려가기 두려워했다. 갈 수 있는

남해관음상 앞에서 내려다본 도시

곳까지만 내려가기로 하고 가는데 관음상을 정면으로 돌계단의 중앙에 관음상에 오르기까지 인간이 겪어야 하는 또 다른 층위의 세상에 대한 상징물이라고 할까 그런 것들이 조각되어 있었다. 몇 개의 층위를 이루어 대리석에 조각한 또 다른 세상은, 아마도 108개 계단을 한 단위로 계산해서 만든 것이 아닐까. 부처 바로 아래에는 용을 비롯한 괴수들의 집단이, 다음 단계에는 날개옷을 입고 비파를 뜯거나 피리를 부는 악동樂童의 무리들, 그 다음 단계는 소나무와 신기한 버섯과 학과 매화나무가 있는, 또 그 다음 단계는 부채를 들거나 피리를 부는 남녀노소가 어우러진 조각들이 있었다.

이른바 일주문으로 가기 위해서는 더 내려가야 하지만 반도 가지 않아서 지치기 시작했다. 무엇보다도 버스 출발시간이 가까워지고 있었다. 김유중 선생은 18개월 된 그의 쌍둥이 아들들에 대한 이야기를 했다. 쌍둥이지만 그들의 성격이 너무도 다르다는 것이었다. 그의 얼굴에서는 어린 아들에 대한 아비의 사랑과 자랑이 넘쳐나고 있었다. 땡볕에 달아 화끈거리는 돌계단을 거슬러 올라와야 했다. 몇 장의 사진을 찍고 속력을 냈다.

마사지 가게

남해관음 문화원에서 출발(14 : 20), 광주 시내로 향했다. 이번 여행 기간 중에 특별 보너스로 단체 발 마사지를 하러 간다고 했다. 그런데 광주 시내 도로가 복잡해서 차를 주차하지 못해 버스는 몇 번이고 같은 거리를 빙빙 돌아야 했다. 교통 순경이 요소마다 지키고 있었다. 마침내 예약된 호텔 내 마사지 가게로 들어갔다(15 : 50).

한 방에 6명 정원인 마사지실, 남양장승호텔의 마사지실과는 달랐다. 마사지
사들이 전문적인 기술로 성실하게 정말 온몸으로 마사지를 해주었다. 이름이
발 마사지이지 실은 전신 마사지에 가까웠다. 지난 이틀간 우리가 받았던 마사
지는 마사지가 아니라 마사지를 시늉한 것에 지나지 않았다.

광주시 연향루 廣州市 蓮香樓

퇴근시간 무렵의 광주시는 복잡했다. 버스는 구시가지 쪽으로 들어갔다. 2층 건
물들, 재래시장이 있는, 구시가지야말로 광주의 오랜 역사와 문화를 보여주는
곳이었다. 1990년대 이후 갑자기 불쑥불쑥 솟아낸 대형 시멘트 건물 거리와는
전혀 다른 공기가 흐르고 있었다. 사람들이 여유롭게 구시가지를 걷고 있었다.
오늘 찾아가는 곳은 광주시에서 100년 이상 대물림해온 유명 음식점인 '연향루',
이 지역 사람들에게는 물론 외지인들에게 널리 알려진 음식점이라고 했다.

좁은 골목으로 버스가 간신히 들어갔고, 잠시 정차하자마자 재빨리 내려야 했
다. 광주시 제10甫路 67호 건물, 층계로 오르는 입구에 '백년흥순연향루 百年興順蓮
香樓'란 입간판이 걸려 있었다. 건물의 아래층은 제과점이, 이층에 음식점이 자리
하고 있었다. 음식이 재빨리 차려지기 시작했다. 30분 내로 자리를 비우고 '주강
유람선'을 타도록 예약되어 있었기 때문이었다. 음식은 깔끔하고 보기에도 맛
도 좋았지만, 식도락을 즐길 수 있는 상황이 아니었다. 맛을 보기 전에 씹자마자
삼켜야 했다.

빨리 일어서라는 가이드의 재촉에 따라 우르르 거리로 나섰고 버스에 올랐다. 버스는 인파를 헤치고 돌고 돌아서 선착장 쪽으로 갔다. 19시까지는 승선해야 한다고 가이드는 말했었다. 우리도 시계를 보면서 초조해했다. 그러나 가서 등선표를 받고 보니 배는 19시 20분 출항이었다. 가이드가 미리 시간을 계산해서 우리들을 재촉했던 것이다.

주강유람선 珠工遊覽船

금방호 金舫号 — 3층짜리 유람선이었다. 우리는 3층에 테이블이 예약되어 있었다. 승선해서 유람하는 시간은 1시간 30분 정도, 시간이 지나면서 어둠이 짙어지고 동시에 도시의 전등불들은 휘황찬란해지기 시작했다. 주강을 사이에 두고 강가의 초고층 건물들이 즐비했다. 고층 건물마다 야경의 아름다움을 자랑하기 시작했다. 다리 난간마다 다채로운 색상의 불빛이 비추고 있었다.

사람들이 가장 기대하는 것은 광주타워였다. 2010년 아시안 게임을 치르면서 세운 '광주타워'는 초 단위로 색채와 도안이 달라졌다. 그냥 빛의 마술이었다. 모두들 카메라 셔터를 눌러대기 시작했다. 모든 것이 좋았다. 그러나 내게는 연향루로 가던 구시가지의 건물들, 시장들, 그곳 골목을 걸어가던 사람들이 더 다정하게 느껴지고 그곳에 다시 가고 싶었다. 내가 원하는 것은 전자 작동으로 이루어낸 빛의 마술이 아니라 세월이 곱게 가라앉아 만든 앙금과 같은 광주의 구시가지였다. 모두들 예약된 좌석에서 일어나 사진을 찍으려고 움직일 때에 나는 시종일관 정해진 내 자리에 앉아 가끔 몸을 굽히거나 돌리면서 사진을

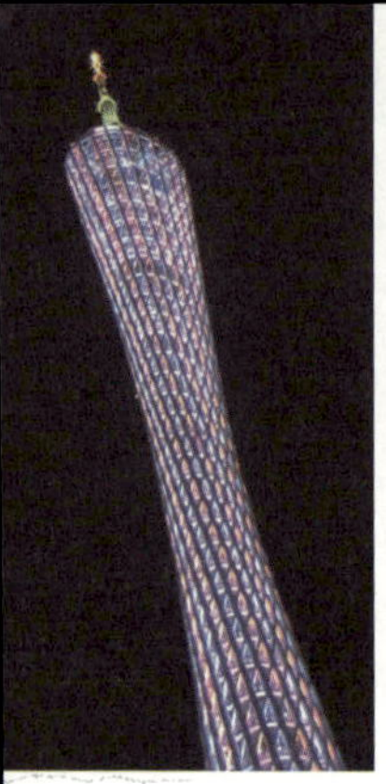

찍었다. 사람들이 환호할 때에 환호하지 못하는, 시대에서 한참 벗어나 있는 존재……. 어쩌면 나는 황비홍기념관을 지키고 있던 사람들과 동류가 아닐지 몰라. 물결을 따라 신나게 달리는 사람들에게서 한참 벗어 나와 있는.

호텔에 도착한 것은 21시 40분. 광주에서 네 번째 밤을 맞으며 이제 광주를 떠나기 위해 짐을 꾸려야 한다.

2011. 06. 24. 금요일, 흐림 · 갬.

 ## 05 광주–인천공항–서울

잠에서 깨어나면서 아쉬운 마음이 들었다. 좀 더 머물러서 사람들이 잘 알지 못하는 그러나 이 지역 사람들이 정말 좋아하는 그런 곳을 찾아 가고 싶었다. 새벽 5시 반이었다. 객실 유리창 밖으로 광주의 새벽 거리를 내다보다가 여행 가방을 정리했다.

아침 식사를 든든하게 들었다. 점심이 늦어질지 모른다고 해서 바나나도 하나

1 · 2 · 3 빛의 마술을 보여주는 광주 타워의 모습
4 주은래관에서 김유중 교수

가방에 챙겼다. 호텔 객실에선 도로변의 자동차 소음과 때로는 진동까지 전해졌지만 아침 식사는 늘 다양하고 깔끔하게 준비되어 나왔다.

9시 20분에 호텔 출발, 20분 만에 중산기념당에 도착했다.

중산기념당 中山紀念堂

청기와 지붕에 테두리는 금빛, 건물의 기둥은 붉은빛이었다. 기념당 들어가는 출입구 바로 옆에 주은래 기념관이 있었다. 먼저 주은래 기념관으로 들어가 주은래의 상해 시절 사진 자료들을 보았다. 곧이어 거대한 중산기념당 건물 안으로 들어가는데 입구에서 입장료를 내라고 했다. 그룹으로 왔다고 했더니 그냥 들어가라

고 해서 입장, 기념당 건물 안은 일종의 커다란 공연장이었다. 극장 건물처럼 무대가 있고 1천 명 이상의 사람들이 입장할 수 있는 시절이었다. 다른 특별한 시설들은 보이지 않았다. 기념당 바깥은 넓은 정원으로 조성되고 기념당 앞에 외투차림, 한 손은 허리에 올리고 한 손은 지팡이를 짚고 있는 손문 선생의 동상이 있었다.

다시 버스에 올라 육용사로 향했다. 35분 거리에 있었다.

육용사 六榕寺

육용사로 가는 길은 전형적인 중국의 회색벽돌로 지어진 주택가를 지나야 했다. 주택가 한 곳에 육용사가 있었다.

육용사는 남조南朝, 양梁 대동3년537 담유曇裕가 창건했다. 처음 이름은 보장엄사였다. 그런데 북송北宋 초에 화재로 소실되었다가 송대 단공 2년989 중건되었고 이때 정혜사淨慧寺로 개칭되었다. 북송 원부 2년1099 소동파1036~1101가 이 절에 들렀다가 여섯 그루의 보리수榕—벵골 보리수가 있는 것을 보고 육용六榕이란 글자를 새겼는데 이후 이 절 이름은 육용사로 불리게 되었다.

육용사에서 유명한 유적은 화탑이라 불리는 사리탑으로 높이 55m에 이르는 팔각 건물이다. 화탑은 창건시부터 있었으며 북송시부터 층을 거듭해 올렸다. 화탑은 바깥에서 보면 9층탑이지만 내부구조로는 17m에 이른다. 특이한 것

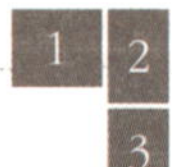

1 중산기념당 손문 동상.
2 육용사 안에 있는 화탑, 보리달마의 전설이 있는 탑
3 1000여 년 수령의 보리수나무

452

은 이 화탑에 전설이 서려 있는 것이다. 이 화탑
에서 선종의 창시자인 인도의 승려 보리달마가
하룻밤 유숙한 적이 있는데 이후 그의 공덕으
로 이 탑에는 모기가 없다.

한편 대웅전에 모신 청동 삼존대불상은 청조
淸朝 강희康熙 2년1663에 주조된 것으로 광동성에
서 가장 오래된 불상이다. 용음원 내의 육조당
에는 선종의 6대 조사인 혜능의 동상을 모셨는
데989 높이 1.8m, 무게 1톤에 달한다.

사전 지식 없이 찾아들어갔고, 사찰 안에서
도 설명 없이 혼자 돌아다니다 보니 마땅히 보
아야 할 것들을 놓쳐버리고 말았다. 높다란 팔
각 건물은 그냥 멀뚱히 바라만 보았고, 여섯 그
루 보리수나무를 찾아다니며 본 것이 다였다.
삼존대불상을 보고 사진을 찍기는 했는데 중앙
에 앉아 계신 분만 찍었다. 삼존대불상이 광동
성 최고最古의 불상인 것을 모르고 있었다. 육용
사라고 하기에 나무들이 용처럼 서리서리 똬리
를 틀고 있는 나무인 것으로 오해하고 있었을
정도다.

육용사를 나오는데 출구에 유난히도 장애인과 걸인들이 많았다. 현지 가이드가 거지 가운데는 가짜거지, 직업거지, 전문거지가 있다는 이야기를 했다. 한중 수교 이후 한국인들의 중국 관광이 많아지면서 실제 있었던 일이라고 했다. 인심 후한 한국 관광객들이 상해 임시정부청사 관광을 하면서 그곳에 나타나는 거지에게 돈을 주다 보니 거지들의 하루 수입이 보통 회사원의 월급보다도 더 많은 일이 일어났고, 그중에는 상해 시내에 아파트까지 갖고 있는 거지도 있었다고 한다.

진씨 가문의 사당인 진가사陳家祠는 육용사로부터 15분 거리에 있었다.

진가사 陳家祠

진가사는 중산 7로에 위치, 대문 앞에는 붉은 바탕에 검은 글씨로 진씨서원陳氏書院이란 현판이 붙어 있었다. 안내문을 발췌 정리하면 다음과 같다.

속칭 진가사로 불리기도 한다. 청조(淸朝) 광서(光緒) 14년(1888)부터 20년(1894)까지 6년에 걸쳐서 건축되었다. 광동성 72현에 살고 있던 진씨 가문이 힘을 합해 이 사당을 지었다. 진씨사당에서는 조상에게 제를 올릴 뿐만 아니라 각 현에서 모여든 진씨 가문 자제들이 공부하는 데 필요한 일을 처리해주고, 필요한 물품과 숙식을 제공해주었다.

진씨서원은 전형적인 영남 사당식 건축물이다. 총면적은 15,000m^2, 전체 모양은 정방형으로 건축면적은 6400m^{2}에 이른다. 주체 건물을 중심으로 크고 작은 19개의 단독 건물로 조성되어 있다. 이들은 6개의 정원, 대청으로 구성되고 주체 건축물인 대문, 취현당, 대청은 중축선(中軸線)에 자리잡았다. 편방(偏房)과 낭하는 양쪽에 좌우 대칭으로 이어져 있다.

진씨서원의 건축물에는 관동지방의 민간건축 장식예술이 집대성되어 있다. 공교하기 그지없는 목각공예, 석조공예, 석고공예, 도자기 공예, 동·철 주조물을 비롯 회화예술까지 그 재료와 기법은 광범위하고도 다양하다. 생동감 넘치는 조형, 풍부한 색채, 정교한 기교 이 모두가 민간공예의 뛰어난 성과이다.

곽말약 선생은 이 진씨서원 건물을 보고 '天工人可代, 人工天不如. 果然造世界, 勝讀十年書'라고 칭찬했다.

곽말약의 말을 의역하면 다음과 같이 풀어볼 수 있을까…….

'하늘이 할 일을 인간이 대신 하였는데 인간이 한 일은 하늘과 같지 않네(또는 하늘보다도 낫구나). 과연 새로운 세상을 만들었으니 여기에 들어 있는 의미들을 읽어내는데 십 년은 족히 걸리리.'

과연 그럴 만한 건축물이었다. 지금은 광동 민간공예박물관으로 그 역할을 하고 있지만, 진가사 경내로 들어서기도 전부터 여러 채로 나누어진 높직한 건물의 용마루, 추녀마루에 장식된 도자기 잡상雜像들이 탐방객의 기를 눌렀다.

주건물인 대문 용마루의 잡상을 줌으로 당겨 보니 제1단은 천지창조 이래 신선계를 여러 삽화로 형상화한 듯하고, 제2단은 마치 높다란 성곽과 누대를 세워 놓은 듯한데 그 성곽과 누대에도 또한 작은 용마루가 있고 작은 잡상들이 있었다. 이들 잡상은 채색 도자기로 빚어놓은 사람들과 동물들 사물들, 큰 것으로는

용과 봉황, 사자, 잉어 같은 것들이 빼곡이 들어차 있었다. 용마루가 주로 인간계와 신선계를 형상화하고 있다면 추녀마루는 위에서 아래로 흐르는 듯 사자, 용 같은 동물들을 역시 채색 도자기로 조형화하고 있었다.

전면의 몇 개로 나누어진 건물과 건물을 이어주는 이음새 벽 위에도 채색 도자기로 신화세계를 구현해놓고 있었다.

진가사 경내로 들어서자 취현당을 비롯한 대청에는 공예품들이 전시되어 있었지만 나의 관심은 진가사 건축물 자체에 있었다. 대소 19개의 단독건물들이라고 하지만 크게 보면 앞에 3동, 정원을 가운데 두고 뒤에 4동, 좌우에 각각 1동씩 건물들이, 이 건물들은 전후좌우가 낭하로 연결되어 있었다.

정원을 가운데 둔 전후 건물 사이를 이어주는 낭하의 지붕 위에는 1.5~2m 정도 높이의 난간이 있었다. 낭하의 난간 위, 채색 도자기 조각이 보여주는 것은 동양적 의미에서 천지창조 시대의 재현이었다. 인간계와 동물계, 동물계와 식물

<table>
<tr><td>1</td><td>2</td><td>3</td></tr>
</table>

1 · 2 진가사 외부
3 진가사 추녀마루

계, 인간계와 신선계가 공존하고 있었다. 곽말약이 이곳에 와 보고 10년 동안 읽을 서책과 같다고 한 것은 과장이 아니었다. 인간의 역사 아닌 우주의 역사가 신화전설 시대에서 현대에 이르기까지, 긴 이야기가 이 조각들 속에 생생하게 형상화되어 있었던 것이다. 안채의 건물 용마루와 추녀마루에도, 건물과 건물을 이어주는 교량건물에도 동화의 세계가 활짝 펼쳐져 있었다.

얼른 눈에 보이는 것은 채색 도자기 조각이지만 각 건물의 벽이며 문이며 천정이며 바닥이며 온통 조각예술이었다. 진가사 전체가 들썩이며 탐방객에게 이야기를 걸어오고 있었다. 장중하고도 엄숙한 이야기로부터 장난꾼의 요란스러운 이야기까지 이야기들이 소용돌이치고 있었다. 정신이 멍해질 따름이었다. 해설자가 없어도 그냥 가만히 바라만 보고 있어도 귓바퀴 속이 이야기로 와랑와랑거렸다. 목재 재질의 커다란 미닫이문은 문대로 그곳에 투각으로 새겨진 포도송이에서 잘 익은 포도의 달콤한 냄새가 나고, 추녀 바로 아래 회색 벽돌 위에

새겨진, 또는 철조 구조물 위에 조각된 구름이
며 새들이 푸드덕대고 있었다. 침묵 속에 이야
기들이 와글대는 진씨서원이었다.

내가 읽은 것은 표면적인 이야기뿐일 것이다. 채색 도자 조형물이 주는 인상
이 강해서 목조나 석조 공예품에는 미처 신경을 쓰지 못했다. 그런데 주건축물
벽에 붙은 안내문을 읽다 보니 돌에 새겨진 숨은 의미 운운하는 것으로 보아 후
손들에게 우의적으로 어떤 가르침을 전하는 그런 석조공예품들이 있었나 보다.
주건물 벽에는 대리석 판에 음각으로 기록된 안내문石雕巧藏寓意圖이 있었다. 내용
을 정리하면 다음과 같다.

(從左至右) '太師少師' '爵祿封侯' '封侯挂人' '一品淸廉' 寓意陳氏家族世代爲侯

(이하 본문 생략 — 저자)

왼쪽으로부터 오른쪽에 이르기까지 '太師少師', '爵祿封侯', '封侯挂人', '一品淸廉' 등은 진씨 가문 후손들의 입신양명을 바라는 의미가 숨겨져 있다. 이는 곧 벼슬에 나가면 작위를 받고, 벼슬에 있는 중에는 청렴해야 하고 사람들에게 우러러 존경을 받아야 한다는 것이다.

'太師少師' : '太師少師'은 고대 중국의 관명이다. 太師와 太博은 太保合 三公을 칭하는 것으로 이는 조정에서 군사와 정치 부분에서 최고 직위를 의미한다. 少師와 少博은 少保合 三少를 칭하는 것으로 太子의 관원이 되는 것이다. 크고 작은 獅子의 도안에서, 獅 와 師 는 소리가 같으니 은연중 고관의 지위를 의미하는 것이다.

'爵祿封侯' : 전통적으로 雀, 鹿, 蜂, 獅는 괘인(挂印)을 나타내는 우의적 문양이다. 雀, 鹿, 蜂, 獅는 작록봉후(爵祿封侯)와 소리가 같다. 封侯는 후작으로 임명되는 것, 제왕으로부터 후작으로 봉해지기를 바라는 희망 사항이 담겨진 도안이다.

'封侯挂人' : 도안 중에 큼직한 도장(印)이 돌출한 나뭇가지(枝)에 걸린 것에서, 도장은 벼슬아치의 인장을 말한다. 이런 도장은 달리 사인(師印) 또는 관인(官印)으로 불린다. 蜂: 獅와 封侯는 같은 음이다. 封侯挂人의 뜻은 곧 옛날 제왕으로부터 후작의 인(印) 을 받아 신하가 되고 높은 지위에 오르는 것을 의미한다.

'一品淸廉' : 품(品)은 고대 관리의 등급으로 일품은 조정 최고의 관원. 학을 수놓은 조복을 입는다. 靑蓮과 淸廉은 같은 음이니 一品은 조정에 나아가 청렴한 관리가 되고 奉公守法 하는 것을 의미한다.

안내문에 따르면 (도안의) 왼쪽에서 오른쪽으로 돌에 새긴 공작雀, 사슴鹿, 벌蜂, 사자獅 도안이 의미하는 것이 결국 진씨 가문 후예들이 높은 지위에 올라 가문의 영광을 빛내 달라는 조상들의 기원이 우의적으로 표현되었다는 것이다. 이런 측면에서 본다면, 나무와 쇠붙이와 도자기로 도안된 조각품 가운데 유난히도 사자와 용과 호랑이와 학, 사슴, 벌, 용 얼굴의 물고기, 두꺼비 같은 문양이 많았던 것 모두가 부귀영화에 대한 우의적 표현이었을까. 석류와 포도는 자손의 번성을, 불로초는 영생으로의 욕망을, 그렇다면 용과 용의 얼굴을 가진 물고기는? 제왕의 꿈까지도 꾸고 있었던 것일까.

직설화법이 배제된 상태에서 부귀영화에 대한, 장생불로에 대한 염원이, 진씨서원 전체를 욕망 표현의 불덩어리로 만들었다는 것인가……. 너무 단순하게 교훈적으로 우화적으로 보기에는 더 깊은 이야기들이 꿈틀대고 있는 것이 아닐까. 심산계곡의 소나무 아래에서 술병을 따르는 신선들의 한유로운 모습, 스승 앞에서 책을 읽고 있는 학동들의 모습이 좋았다.

진가사에 머물렀던 시간은 반 시간 정도(10 : 58~11 : 30). 너무 짧았다. 오후에 출국하기 전에 선물들을 사야 한다고, 쇼핑할 시간을 달라는 사람들의 요구에 맞추어서 광주 최대 백화점인 천하성백화점으로 가야 했다.

추녀마루에 부착된 소상

천하성백화점 天河城百貨

광주에서 가장 유명한 백화점이라 했다. 워낙 규모가 크고 출입구가 많아서 한 번 길을 잃으면 찾기 어렵다고 현지 가이드는 천하성백화점행에 제동을 걸었다. 어제 저녁부터의 일이었다. 광주 여행의 마지막 날이라 선물을 사야겠다는 사람들과, 만일의 경우에 대비하여 학회장이 책임진다는 각서를 요구하는 현지 가이드 사이에 줄다리기가 지속되었다. 결국 최병우 교수가 미리 작성된 각서에 서명을 하고 나서야 천하성백화점으로 가게 되었다. 길눈이 어두운 나는 이금희, 이미림 교수와 한 조가 되어서 백화점으로 들어갔다. 과연 규모가 큰 백화점이었다. 가능하면 에스컬레이터 주변에서 일을 보고 북문 출구 '하겐다즈' 아이스크림 가게 앞에서 만나기로 했다. 1층에서 3층까지만 다녔다. 화려한 상품들, 화려한 조명들, 우리 팀은 어슬렁거리며 윈도우쇼핑을 했다. 이 교수들도 윈도우쇼핑만을 즐겼다. 약속된 시간에 맞추어 1층 북쪽 출구 '하겐다즈' 아이스크림 가게로 갔다. 이미 그곳에서 아이스크림을 또는 커피를 마시는 이들이 있었다. 다른 이들을 기다리는 동안 내가 주변에 있던 동행들에게 아이스크림을 샀다. 작은 컵 하나에 30위안, 한국 돈으로 치면 5천 원 정도였다.

약속된 시간에 모두 시간을 지켜서 나타났다. 학회장의 각서 서명을 지켜본 효과가 컸다. 아침에 중산기념당에서 유종렬 교수에게 보통 수준의 중국 차를 사달라고 부탁했더니 백화점 지하 마트에서 철관음을 한 봉지 사다주셨다. 압축기로 공기를 빼서 꽉꽉 다져진 목침만한 크기로 포장된 차 봉지였다. 100위안 이라고 했다.

한식식당 경복궁

4박 5일간의 광주 여행에서 마지막 식사는 한국인이 경영하는 한식식당 '경복궁'에서 들게 되었다. 코리아타운의 한 쪽에 자리한 식당이었다. '경복궁' 옆에는 한국 궁중요리를 전문으로 하는 '대장금'이 있었다. '김씨 슈퍼마켓', '서울 안경원', '노래방 충무로 포차', '림스 치킨 호프', '황서방 짜장면 중화요리' 등등 간판은 모두 한글이었다.

'경복궁'에서 명태찌개와 돼지고기 볶음, 해물전, 김치 등을 먹었다. 맛은 깔끔했지만 좁은 홀에 36명이 들어가서 땀을 줄줄 흘렸다. 한 시간에 걸친 한국음식으로 먹은 점심식사.

식당에서 공항까지는 20분 정도가 걸리는 거리였다. 공항에서 손희하 교수와 작별했다. 손교수는 중국 국내선을 타고 상해로 가야 한다고 했다. 그분의 교환 교수 임기가 올 7월 말까지라고 했다. 짐을 부치고 단체 비자로 출국 수속을 밟았다. 면세점을 돌아보았지만 살 만한 것이 없었다. 이금희 교수가 중국 전통과자를 사서 이미림 교수와 내게 한 통씩 선물로 주었다.

16시 30분에 중국남방항공 CZ339에 탑승했다. 좌석 번호 36A 옆 좌석에 윤석달 교수가 앉았다. 18시 3분에 광주공항을 이륙했다. 한 시간 연발이었다. 한국의 유가람에게 문자를 넣었다. 아무래도 밤늦어 인천공항에 도착하게 되면 춘천행 마지막 버스를 타기 어려울 것 같았다. 유가람으로부터 '오세요' 하는 답신. 오빠 내외의 유럽 여행으로 서울 아파트는 잠겨 있는 상태, 아무래도 유가람이가 수원에서 서울로 와야 아파트에서 하룻밤을 지낼 수 있을 듯했다.

광주 이야기

돌아가기 위해 짐을 싸던 시간
삭신이 쑤셔오던 것은
몸의 말에 귀 닫고 있었던 탓

광주의 기억 속에는
시멘트로 부풀려진 고층 빌딩과 사찰
금물로 도색된 거대한 불상들

하늘에서 보면

회색 물거품이 부글댄다 하겠다.

사회주의 국가의 대도시 뒷골목에는

거주지 제한 구역에 묶인 사람들

그림자처럼 살아가고 있었다.

대도시 시민의 자격은

돈과 출신성분과 출생지가 필수요건

천지창조를 재현해 놓은 진가사 ㅡ

10년을 보아도 못 읽을 이야기를

반 시간 안에 살펴보라고 했다.

번갯불에 콩 구워 먹기

진가사 담장 안에 들어찬 이야기들

언제고 다시 찾아와

이야기꾼들 이야기에 귀 기울여야겠다.

한국 시간 22시 3분에 인천공항에 착륙했다. 입국수속, 짐 찾아 갖고 나오니 동서울행 리무진 마지막 버스가 눈앞에서 출발해버렸다. 일단 서울로 들어가야 하는데 버스들이 보이지 않았다. 안내처에 가서 부탁했더니 광진구로 가는 마지막 버스가 막 출발하리라고 했다. 달려가서 승차했다. 비는 억수같이 퍼붓고 있었다. 운전기사에게 건국대 앞에서 내려달라고 부탁하고 그대로 잠이 들었다.

건국대 앞에서 내렸을 때는 자정이 훨씬 지난 시간이었다. 택시가 보이지 않았다. 빗속을 걸어서 큰길 사거리까지 갔다. 힘들게 잡은 빈 택시는 동서울터미널 쪽이라고 하자 승차를 거부했다. 여러 대의 택시로부터 승차를 거부당했다. 서울에서 심야에 택시를 잡기가 힘들다는 사실을 그제야 확인했다. '따불' 또는 '따따불'을 불러야 하나 고민 중인데 다행히도 태워주는 기사가 있었다. 자양동 한양아파트 앞에서 내릴 때 택시기사의 친절이 고마워서 거스름돈을 받지 않았다.

막 트렁크를 끌어내리는데 장대비 속에 우산을 쓴 유가람이가 기다리고 있었다. 그도 걱정이 되어서 바깥에 나와서 기다리고 있었던 것이다. 직장이 있는 수원에서 서울까지 와서, 늦은 밤 빗속에서 기다려준 막내 조카 유가람이 더 없이 고마웠다. (택시에서 커다란 트렁크를 꺼내노라고 씨름하다가 택시 안에 지갑을 떨어뜨리고 내렸다. 20년 가까이 손에 익은 것이었다. 잃어버린 빨간 지갑 안에는 따따불에 가까운 택시요금이 들어 있었다.)

새벽 2시 지나서 잠자리에 들었다. 가람이는 잠잘 시간을 놓쳐서 잠을 이루지 못하고 서성이고 있었다. 여행을 하다 보면 세상에서 가장 귀한 것은 가족이고 가장 좋은 곳은 가족이 기다리는 집이라는 것, 새삼 그 사실을 확인하고 감사해한다.

2011. 6. 25~26, 토요일, 갬~일요일, 비.

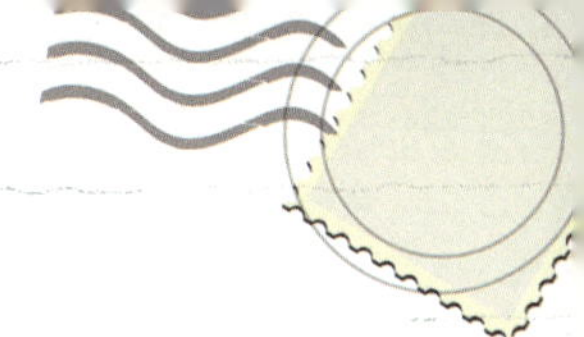

도교와 유교의 발생지 이야기

청도 · 태안 · 곡부 · 추성

01 춘천–인천공항–청도

하느님 모습

목마른 나무들

목마른 사람들에게

하느님의 사랑

비 되어 내리시네.

택시기사도

기상뉴스 캐스터도

비 소식에 신이 나고

커피와 소시지 두 개로 간단한 조반, 대충 집안 정리하고 6시 40분에 콜택시를 호출했다.

비가 쏟아지고 있었다. 오랜 가뭄, 104년 만의 대가뭄 끝에 비가 내리고 있었다. 택시기사도 비가 얌전하게 내리고 있다고, 지난 늦은 밤부터 비가 오고 있었다고 신나는 음성이었다. 이렇게 얌전하게 비가 와야 천천히 흙을 적시고, 논밭 작물의 뿌리까지 비가 스며들 수 있다고 했다. 옥수수나무가 가뭄에 제대로 자라지 못했는데 이 비 오고 나면 시장판에 찐 옥수수가 널릴 거라고 했다.

버스 터미널에서 30분을 기다려 인천공항행 버스에 탑승했다. 시원하게 쏟아지는 빗줄기 사이로 좋은 예감들이 푸들대며 지느러미를 흔들었다. 서준섭 교수 부부, 유성선 교수 부부, 철학과와 국문과의 두 분 강사 선생, 강원대에서만 7인이 참석하는 여행이었다.

버스 안에서 차창을 두드리는 빗줄기가 촘촘했다. 상천을 막 지날 때였다. 웅덩이에 괴어 있던 물폭탄이 운전석 앞 유리창을 강타했다. 퍽하고 포탄이 터지는 소리보다 먼저 시야가 막혀 버스가 주춤했다. 물폭탄의 타격 앞에 가슴이 뭉텅 하고 내려앉았다.

경인고속도로로 들어섰을 때 교통안내판에는 호우주의보와 강풍주의보를 알리는 문자가 흐르고 있었다. 대형차량은 공항도로 다리 아래로 통행하라는 문자경고가 흘렀다. 인천공항으로 들어서는 고속도로 아래 뻘밭^{갯벌}에는 붉은 빛 함초가 소부룩허니 자라고 있었다.

마침내 인천공항 도착, 비 내리는 가운데 공항청사로 들어갔고 낯익은 얼굴들이 속속 나타났다. 한중인문학회와 한국문학회가 공동 주관하는 청도 해양대학에서의 학술발표회였다.

이화여대의 김현숙 교수는 1년 만에 만나는가. 흰 머리카락이 앞이마를 가리고 있었다. 그동안 염색으로 가려져 있었던 부분이었나. 연남경 선생은 갑작스러운 다리 골절의 후유증으로 갑자기 불참하게 되었고, 송현호 교수는 학생처장 보직을 맡아 학생들 인솔하여 해외여행에 참석하게 되어 불참, 대신 이화여대 팀이 10명 가까이 참석했다.

동방항공기 1315기에 탑승, 13시 40분에 이륙했다. 옆 좌석은 항공대의 윤석달 교수, 언제나처럼 윤 교수는 내게 비행기 관련 퀴즈를 냈다. 이번 퀴즈는 이랬다. 비행 중이었다. 비행기 객실이 소란해서 조종실에서 조종사가 나왔다. 해결이 나지 않았다. 부조종사가 조종실에서 나왔다. 순간 조종실 문은 잠기고 말았다. 누가 조종실 문을 열 수 있겠는가.

나는 그건 문제가 될 수 없다고 했다. 어떤 일이 있어도 조종사는 조종실을 지키고 있어야 하는데 두 사람의 조종사가 조종실을 이탈했다는 것은 있을 수 없는 일이라고 했다. 그러나 실제로 그런 일이 일어날 수 있다는 것이다. 그럴 때에는 기내 경비원만이 비밀번호를 알고 있어서 그 경비원이 조종실의 문을 열수 있다고 했다. 그런 비행 관련 퀴즈를 갖고 윤 교수와 옥신각신하다 보니 어느새 65분, 중국 산동성 청도칭다오 비행장에 도착했다.

청도青島공항

가이드는 김관수 씨, 조선족인 듯했다. 공항에서 호텔까지는 40분의 거리, 그 동안에 산동성 및 청도에 대한 간략 소개가 있었다. 정리하면 다음과 같다.

중국 34개 성(省) 가운데 하나인 산동성은 인구 9천만, 면적 156,867km²에 이르고 일찍이 중국 문화의 발상지였다. 청도는 황하가 산동을 거쳐 바다로 들어가게 되는 곳으로 황화문화의 발상지이다. 이곳에서는 역사적 인물이 많이 배출되었는데 곡부(曲阜)에서 공자(孔子)가, 승주(滕州)에서 묵자(墨子)가, 추성(邹城)에서 맹자(孟子)가, 혜민(惠民)에서 손자(孙子)가, 그 외에도 왕희지(王羲之), 단도제(檀道濟) 등이 모두 산동성 출신이다. 산동성에는 명산으로 태산(泰山, 해발 1,532m)과 노산(崂山, 해발 1,133m)이 있고 위해(威海)에는 한국 출신 장보고(張保皐)의 유적지가 있다.

청도는 인천과 가까워서 새벽이면 닭 우는 소리, 어린아이 칭얼거리는 소리가 들릴 정도다. 2006~2007년만 해도 많은 한국 기업들이 청도에 진출, 한창 때에는 20만 명에 이르는 한국인들이 5천여 개의 공장에서 일을 하고 있어서 일명 인천시 청도구로 불릴 정도였다.

청도는 고대 노(魯)나라 지역으로 택시 번호판 앞에 '魯'가 들어간다. 그런데 제남은 산동 제1도시이기에 택시번호는 '魯A 0000'으로, 청도는 제2도시이기에 '魯B 0000'으로 번호가 붙여진다.

청도는 경제와 문화가 번성한 곳이다. 1880년 중국 정부는 북양함대를 창설하면서 청도 지역의 전략적 중요성을 인식, 소규모 해군 보급기지 요새를 설치했다. 그러나 전부터 청도에 관심을 갖고 있던 독일이 1897년 청도를 점령, 이후 이곳을 99년간 조차해주도록 압력을 넣어 1899년 청도는 자유항으로 선포되어졌다. 1914년 일본이 독일을 상대로 선전포고, 같은 해 11월 청도는 일본에 넘어갔다. 제1차 세계대전이 끝나자 전승국의 모임인 파리 평화회의에서는 '독일이 청도에 가지고 있던 권익을 일본에 양도한다'는 일본의 이권 요구 21개조가 통과되었다. 이 소식을 들은 북경대학생 3천여 명이 1919년 5월 4일 천안문 광장에 집결, 반일 데모를 벌이면서 중국의 역사는 근대사로부터 현대사로 넘어서게 되었다. 말하자면 청도는 중국 5·4운동의 핵이 되었던 곳이다.

산동성은 유교의 발상지이기는 하지만 청도는 일찍부터 외세의 영향을 받아서 자유로운 분위기를 갖고 있고 상해(上海)항 다음으로 큰 항구로 인정받고 있다. 청도의 평균 기온은 12℃, 8월에 25℃, 1월에도 -2℃ 안팎의 해양성 기후에 속한다.

청도의 특산물은 청도맥주, 노산(라오산) 광천수와 녹차가 있다.

청도의 대표적인 산은 해상선산(海上仙山)이라 불리는 노산(라오산, 崂山), 해발 1133m로 중국 도교의 발상지이다. 山, 天, 海가 조화를 이룬 명승지일 뿐 아니라 진시황제의 신하 서복(徐福)이 불로초를 구하기 위해 떠난 항구가 있고 노자를 모신 태청궁(太淸宮)이 있는 곳이다. 태청(太淸)이란 도교에서 말하는 수련의 단계를 의미하는 것으로 이들은 태청(太淸), 상청(上淸), 옥청으로 나뉜다.

노산 태청궁 崂山太淸宮 지역

먼저 노산 태청궁 지역을 구경하기로 했다. 태청궁 지역으로 가기 위해서는 노산과 바다가 만나는 해변도로를 지나야 했다. 그러나 해변도로는 공사 중이었다. 맞은편에서 꼬리를 물고 달려오는 차량들이 다 통과한 뒤에 가야 했지만 곧이어 공사현장에서 커다란 공사차량이 길을 막고 있어서 또 얼마간을 기다려야 했다.

중국의 동해, 한국의 황해와 이어진 바다 수면 위로 길고 두툼한 연두색 띠가 드리워져 있었다. 미역 양식장인가 했더니 날씨가 더워지면서 만들어진 녹조 띠라고 했다. 해변에는 파도와 경치를 즐기는 유람객이 많았다.

동쪽으로 바다는 툭 터져 있고 파도는 철썩이고 노산은 밀가루 반죽 덩어리를 여기저기 툭, 툭 던져놓은 듯 묘한 경관을 연출하고 있었다. 도로 한 옆에 오래 정체되어 있어도 눈을 즐겁게 하는 경치가 있어서 지루하지 않았다. 마침내 태청궁 경지 太淸宮景地에 도착(15 : 45)했다.

태청궁 입구

태청궁 太淸宮

태청궁은 노산 노군봉老君峰 아래 삼면이 산으로 둘러싸이고 남쪽은 바다를 향한 곳에 위치하고 있었다. 겨울에 춥지 않고 여름에도 덥지 않은 명당자리라 한다.

태청궁은 서한西漢 건원建元 원년元年, 장염부張廉夫가 창건했다. 먼저 삼관대제三官大除를 받들어 모시고 이곳을 삼관암이라 부르다가 후에 태청궁으로 개칭했다. 당나라 천유天裕 원년元年에 도사 이철현李哲玄과 장도충張道冲 등이 삼황암三皇庵을 지었다고 한다.

현재의 사찰 건물은 송나라 때의 것이다. 태청궁 안으로 들어가는 중에 유성선 교수가 심종섭 교수의 소식을 전해주었다. 몇 해 전 경영학과 교수직에서 명퇴하고 청도로 오셔서 거주하고 계시다는 것이었다. 타국에서 옛날 분의 소식을 듣는 놀라움이라니……. 이곳에서 오랜 정진 생활로 맑은 영을 갖고 계시더라고 했다.

태청궁 매표소에서 입구로 들어서자 사찰 경내는 여러 구역으로 나뉘어져 있

었다. 수령 250년의 동백나무가 있는 건물, 그 위로 수령 400년의 동백나무가 있는 건물, 또 그 위로는 수령 천 년의 은행나무가 있었다. 가이드 이야기로는 이 은행나무는 꽃은 피우되 열매를 맺지 못하는 나무라고 했다. 남자들이 그 나무줄기를 만져주면 '부르르' 떠는 민감성을 보여준다고 했다. 남자 동료들에게 은행나무 줄기를 만져보라고 했다.

은행나무 옆 계단을 오르자 수령 400년의 백산다白山茶나무가, 맞은편에는 원나라 말 명나라 초기의 도사 장삼풍이 심었던 나무가 있었는데 고사枯死해서 지금은 그 자리에 새로 심었다는 작은 동백나무가 있었다.

송나라 시절 지었다는 사찰, 그 오래된 사찰이 어떤 것인지 알아보기 힘들었다. 근래 10년 안팎에 복원한 듯한 날림 시멘트 건물들만 보였다. 수령 높은 수목들만 옛것이라는 느낌이 들었다. 노산 앞의 바다, 그 깊은 곳에서 건져 올렸다는 초록색 바다 바위를 깎아 만든 거북 모양의 조각상, 울타리 담장 아래 앉아 있는 노자老子의 상이 보였다. 모두 십 년 안팎에 만들어진 조형물들이었다.

원시천존을 모시는 삼관전三官殿, 천관·지관·수관·진무대제·뇌신, 관우와 악비를 모시는

1 태청궁 안으로 들어가는 숲길
2 삼관전
3 왼쪽이 관우, 오른쪽이 악비

474

관악전關岳殿, 주화를 던지면 물 위로 떠
올린다는 신수천神水泉이 있었다. 청도에
한국인이 많이 살고 있고 한국인 관광
객이 많이 방문한다는 것을 고려해서인
지 안내판 한자 글씨 밑에는 한글 글씨
도 병기되어 있었다.

　관악전을 나와 수령 2,150여 년이라
는 한백능소漢柏凌霄를 보러 갔다. 태청궁
개산開山 시조로 서한西漢, BC 140 시절 장
염부張廉夫가 손수 심었다는 측백나무였
다. 한나라 시절에 심었다고 하여 한백漢
柏이라 불리며 한백을 가운데 두고 염불
나무와 능소화가 얽혀 삼수일체三樹一體
가 된 나무라나. 안내 표지문을 보니 오
래된 측백나무 기둥의 중간 부근에 능
소화가 기생하면서 마치 쟁반처럼 둥글
게 말아 올라가고 있는데 능소화의 수
령도 역시 100여 년, 그래서 한백능소는
또 '고백반룡古柏盤龍'으로도 불린다고 한
다. '용머리를 지닌 늙은 측백나무' 정도

로 해석할 수 있을까. 삼황전三皇殿, 신농·복희· 헌원이 앞에 있었다. 시멘트 반죽의 신상神像 들, 쓸쓸한 느낌이 들었다.

마음 한 구석 어두운 상태로 태청궁경지를 물러나왔다.

태청궁 매표소 출구로 나오다 보니 부산에서 출발한 한국문학 팀은 우리보다 먼저 태청궁을 구경하고 나와서 기다리고 있었다. 한중인문학회와 한국문학회가 공동으로 진행하는 이번 학술대회 모임, 50여 명의 대가족이었다.

산부대주점山孚大酒店, Sanfod Hotel 1018호실로 배정받았다. 나의 이번 여행 기간 동안의 룸메이트는 김현숙 교수.

저녁 늦게 발 마사지 가게로 갔다. 150위엔, 팁 10위엔을 주었다. 마사지사는 서툴고 성의가 없었다.

2012. 6. 30. 토요일, 한국은 비, 청도는 갬.

1 한백
2 삼황전의 신농 씨

02 청도

일찍 잠에서 깨어났다(04: 30). 조심스레 움직이는데도 룸메이트 김현숙 선생의 밝은 잠귀를 당해내지 못한다. 화장실에서 머리에 물 축이고 세팅 롤을 말고 나와 보니 방안의 불들을 환하게 켜놓고 계셨다. 내가 노트 정리하는 데 도움을 주려고 하신 것이다.

조반 메뉴는 다양했다. 찐 옥수수, 찐 고구마, 바나나, 과일, 주스, 커피, 고기만두, 국수를 먹었다. 음식 맛이 좋았다.

아침 식사 장소에서 유성선 선생이, 어제 자신을 찾아왔던 청도 거주 후배가 국교과 출신 조선향의 남편이라는 소식을 전해주었다. 어제 저녁 2차 회식 자리에서 유성선 선생이 후배와 대화 중에 내 이름이 나왔고, 그 후배는 아내로부터 내 이야기를 많이 들었다고. 그래서 어젯밤에 늦게까지 호텔에서 나를 기다렸다는 것이다. 그런데 나는 자정이 넘은 시간에야 호텔로 돌아갔기에 조선향의 남편과 인사할 기회를 놓친 것이다. 조선향은 강원대 97학번, 남편을 따라 해외 나가 있다는 것은 알았지만 그녀가 청도에 와 있을 줄은 몰랐다.

해양대학 한중인문학회 학술대회

오전 7시 30분까지 로비에 모여 학술발표회장인 해양대학으로 출발한다고 했다. 그러나 예정시간보다 30분 이상 늦게 출발했다. 지난밤 늦게까지 술을 마신 젊은 축들, 그들은 제시간에 나가서 기다려야 했던 우리를 '잠이 없어진 노인' 정도로

생각하는 듯했다.

　청도 해양대학은 매년 신입생이 3천 명, 재학생과 대학원생들을 합쳐서 3만 명을 육박한다고 한다. 대단히 큰 규모의 대학교이다. 행사장이 있는 행원루 보루회의실로 갔다.

　개회식은 9시 20분부터. 그런데 한중인문학회장의 개회사 20분, 해양대 총장의 축사, 산동주재 한국총영사의 축사, 해양대 한국어학당장의 환영사, 장장 50분이나 걸린 개회식이었다. 한국어와 중국어 통역, 또는 중국어와 한국어 통역 때문이라고는 해도, 1950~60년대식 기념사를 생각하게 한다. 10분 안팎의 개회식에 익숙해 있던 이들에게 오늘과 같은 개회식은 고문이었다.

　오전 중에는 세 명의 주제발표, 한중 수교 20주년을 맞아 '한중수교관련사', '조선족 소설에 나타난 한국·한국인', '조선족의 문학 창작의 미래에 대한 조언' 들이 발표되었다. 나는 조반 후의 식곤증과 싸워야 했다. 지루한 시간이었다.

　점심은 해양대학 인근의 호텔 식당, 메뉴가 다양하고 맛이 좋았다. 나오는 요리마다 시식을 하다 보니 과식, 오후 행사에서 혹시 실수나 하지 않을까 걱정이

청도대학

되었다. 그러나 오후 각 파트에 따른 발표회에서 내가 조장을 맡은 9명의 발표자들, 모두 시간 엄수, 진지하게 잘 발표해서 조장인 내가 할 일은 별로 없었다. 발표자 옆에 앉아서 정해진 시간 5분 전에 남은 시간을 쪽지에 써서 슬쩍 넘기면 발표자들은 눈치껏 시간을 잘 지켜주었다.

저녁은 산부대주점에서 먹었다. 훌륭했다. 백주白酒를 마셨다. 좋은 술은 마실수록 정신이 산뜻해진다. 기분 좋게 취하고 쉽게 깨어나는 것이 좋은 술이다.

오늘 저녁은 그대로 객실에서 휴식. 나는 김현숙 교수에게 나의 쉽지 않은 학교 생활에 대한 이야기를, 김 교수도 역시 쉽지 않은 사회 생활에 대해 이야기했다. 사람마다 바깥으로 알려지지 않은 상처를 갖고 살아가는 것, 새벽 1시가 넘도록 이야기를 나눴지만 그렇다고 속이 시원해지는 것도 아니었다. 그냥 조심스러웠다.

2012. 7. 1. 일요일, 갬.

 **03 청도-태안**

4시 40분에 기상했다. 지난밤 숙면을 하지 못했고 두 시간도 제대로 자지 못했다. 내 속의 이야기를 털어놓고 나서 느끼는 나의 경박함, 끝까지 나 혼자 감당해야 하는 일이 아닌가. 아무리 풀어내야 할 일들이 많았다고 해도.

이번 팀은 유난히 시간 관념이 없다. 정해진 시간에 약속된 장소에 나가 보면 아무도 없다. 50여 명이 움직여야 하는 모임이기에 더욱 협조해서 시간을 지켜야 하련만.

　조반은 고기만두, 바나나, 숙주나물, 연근조림, 소시지와 과일이 나왔다. 7시 50분에 출발한다고 하더니 40분 뒤에야 호텔을 출발했다. 태안泰安으로 간다고 했다. 5시간 이상을 전용버스 안에서 보내야 하는 것, 아스팔트 포장이 분명한데 책을 읽는 것은 물론 메모도 할 수 없을 정도로 차체가 흔들렸다. 아무 것도 할 수 없었다.

　넓은 아스팔트 연변에는 두툼한 미루나무의 방풍방음목, 3m 간격으로 심은 미루나무의 폭은 10m 정도, 미루나무는 7월을 맞아 두툼한 담장이 되어 주고 있었다. 미루나무 숲 앞으로 키 작은 능수버들 숲이 있었다. 초록이 있어 평화롭고 신기롭게 보이는 농촌 풍경이었다. 산동반도는 그 면적과 인구에 있어 모든 것이 한국의 두 배, 툭 터진 초록의 들판이 부러울 뿐이었다. MP3로 노래를 들으며 무료한 시간을 보내야 했다. 두 번 휴게소에 들렀고 사람들이 복숭아와 자두를 사다가 나누어 주었다.

　출발지로부터 정확하게 4시간 만에 태안 고속도로 요금 정산소로 들어섰고 곧이어 태안 시내로 진입했다. 태산에 의지해서 살아가는 태안 사람들, 태안시는 아직도 건설 중이었다. 오후 2시 식당에 도착해서 늦은 점심을 먹었다.

　여행 가이드들은 문서가 빈약했다. 태산에 대해서 또 태안에 대해서 인터넷 자료 검색만도 못한 이야기를 어쩌다가 한두 번 던질 정도였다. 먼저 대묘로 갔다.

천황전, 천정에 송나라 시대 그림이 남아 있다.

대묘 岱廟

9년 전 겨울에 대묘를 찾은 적이 있었다. 손가락이 시려서 메모를 하기 힘들 정도였던 날이다. 대묘岱廟의 다른 이름으로 태산전泰山殿 · 둥웨묘東岳廟 · 샤묘下廟로도 불린다는 것, 중국 역대 왕들이 이곳에 와서 태산 산신에게 제사를 지냈다는 것, 대묘의 천황전天皇殿은 고대 황국의 구조를 따서 건축되었다는 것 등등의 설명을 들었다.

천황전은 송나라 때1009 창건, 그러나 몇 번 화재로 훼손되었으며, 현존 건물은 청나라 초기에 재건된 것, 천황전 천정에는 송나라 시대의 그림이 남아 있다고 했다. 전에 왔을 때는 추위에 덜덜 떨면서 어둑한 건물 안에서 천정화를 바라보던 기억이 난다. 이번에도 천정화를 보려고 했더니 어둑한 실내로 들어가려면 입장료 대신 비닐신 값으로 10위안을 내라고 했다. 돈이 아까워서가 아니라 비닐을 샌들 위에 덮씌우기가 귀찮아서 문가에서 서서 시선을 천정 깊숙이 꽂고 흐릿한 송나라 시대의 천정화를 보았다.

태산으로 가기 위해서는 시간이 촉박하다고 서두르는 통에 한나라 무제가 심었다던 한백漢柏은 가서 볼 수 없었다.

태산 가는 길

대묘에서 태산 산신령에게 재를 올린 황제는 태산 지역으로 이동, 산기슭으로부터 시작된 6,666개의 계단을 올라가 태산 정상에서 다시 재를 올렸다고 한다. 그런데 이때 천황은 자신의 발로 직접 계단을 오르지 않고 시종들의 등을 밟고 정상에 올랐다고 한다. 믿을 수 없는 이야기지만, 1,200~1,300년 전 봉건시대 이야기라면 가능할 수도 있으리라.

태산은 중국인들에게 신령스러운 산이다. 중국인들은 그들의 기원을 태산에 두고 있다고 한다. 그래서 중국인들은 그들의 기원을 태산 산신령에게 잘 전달하기 위해 직접 6,666개의 계단을 걸어 산에 오른다고 한다. 여름에는 저녁 무렵부터 걷기 시작하면 새벽녘쯤 태산 정상에 오르게 되고 그때 태산 정상에서

123

1 태산풍경구 약도
2 태산풍경구 입구
3 중천문에서 바라본 태산풍경구

소원을 빈다고 한다.

태산풍경구까지 가서 25인승 버스에 올랐고(15:55), 산길을 20분 달려서 케이블카 탑승장에 도착했다. 인원 점검, 8인승 케이블카에 올랐다. 정상까지는 케이블카로 13분이 소요된다고 했다.

태산 케이블카 위에서 눈 아래 펼쳐진 태산의 구비를 내려다보았다. 장엄했다. 그리고 평화로웠다. 중천中天 케이블카 역에 도착한 것이 16시 45분, 서둘러야 했다. 하행선 케이블카 마지막 것이 17시 30분이라고 했다. 늦어도 그 10분 전까지는 돌아와 있어야 하는 것이다.

발을 재게 놀려 중천문까지 갔다. 정상까지 가려면 더 많이 땀을 흘려야 했다. 정상 부근에는 전에는 없던 현대식 대형 콘크리트 건물들이 들어서 있었다. 옥황정 부근에는 돔식 건물도 들어서 있었다. 더 올라가는 것을 포기하고 발 아래 풍경을 지켜보았다.

초코파이를 먹으면서 벼랑 아래 얇게 퍼지고 있는 이내를 보았다. 땀 흘리며 걸어 올라야 태산 신령과 소통할 수 있는 것이지 케이블카로 15분 만에 올라와서 산신령과 소통하고 싶다고 하는 것은 정녕 예의가 아닌 듯했다.

17시 20분, 하행선 케이블카에 올랐다. 7~8분쯤 하행하던 케이블카가 갑자기 멈췄다. 원근의 산골은 모두 초록색, 포근해 보였다. 고소공포증을 갖고 있다는 동행 한 명이 두려워했다. 시계 초침을 보았다. 때로 고공에서 케이블카가 멈추어 설 수 있다는 것, 15초 뒤에 케이블카는 다시 움직이기 시작했다.

15초

석양 무렵

하행선 케이블카에 탑승하다

해발 1545m의 태산(泰山)

깊숙한 산굽이들 어디에선가

나직한 영가(靈歌) 들리는 듯

눈앞에 펼쳐지는 영산(靈山)

신화와 전설에 숨 막히는 데

문득 정지해버린 케이블카.

허공중에 매달려 바라보는

태산의 저녁놀, 눈 아래 풍경은

영원(永遠)처럼 아득한데

덜커덕

운행을 재개하는 케이블카

정지와 작동 사이의 시간은 15초

안도의 한숨 내쉰다.

(2012.7.2, 17 : 30)

태산풍경구에서 호텔까지 20분 거리, 태산국제반점 3011호실로 배정 받았다.
저녁은 호텔에서 먹었다. 산간지대의 호텔 음식은 아무래도 수준이 떨어졌다.

발 마사지는 호텔 내 마사지점에서 받았다. 마사지사로 불려온 아가씨들, 열
심히 해주었다. 내 발을 마사지한 아가씨는 왼손 팔목에 미인의 초상화를 문신
했다. 키가 크고 날씬한 아가씨였다. 86위안을 주고, 팁으로 5위안 주니 얼굴에
웃음꽃이 활짝 피었다. 이렇게 정성껏, 그리고 저렴하게 마사지 받고 쉴 수 있으
니 기분이 좋고 고맙다.

2012. 7. 2, 월요일, 갬.

04 태안-곡부-추성-청도

4시 4분에 기상. 숙면했다. 그래도 여전히 나른하다.

전자 모기향을 피우는 호텔 객실, 김 교수는 지난밤에 댓 마리의 모기를 잡았노라고 했다. 곯아떨어진 나는 아무 것도 모르고 잤다. 발 마사지 효과로 숙면을 취한 것이다.

지난 저녁 호텔 음식은 수준 이하였지만 아침은 먹을 만했다. 고기만두, 야채, 녹두죽을 먹었다. 커피도 괜찮은 편이었다. 커피 잔이 스프 그릇처럼 크고 양쪽에 손잡이가 있어서 커피를 마시는 것이 아니라 죽을 마시고 있다는 느낌이 들기는 했다.

태산국제반점을 출발(08 : 00), 공림孔林이 있는 곡부曲阜로 갔다. 1시간 15분이 걸렸다.

곡부는 공자 이후 그의 자손들이 공자 덕택으로 2,500년을 제왕처럼 살아오고 있는 곳이다. 곡부의 명물은 공씨 댁에서 재를 올리기 위해 빚은 공씨 가의 술. 그들이 만든 요리들은 음식 조리법이 뛰어나서 같은 재료로 음식을 해도 맛깔스럽기 그지없다고 한다.

지성림 至聖林

지성림은 곡부공림曲阜孔林으로도 불리며 공자와 이후 후손들의 묘를 모신 곳이다.

수수교

곡부의 신도시에서 높이가 낮은 12인승 차를 타고 고대도시 — 건물이 2층 이하인 도시로 들어갔다. 가는 길에 전에 와서 하룻밤을 묵었던 '궐리빈사闕里賓舍'가 보였다. 이 고대 도시에 두 번씩이나 방문하게 되리라고 예상이나 했었던가.

지성림으로 들어가는 높다란 건물 앞, 입장권을 끊어 고목이 울창한 길로 들어섰다. 이들 건축물들은 400~500년 전에 지어진 것들이지만 측백나무, 향나무들은 천여 년의 역사를 지닌 것, 그들은 말 대신 몸으로 역사를 대변해주고 있었다.

수수교洙水橋 앞에 다시 섰다. 2,500년 전 공자는 참척을 당했다. 장남의 장지를 손수 고르고 묘를 쓰게 하고는 그 옆에 자신의 묘를 써달라고 부탁했다. 그러자 그의 제자들이 풍수를 보건대 더 없는 명당이되 물이 없음을 애석하게 여겼다. 이에 공자는 200년 뒤에 물이 생길 것이라고 했다. 진시황 시절, 시황제는 공자의 제자들에게 이를 갈았다. 그들의 기세를 꺾어주고자 사수泗水를 끌어들

여 지성림 앞으로 운하를 만들었다. 공자의 예언은 적중했다. 공씨 가는 물론 그의 제자들은 번성했다. 반면 시황제는 자멸에 이르렀다.

수수교를 넘어서자 양 옆으로 신성한 동물 네 마리, 모두 머리를 치켜들고 웃는 표정들, 공자의 가르침에 깨우침을 얻고 기뻐하는 표정이라고 하던가.

공자 아들의 묘소 그 뒤에 공자의 묘소 모두 황제의 격에 맞춘 것일진대 벌초가 되어 있지 않아 그냥 동산 같아 보였다.

공자 묘를 앞에 하고 왼쪽에는 공자의 제자 자공이 6년간 시묘를 했었던 터, 오른쪽에는 자공이 심은 나무가 화석이 되어 있었다. 9년 전 이곳에 왔을 때 나는 서너 아름드리 측백나무를 얼싸안고 그것이 자공이 심은 2,400~2,500년 전의 나무인 줄 알

1 웃고 있는 석물을 어루만지는 권세영 선생
2 시멘트 벽돌 구조물 안에 자공이 심었었다는 나무 화석이 있다
3 공자 봉분 앞에 선 한혜원 교수
4 만인궁장

고 인증 사진을 찍어 공개한 적이 있었다. 그런데 이번에 와 보니 그 나무 옆 1.5m 지점에, 시멘트 벽돌 구조물 속에 화석이 된 1.2m 안팎의 나무 기둥이 있었다. 그 것이 자공이 심은 나무라 했다. 과학적으로 증명할 수 있는 것은 아니었다. 그냥 스토리텔링 자료라고 생각하기로 했다.

하긴, 공자가 돌아갈 무렵 노나라의 장례 풍습은 매장만 했지 봉분은 없었다고 한다. 부지 면적도 1만여m² 정도, 그런데 이후 공자의 위상이 높아가면서 중국의 황제들이 공자 묘역에 많은 땅을 하사하게 되자 지금은 200만m²까지 늘어났고 1994년에는 유네스코의 세계유산으로 등재까지 되었다고 한다. 그러니까 우리가 공자의 묘 또 그의 아들의 묘라고 비석을 세운 봉분 앞에서 감격해 하는 모습을 공자가 보았다면 폭소를 터뜨릴 일이다.

오전 11시 무렵 지성림에서 나와 다시 12인승 무개차에 올라타고 공묘^{孔廟}로 갔다.

공묘 孔廟

만인궁장^{萬仞宮墻} — 한국으로 치면 남대문과 같은 역할을 한다는 곳이다. 만인궁장의 의미에 대해서 가이드는 다음과 같이 설명했다.

누군가 공자의 제자에게 공자의 지혜가 지대함을 칭찬하자 제자 왈, 만 길 담

장 안의 일이 보이지 않듯 공자의 지혜는 무궁무진해서 그 깊이를 알 수 없다고 했다. 그래서 공묘로 들어가는 담장의 문을 만인궁장으로 부른다고 했다.

영성문欞星門에서 시작해서 성시문聖時門, 홍도문弘道門, 대중문大中門, 동교문同交門을 지나 규문각奎文閣에 이르렀다.

규문각奎文閣은 처음에 장서루藏書樓로 불렸는데 규문문장奎主文章이란 말이 있어서 규문각으로 불리게 되었다. 이곳은 역대 황제가 내린 서책을 보관하던 곳. 처음 북송 시대1018에 건축되었고 금나라 때1191 중건되었으며 명나라 때1505 확장 중축되었다. 대성문大成門은 처음 송나라 때1104 지어졌고, 대성전大成殿에서 유래된 이름으로 동쪽에 금성문이 서쪽에 옥진문이 있

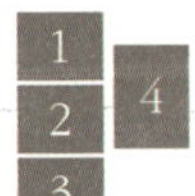

1 대성문
2 행단
3 대성전
4 대성전 기둥에 새겨진 용

었다. 대성문은 청나라 때¹⁷²⁴ 화재를 입었다가 다시 중건된 건물이다.

이번에는 정신 차려서 행단杏壇 건물을 찾아 들어갔다. 행단은 공자가 제자들을 가르치던 장소였다. 공자의 45대손 공도보孔道輔가 옛터에 3층 대를 만들고 은행나무를 심었다. 금나라 때 여기에 정자를 세웠고 명나라 때¹⁵⁶⁹ 2층 처마가 있는 십자각으로 개축, 지붕에는 황색 유리기와를 얹었으며 행단이란 편액은 건륭황제가 짓고 썼다. 청나라 때 황제들은 가뭄이 들면 이곳에 왕공 대신으로 하여금 참석하게 하여 기우제를 지냈다고 한다. 행단으로 들어서자 건물 내 한쪽에는 검은 대리석 비석에 둥글둥글한 글자체로 '杏壇'이란 글자가 새겨 있었다.

대성전大成殿은 청나라 건륭황제 시절에 중수되었다. 대성전은 동서로 폭이 45.78m, 남북으로 깊이가 24.89m, 높이 24.8m의 2층 처마를 가진 건물(이것은 대성전 앞에 구비된 안내 푯말에서 밝힌 것임), 건물 사방을 떠받치고 있는 용무늬가 화려한 대리석 기둥은 28개, 새겨진 용만도 1,200여 마리에 달한다고 한다. 대성전 정면에 있는 '大成殿'이란 편액은 건륭황제의 글씨라 한다. 대성전은 그 어마어

마한 규모로 작은 카메라에 담을 수가 없었다. 관람객들이 많았다. 대성전을 제외한 몇 개의 건물은 건륭황제 시절 대략 400~500년 전에 지어졌고 다른 건물들은 1,200여 년 전에 지어졌다고 한다.

공택 고정孔宅古井, 노벽魯壁을 다시 보며 감회가 깊었다. 공택 고정은 공자 당시 식수로 사용하던 우물이었다.

노벽은 본래 공자가 살던 옛집의 담장이었는데 진시황제 시절 분서갱유를 할 무렵 공자의 9대손 공부孔鮒가 장서를 담장 안에 감춘 일이나, 한무제 시절 노공왕이 공자의 집 옛 건물을 헐다가 『논어』, 『효경』 등 고문 죽간을 발견하게 되었다는 이야기, 명나라 때 유교경전을 보존했던 이 담을 기념하기 위해 비석을 세우게 되었다고 한다.

공부 孔府

공자로부터 현재 77대손까지 살았던 집이라고 했다. 역대 황제로부터 인정받았던 공씨 가들의 위엄과 자부심이 넘쳐 나는 곳, 피곤에 지쳐 대충 보며 다니다가 공자 76대손, 그리고 망명세대인 77대손이 살던 첩첩겹겹 싸인 집안을 구경했다. 뙤약볕 아래 강행군이었다. 그 어느 제왕도 부럽지 않았을 공자 자손들의

1 우물 표지석 뒤로 높고 붉은 담벽이 노벽이다.
2 공자의 후손들이 살던 집

생활의 흔적이 밴 곳을 기웃
거렸다. 그들은 조상님 잘 둔
덕택에 의식주 걱정하지 않
고 잘살다가 중국이 사회주
의 국가가 되자 자유주의 국
가로 망명했다. 의식주 걱정
하지 않으면 행복한가. 겹겹
첩첩이 싸인 집안에 매여 살
아야 하는 삶은 또 얼마나 자

유가 그리웠을까 싶은 생각도 들었다.

　13시 50분, 전용버스에 올라 곡부를 출발 맹자의 고향인 추성으로 향했다. 아
주 잠시 눈을 감았는데 깨어 보니 추성邹城이었다(14 : 30).

　공자는 대성인大聖人, 맹자는 아성인亞聖人이다. 으뜸 성인이 공자이고 맹자는 버금
성인이라는 뜻이다.

맹묘맹부 孟廟孟府

맹묘孟廟는 아성묘亞聖廟로도 불리는데 맹자에게 제례를 올리는 곳이다. 북송시
절1037 공자 45대손 공도보孔道輔가 추성시 동북 사기산四基山 기슭에 있는 맹자의
능묘를 심방하고 묘 옆에 맹묘孟廟를 창건했다고 한다. 그러나 당시의 사당이 성
에서 멀리 떨어져 있어 불편함을 느낀 사람들이 1121년 현 위치에 맹묘를 건립

했다. 이후 송 말, 원, 명, 청강희 54년, 1715에 이르기까지 중수와 확장을 거듭하여 지금의 규모를 갖게 되었다고 한다. 맹묘의 면적은 24,000m², 남북 458.5m, 동서 95m로 공묘 다음가는 규모이다.

맹묘의 정원에는 오래된 이름난 수목이 300여 그루가 있다고 했다. 사람보다 더 오래 살아왔고 또 사람보다 더 오래 살아갈 나무들을 보며 그들이 사람들을 어떻게 판단하고 있을까 하는 생각을 했다.

아성전亞聖殿은 초록빛이 나는 기와로 덮여 있고, 성전 다홍색 비각 안에 모신 맹자의 소상塑像은 초록빛 도포를 입으신, 조용한 눈매를 가진 노인이었다. 초상화 속의 공자가 뻐드렁니가 벌어진 다소 희극적 모습임에 비해서 맹자는 얌전한 선비의 모습을 지닌 분이었다.

아성전을 지나 좀 더 안으로 들어가자 침전, 그 안으로 더 들어가자 맹모사당이 나왔다. 자그마한 사당 벽쪽 한가운데 맹모의 위패가 있고 그 오른쪽에 아들인 맹자의 자그마한 소상이 있었다. 유교에서 여성은 소상을 만들 수 없어 위패만을, 대신 맹자의 소상을 자그마하게 만든 것은 어머니 앞에서 아들은 한없이 작은 존재임을 시각화한 것이라 했다.

9년 전에 왔을 때는 맹묘가 잘 알려져 있지 않아 관광객은 우리 일행밖에 없었는데 이번에는 제법 많은 관광객들이 맹묘를 돌아보고 있었다.

추성에서 청도를 향해 출발(15 : 25)했다.

청도

버스 안에서 간간 기침을 터뜨렸다. 지난밤부터 감기 기운이 있더니 콧물까지 흘렀다. 6시간에 걸친 버스 여행, MP3로 클래식 음악을 들으며 졸며, 지평선 멀리까지 펼쳐진 녹색의 평야를 바라보았다. 청도에 도착(21 : 25)해서 한국음식점 '경복궁'으로 가서 김치찌개 백반으로 늦은 저녁을 했다. 유성선 선생으로부터 내일 새벽에 조선향의 남편이 호텔로 찾아와 인사를 드리겠다는 연락을 받았다.

산부대주점山孚大酒店 1508호에 짐을 풀었다.

2012. 7. 3, 화요일, 갬.

05 청도–인천공항–춘천

청도의 새벽

습관처럼 깨어나

어스름 호텔 객실에서

하룻밤 신세진 방안을 돌아보네.

커피 한 잔만큼의 향기

피어 올리며

낮으로는 풍물과 고적답사

밤으로는 기억의 단편들을 기록했네.

하늘과 산과 바다가 조화 이룬

청도의 새벽

누천 년 전 고인들과

접속을 시도하네

한 번 흐른 물 다시 오지 않으니

시간의 흐름에 따르라 하시네.

습관처럼 깨어 일어났다. 여행 4박 5일째의 아침, 새벽마다 고맙게도 일찍 잠에서 깨었고, 커피 한 잔의 시간을 가진 뒤에 새벽의 감동을 기록하고는 했다.

지난밤에도 감기로 콜록대며 온몸을 뒤척이기는 했어도 귀국하면 감기쯤은 씻은 듯 떨어지리라. 여행의 긴장이 가져온 변비쯤은 언제 그런 적 있었느냐는 듯 해결되리라.

오래 전 한 번 다녀간 적이 있었던 곡부, 추성, 태안에서의 현재와 과거 기억의 충돌, 9년 전의 기억과 현재의 모습이 교차되면서 늘 감사해 한다.

공자와 맹자, 어린 시절부터 아니 태생적으로 익숙한 그분들의 말씀, 그러나 정작 그분들에 대해서 내가 알고 있는 것은 무엇인가. 논어를 맹자를 읽기는 했다. 유학자 홍성유 선생께 반 년 정도 직접 배웠지만 그건 한문공부를 하기 위한 한 과정이었을 뿐. 이제 돌아가면 그들을 다시 공부할 것이다.

사위복

산부대주점에서의 아침 일곱 시

키 큰 남자 하나

다가와 허리 굽히며

명함 꺼내 공손히 바치네.

송창근

그 얼굴 낯익네.

부부는 전생 남매라더니

조선향의 눈매가

그 남자 눈매에 겹쳐보이네.

조용하고 신앙심 깊던 처녀

비슷한 성향의 남자 만나

딸 셋 낳고 청도살이 십여 년

방학이라 딸들과 서울 갔다는 아내

대신해서 인사하러 온 중년의 남편

생각지도 않았던 사위 만나

같이 밥 먹네.

서울 아내와 전화 연결해서

전해주네.

인연은 망각을 넘어서네.

배 아프지 않고도 사위복은 있나 보네.

　　송창근은 청도 생활이 13년째라 했다. 공장을 갖고 있고 종업원이 100여 명에 이른다고 하던가. 송창근이 먼저 청도로 왔고 일 년 뒤에 선향이 왔다고 한다. 큰아이가 고등학교 3학년, 조용하고 성실한 모습이었다. 아내의 옛 지도교수에게 새벽부터 인사하러 찾아온 그 정성이 고마웠다.

우리들의 일정이 잡혀 있어서 작별인사를 나누어야 했다. 송창근을 서준섭 선생 테이블로 안내해서 인사를 나누게 했다.

8시 15분에 호텔 출발하여 5·4광장으로 갔다.

5·4광장

바닷가에 붉은 팽이 모양의 5·4운동 기념탑이 있었다. 제1차 세계대전 후 전승국이 된 일본이 당시 독일이 산동성 및 청도에 대해 갖고 있던 모든 이해관계를 그대로 일본에 넘기라고 요구한 사항이 파리 평화회담에서 통과되었다. 곧바로 이 결과에 반발한 북경대학생들이 천안문에서 시위를 벌였고 이를 시발점으로 중국 전역에 반일 운동이 일어나게 되었다. 5·4운동의 결과 중국은 1922년 청도를 일본으로부터 탈환하게 되었다고 중국 역사는 기록한다.

5·4운동의 시발점이 되었던 청도, 5·4기념탑은 마름모의 한 꼭지를 고정시켜 놓은 것 같은데, 내 눈에는 한창 돌아가고 있는 팽이 같이 생겼는데 가이드 말로는 지구의地球儀을 형상화한 것이라 한다. 회오리바람 속의 지구를 의미한다고 했다. 붉은 동그라미는 지구라는 것이다.

그러나 제2차 세계대전 당시 청도는 다시 일본에게 강점당하고 1945년까지 지속된다. 1945년 이후 청도는 미국의 태평양 미군기지로 넘어갔다가 1949년에야 중국이 청도를 탈환하게 된다.

해변에 안개가 짙었다. 안갯속에서 선홍색의 5·4기념탑도 인상적이었고, 빨

간색 연을 한 줄에 20여 개씩 꿰어 날리는 모습도 장관이었다. 빨간색 연은 살아있는 조류처럼 하늘에서 힘차게 퍼덕대고 있었다.

소어산 공원 小魚山公園

옛날 어촌이 들어서 있던 곳, 어민들이 고기를 말리기 위해 쌓아놓은 것이 산과 같이 보여서 소어산小魚山이라는 이름이 붙었다고 한다.

고층 빌딩군이 밀집한 신시가지를 지나자 곧 노란색 벽에 붉은 지붕을 가진 건축물들의 거리, 구시가지로 들어섰다. 이곳은 옛날, 청도의 군사 요새로서의 기능을 파악하고 눈독을 들이던 독일이, 독일 선교사 살해의 책임을 물어 1897년 함대를 몰고

와 청도를 점령, 이후 독일인들이 들어와 살던 곳이라 한다. 가로수는 플라타너스와 히말라야 소나무였다. 소어산 공원으로 들어서자 구시가지의 모습이 한눈에 담겼다. 구시가지는 좌청룡 우백호에 현무와 함여의주까지 포함된 명당 중

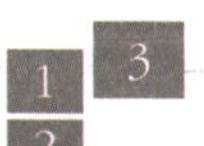

1 5·4운동 기념탑 앞에서
2 소어산 전망대에서
3 독일총독관저

의 명당에 건설되었다고 했다. 바다 쪽으로 향한 숲속의 건물들은 하나같이 노
란색 벽에 붉은 지붕이었다.

독일총독관저 — 영빈관

소어산 공원에서 10시에 출발하여 10분 뒤에, 예전 독일총리 관저이던 영빈관
으로 갔다. 1905년 7월부터 건물 공사를 시작, 1907년 7월에 완공한 3층짜리 뾰
족당 건물이었다. 외벽은 역시 노란색이고 지붕은 붉은색이며 창틀이며 현관,
베란다들은 백색 화강암을 부착시켰다. 실내 집기들은 모두 독일에서 공수해온
것으로 장식했다고 한다. 1917년까지 총독관저로 사용되었다.

　관광객들이 넘쳐나고 있었다. 줄을 서서 1층부터 3층까지 실내를 돌아보고
내려와 보니 30분이 지나 있었다. 곧바로 전용버스에 올라 공항으로 이동했다.

청도공항에서 MU559호에 13시 45분 탑승했다. 그리고 14시 22분 이륙했다. 역시 옆 좌석은 윤석달 교수였다. 기내 쇼핑을 해볼 생각으로 카탈로그를 들여다보며 물건을 구경하다 보니 어느새 한국 인천공항에 도착(15 : 20, 한국시간 14 : 20)했다. 제주도보다도 더 가까운 듯했다. 짐을 찾고 동행들에게 작별인사를 한 뒤에, 17시 10분 출발하는 춘천행 리무진에 올랐다.

춘천으로 가는 버스 안에는 처음 인천공항으로 가던 날처럼, 서준섭 선생 부부, 유성선 선생 부부와 철학과와 국문과의 두 분 선생도 같이 있었다.

2012. 7. 4, 수요일. 갬.